LES ROYAUMES DÉCHUS

Nora K. Jemisin est psychologue et vit à Brooklyn. Bloggeuse engagée, féministe et antiraciste, elle écrit depuis l'âge de dix ans. Ses romans ont été nominés à de nombreux prix, dont le prix Hugo et le prix Nebula. Elle a reçu le prix Locus et le prix Elbakin.net du meilleur roman étranger en 2011 pour son premier roman, *Les Cent Mille Royaumes.*

Paru dans Le Livre de Poche :

LA TRILOGIE DE L'HÉRITAGE

1. Les Cent Mille Royaumes

N. K. JEMISIN

Les Royaumes déchus

La Trilogie de l'héritage **

TRADUIT DE L'ANGLAIS (ÉTATS-UNIS) PAR ALEXANDRA MAILLARD

ORBIT

Titre original :

THE BROKEN KINGDOMS
BOOK TWO OF THE INHERITANCE TRILOGY
Première publication : Orbit, New York, 2010.

ISBN : 978-2-253-13490-9 – 1re publication LGF

Je me souviens que c'était le milieu de la matinée. Le jardinage était l'activité à laquelle je préférais consacrer mes journées. Même si je devais me battre pour qu'on me laisse faire, parce que les terrasses de ma mère étaient célèbres à travers tout le pays, et qu'elle redoutait que je m'en occupe. Difficile de l'en blâmer ; mon père riait toujours lorsqu'il repensait au traitement que j'avais infligé au linge, la seule fois où j'avais tenté de le laver.

« Orie », disait-elle lorsque je cherchais à prouver mon autonomie, « ce n'est pas grave d'avoir besoin d'aide. Nous avons tous besoin les uns des autres par moments pour faire certaines choses. »

Le jardinage, cependant, ne comptait pas parmi celles-là. C'était le désherbage que ma mère craignait le plus, parce que les mauvaises herbes qui poussaient en Nimaro avaient la même forme que ses plantes les plus précieuses. La fougère-menteuse possédait des feuilles en forme d'éventail semblables à celles de la douce-colère ; l'aubépine rampante était couverte d'épines et piquait autant les doigts que l'ocherine. Mais les mauvaises pousses et ses herbes n'avaient *absolument pas la même odeur*. Je n'ai donc jamais compris pourquoi ma mère s'inquiétait tant. Les rares fois où leur parfum et leur contact me faisaient douter, il me suffisait de porter le bout d'une fane à mes lèvres, ou de passer ma main dans le feuillage et d'écouter la façon dont il revenait à sa place, pour obtenir ma réponse. Maman dut finalement reconnaître que je n'avais pas arraché une seule bonne herbe durant toute la saison. Je comptais bien demander à avoir mes propres terrasses l'année suivante.

Je flânais généralement durant des heures dans les jardins, mais, un matin, il se produisit quelque chose. Je m'en aperçus quasiment au moment où je sortais de la maison : une absence surprenante de relief dans l'air. Comme la tension d'un souffle contenu. Une tempête arrivait. J'oubliai aussitôt le désherbage et m'assis, me tournant instinctivement vers le ciel.

Et *je vis.*

Ce que je vis, et apprendrai plus tard à nommer *la distance,* se composait d'immenses taches d'obscurité informes chargées d'énergie. Tandis que je les observais bouche bée, de grandes pointes acérées - si brillantes qu'elles me firent mal aux yeux, ce qui ne m'était jamais arrivé jusque-là - surgirent et s'attaquèrent aux taches. Mais certaines parties de ces taches sombres se transformèrent, dardant des volutes liquides qui s'enroulèrent autour des pointes et les engloutirent. La lumière changea, elle aussi. Elle se métamorphosa soudain en disques tournoyants affûtés comme des rasoirs, qui coupèrent les vrilles. Et ainsi, d'avant en arrière, obscurité contre lumière, chacune l'emportant sur l'autre à tour de rôle. Au milieu de ce tumulte, je perçus des bruits de tonnerre alors que ça ne sentait pas la pluie.

Je n'étais pas la seule à observer cette scène ; j'entendais les gens sortir de leurs maisons et de leurs boutiques en murmurant ou en s'exclamant. Mais personne ne semblait véritablement effrayé, cependant. Cette scène étrange se cantonnait au ciel, si loin au-dessus de nos existences terrestres qu'elle ne nous concernait pas vraiment.

À tel point que personne à part moi ne remarqua ce que je repérai, tandis que je m'agenouillais, les doigts encore enfouis dans le sol. Une secousse. Non, pas une secousse ; une tension que j'avais déjà perçue auparavant et qui *retenait une émotion*. À aucun moment elle n'avait traversé le ciel.

Je bondis sur mes pieds, attrapai ma canne et me dépêchai de rentrer à la maison. Mon père était parti au marché, mais ma mère se trouvait chez nous ; si une sorte de tremblement de terre était sur le point de se produire, je devais absolument la prévenir. Je courus jusqu'aux marches du porche et ouvris la vieille porte branlante en lui criant de me rejoindre et de se presser.

C'est alors que je l'entendis arriver. Il n'était plus emprisonné dans le sol, mais balayait les terres environnantes depuis le nord-ouest - en provenance de Ciel, la cité aramerie. *Quelqu'un est en train de chanter*, me dis-je d'abord. Pas une seule personne, mais plusieurs ; une centaine de voix, un million, vibrant et résonnant ensemble. Le chant lui-même était pratiquement inintelligible, ses paroles se résumant à un unique mot - mais si puissant, cependant, que le monde trembla à son approche.

Le mot chanté était : « Pousse. »

Il faut que vous compreniez ceci. J'avais de tout temps perçu les manifestations de magie, mais le Nimaro m'était pratiquement toujours demeuré fermé, jusqu'à cet instant. C'était un pays tranquille composé d'une mosaïque de petites villes assoupies et de villages au sein duquel le mien ne faisait pas exception. La magie était une chose des cités. Je la voyais de temps à autre, et chaque fois en secret.

Mais là, il y avait de la lumière et des couleurs. Elles jaillissaient de la terre, de la rue, remontaient le long de chaque feuille, de chaque brin d'herbe, de chaque pavé et de chaque latte de bois dans la cour devant chez moi. Il y en avait tellement ! Je ne m'étais jamais rendu compte qu'il en existait autant. La magie conférait aux murs une texture et un pourtour tellement différents que j'eus l'impression de contempler la maison dans laquelle j'étais née pour la première fois. Elle cernait le contour des arbres, de la vieille voiture à cheval rangée dans un coin - je ne compris pas ce que j'avais sous les yeux, au début - et les silhouettes des gens debout dans les rues, bouche bée. Je *voyais tout* - tout, vraiment, comme les autres, apparemment. Ou plus qu'eux peut-être, je ne saurais le dire. Mais c'est un moment que je garderai pour toujours dans mon cœur : le retour de quelque chose de glorieux. La refondation d'une chose brisée longtemps auparavant. La renaissance de la vie elle-même.

Ce soir-là, j'apprenais que mon père était mort.

Un mois après ces événements, je partis pour la cité de Ciel afin d'y commencer une nouvelle existence.

Dix ans ont passé, depuis.

1

Trésor abandonné

(Encaustique sur toile)

« S'il vous plaît, aidez-moi », implora la femme. Je reconnus aussitôt sa voix. Elle, son mari et leurs deux enfants avaient regardé – sans l'acheter – un tableau à mon étal à peine une heure auparavant, peut-être. Elle m'avait paru embêtée, sur le moment. L'œuvre était chère, et ses enfants insistants. Mais elle avait peur, désormais. Son ton, calme en apparence seulement, réprimait des trémolos affolés.

« Que se passe-t-il ? demandai-je.

– Mon mari et mes enfants. Je ne sais pas où ils sont. »

Je la gratifiai de mon sourire le plus « autochtone sympathique ». « Ils sont peut-être partis faire un tour. On se perd très facilement, aussi près du tronc. Où les avez-vous vus pour la dernière fois ?

– Là-bas. » Je l'entendis bouger. Sans doute pointait-elle le doigt. Elle parut se rendre compte de son erreur au bout d'un moment, avec cette gêne habituelle. « Ah… désolée, je vais aller demander à quelqu'un d'autre…

– Comme vous voudrez, répondis-je sur un ton léger, mais si vous parlez d'une jolie allée bien entretenue qui se trouve du côté de la Salle Blanche, alors je pense savoir ce qui s'est passé. »

Son hoquet de surprise me confirma que je ne m'étais pas trompée. « Comment avez-vous… ? »

J'entendis Orn, le vendeur d'œuvres d'art dont l'étal se trouvait à côté du mien, ricaner doucement. Je souris, espérant que la femme interpréterait ce rire comme de la gentillesse et non comme de la moquerie.

« Sont-ils *entrés* dans l'allée ?

– Oh… eh bien… » La femme gigota ; je devinai qu'elle se frottait les mains l'une contre l'autre. Je savais quel était le problème, mais décidai de la laisser se débrouiller seule. Personne n'appréciait de voir ses erreurs montrées du doigt. « C'est juste que… mon fils avait besoin de se soulager. Aucun magasin du coin n'aurait accepté qu'il utilise ses toilettes sans que nous achetions quelque chose. Et vu que nous n'avons pas beaucoup d'argent… »

Mon interlocutrice avait avancé la même excuse pour ne pas acheter mon tableau. Ce qui ne m'ennuyait pas – j'aurais été la première à dire que personne n'avait vraiment *besoin* de ce que je vendais –, contrairement à la découverte que cette femme était à ce point démunie. Trop pauvre pour s'offrir une peinture était une chose, mais ne pas avoir les moyens de se payer un casse-croûte ou un bibelot en était une autre. C'était tout ce que nous, les commerçants, demandions aux étrangers qui se plantaient devant nous et empêchaient les clients réguliers d'approcher, ceux-là mêmes qui se plaignaient ensuite du sens de l'accueil déplorable des citadins.

Je décidai de ne pas faire remarquer que les membres de sa famille auraient pu profiter des commodités de la Salle Blanche gratuitement.

« Cette allée particulière possède une propriété étonnante, expliquai-je plutôt. Tous ceux qui l'empruntent et retirent leurs vêtements, ne serait-ce qu'un instant, se retrouvent aussitôt transportés au Marché du Soleil. » En fait, les commerçants du marché avaient même bâti une estrade au point d'arrivée pour mieux se moquer des pauvres malheureux qui surgissaient là fesses nues. « Vous devriez vous y rendre. Je suis certaine que vous retrouverez votre famille, là-bas.

– Oh, merci à la Dame, fit la femme. (J'avais toujours trouvé cette formule curieuse.) Merci *à vous*. On m'avait dit tellement de choses à propos de cette cité. Je ne voulais pas venir, mais mon mari… il est originaire du Grand Nord, vous savez. Il tenait absolument à voir l'Arbre de la Dame… » Elle poussa un profond soupir. « Comment est-ce que je fais pour me rendre à ce fameux marché ? »

Nous y voilà. « Eh bien, il se situe dans Ombre Ouest ; nous nous trouvons à Ombre Est. Oueston, Eston.

– Pardon ?

– Ce sont les termes que les gens d'ici utilisent, si jamais vous deviez demander votre chemin.

– Oh. Mais… pourquoi *Ombre* ? Ce n'est pas la première fois que j'entends ce terme, mais la ville s'appelle… »

Je secouai la tête. « Comme je vous l'ai dit, ses habitants l'appellent autrement. » Je fis un signe vers le ciel, d'où je discernais vaguement les ondulations vertes et fantomatiques ainsi que le bruissement perpétuel de la canopée de l'Arbre Monde. La magie vivante de l'arbre étant cachée sous son écorce qui faisait un pied d'épaisseur, je n'en distinguais ni les racines ni le tronc, mais ses feuilles tendres qui dansaient et scintillaient entraient, elles, dans les limites de mes capacités de perception. Il m'arrivait parfois de les regarder durant des heures entières.

« On ne voit pas beaucoup de ciel depuis ici, lançai-je. Vous comprenez ?

– Oh. Je… je comprends. »

J'opinai. « Le mieux, ce serait encore que vous preniez une voiture pour le Mur Racine dans la Sixième Rue et, ensuite, que vous empruntiez le bac, ou alors le chemin aérien qui traverse le tunnel. À cette heure de la journée, les lanternes restent allumées pour les étrangers, alors ça devrait aller. Il n'y a rien de pire que d'arpenter la racine dans le noir - non pas que ça change grand-chose *me concernant,* notez bien, lançai-je en ricanant pour mettre mon interlocutrice à l'aise, mais vous seriez étonnée du nombre de gens que l'obscurité, même partielle, rend fous. Quoi qu'il en soit, lorsque vous serez arrivée de l'autre côté, vous vous trouverez à Oueston. On croise toujours des voitures taxis dans le secteur. Vous pourrez en attraper une, ou décider de terminer le trajet à pied. Une fois là-bas, ce n'est plus très loin. Vous n'aurez plus beaucoup à marcher. Il vous suffira de prendre à gauche de l'Arbre, et ensuite… »

Je reconnus une appréhension familière dans sa voix lorsqu'elle m'interrompit. « Cette ville... Comment est-ce que je vais faire pour... Je vais me perdre. Oh, par tous les démons ! Et dire que mon mari est encore pire que moi. Il se perd tout le temps. Il va chercher à revenir ici, puisque c'est moi qui ai la bourse, et...

– Ça va aller », dis-je avec une compassion expérimentée. Je me penchai au-dessus de la table en prenant soin de ne pas renverser les sculptures en bois et désignai l'extrémité du Rang d'Art. « Je peux vous présenter un très bon guide, si vous le souhaitez. Il vous emmènera là-bas rapidement. »

Elle rechignerait à payer ce service également, je le soupçonnai. Sa famille avait peut-être été agressée dans cette ruelle, volée, ou transformée en pierre. Le risque valait-il vraiment tout l'argent qu'ils avaient épargné ? Mais les pèlerins ne m'avaient jamais paru des gens sensés.

« Combien ? demanda-t-elle, à l'évidence dubitative.

– Il faudra poser la question au guide. Voulez-vous que je lui demande de venir ?

– Je... » Elle gigotait sur ses pieds.

« Ou vous pourriez acheter ceci, suggérai-je en me tournant légèrement sur ma chaise pour attraper un petit parchemin. C'est une carte. On y trouve tous les endroits intéressants - les endroits magifiés par les génitures, je veux dire -, comme cette allée.

– Magifiés... Vous voulez dire que les génitures auraient créé cette ruelle ?

– Probablement. Je vois mal des scribes s'en charger, pas vous ? »

Elle soupira. « Est-ce que cette carte m'aidera à rejoindre le Marché ?

– Oh, bien sûr. » Je la déroulai pour permettre à la femme d'y jeter un coup d'œil. Elle la contempla un long moment, probablement dans l'espoir de mémoriser le trajet jusqu'au Marché pour ne pas avoir à payer quoi que ce soit. Peu m'importait qu'elle le fasse. Si jamais elle arrivait à retenir le tracé alambiqué des rues d'Ombre, interrompu sur la carte par les racines de l'Arbre et des notes manuscrites à propos de tel ou tel endroit, alors elle aurait bien mérité de la consulter gratuitement.

« Combien ? » finit-elle par demander en sortant sa bourse.

Après cela, la femme s'éloigna. J'entendis l'écho de ses pas nerveux mourir dans le grouillement de la Promenade, et Ohn venir tranquillement vers moi. « Tu es vraiment gentille, Orie », commença-t-il.

Je souris. « N'est-ce pas ? J'aurais pu me contenter de lui dire d'aller dans la ruelle et de soulever un peu ses jupes, ce qui lui aurait permis de rejoindre sa famille en un battement de cœur. Mais je devais préserver sa dignité, n'est-ce pas ? »

Ohn haussa les épaules. « S'ils n'y pensent pas eux-mêmes, alors c'est leur faute, pas la tienne. » Il soupira. « Mais je trouve quand même dommage de faire tout ce trajet pour venir ici en pèlerinage et de passer la moitié de son temps à essayer de retrouver son chemin.

– Elle en rira lorsqu'elle y repensera. Enfin, plus tard. » Je me levai et m'étirai ; j'étais restée assise toute la matinée et mon dos me faisait mal. « Tu veux bien surveiller un peu mon étal pour moi ? Je vais faire un petit tour.

— Menteuse. » Je souris lorsque j'entendis la voix grossière et râleuse de Vuroy, un des vendeurs du Rang, arriver dans notre direction. Notre camarade s'arrêta près de Ohn ; je l'imaginai en train de lui donner un coup affectueux dans le bras. Avec Ru, un autre marchand du Rang, ils formaient un trio inséparable, ce qui n'empêchait pas Vuroy de se montrer possessif. « Tu veux aller jeter un coup d'œil dans l'allée pour vérifier si son démon de mari et sa marmaille n'ont pas perdu quelque chose avant que la magie ne les emporte ?

— Pourquoi ferais-je une chose pareille ? » demandai-je aussi calmement que possible, même si j'avais du mal à me retenir de rire ; Ohn essayait lui-même d'étouffer un petit hennissement.

« Tu penseras à partager, si tu trouves quelque chose », lança-t-il.

J'envoyai un baiser dans sa direction. « Ceux qui trouvent gardent. À moins que tu n'acceptes de partager Vuroy en échange ?

— Ceux qui trouvent gardent », répliqua-t-il. J'entendis Vuroy rire et le prendre dans ses bras. Je m'éloignai en me concentrant sur le « tape tape » de ma canne pour ne pas les écouter s'embrasser. J'avais plaisanté lorsque j'avais parlé du fait de partager, bien sûr, mais il était des choses auxquelles une fille célibataire préférait ne pas assister dès lors qu'elle ne pouvait pas elle-même en profiter.

L'allée se situait de l'autre côté de l'immense Promenade en venant du Rang d'Art. Elle était facile à trouver parce que les rayonnements verts de l'Arbre Monde faisaient miroiter de blanc ses murs et son sol. Mais rien de trop vif ; cette magie était relativement simple, selon les critères des génitures, une chose que même les humains auraient pu faire grâce à quelques sceaux de sang bien tracés, et avec un peu de chance au moment où ils auraient activé l'encre. Normalement, je n'aurais pas dû voir un seul éclat briller dans le mortier entre les briques, mais ce lieu investi par les dieux avait été activé récemment ; il mettrait du temps avant de perdre de sa lueur et de retrouver son inertie coutumière.

Je m'arrêtai à l'entrée de la ruelle et écoutai attentivement. La Promenade formait un grand rond au cœur de la ville ou presque. Là, les voies de circulation piétonne rejoignaient celles des voitures taxis et encerclaient l'immense place envahie de plates-bandes, d'arbres ombreux et d'allées pédestres. Les pèlerins aimaient s'y retrouver parce que l'endroit offrait la meilleure vue de la cité sur l'Arbre Monde – raison pour laquelle nous, les artistes, l'aimions également. Les pèlerins achetaient toujours nos articles, après qu'ils avaient prié leur étrange nouveau dieu. Toutefois, nous restions sur nos gardes, la Salle Blanche avec ses murs scintillants et sa statue d'Itempas le lumineux, dont l'air désapprobateur semblait condamner les manigances des hérétiques, se situant non loin. Les gardiens de l'Ordre n'étaient plus aussi stricts qu'autrefois ; les nouveaux dieux étaient bien trop nombreux pour qu'ils puissent persécuter tous leurs disciples ; de même, il y avait trop de magies sauvages dans la cité pour les contrôler toutes. Ce qui ne signifiait pas pour autant qu'il fallait avoir la bêtise de faire certaines choses juste sous leur nez.

Si bien que je m'avançai dans la ruelle après m'être assurée qu'il n'y avait pas de prêtre dans les environs. (Cela restait risqué – l'endroit était tellement bruyant que je n'entendais pas tout. Au besoin, je pourrais toujours dire que j'étais perdue.)

Tandis que je m'enfonçais dans le silence relatif de la ruelle, frappant mon bâton d'avant en arrière dans l'espoir de tomber sur un portefeuille ou un autre objet de valeur de ce genre, je remarquai une odeur de sang que j'écartai aussitôt. Parce qu'elle n'avait aucun sens ; l'endroit avait été ensorcelé pour que personne n'y jette de détritus. Tout objet inanimé laissé là disparaissait au bout d'une demi-heure environ – pour mieux piéger les pèlerins non avertis. (La géniture qui avait mis en place ce tour particulier possédait un goût vicieux du détail, d'après moi.) Cependant, plus je m'enfonçais dans l'allée, plus je percevais l'odeur – et plus je me sentais mal à l'aise, parce que je savais ce qu'elle était : du métal et du sel, écœurante comme celle du sang une fois froid et coagulé. Et pourtant, cet effluve n'était pas aussi lourd et ferreux que le sang de mortel. Il était plus léger, quoique tenace ; il exhalait une odeur de métaux qu'aucune langue humaine ne nommait, et de sels de différentes mers.

Du sang de dieu. Quelqu'un avait-il jeté dans cet endroit une fiole remplie de cette substance ? Une belle bourde, si tel était le cas. Mais ce liquide divin semblait… éventé. Faux. Et il y en avait beaucoup, beaucoup trop.

Mon bâton frappa alors quelque chose de lourd et de tendre. Je m'arrêtai, la bouche soudain sèche à cause du sentiment de terreur qui montait en moi.

Je m'accroupis pour examiner ma découverte. Du tissu, très doux, et de qualité. De la chair sous l'étoffe – une jambe. Plus froide que ce qu'elle aurait dû, mais pas glacée. Je me laissai tomber en avant, et trouvai la courbe d'une hanche, puis le ventre légèrement rond d'une femme. Mes doigts se figèrent lorsque le vêtement devint trempé et poisseux.

Je retirai ma main d'un geste vif et demandai : « Est-ce… est-ce que vous allez bien ? » Une question idiote, à l'évidence.

Je la voyais, désormais, cette masse à peine perceptible en forme d'être humain. Elle occlurait le chatoiement du sol de l'allée, mais c'était tout. Sa magie aurait dû la rendre beaucoup plus lumineuse ; j'aurais dû l'apercevoir dès l'instant où j'avais pénétré dans la ruelle. Il n'était pas non plus normal qu'elle n'ait pas bougé, étant donné que les génitures n'avaient pas besoin de dormir.

Je savais ce que cela signifiait. Je le savais instinctivement, au plus profond de moi, mais je ne voulais pas y croire.

Puis, tout à coup, je sentis une présence familière à mes côtés. Aucun bruit de pas ne l'accompagnait, mais peu importait. J'étais contente qu'il soit venu, cette fois.

« Je n'y comprends rien », murmura Madding. Et alors, à cause de la terreur et de la surprise bien tangibles dans sa voix, je me rendis à l'évidence.

J'avais découvert une géniture. Une géniture *morte.*

Je me levai trop vite, et trébuchai légèrement lorsque je reculai. « Moi non plus », confiai-je. Je serrai fort mon bâton entre mes mains. « Elle était déjà comme ça quand je l'ai trouvée. Mais… » Incapable de trouver les mots, je me contentai de secouer la tête.

J'entendis le carillon de Madding tinter doucement. Personne ne semblait jamais le repérer, à part moi, ce que j'avais depuis longtemps remarqué. C'est alors que mon compagnon se manifesta dans le miroitement de l'allée : un homme bien bâti de large carrure, qui avait l'air de race senmite, au teint mat et aux traits burinés, avec des cheveux noirs en bataille ramassés en queue-de-cheval dans la nuque. Il ne brillait pas, pas exactement - pas sous cette apparence -, mais j'arrivais à le voir par contraste avec le scintillement des murs. Jamais je ne lui avais connu ce regard sinistre qui lui dévorait le visage tandis qu'il contemplait ce corps. « Role », fit-il. Deux syllabes, dénuées de conviction, tout d'abord. « Oh, Sœur. Qui t'a fait ça ? »

Et comment ? faillis-je demander, mais l'affliction évidente de Madding m'invita au silence.

Il se dirigea vers elle, vers cet improbable cadavre de géniture, puis tendit la main pour toucher son corps. Je ne pus voir où, car ses doigts disparurent au moment où ils effleurèrent la peau de la dépouille. « Ça n'a aucun sens », murmura-t-il. Une preuve supplémentaire de son trouble ; d'habitude, il essayait toujours de se comporter comme le mortel rustre aux manières revêches qu'il semblait être. Jusqu'à cet instant, il n'avait témoigné de la tendresse qu'en privé.

« Qu'est-ce qui pourrait tuer une géniture ? demandai-je. Je ne bégayai pas cette fois.

— Rien. Enfin, si, une autre géniture, je veux dire, mais ça exigerait une quantité incroyable de magie brute. Nous l'aurions tous sentie. Nous serions déjà tous ici. Mais Role n'avait pas d'ennemis ; pourquoi quelqu'un lui aurait-il fait du mal ? À moins que… » Il fronça les sourcils. Son air concentré disparut en même temps que son image ; son corps humain se brouilla en une chose verte lumineuse et liquide qui m'évoqua le parfum des premières feuilles-d'Arbre. « Non. Pourquoi l'un d'entre nous aurait-il fait une chose pareille ? Ça n'a aucun sens. »

Je me dirigeai vers mon compagnon et posai la main sur son épaule luisante. Au bout d'un moment, il effleura mes doigts en remerciement tacite, même si je pus sentir que mon geste ne lui apportait aucun réconfort.

« Je suis désolée, Mad. Je suis tellement désolée. »

Il opina sans mot dire, redevenant humain à mesure qu'il se ressaisissait. « Il faut que j'y aille. Nos parents… quelqu'un doit leur annoncer la nouvelle. À moins que ce ne soit déjà fait. » Il soupira et se releva en secouant la tête.

« Est-ce que je peux faire quoi que ce soit ? »

Il hésita, ce que je trouvai flatteur. Il est des réactions qu'une fille apprécie toujours de la part d'un amant ; même d'un ancien amant. Lorsque celui-là caressa ma joue du doigt, j'en eus la chair de poule. « Non. Mais je te remercie. »

Une foule s'était formée à l'entrée de l'allée sans que je m'en aperçoive, pendant que nous avions parlé. Quelqu'un nous avait vus, nous ainsi que le corps ; comme toujours dans les cités, un badaud en avait attiré d'autres. Lorsque Madding souleva le cadavre, il y eut des halètements parmi les curieux, et même des huées horrifiées au moment où l'un d'eux identifia le fardeau. Ces gens connaissaient Role, dans ce cas ; peut-être s'agissait-il d'une géniture accompagnée d'une escorte de fidèles ? La nouvelle aurait fait le tour de la ville avant la tombée de la nuit.

Madding m'adressa un signe de tête, puis disparut. Deux ombres remontèrent l'allée, puis s'attardèrent à l'endroit où Role s'était trouvée. Je ne les regardai pas. À moins qu'elles fassent tout pour ne pas être vues, je discernai les génitures, ce que toutes n'appréciaient pas. Celles-là devaient compter parmi les gens de Madding, qui en avait beaucoup à son service, tous des protecteurs ou des aides. Mais d'autres viendraient présenter leurs hommages et répandraient ensuite rapidement la nouvelle.

Je sortis de l'allée en soupirant et fendis la foule - répondant aux différentes questions par un laconique : « Oui, c'était Role », et « Oui, elle est morte » - avant de regagner mon stand tant bien que mal. Vuroy et Ohn se trouvaient en compagnie de Ru, qui me prit aussitôt par la main et me fit asseoir en me demandant si je voulais un verre d'eau - ou quelque chose de plus fort. Je compris que j'avais du sang de dieu plein les mains lorsqu'elle commença à essuyer mes doigts avec un morceau de tissu.

« Je vais bien, répondis-je sans en être tout à fait sûre. Mais je ne dirais pas non si on m'aidait à remballer. J'ai l'intention de partir tôt, ce soir. » J'entendais les autres artistes ranger leurs œuvres. Puisqu'une géniture était morte, l'Arbre Monde allait être la seconde attraction la plus intéressante de la ville, et les ventes mauvaises pour le restant de la semaine.

Je rentrai donc chez moi.

Je suis une femme que les dieux harcèlent, voyez-vous.

C'était pire, jadis. Il m'arrivait de les sentir partout : sous mes pieds, au-dessus de ma tête, tapis dans un angle ou derrière des buissons. Ils laissaient des empreintes de pas scintillantes sur les trottoirs (ils avaient même leurs propres chemins touristiques préférés) et urinaient contre les murs blancs alors qu'ils n'avaient pas besoin de faire ce genre de chose. D'uriner, je veux dire. Ils trouvaient simplement drôle de nous imiter. Je retrouvais leurs noms inscrits en éclaboussures de lumière dans des lieux sacrés, généralement. C'est d'ailleurs de cette façon que j'ai appris à lire.

Il leur arrivait de me suivre jusque chez moi et de me préparer le petit déjeuner. Quand ils n'essayaient pas de me tuer. De temps à autre, ils m'apportaient des babioles ou des statuettes, mais je serais incapable de dire pourquoi. Et quelquefois, je les aimais.

J'en ai même retrouvé un dans un tas d'ordures, un jour. Ça paraît fou, n'est-ce pas ? Mais c'est la vérité. Si j'avais su quel genre de vie m'attendait, le jour où j'avais quitté la maison familiale pour cette magnifique et ridicule cité, j'aurais eu un instant d'hésitation. Mais je serais tout de même partie.

Celui dans le tas d'ordures… je devrais vous en dire plus à son sujet.

J'avais veillé très tard, cette nuit-là – ou ce matin-là. J'avais travaillé à une toile, et je venais de sortir dans la cour de mon immeuble pour jeter le restant de peinture avant qu'il ne sèche et n'abîme mes pots. Les râteleurs d'ordures et leurs chariots puants passaient généralement à l'aube, emportant le contenu des poubelles pour le tamiser dans l'espoir d'y trouver de la terre-de-nuit ou d'autres substances aussi précieuses, et je ne voulais pas les manquer. Je ne remarquai pas l'homme tout de suite, vu qu'il empestait autant que les immondices. Une odeur de mort - ce qu'il devait être, maintenant que j'y pense.

Je jetai la peinture et serais retournée à l'intérieur si une drôle de lueur n'avait attiré mon attention. Vu l'état de fatigue dans lequel je me trouvais, j'aurais dû la manquer, elle aussi. Habitant depuis dix ans à Ombre, j'étais habituée aux déchets des génitures. L'une d'elles devait avoir vomi là après une nuit trop arrosée, ou donné un rendez-vous galant au milieu de ces relents. Les nouvelles venues aimaient faire ce genre de choses, passer une semaine à jouer au mortel avant de mener l'existence qu'elles avaient choisie de vivre parmi nous. En général, leur initiation était assez... brouillonne.

Si bien que je ne sais pas ce qui me poussa à m'arrêter par cette froide matinée d'hiver. Une sorte d'instinct me dit simplement de tourner la tête. J'ignore pourquoi je l'écoutai, mais toujours est-il que je le fis, et je vis alors une splendeur se réveiller au milieu d'un tas d'ordures.

Au début, je distinguai seulement de délicates lignes d'or dessiner la silhouette d'un homme ; des gouttes de rosée argentée et scintillante perlaient sur sa chair ; elles roulaient sur son corps tels de petits ruisseaux, leur lumière floutant le grain de sa peau. Certaines de ces perles remontaient le long de ses membres avant d'embraser les filaments de sa chevelure et les traits sévères de son visage.

Et, tandis que je me tenais là, debout, les mains pleines de peinture, la porte de ma maison toujours grande ouverte dans mon dos, je vis l'homme brillant inspirer profondément - ce qui le fit chatoyer encore plus magnifiquement - et ouvrir les yeux, dont je serais incapable de décrire la couleur, même si je devais un jour trouver les mots adéquats. Le mieux que je puisse faire, c'est la comparer à des choses que je connais : la densité de l'or rouge, l'odeur du cuivre par temps chaud, le désir et la fierté.

Mais alors que je restais figée là, comme transpercée par ce regard, je discernai soudain autre chose : de la douleur. De la tristesse, de la peine, de la colère, de la culpabilité, et d'autres émotions que j'aurais été incapable de nommer puisque mon existence avait été plutôt heureuse, en définitive. Il y a des choses que l'on ne comprend que d'expérience, et il est des expériences que personne ne souhaite partager.

Mmm... Je devrais sans doute vous parler un peu de moi avant de poursuivre.

Je suis une sorte d'artiste, comme je l'ai mentionné. Je gagne, ou gagnais, ma vie en vendant des bibelots et des souvenirs aux touristes. Je peins également, bien que mes œuvres ne soient pas faites pour être soumises au regard des autres. En dehors de ça, je n'ai rien d'extraordinaire. Je vois la magie et les dieux, comme tout le monde ; je vous l'ai dit, ils sont partout. Je les remarque sans doute davantage parce que je ne distingue qu'eux.

Mes parents m'ont appelée Orie. Comme le cri de l'oiseau pleurnicheur du sud-est ; l'avez-vous déjà entendu ? On dirait qu'il sanglote quand il appelle : « orie », halètement, « orie », halètement. La plupart des filles marohnées portent des noms tristes de ce style. Ça pourrait être pire ; les garçons, eux, sont affublés de noms vengeurs. Déprimant, n'est-ce pas ? C'est exactement pour ce genre de raisons que je suis partie.

D'un autre côté, je n'ai jamais oublié les paroles de ma mère : *Ce n'est pas grave d'avoir besoin d'aide. Nous avons tous besoin les uns des autres par moments pour faire certaines choses.*

Le type dans les immondices ? Je l'ai laissé entrer, je l'ai lavé, et lui ai préparé un bon repas. Comme j'avais la place de l'héberger, je lui ai proposé de rester. C'était le mieux à faire. La bête humaine... J'imagine que je devais me sentir seule, après mon histoire avec Madding. En tout cas, ça ne me ferait pas de mal, me suis-je alors dit.

Mais je me trompais sur ce point.

Il était de nouveau mort lorsque je rentrai ce jour-là. Son cadavre gisait dans la cuisine, à côté du bar, où il avait visiblement été en train de couper des légumes lorsque l'envie de se taillader le poignet l'avait soudain pris. Je glissai dans le sang en entrant, ce qui m'énerva parce que cela signifiait qu'il devait y en avoir partout par terre. L'odeur était si forte et écœurante que je n'arrivais pas à la localiser ; ce mur-ci ou celui-là ? L'intégralité du sol ou seulement près de la table ? Je me doutai qu'il devait en répandre sur le tapis tandis que je le traînais jusqu'à la salle de bains. L'homme était charpenté, si bien que je mis un moment. Je réussis finalement à l'installer dans la baignoire, que je remplis d'eau froide de la citerne pour que le sang ne s'incruste pas dans ses vêtements, et pour faire savoir à mon hôte combien j'étais en colère après lui. Mon énervement était retombé - nettoyer la cuisine m'y avait aidé - lorsqu'un violent bruit monta de la salle de bains. Mon invité était généralement désorienté chaque fois qu'il revenait à la vie, alors j'attendis dans l'embrasure de la porte qu'il se calme et fixe son attention sur moi. Il avait une forte personnalité. Son regard était toujours pressant.

« Je vous trouve vraiment injuste, commençai-je, de me rendre la vie plus difficile. Est-ce que vous comprenez ce que je vous dis ? »

Silence. Il m'avait entendue, je le savais.

« J'ai nettoyé le plus gros dans la cuisine, mais il doit encore rester du sang sur les tapis du salon. L'odeur est tellement forte qu'elle m'empêche de voir les taches. Je vous laisse vous en charger. Vous trouverez un seau et une brosse dans la cuisine. »

Encore du silence. Un causeur par scintillement, voilà ce qu'il était.

Un soupir. J'avais mal au dos d'avoir frotté le sol. « Merci pour le dîner. » Je ne mentionnai pas le fait que je n'avais pas touché au repas. Aucun moyen de savoir - sans y goûter - s'il avait également mis du sang dans la nourriture. « Je vais me coucher ; la journée a été longue. »

Une vague sensation de honte plana dans l'air. Je sentis son regard se détourner, ce qui me fit plaisir. J'avais appris à le connaître, depuis bientôt trois mois qu'il logeait chez moi ; il était d'une droiture quasiment maladive, et aussi prévisible que l'appel de la cloche de la Salle Blanche. Il n'aimait pas que les plateaux de la balance soient déséquilibrés, entre nous.

Je traversai la salle de bains, puis me penchai au-dessus de la baignoire en cherchant son visage à tâtons. Je trouvai le sommet de sa tête, et m'émerveillai comme chaque fois que je sentais une chevelure semblable à la mienne - légèrement bouclée, épaisse mais souple, assez dense pour que mes doigts s'y perdent. La première fois que je l'avais touchée, j'avais d'abord cru son propriétaire marohné, étant donné que seuls les gens de mon peuple possédaient des toisons semblables. J'avais eu le temps depuis de comprendre qu'il était profondément différent, c'est-à-dire pas humain, sans que cela ait pour autant altéré la sympathie qu'il m'inspirait. Si bien que je me penchai pour l'embrasser sur le front et savourai cette douce sensation de chaleur sous mes lèvres. Il était toujours chaud au toucher. Pour peu que nous trouvions un arrangement concernant l'organisation du couchage, j'économiserais une petite fortune en bois de chauffage l'hiver prochain.

« Bonne nuit », murmurai-je. Comme il ne répondait pas, je tournai les talons et allai dormir.

Il faut que vous compreniez la chose suivante : mon hôte n'était pas suicidaire, pas réellement. Il ne se donnait pas tout ce mal pour mettre fin à ses jours. Simplement, il ne faisait jamais rien pour éviter le danger - dont celui de ses propres pulsions. Une personne ordinaire ferait attention en arpentant un toit qu'elle serait venue réparer ; pas mon invité. Comme il ne regardait jamais de chaque côté de la route avant de traverser. Si l'idée de balancer une bougie allumée sur un lit avait effleuré la plupart des gens un bref instant seulement, mon hôte, lui, passait à l'action. (Bien que, à son crédit, il ne m'ait jamais mise en danger, moi. Jusqu'à ce jour.)

Brillant m'avait toujours paru étrangement calme, dans les moments où j'avais eu l'occasion de surprendre cette curieuse tendance chez lui – comme ce jour où il avait ingurgité une substance empoisonnée par hasard. Voilà comment j'imaginai qu'il s'y était pris cette fois-ci : alors qu'il était en train de hacher des légumes pour le dîner, il avait dû observer le couteau dans sa main, puis, la préparation du repas terminée, il avait mis une assiette de côté pour moi avant de planter la lame entre les os de son poignet en maintenant tranquillement son membre blessé au-dessus d'un saladier afin d'y recueillir son sang. Mon invité était obsédé par la propreté. Comme j'avais retrouvé le récipient par terre encore plein au quart, la majorité du sang ayant éclaboussé un mur entier de la cuisine, j'en avais conclu qu'il avait dû perdre ses forces plus vite que prévu et avait envoyé le plat en l'air en tombant. Enfin, une fois au sol, il s'était vidé de son sang.

J'imaginai même qu'il avait dû se regarder mourir. Et, plus tard, nettoyer son propre sang avec une apathie parfaitement identique.

J'étais pratiquement certaine qu'il était une géniture. Je dis « pratiquement » parce que je n'avais jamais entendu parler d'une magie aussi étrange que la sienne. Revenir d'entre les morts ? Scintiller au lever du soleil... En quoi cela faisait-il de lui un dieu des matins joyeux et des surprises macabres ? Il ne s'exprimait jamais en langue divine – ni en aucun autre idiome, pour cette bonne et simple raison : il devait être muet. De la même manière, je n'arrivais pas à le voir, hormis le matin, ou lorsqu'il revenait à la vie, ce qui voulait dire qu'il était magique uniquement dans ces moments-là. Le reste du temps, il n'était qu'un homme banal.

Sauf qu'il ne l'était pas.

Ce que le jour suivant illustra bien.

Je me réveillai avant l'aube, comme j'en avais depuis longtemps l'habitude. Normalement, je serais restée étendue là un moment à écouter les bruits de l'aurore : le chœur des oiseaux, le *flic floc* sonore et irrégulier de la rosée tombant de l'Arbre sur les toits et les rues pavées. Cette fois, cependant, désireuse d'un autre genre de matinée, je me levai et partis à la recherche de mon invité, qui, pensai-je, devait se trouver dans sa chambre, et non à l'office où il dormait normalement. J'eus la confirmation qu'il y était bien à l'instant où je me lançai à sa recherche. Il avait ce type de pouvoir : emplir la maison de sa présence, devenir son centre de gravité. Ensuite, c'était facile - plus que facile, même, naturel - de le retrouver ; il suffisait de se laisser guider jusqu'à lui, où qu'il soit.

Je le trouvai posté près de la fenêtre. Ma maison possédait de nombreuses ouvertures - ce que je déplorais souvent, car elles exposaient les lieux aux quatre vents. (Je n'avais pas les moyens d'en louer une en meilleur état.) Pourtant, sa chambre était l'unique pièce orientée à l'est. Ce qui n'était pas mieux, et pas seulement parce que j'étais aveugle ; comme la plupart des habitants de la cité, je vivais dans un quartier situé au pied de l'Arbre Monde, niché entre deux racines principales qui nous dominaient de plusieurs étages. Nous avions du soleil durant quelques minutes vers le milieu de la matinée, au moment où il était assez haut pour les surplomber, mais pas suffisamment pour que la canopée de l'Arbre le dissimule, puis quelque temps encore vers la mi-journée. Seuls les nobles avaient les moyens de s'offrir des lieux mieux exposés.

Pourtant, régulier comme une pendule, mon invité se tenait là chaque matin, dès lors qu'il n'était pas occupé, ou mort. La première fois que je le vis faire, je crus d'abord qu'il accueillait le jour. Peut-être faisait-il ses prières à l'aube, comme ceux qui rendaient encore hommage à Itempas le lumineux ? Je le connaissais mieux désormais, pour peu que l'on puisse prétendre connaître un homme indestructible qui ne parlait jamais. Lorsque je le touchais dans ces instants-là, je le percevais mieux que d'habitude, et ce que je décelais alors n'était ni de la vénération ni de la piété. L'immobilité de sa chair, la raideur de sa posture et l'aura de paix qu'il irradiait dégageaient de la *puissance*. De la fierté. Les vestiges de celui qu'il avait été autrefois.

Il devenait ainsi chaque jour un peu plus clair qu'il y avait quelque chose de brisé, de *détruit* en lui. Je ne savais ni quoi ni pourquoi, mais je le sentais : il n'avait pas toujours été cet homme-là.

Il ne réagit pas lorsque je pénétrai dans la chambre et me postai sur une chaise avant de m'enrouler dans la couverture que j'avais apportée en prévision du froid matinal. Sans doute s'était-il habitué au fait que j'assiste à ses démonstrations, puisque cela m'arrivait régulièrement ?

Comme j'étais à peu près certaine qu'il recommencerait à luire dès que je serais confortablement installée.

Mais le processus changeait systématiquement. Ses yeux s'illuminèrent en premier, cette fois, puis il les tourna dans ma direction afin de s'assurer que je le regardais bien. (J'avais déjà surpris ces petits accès d'arrogance en d'autres occasions.) Ensuite, il pivota face à la fenêtre, ses cheveux et ses épaules chatoyant doucement. Puis je vis ses bras, musclés comme ceux d'un soldat, croisés sur sa poitrine. Et enfin, ses longues jambes légèrement arquées ; sa posture était détendue, quoique fière. Pleine de dignité. Il se tenait comme un roi, ce que j'avais remarqué le premier matin où je l'avais découvert dans cette attitude. Comme un homme longtemps habitué au pouvoir, et destitué depuis peu.

La lumière devint plus forte à mesure qu'elle remplit sa silhouette. Je plissai les paupières - j'adorais le faire - et levai la main pour me protéger les yeux. Je vis son éclat prendre une forme humaine dans la claire-voie ombreuse de mes doigts osseux. Mais finalement, comme toujours, je détournai le regard. (Ce que je ne faisais que lorsque j'y étais vraiment obligée. Qu'aurait-il pu m'arriver ? Perdre la vue ?)

Puis ce moment prit fin. L'éclat disparut ensuite rapidement, car, par-delà le mur de racines situé à l'est, le soleil s'éleva au-dessus de l'horizon. Au bout de quelques instants, je pus de nouveau le regarder et, vingt minutes plus tard, il était aussi invisible que n'importe quel mortel.

Une fois le processus terminé, mon invité se tourna pour partir. Il s'occupait des tâches ménagères durant la journée et avait récemment proposé ses services à des voisins, m'offrant chaque fois ses maigres revenus. Je m'étirai, sereine et confortable. J'avais toujours plus chaud lorsqu'il se trouvait près de moi.

« Attendez », lançai-je. Il s'arrêta.

Je tentai de cerner son humeur à la qualité de son silence. « Me direz-vous un jour votre nom ? »

Encore du silence. Était-il en colère ou simplement indifférent ? Je soupirai.

« Très bien, commentai-je. Les voisins commencent à poser des questions, alors j'ai besoin d'un nom. Cela vous ennuierait-il, si j'inventais quelque chose ? »

Il soupira. Énervé, définitivement. Mais il n'avait pas dit « non ».

Je souris. « Très bien. Brillant. Dans ce cas, je vais vous appeler Brillant. Qu'en pensez-vous ? »

C'était pour plaisanter. Uniquement pour le taquiner. Mais je dois admettre que je me serais attendue à une réaction de sa part, à de la répugnance, tout au moins. Mais il se contenta de quitter la pièce.

Ce qui m'énerva profondément ; je ne lui demandais pas de parler, mais ne pouvait-il pas au moins faire l'effort de sourire ? De grogner ou de soupirer ?

« Va pour Brillant, alors », assénai-je avant de me lever et d'aller me préparer pour la nouvelle journée qui m'attendait.

2

Déesses mortes
(Aquarelle)

Il semblerait que je sois jolie. Hormis les manifestations de magie, je n'y vois rien. Et la magie étant généralement magnifique, je suis incapable de distinguer par moi-même la banalité. Je suis obligée de m'en remettre à la parole des autres. En général, tous les hommes font l'éloge de certaines parties de mon corps – toujours des parties, jamais l'ensemble. Ils louent mes longues jambes, mon cou gracile, ma chevelure en cascade, mes seins (en particulier mes seins). La plupart des habitants d'Ombre étant amnes, ils commentent également ma peau douce presque noire de Maroe, même après que j'ai expliqué qu'un demi-million de femmes possèdent la même de par le monde. Un demi-million ne représentant vraiment pas grand-chose à l'échelle du monde, ma couleur entrait toujours en ligne de compte dans la façon mitigée et fragmentaire dont ils m'admiraient.

« Ravissant », disaient-ils avant de proposer de m'emmener chez eux pour me contempler en privé. Ce que j'acceptais quand je me sentais vraiment seule, jusqu'à ce que je commence à fréquenter les génitures. « Tu es magnifique, Orie », murmuraient-ils tandis qu'ils m'installaient, me faisaient prendre la pose et me caressaient. « Si seulement… »

Je ne leur demandais jamais de terminer leur phrase, car je savais très bien ce qu'ils avaient failli dire : *Si seulement tu n'avais pas ces yeux.*

Mes yeux ne sont pas simplement aveugles ; ils sont difformes. Dérangeants. J'attirerais sans doute davantage d'hommes si je les cachais, mais pourquoi ferais-je une chose pareille ? Ceux que je séduis ne me veulent jamais vraiment. Sauf Madding. Et encore. Même lui préférerait que je sois différente.

Mon invité ne me désirait pas du tout. Ce qui m'inquiéta au début ; je n'étais pas complètement idiote, je savais qu'il pouvait être dangereux de laisser cet étrange individu entrer chez moi. Mais rien ne l'intéressait moins que la chair humaine – dont la sienne. Trop banale. Si son regard véhiculait des sensations diverses lorsqu'il m'observait, la convoitise ne comptait pas parmi celles-là. Ni la pitié.

Sans doute cette dernière raison me poussa-t-elle à lui proposer de rester.

« Je peins un tableau », murmurai-je avant de commencer.

Chaque matin, avant de partir pour le Rang d'Art, je pratiquais mon art *véritable*. Les objets que je fabriquais pour le Rang n'étaient que de la camelote – des statues de génitures imprécises et mal proportionnées ; des aquarelles banales et inoffensives représentant la cité ; des fleurs-d'Arbre séchées ; des faux bijoux. Le genre de babioles que tout acheteur potentiel s'attendrait à trouver à l'étal d'une aveugle sans formation qui ne vendait rien à plus de vingt *meris*.

Mes peintures étaient différentes. Je dépensais une bonne partie de mes revenus en toile et en pigments ainsi qu'en cire d'abeille pour la sous-couche. Je pouvais m'y consacrer durant des heures - lorsque je me perdais vraiment, imaginant les couleurs de l'air et tentant de capturer les odeurs avec des lignes.

Et, à la différence des bibelots de mon stand, je voyais mes œuvres. Je ne sais pas pourquoi. Je le pouvais, c'est tout.

Je ne fus pas surprise de trouver Brillant, au moment où je me retournai en m'essuyant les mains sur un chiffon. Je veillais toujours à ne pas me laisser distraire par ce qui m'entourait lorsque je peignais. Mais soudain, le parfum de nourriture qui chatouilla mes narines fit gargouiller mon estomac si fort que le grondement étouffé résonna dans toute la cave. Un sourire honteux se dessina sur mes lèvres. « Merci d'avoir préparé le petit déjeuner. »

Les marches en bois craquèrent, puis un léger courant d'air passa près de moi. Ensuite, une main saisit la mienne et la guida jusqu'au contour lisse et courbe d'une assiette, tiède en dessous. Du fromage chaud et des fruits, mon petit déjeuner habituel, et… je reniflai en souriant de délice. « Du poisson fumé ? J'aimerais bien savoir comment vous avez réussi à en dégoter. »

Je ne m'attendais à aucune réponse, et n'en reçus aucune. Il me guida jusqu'à ma table de travail où il avait dressé le couvert. (Il faisait toujours les choses comme il faut.) Je trouvai une fourchette et commençai à manger, mon plaisir décuplé tandis que je découvrais que le poisson était du *velly* de l'océan Braided, près du Nimaro. S'il ne coûtait pas très cher, il était néanmoins difficile d'en acheter à Ombre ; trop gras au goût des Amnes. Seuls quelques détaillants du Marché du Soleil en vendaient, à ma connaissance. Mon hôte avait-il fait le trajet jusqu'à Oueston pour moi ? Lorsqu'il cherchait à se faire pardonner, il faisait bien les choses.

« Merci, Brillant », fis-je tandis qu'il me servait une tasse de thé. Il marqua un temps d'arrêt, puis versa de nouveau en soupirant discrètement à cause de ce nouveau surnom. Je me retins de rire uniquement parce que ça aurait pu sembler méchant.

Il poussa une pile de bâtons de cire d'abeille et s'assit sur le banc en face de moi, puis me regarda manger. Ce qui me calma instantanément, parce que cela voulait dire qu'il avait déjà pris son petit déjeuner, et que j'avais donc peint jusque très tard. Je n'étais pas en avance pour le Rang d'Art.

Mais puisque je ne pouvais rien y changer, je soupirai, bus une gorgée de thé, et fus agréablement surprise de découvrir qu'il s'agissait d'un nouveau mélange légèrement amer qui se mariait idéalement avec du poisson salé.

« Je me demande si ça vaut la peine que j'aille au Rang aujourd'hui », lançai-je. Il donnait toujours l'impression de se moquer éperdument de ce genre de conversations, comme je me fichais qu'il n'y participe pas. « Ça va sans doute être une véritable maison de fous, là-bas. Oh, mais au fait - est-ce que vous êtes au courant ? Hier, près de la Salle Blanche, à Eston, on a retrouvé le cadavre d'une géniture. Role. C'est moi qui l'ai découverte ; elle était vraiment très morte. » Je frissonnai à l'évocation de ce souvenir. « Ce qui veut malheureusement dire que ses fidèles vont venir présenter leurs hommages, qu'il y aura des Gardiens partout, et que les badauds seront aussi nombreux que des fourmis à un pique-nique. » Il soupira. « J'espère qu'ils ne vont pas interdire l'accès à l'ensemble de la Promenade ; déjà que je suis fauchée… »

Je continuai de manger et ne sentis pas immédiatement que le silence de Brillant avait changé. Puis je perçus de l'horreur. Qu'est-ce qui avait bien pu retenir son attention - mes soucis d'argent ? Il avait été un sans-abri ; peut-être redoutait-il que je le mette à la porte ? Mais cette hypothèse ne me semblait pas la bonne sans que je sache très bien pourquoi.

Je tendis la main, trouvai la sienne, et cherchai son visage à tâtons. Si Brillant était généralement indéchiffrable, en cet instant, il avait les traits figés comme la pierre, la mâchoire serrée, les sourcils froncés, et la peau crispée au niveau des oreilles. De l'inquiétude ; de la colère ; de la peur ? J'aurais été absolument incapable de le dire.

J'ouvris la bouche pour lui assurer que je n'avais aucune intention de le chasser, mais avant que j'aie pu le faire, il se leva et tourna les talons, laissant ma main en suspens à l'endroit où il y avait eu son visage.

Ne sachant pas très bien quoi penser de cette scène, je terminai de manger, portai mon assiette à l'étage pour la laver, puis me préparai à partir pour le Rang. Brillant me rejoignit à la porte et me présenta ma canne. Il venait avec moi.

Comme je l'avais présumé, une petite foule envahissait déjà les rues à proximité de la Promenade ; des fidèles éplorés, des curieux, et des Gardiens de l'Ordre particulièrement hargneux. J'entendais également un groupe chanter une mélopée sans paroles dont la mélodie tournait encore et encore, réconfortante et légèrement sinistre. Ces individus faisaient partie des Nouvelles Lumières, une des religions récemment apparues en ville. Ils devaient être venus chercher des recrues parmi les infortunés disciples de la déesse défunte. En plus des Lumières, je percevais aussi l'encens entêtant et soporifique des Sombres Passeurs - des adorateurs du Seigneur de l'ombre. J'en comptai peu, ce qui ne m'étonna guère, ces gens étant généralement peu matinaux.

Et, en plus d'eux, des pèlerins adeptes de la Dame Grise ; des Filles du feu nouveau (des disciples de génitures dont je n'avais jamais entendu parler) ; des Dixième-Démon ; la Ligue des rouages ; et une demi-douzaine d'autres groupes supplémentaires. Je perçus les voix d'enfants des rues au milieu de la cohue, qui devaient être en train de faire les poches, ou je ne sais quelle bêtise encore. Eux aussi avaient un divin patron, désormais ; du moins la rumeur circulait-elle.

Pas étonnant que les Gardiens de l'Ordre aient été hargneux, avec tous ces hérétiques attroupés dans *leur* Salle. Ils avaient cependant réussi à boucler l'allée centrale, où ils laissaient les endeuillés avancer par petits groupes, puis rester le temps d'une prière ou deux.

Profitant de ce que Brillant se trouvait à mes côtés, je m'accroupis et effleurai de la main les fleurs, les bougies et les objets de dévotion placés à l'entrée. Je m'étonnai que les fleurs soient à moitié fanées, car cela signifiait qu'elles étaient là depuis un moment. La géniture qui avait tracé l'allée centrale devait avoir interrompu le charme autonettoyant en signe de respect vis-à-vis de Role.

« Quelle tristesse, murmurai-je à l'attention de Brillant. Je ne la connaissais pas personnellement, mais j'ai entendu dire qu'elle était sympathique. Une déesse de la compassion, ou quelque chose dans le genre. Elle travaillait comme rebouteuse au bas de la Racine Sud. Ceux qui en avaient les moyens devaient lui faire des offrandes, mais elle ne se détournait jamais de ceux qui ne le pouvaient pas. » Je soupirai.

Brillant n'était qu'une présence silencieuse, maussade et stoïque, qui respirait à peine. Présumant qu'il avait du chagrin, je me levai en cherchant sa main à tâtons, et fus surprise de trouver son poing serré. Je m'étais totalement trompée ; il était en colère, pas triste. Perplexe, je frôlai sa joue du bout des doigts. « La connaissiez-vous ? »

Il hocha la tête ; une seule fois.

« Était-elle… votre déesse ? L'adoriez-vous ? »

Il secoua la tête. Sa joue se gonfla sous mes doigts. Qu'était-ce… ? Un sourire ? Amer, dans ce cas.

« Vous teniez à elle, pourtant.

– Oui », répondit-il.

Je me figeai.

Jamais il ne m'avait parlé. Pas une seule fois en trois mois. Je ne m'étais même pas rendu compte qu'il *pouvait le faire*. Durant plusieurs secondes, j'hésitai à dire quelque chose pour saluer cet instant - quand j'effleurai son bras par mégarde et sentis ses muscles tendus. Idiot de ma part, de me fixer sur une parole alors qu'un événement bien plus capital venait de se produire : il s'était montré concerné par autre chose que sa propre personne.

Je l'obligeai à desserrer le poing et entrelaçai mes doigts entre les siens, comme je l'avais fait pour réconforter Madding le jour précédent. Pendant un instant, je sentis la main de Brillant trembler dans la mienne, et espérai presque qu'il me rende mon geste. Mais ses doigts s'amollirent. S'il ne s'écarta pas, cela revint au même.

Je soupirai et restai encore un petit moment près de lui, puis finis par me reculer.

« Je suis désolée, mais je dois y aller. » Comme il ne disait rien, je le laissai à son deuil et partis pour le Rang d'Art.

Yel, la propriétaire du plus grand étal de produits comestibles de la Promenade, permettait aux artistes d'entreposer leurs œuvres sur son stand qu'elle fermait à clé pour la nuit. Ce qui me facilitait beaucoup la vie. J'installai mes tables et mes marchandises rapidement, mais ensuite, une fois assise, il se passa exactement ce que j'avais redouté : durant deux heures entières, personne ne vint jeter le moindre coup d'œil à mes articles. J'entendais d'ailleurs les autres marchands râler. Seul Benhan eut plus de chance ; il vendit un dessin au fusain de la Promenade, qui représentait également l'allée. J'étais certaine qu'il en proposerait dix similaires dès le lendemain matin.

Je n'avais pas suffisamment dormi, étant donné que j'avais nettoyé le bazar de Brillant jusque tard dans la nuit. Je piquais du nez lorsqu'on s'adressa à moi à voix basse : « Mademoiselle ? S'il vous plaît ? »

Je me réveillai en sursaut, ce que je camouflai aussitôt derrière un sourire. « Tiens, bonjour, monsieur. Auriez-vous repéré un objet qui vous intéresse ? »

Je perçus de l'amusement chez mon interlocuteur, ce qui me troubla. « En fait... oui. Est-ce que vous venez ici tous les jours ?

– Oui, en effet. Je peux mettre un article de côté pour vous, si vous le souhaitez...

– Ce ne sera pas nécessaire. » Brusquement, je compris : il n'était pas venu acheter quoi que ce soit. Il ne parlait pas comme un pèlerin ; il n'y avait pas la moindre incertitude ni la moindre curiosité dans sa voix. Bien que son senmite fût cultivé et précis, je percevais en filigrane les inflexions plus traînantes de l'accent d'Oueston. Voilà un homme qui avait passé sa vie à Ombre, mais qui cherchait à le cacher.

Je tentai ma chance. « Qu'est-ce qu'un prêtre itempéen pourrait bien attendre de quelqu'un comme moi, dans ce cas ? »

Il rit. À l'évidence peu surpris. « Alors c'est vrai, ce qu'on raconte sur les aveugles. Que vos autres sens se développent davantage parce que vous n'y voyez pas. À moins que vous n'ayez des capacités de perception extraordinaires ? » J'entendis le bruit sourd d'un objet que l'on soulevait de mon étal. Quelque chose de lourd ; sans doute l'une de ces répliques miniatures de l'Arbre que je fabriquais à partir de jeunes *sinplins*. Mes meilleures ventes, mais celles qui me demandaient le plus d'efforts et d'argent, également.

Je passai la langue sur mes lèvres soudain curieusement sèches. « Hormis mes yeux, je suis une personne tout à fait banale, monsieur.

– Vraiment ? Le bruit de mes bottes m'aura trahi dans ce cas, ou l'odeur tenace de l'encens sur mon uniforme. J'imagine que ce genre de détails doit vous en dire long. »

Autour de moi, j'entendais d'autres paires de bottes au bruit caractéristique et d'autres voix cultivées, auxquelles mes confrères du Rang répondaient tous sur des tons gênés ; un groupe de prêtres était-il venu nous interroger ? Nous n'avions affaire qu'aux Gardiens de l'Ordre, d'habitude, des hommes généralement jeunes, et parfois un peu trop zélés, mais corrects dès lors qu'on ne les contrariait pas. La plupart d'entre eux détestaient le devoir de rue, si bien qu'ils s'en acquittaient mollement, obligeant les habitants de la cité à trouver par eux-mêmes des solutions à leurs problèmes – ce que la plupart d'entre nous préféraient largement. Mais quelque chose me disait que cet homme n'était pas un simple Gardien de l'Ordre.

Vu qu'il ne m'avait pas posé de question, je demeurai silencieuse, ce qu'il parut considérer comme une réponse en soi, car je sentis soudain mon étal bouger dangereusement ; il s'asseyait dessus. Ces tables pliantes n'étaient pas des plus robustes, étant donné que je pouvais les transporter toute seule au besoin. Mon estomac se noua.

« Vous semblez nerveuse, lança-t-il.

– Je ne le suis pas », mentis-je. J'avais entendu dire que les Gardiens de l'Ordre recouraient à ce genre de techniques pour déstabiliser leurs cibles. Celle-là fonctionnait très bien. « Mais j'apprécierais que vous me disiez votre nom.

– Rimarn », répondit-il. Un nom très répandu au sein des classes populaires amnes. « Prévit Rimarn Dih. Et vous êtes ? »

Un *prévit*... Ces gens étaient des prêtres de plein droit et de haut rang, qui quittaient rarement les Salles Blanches, vu qu'ils consacraient tout leur temps ou presque aux affaires et à la politique. L'Ordre devait donc considérer la mort de la géniture d'une extrême importance.

« Orie Shoth », articulai-je. Ma voix se brisa au moment où je prononçai mon nom de famille. Lorsque je me répétai, je crus sentir mon interlocuteur sourire.

« Nous enquêtons sur la mort de Dame Role, et nous espérons que vous et vos amis pourrez nous aider. Particulièrement quand on sait que nous avons eu l'amabilité de fermer les yeux sur votre présence ici, à la Promenade. » Il souleva un autre objet. Impossible de savoir lequel.

« Je serai heureuse de vous aider », assurai-je en feignant d'ignorer la menace à peine voilée. Parmi ses diverses activités, l'Ordre d'Itempas octroyait les permis et les licences de la cité pour lesquels il demandait des prix exorbitants. Yel, pour sa part, avait le droit de vendre sur la Promenade, ce qu'aucun de nous, artistes, n'avions les moyens de nous offrir. « C'est tellement triste. Je ne savais pas que les dieux pouvaient mourir.

– Les génitures le peuvent », confirma-t-il, son ton soudain plus froid. Je me réprimandai intérieurement d'avoir oublié combien les itempéens pouvaient se montrer irritables quand il était question d'autres dieux que le leur. J'avais quitté le Nimaro depuis trop longtemps. La barbe !...

« Leurs parents, les Trois, peuvent les tuer, poursuivit Rimarn. Leurs frères et sœurs aussi, s'ils sont suffisamment forts.

– Je n'ai pas croisé de géniture avec du sang sur les mains, si c'est ce que vous voulez savoir. Même si on ne peut pas dire que j'y voie grand-chose. » Je souris ; l'argument n'était pas très bon.

« Mmm... Je crois savoir que c'est vous qui avez trouvé le corps.

– Tout à fait. Mais il n'y avait personne d'autre, sur place, ça, je peux l'affirmer. Après, Madding - monseigneur Madding, une autre géniture qui vit en ville - est venu prendre le corps. Pour aller le montrer à leurs parents. Aux Trois.

– Je vois. » On reposa un objet sur mon étal. Mais pas un Arbre miniature. « Vos yeux sont très intéressants. »

Je ne sais pas pourquoi cela me mit encore plus mal à l'aise. « À ce qu'il paraît.

– Est-ce que c'est de... la cataracte ? » Il se pencha pour me regarder de plus près. Son haleine sentait le thé à la menthe.

« C'est la première fois que j'en vois une de ce genre. »

Je savais que les gens trouvaient mes yeux dérangeants. La « cataracte » dont Rimarn parlait consistait en un entrelacs de renflements de chair grisâtre superposés les uns sur les autres, tels les pétales d'une marguerite sur le point de fleurir. Je n'ai pas de pupilles ni d'iris au sens classique du terme. Lorsqu'ils me voient de loin, les gens croient reconnaître l'acier mat de la cataracte, mais de plus près, ma difformité devient évidente.

« Les rebouteux appellent ça des cornées mal formées. Je souffre d'autres complications dont je serais absolument incapable de prononcer le nom. » Je tentai de nouveau de sourire et échouai lamentablement.

« Je vois. Cette… malformation… est-elle répandue parmi les Marohnés ? »

Un grand fracas s'éleva deux étals plus loin. Celui de Ru ; je l'entendis protester vertement. Puis Vuroy et Ohn à leur tour. « La ferme », intima sur un ton cassant le prêtre qui l'interrogeait. Le silence retomba aussitôt. Mais une voix sortit bientôt de la foule des badauds - sans doute celle d'un Sombre Passeur - et cria aux prêtres de nous laisser tranquilles ; son propriétaire ne se montra ni assez brave ni suffisamment stupide pour oser se répéter, en revanche. En effet, personne n'avait suivi son exemple.

Je ne suis pas très patiente de nature, ce que la peur ne fait qu'accentuer. « Que voulez-vous exactement, prévit Rimarn ?

– J'apprécierais que vous répondiez à ma question, mademoiselle Shoth.

– Non, bien sûr que non. Tous les Marohnés n'ont pas des yeux comme les miens. Tous les Marohnés ne sont pas aveugles. Pourquoi voudriez-vous qu'ils le soient ? »

Je sentis la table pencher légèrement ; mon interlocuteur avait-il haussé les épaules ? « Il pourrait s'agir de séquelles consécutives au traitement que le Seigneur de la nuit vous a fait subir jadis. La légende raconte que les forces qu'il a déchaînées sur le Maroland n'étaient... pas normales. »

Et de ce fait, nous, les survivants de ce désastre, nous ne l'étions pas non plus. Salauds d'Amnes imbus d'eux-mêmes. Nous autres, Marohnés, honorions Itempas depuis aussi longtemps qu'eux. Je me retins d'asséner la réplique qui me vint spontanément à l'esprit et rétorquai plutôt : « Le Seigneur de la nuit ne nous a rien fait, prévit.

– Détruire votre patrie, vous appelez ça rien, vous ?

– Rien en dehors de ça, je veux dire. Démons et obscurité ! Il n'en avait rien à faire de nous. Pourquoi nous aurait-il fait quoi que ce soit ? Il a détruit le Maroland uniquement parce qu'il s'y trouvait lorsque les Arameris ont laissé sa laisse leur filer entre les doigts. »

Le silence fut alors total. Il dura suffisamment longtemps pour que ma colère s'apaise et cède la place à l'horreur. Personne ne critiquait les Arameris – à la barbe d'un prêtre itempéen encore moins. Je sursautai lorsque j'entendis un fracas tonitruant juste devant moi. L'Arbre miniature. Il l'avait laissé tomber. Le pot en céramique s'était brisé et avait dû abîmer la plante elle-même.

« Aïe, fit Rimarn sur un ton glacé. Désolé. Ne vous inquiétez pas, vous serez dédommagée. »

Je fermai les yeux et inspirai profondément, toujours tremblante, mais lucide. « Ne vous en faites pas pour ça. »

Je perçus un autre changement de position, puis des doigts attrapèrent mon menton. « Quel dommage pour vos yeux, poursuivit-il. Vous êtes très belle, en dehors de ça. Si vous portiez des lunettes...

– Je préfère que les gens me voient telle que je suis, prévit Rimarn.

– Ah. Préférez-vous qu'ils vous voient comme une femme aveugle, ou comme une géniture qui joue à la mortelle sans défense ? »

Qu'est-ce que... Je me raidis, puis fis une chose dont j'aurais sans doute mieux fait de m'abstenir : j'éclatai de rire. Il était en colère, je n'étais pas à ce point stupide. Mais lorsque je perdais mon calme, je ne contrôlais plus mes nerfs, et mes paroles encore moins.

« Vous pensez... » Je glissai une main sur les siennes pour essuyer une larme. « Une *géniture* ? *Moi* ? Très Cher Père au Ciel, c'est *vraiment ce que vous pensez* ? »

Les doigts de Rimarn me serrèrent soudain si fort que j'en eus mal à la mâchoire. Je ne riais plus lorsqu'il m'obligea à lever le visage et à me pencher plus près. « Ce que je pense, mademoiselle Shoth, c'est que vous empestez la magie, murmura-t-il. Comme je n'en ai jamais senti chez aucun autre mortel. »

Et, tout à coup, je le vis.

Mais pas comme Brillant. La lueur de Rimarn m'apparut brutalement. Elle n'émanait pas de l'intérieur de lui. Des lignes et des fioritures se dessinaient partout sur sa peau, tels de fins tatouages lumineux s'enroulant autour de ses bras, puis sur son torse. Si je ne percevais pas le reste de son corps, ces lignes dansantes et flamboyantes me permirent d'en deviner le contour.

Un scribe. Cet homme était un scribe. Et un bon, à en juger par le nombre de mots divins gravés dans sa chair. Ils n'étaient pas vraiment là, bien sûr ; mes yeux se contentaient d'interpréter le talent et l'expérience de cet individu, ou du moins ce que j'en comprenais. Une aptitude qui m'aidait généralement à repérer les gens de son espèce avant qu'ils ne m'aient repérée moi.

Je déglutis. Je ne riais plus ; j'étais terrifiée.

Un brusque courant d'air me signala un mouvement tout proche. Puis quelque chose retira d'un coup sec la main du prévit de mon visage, qui voulut protester, mais un corps s'interposa avant qu'il ait eu le temps de le faire, m'empêchant également de le voir : une corpulence plus imposante, sombre et vide de magie. Une silhouette familière. Celle de Brillant.

Je ne distinguai pas ce qu'il faisait exactement à Rimarn, mais c'était inutile ; j'entendais les halètements des autres artistes du Rang et des badauds, les grognements de Brillant, et les cris stridents du prévit lorsqu'on le souleva et le projeta en l'air. Les mots divins inscrits sur sa peau se brouillèrent, puis le prêtre se retrouva à trois mètres au-dessus du sol. Il cessa de luire au moment où il retomba par terre dans un bruit d'os brisés.

Non. Oh, non. Je bondis sur mes pieds en renversant ma chaise et cherchai désespérément ma canne. Je me figeai avant de l'avoir débusquée : alors que Rimarn ne brillait plus, j'y voyais encore.

J'apercevais Brillant. Son éclat était vague, à peine visible, mais s'intensifiait davantage à chaque seconde, palpitant comme un cœur battant. Lorsque mon compagnon s'interposa entre le prévit et moi, sa lueur devint plus forte, soudain aussi aveuglante que les rares fois où je l'avais surprise au point du jour.

Mais c'était le milieu de la journée…

« Qu'est-ce que vous faites ? » demanda une voix farouche. Un autre prêtre. Des clameurs et des menaces nouvelles m'obligèrent à retrouver mes esprits. En dehors de Rimarn, toujours à terre et gémissant, et de moi, personne ne devait distinguer l'éclat de Brillant. Ils avaient simplement vu un homme - un étranger inconnu vêtu des frusques ordinaires et bon marché que nous lui avions trouvées - s'en prendre à un prévit de l'Ordre itempéen. Au nez et à la barbe d'une troupe de Gardiens.

J'attrapai mon compagnon par l'épaule avant de retirer ma main d'un geste vif. Non pas qu'il fût brûlant - ça, il l'était, plus que jamais -, mais parce que sa chair sous mes doigts *vibrait* comme un éclair.

J'écartai aussitôt cette sensation. « Arrêtez ! sifflai-je. Qu'est-ce que vous faites ? Présentez vos excuses immédiatement, avant qu'ils ne… »

Brillant se tourna alors vers moi, et je ne pus terminer ma phrase. Je distinguai parfaitement son visage, désormais, comme dans ces instants parfaits où l'intensité de son éclat m'avait obligée à détourner le regard. « Beau » ne saurait décrire le visage que je découvris. Il n'était en rien comparable à celui que mes doigts avaient exploré et appris à connaître. Ses pommettes ne possédaient pas leur propre lumière intérieure. Ses lèvres ne s'ourlaient pas comme celles des autres êtres vivants, mais elles m'adressèrent néanmoins un sourire discret et intime qui me donna l'impression d'être, en cet instant uniquement, la seule femme au monde. Jamais il ne m'avait souri auparavant. Jamais.

Mais comme il était méchant, ce rictus. Froid. Assassin. Je me reculai, abasourdie - et, pour la première fois depuis notre rencontre, véritablement effrayée.

Puis Brillant jeta un regard alentour, le corps tourné face aux Gardiens qui devaient s'avancer vers nous. Il les considéra, puis la foule des badauds, avec une même arrogance glacée et détachée. Il semblait prendre une décision.

J'étais toujours aussi pétrifiée lorsque trois Gardiens de l'Ordre fondirent soudain sur Brillant. Je vis leurs silhouettes sombres le plaquer au sol, le frapper, lui lier les bras dans le dos, puis l'une d'elles appuyer fermement un genou contre sa nuque. Je hurlai malgré moi. La silhouette malveillante du Gardien pivota sur le côté pour m'ordonner de me taire, *salope de Maroe*, où il me…

« Ça suffit ! »

Je sursautai et lâchai ma canne. Alors que le silence retombait, ce mugissement féroce résonna si fort contre les murs en pierre de la Promenade que j'en tressaillis de nouveau.

Rimarn. Je ne le discernais plus ; il recommençait à me cacher sa vraie nature. Mais même si j'avais été capable de voir ses mots divins, je pense que l'éclat de Brillant aurait englouti leur pâle lumière.

Le prévit avait la voix enrouée et semblait hors d'haleine. Debout près de ses hommes attroupés, il s'adressa à mon compagnon. « Es-tu complètement fou ? Jamais personne n'a fait une chose aussi stupide. »

Brillant n'avait pas résisté au moment où les prêtres avaient foncé sur lui. Rimarn fit signe au Gardien de l'Ordre, qui lui maintenait toujours la nuque avec son genou, de s'éloigner - les muscles de ma propre épaule se dénouèrent avec une sorte de soulagement compatissant -, puis il appuya le bout de son pied sur la tête du malheureux. « Réponds-moi ! hurla-t-il. Es-tu complètement stupide ? »

Je devais intervenir. « C'est... c'est mon cousin, laissai-je échapper. Il vient d'arriver en ville, prévit. Il ne connaît pas cette cité et ne sait pas qui vous êtes... » Le plus pitoyable des mensonges que j'avais jamais racontés de ma vie. N'importe qui, peu importe la nation, la race, la tribu ou la classe, savait reconnaître un prêtre itempéen. Ces gens portaient des uniformes d'un blanc immaculé et dirigeaient le monde. « S'il vous plaît, prévit, j'assume l'entière responsabilité de...

– Non, il n'en est pas question... » interrompit Rimarn sur un ton cassant. Les Gardiens de l'Ordre se levèrent et hissèrent Brillant sur ses pieds, qui se tint tranquillement parmi eux, luisant si fort que je parvenais à voir la moitié de la Promenade grâce au seul éclat de sa peau. Un sourire effroyable et assassin barrait encore son visage.

Puis ils l'emmenèrent de force. Je fis le tour de mon étal à tâtons, la peur me donnant un goût amer à la bouche. Un autre objet bascula dans un grand bruit tandis que je m'élançai vers Rimarn à l'aveuglette. « Prévit ! Attendez.

– Ne vous inquiétez pas. Je reviendrai vous voir plus tard », asséna-t-il d'un ton sec. Ensuite, il s'éloigna à son tour, emboîtant le pas des Gardiens de l'Ordre. Je voulus courir après eux et trébuchai sur un obstacle invisible en criant. Avant que je ne tombe, des mains rugueuses imprégnées d'une odeur de tabac, de mauvais alcool et de peur me rattrapèrent.

« Laisse tomber, Orie, me souffla Vuroy à l'oreille. Ils sont trop énervés pour se sentir coupables d'avoir failli casser la gueule à une aveugle.

– Ils vont le tuer. » Je serrai son bras plus fort. « Ils vont le battre à mort, Vuroy…

– Il n'y a rien que tu puisses faire », fit-il doucement. À ces mots, et parce qu'il avait raison, je sentis mes jambes se dérober sous moi.

Vuroy, Ru et Ohn m'aidèrent à rentrer à la maison. Ils portèrent mes tables et mes marchandises, comprenant sans le dire que je n'avais pas besoin de ranger mes affaires sur le stand de Yel vu que je ne retournerais pas au Rang de sitôt.

Ru et Vuroy restèrent à mes côtés lorsque Ohn repartit. Je m'efforçai de paraître calme et passive, parce je savais que j'éveillerais leurs soupçons, autrement. Ils firent le tour de la maison, jetèrent un coup d'œil à l'office où Brillant dormait et aperçurent ses vêtements - soigneusement pliés et empilés - dans un coin. Ils en conclure que je leur avais caché un amant. S'ils avaient su la vérité, ils auraient été bien plus effrayés.

« Je ne comprends pas pourquoi tu ne nous as pas parlé de lui », confia Ru. Elle était assise juste en face de moi à la table de la cuisine et tenait ma main dans la sienne. La nuit précédente, le sang de Brillant avait maculé l'endroit où nos mains se trouvaient. « Depuis Madding… eh bien. Mais j'aurais aimé que tu nous le dises, ma chérie. Nous sommes tes amis, nous aurions compris. » Je m'entêtai à conserver le silence, tentant de ne pas montrer à quel point j'étais contrariée. Il fallait absolument que j'aie l'air découragée et déprimée si je voulais qu'ils se décident à me laisser me reposer un peu. Dès qu'ils seraient partis, je prierais Madding. Je ne pensais pas que les Gardiens tueraient Brillant immédiatement. Il les avait défiés et leur avait manqué de respect. Sans doute le torturerait-on un bon moment.

La situation était bien assez grave. Mais s'ils l'assassinaient et s'il leur jouait ensuite son petit tour de résurrection, seuls les dieux savaient quel sort ils lui feraient alors subir. La magie était une force réservée à ceux qui maniaient un autre genre de pouvoir : les Arameris, les nobles, les scribes, l'Ordre, les riches. Les citoyens lambda n'avaient pas le droit d'y recourir, même si nous le faisions en secret de temps à autre. Les femmes connaissaient toutes le sceau de sang contraceptif et, dans chaque quartier, on trouvait des personnes capables de tracer les sceaux de guérison ou ceux qui rendaient des biens précieux invisibles. L'arrivée des génitures avait facilité nos vies, en réalité, parce que les prêtres - qui ne les distinguaient pas des mortels - nous laissaient généralement tranquilles.

Mais Brillant n'était pas une géniture ; il était autre chose. Je ne comprenais pas pourquoi il s'était mis à luire sur la Promenade, mais je savais ceci, en revanche : ça ne durerait pas. Il cessait toujours de luire à un moment donné. Lorsqu'il s'affaiblirait, il redeviendrait un homme banal. Ensuite, les prêtres lui déchireraient le corps pour découvrir le secret de son pouvoir.

Et ils reviendraient me voir, parce que je l'avais hébergé.

Je passai la main sur mon visage comme si j'étais fatiguée. « Je vais aller m'allonger un peu, déclarai-je.

– Arrête tes conneries, intervint Vuroy. Tu veux nous faire croire que tu vas te coucher pour pouvoir contacter tranquillement ton ancien petit copain. Tu nous prends pour des imbéciles, ou quoi ? »

Je me raidis, ce qui fit glousser Ru. « On te connaît par cœur, Orie. »

Bon sang ! « Je dois l'aider, expliquai-je, tombant soudain le masque. Et même si je ne trouve pas Madding, j'ai un peu d'argent. Les prêtres acceptent les pots-de-vin, en général…

– Pas quand ils sont en colère à ce point, contredit Ru avec une infinie douceur. Ils prendront ton argent, puis ils le tueront quand même. »

Je serrai les poings. « Madding, dans ce cas. Aidez-moi à trouver Mad. Lui, il saura quoi faire. Et il me doit bien ça. »

Sur ces paroles, j'entendis sonner. Mes joues s'embrasèrent lorsque je compris combien j'avais sous-estimé mes amis.

La porte d'entrée s'ouvrit, puis j'aperçus le chatoiement familier de Madding avant qu'il ait lui-même pénétré dans la cuisine, l'ombre de Ohn plus grande à ses côtés. « J'ai entendu, lança Madding sur un ton calme. Alors comme ça, tu réclames ton dû, Orie ? »

L'air tremblait étrangement, comme si une tension délicate le traversait, ou comme si un être invisible retenait son souffle : le pouvoir de Madding commençait à se manifester.

Je me levai de table, plus contente de le voir que je ne l'avais été depuis des mois. Mais je m'aperçus de son humeur sombre, et me souvins. « Je suis désolée, Mad, commençai-je. J'avais oublié... ta sœur. Si je pouvais faire autrement, je ne te demanderais pas de m'aider alors que tu es en plein deuil. »

Il secoua la tête. « Il n'y a rien que nous puissions faire pour les morts. Ohn m'a dit qu'un de tes amis avait des problèmes. »

Ohn lui en avait certainement dit davantage, vu comme il adorait les ragots. Mais... « Oui. Mais je ne pense pas que les Gardiens de l'Ordre l'aient emmené à la Salle Blanche. » Itempas le Père au Ciel - le Père du Jour, ce que j'oubliais chaque fois - abhorrait le désordre, ce que l'assassinat d'un homme faisait toujours un peu. Ses prêtres n'auraient jamais osé profaner la Salle Blanche.

« La Racine Sud, avança Madding. Certains parmi mes gens les ont vus partir avec ton ami dans cette direction, juste après l'incident de la Promenade. »

Il me fallut un instant pour accepter l'idée qu'il me faisait surveiller. Mais je décidai de ne rien dire, trouvai mon bâton à tâtons, et me dirigeai vers Madding. « Il y a longtemps ?

– Une heure. » Il prit ma main dans la sienne ; elle me parut douce, chaude et lisse. « Je ne te devrai plus rien après ça, Orie, annonça-t-il. Nous sommes bien d'accord ? »

Je souris discrètement, parce que je comprenais. Madding ne manquait jamais à sa parole ; s'il vous devait quelque chose, il était capable d'affronter n'importe qui et n'importe quelle situation pour acquitter sa dette. Mais le fait de se dresser contre l'Ordre d'Itempas lui compliquerait l'existence quelque temps, enfin, à Ombre tout au moins. Sa liberté d'action serait moins grande - il ne pourrait ni tuer de Gardiens, par exemple, ni quitter la cité, hormis pour regagner le domaine des dieux. Même les dieux suivaient des règles.

Je m'avançai plus près et m'appuyai sur son bras vigoureux et rassurant. Impossible de ne pas me souvenir d'autres nuits, d'autres instants de réconfort, de toutes les fois où je m'étais reposée sur lui pour qu'il trouve une solution à mes problèmes.

« Disons que ça dédommagera le fait que tu m'as brisé le cœur », répliquai-je. Si j'avais prononcé ces paroles sur un ton léger, j'avais très sincèrement pensé chacune d'elles. Madding soupira, parce qu'il savait que j'avais raison.

« Alors, accroche-toi, dans ce cas », lança-t-il. Ensuite, le monde s'illumina, puis la magie de mon compagnon nous transporta jusqu'à l'endroit où Brillant devait certainement agoniser.

3

Dieux et Cadavres
(Huile sur toile)

Au moment même où Madding et moi apparûmes à la Racine Sud, nous fûmes accueillis par une explosion de puissance qui nous fit tituber.

Je perçus une vague de lumière d'une intensité telle que je hurlai lorsqu'elle passa près de moi et lâchai aussitôt mon bâton pour me protéger les yeux avec les mains. Mad parut aussi suffoqué que moi, comme s'il avait reçu un coup, mais il se remit plus vite, cependant, et attrapa mes doigts pour les écarter de mon visage. « Orie ? Laisse-moi regarder. »

Je ne me reculai pas. « Je vais bien, assurai-je. Ça va. C'était juste… trop lumineux. Bon sang ! Je ne savais pas que ces choses pouvaient faire si mal. » Comme je ne cessais de cligner des paupières et de larmoyer, Mad observa mes yeux de plus près.

« Ce ne sont pas des "choses", Orie, mais des yeux. Est-ce que la douleur passe un peu ?

– Oui, oui, ça va mieux, vraiment. Par les enfers infinis, qu'est-ce que c'était que ça ? » L'éclat avait disparu, englouti dans le noir qui me cernait habituellement. Si elle s'atténuait lentement, la douleur *s'en allait vraiment*.

« Je n'en sais rien. » Madding prit mon visage entre ses mains et essuya du bout des pouces les larmes qui perlaient à mes paupières. Je le laissai d'abord faire, mais ce contact soudain et trop intime raviva des souvenirs plus suffocants que la lumière elle-même. Je me reculai un peu trop brusquement. Il soupira, mais ne chercha pas à me retenir pour autant.

Je sentis l'air bouger autour de moi et entendis des pas se déplacer discrètement sur le sol. Le ton de Madding devint alors plus autoritaire, comme chaque fois qu'il s'adressait à ses subalternes. « Dis-moi que ce n'était pas qui je pense.

– Et pourtant... » répondit une voix qui semblait appartenir à un être pâle et androgyne alors que j'avais rencontré sa propriétaire récemment ; brune et voluptueuse, l'exact opposé. Cette dernière faisant partie des génitures qui n'aimaient pas que je les voie, j'évitais toujours de la regarder.

« Démons et obscurité, jura Mad sur un ton ennuyé. Je croyais que les Arameris se chargeaient de le surveiller.

– Apparemment plus », intervint quelqu'un d'autre. Un homme, incontestablement. Je l'avais déjà croisé lui aussi : une créature étrange dotée d'une longue chevelure hirsute qui exhalait le cuivre. Sa peau était blanc amne, mais dévoilait des taches plus sombres par endroits, que j'interprétais comme des sortes de décoration. Je les avais toujours trouvées jolies, chaque fois que j'avais eu l'occasion de les apercevoir. Mais leur propriétaire étant là pour affaire, il ne les montrait pas.

« Lil est là », poursuivit la femme. J'entendis Mad grogner. « Il y a des cadavres. Des Gardiens de l'Ordre.

– Des... » Madding s'écarta soudain de moi et me regarda durement. « Orie, s'il te plaît, ne me dis pas que *c'est vraiment* ton nouveau petit ami.

– Je n'ai pas de petit ami, Mad, non pas que ça te concerne, note bien. » Je fronçai les sourcils, comprenant tout d'un coup. « Attends une seconde. Est-ce que vous parlez de Brillant ?

– Brillant ? Bon... » Madding jura, puis se baissa rapidement pour ramasser ma canne avant de me la mettre entre les mains. « Ça suffit. Allons-nous-en. »

Ses sous-fifres disparus, Madding m'entraîna vers l'endroit, quel qu'il fût, d'où cette puissance éclatante avait émané.

Racine Sud comptait parmi les secteurs les plus mal famés d'Ombre. Une racine principale de l'Arbre avait formé un embranchement avec un rameau voisin, encadrant la zone sur trois côtés au lieu des deux habituels. Certains jours plutôt rares, Racine Sud pouvait être merveilleux. Le quartier avait été un respectable faubourg d'artisans, avant les Trois : les murs peints en blanc étaient incrustés de mica et d'agate lisse, les rues pavées de motifs en briques de différentes tailles, et les portes en fer forgé magnifiquement ouvragées. Sans les trois racines, les lieux auraient été davantage ensoleillés que ceux situés plus près du tronc. J'avais entendu dire que cela se produisait encore quelquefois, par de venteuses journées de fin d'automne, durant une ou deux heures environ. En dehors de ces moments, Racine Sud connaissait une obscurité permanente.

Seuls de pauvres gens désespérés et en colère vivaient désormais là, faisant de ce coin de la ville l'endroit privilégié où les Gardiens de l'Ordre pouvaient battre à mort un homme en pleine rue, et en toute tranquillité.

Leurs consciences avaient dû plus les travailler que d'habitude, cependant, car l'interstice dans lequel Madding m'entraîna me parut à peine ouvert. Je perçus une odeur d'ordures et de moisissure, puis celle, âcre et amère, d'urine fétide. Une autre allée ? Aucune magie n'assurait son entretien, en tout cas.

De nouvelles senteurs m'arrivèrent également, plus fortes et moins plaisantes encore : de la fumée, du charbon, de la chair et des cheveux brûlés. Quelque chose grésillait même toujours. Et, non loin de ce crépitement, une silhouette féminine haute et languide ; la seule que je distinguai en dehors de celle de Madding. Comme elle me tournait le dos, je remarquai d'abord ses longs cheveux en bataille, raides comme ceux d'un natif du Grand Nord, quoique étrangement entremêlés de doré. Ce blond n'avait rien de commun avec celui des Amnes ; il était vraiment laid. La femme était très mince, également - de façon presque maladive. Elle portait une robe décolletée dans le dos à l'élégance incongrue, et ses omoplates, que j'apercevais de part et d'autre de sa chevelure, étaient anguleuses et acérées comme des pointes de couteau.

La femme se retourna. Je plaquai aussitôt mes deux mains sur ma bouche pour ne pas crier. Au-dessus de son nez, son visage était banal, mais en dessous, ses lèvres déformées découvraient une chose monstrueuse parfaitement inconcevable : sa mâchoire inférieure qui pendait jusqu'à ses genoux dévoilait de trop longues gencives garnies de plusieurs rangées de petites dents en forme d'aiguilles. Et elles bougeaient, ces dents, chaque rang parcourant la mâchoire dans toute sa longueur comme une file de fourmis. Je les entendais même bruire légèrement tandis que leur propriétaire bavait.

Le spectacle le plus horrible que j'eûs jamais vu. L'abominable chose sourit en découvrant ma mine stupéfaite.

Puis elle miroita et se transforma en femme normale, son apparence davantage celle d'une Amne, et sa bouche pas tout à fait humaine. Elle avait beau sourire, l'expression *affamée* si dérangeante qu'elle avait eu sous son autre aspect lui tordait toujours le visage.

« Mon dieu ! murmura Madding. (Les génitures disaient ce genre de choses tout le temps.) *C'est vraiment toi.* »

Ses paroles me troublèrent parce qu'elles ne s'adressaient pas à la femme blonde. Je sursautai à leur réponse, car celle-ci fusa d'une direction tout aussi inattendue - d'au-dessus.

« Oh, oui, surenchérit cette nouvelle et douce voix. C'est bien lui. »

Madding se figea alors d'une façon que je savais annonciatrice d'un danger. Ses deux lieutenants apparurent, eux aussi visiblement tendus. « Je vois, commenta Madding, la voix basse et circonspecte.

Ça faisait longtemps, Sieh. Es-tu venu célébrer ton triomphe ?

– En quelque sorte. » La voix était celle d'un jeune garçon prépubère. Je levai les yeux, pour tenter d'évaluer l'endroit où il se trouvait - sur un toit, peut-être, ou près d'une fenêtre au niveau du deuxième ou troisième étage. Je ne le distinguai pas. Un mortel ? Une autre géniture jouant les timides ?

Tout à coup, quelque chose tomba devant moi, puis j'entendis la voix du petit résonner au niveau du sol. Une géniture, dans ce cas.

« Tu as l'air épuisé, vieil homme », fit l'enfant, ce qui me permit de comprendre que lui non plus ne s'adressait pas à moi, mais à Madding, ou à la femme blonde. Et que, de l'autre côté de l'allée, près du mur, quelqu'un était assis, ou agenouillé peut-être. Suffoquant pour je ne sais quelle raison. Ces inspirations lourdes me parurent néanmoins familières.

« Au cas où tu ne le saurais pas, des lois physiques contraignent la chair mortelle, poursuivit le garçon en se tournant vers la personne haletante. Si tu ne canalises pas ta puissance avec des sceaux de sang, tu en as beaucoup à disposition mais tu épuises tes forces. Si tu t'en sers trop, elle peut même te tuer - pendant un moment, en tout cas. Juste un exemple parmi la centaine de choses qu'il te reste encore à apprendre, j'en ai peur. Désolé, vieil homme. »

La femme blonde émit un rire qui m'évoqua le crissement de cailloux sous des pas. « Tu n'es pas désolé. »

Elle avait raison. Le ton du garçon - que Madding avait appelé Sieh - avait été absolument dépourvu de compassion. Sieh avait même paru content, en réalité, comme une personne heureuse de voir un ennemi à terre. Je redressai la tête afin d'entendre mieux.

Sieh gloussa. « Bien sûr que je suis désolé, Lil. Tu penses que je suis du genre rancunier ? Ce serait mesquin de ma part.

– Mesquin, confirma la femme blonde, enfantin et cruel. Ses souffrances te font plaisir, n'est-ce pas ?

– Oh oui, Lil. Beaucoup. »

Aucun simulacre de gentillesse, cette fois. La voix du garçon avait seulement exprimé de la jubilation sadique. Je frissonnai, encore plus inquiète pour Brillant que pour moi-même. Je n'avais jamais vu d'enfant géniture auparavant, mais je soupçonnais qu'ils ne devaient pas être très différents des rejetons humains, capables de se montrer impitoyables, en particulier lorsqu'ils avaient du pouvoir.

Je m'écartai de Madding pour rejoindre l'homme haletant, mais mon ancien amant me retint fermement en arrière. Sa main était un véritable étau sur mon bras. Je trébuchai en protestant : « Mais...

– Pas maintenant, Orie », interrompit Madding. Il me parlait rarement sur ce ton, et je savais d'expérience qu'il ne le faisait qu'en cas de danger.

Dans une situation différente, j'aurais été soulagée d'aller me réfugier derrière lui et de me faire aussi petite que possible. Je me tenais dans une ruelle sombre, perdue les diables savaient où, entourée de cadavres d'humains et de dieux aux esprits échauffés. Et, pour ce que je pouvais en constater, il n'y avait pas d'autre mortel à portée de voix. Mais même en admettant que quelqu'un se soit trouvé dans les parages, comment cette personne aurait-elle pu m'aider, par les enfers infinis ?

« Qu'est-il arrivé aux Gardiens ? murmurai-je à l'intention de Madding. Cette question était superflue ; je n'entendais plus leur chair grésiller. « Comment Brillant les a-t-il tués ?

— Brillant ? »

La voix de Sieh. Je n'avais pas cherché à attirer son attention, ni celle de la femme blonde. Et pourtant, l'enfant géniture semblait jubiler. « Brillant ? C'est comme ça que tu l'appelles ? Vraiment ? »

Je déglutis pour prendre la parole, mais dû refaire une tentative après un premier échec. « Il ne veut pas me dire son nom, alors je… il a bien fallu lui en trouver un.

— Tu l'appelles vraiment comme ça ? » Le garçon se rapprocha, visiblement amusé. J'étais beaucoup plus grande que lui, je le devinai à l'endroit d'où sa voix venait, ce qui ne me rassurait pas pour autant. Je ne distinguai toujours rien de lui, pas le moindre contour ni la moindre ombre, ce qui signifiait qu'il se dissimulait mieux que les autres génitures.

« Brillant, répéta le garçon, songeur. Est-ce qu'il répond à ce nom ?

— Pas vraiment. » Je passai ma langue sur mes lèvres et décidai de tenter le tout pour le tout. « Est-ce qu'il va bien ? »

Le petit se détourna brusquement. « Oh, il s'en remettra. Il n'a pas d'autre choix ; que d'aller bien, je veux dire. N'est-ce pas ? » Mon cœur se serra dans ma poitrine lorsque je compris qu'il était encore plus en colère. Je n'avais fait qu'aggraver la situation. « Peu importe ce qui arrive à son corps mortel, peu importe qu'il le malmène. Eh oui, je suis au courant. Tu pensais vraiment que je ne l'apprendrais pas ? » Il s'adressait de nouveau à Brillant, la voix tremblant presque de fureur. « Tu pensais vraiment que je ne me moquerais pas de toi, de ta fierté, *de ton arrogance* ? À te voir mourir encore et encore parce que tu n'es même pas fichu de prendre un minimum de précautions ? »

Il y eut soudain un bruit de bousculade, puis j'entendis Brillant grogner. Un autre bruit encore. Aucune ambiguïté possible. Le garçon l'avait frappé ou lui avait donné un coup de pied. La main de Madding serra mon bras plus fort, involontairement, je pense. En réaction à ce qu'il voyait, quoi que ce fût. Sieh était à peine cohérent et grondait d'une voix rageuse. « Qui t'a dit… » Un autre coup, bien plus cinglant, celui-là. Les génitures étaient beaucoup plus résistantes qu'il n'y paraissait. « … que je ne… » Coup de pied. « … serais pas enchanté de t'aider ? » *Coup de pied.*

Un bruit sinistre retentit : le craquement humide d'un os brisé. Lorsque Brillant hurla, je ne pus me retenir ; j'ouvris la bouche pour protester.

Mais avant que j'aie crié, une autre voix s'éleva, si feutrée que je faillis ne pas l'entendre. « Sieh. »

Le calme retomba.

Puis, tout à coup, il devint visible. Il était bien un garçonnet, mais petit et grêle, à la peau foncée comme celle d'un Marohné, et aux cheveux raides qu'il portait détachés. Pas du tout effrayant, du moins à observer. Il se figea sitôt qu'il apparut, les yeux écarquillés de surprise, avant de se retourner d'un mouvement brusque.

Dans l'espace devant lui, une autre géniture se manifesta. Elle semblait minuscule, elle aussi ; elle faisait une bonne tête de moins que moi et était à peine plus grande que Sieh. Mais elle dégageait de la force, et portait une tenue pour le moins étrange : une longue veste grise sans manches dévoilant ses bras maigres et tendus, et un caleçon s'arrêtant à mi-mollets. Ses pieds étaient nus. Elle m'évoqua d'abord ces descriptions de femmes du Grand Nord, même si ses cheveux ne correspondaient pas - bouclés et hirsutes au lieu de raides, et coupés court comme ceux d'un garçon. Son regard ne cadrait pas, lui non plus, sans que je sache très bien pourquoi. De quelle couleur ses iris étaient-ils ? Verts ? Gris ? Ou d'une nuance encore différente ?

Dans l'angle de mon champ de vision, je vis Madding se raidir et écarquiller soudain les yeux. L'un de ses lieutenants laissa échapper un juron à voix basse.

« Sieh », répéta la femme silencieuse sur un ton désapprobateur.

La géniture se renfrogna, tel un petit garçon boudeur pris en faute. « Quoi ? Ce n'est pas comme s'il était vraiment mortel. »

Sur le côté, la déesse blonde - Lil - regardait Brillant avec intérêt. « Il sent pourtant le mortel à plein nez. La transpiration, le sang et la peur. C'est tellement agréable. »

La nouvelle déesse jeta un coup d'œil en biais à Lil, ce qui ne parut absolument pas troubler cette dernière, avant de reporter de nouveau son attention sur Sieh. « Ce n'est pas ce que nous avions décidé.

– Pourquoi ne pourrais-je pas le battre à mort de temps en temps ? Il n'essaie même pas de remplir les termes du contrat que tu lui as imposé. Alors autant que je m'amuse un peu. »

La déesse secoua la tête en soupirant, puis se dirigea vers lui. À mon étonnement, Sieh ne résista pas lorsqu'elle le prit dans ses bras et posa une main dans le creux de sa nuque. S'il resta contre elle sans lui rendre la pareille, je pus me rendre compte que cela ne le gênait pas d'être tenu.

« C'est inutile, lui murmura-t-elle à l'oreille sur un ton si tendre que je ne pus m'empêcher de penser à ma propre mère qui se trouvait à des kilomètres de là, en territoire Nimaro. Ça ne sert à rien. Il n'aura même pas mal, pas comme il le faudrait. Pourquoi te fatiguer ? »

Sieh détourna le visage, les poings serrés de part et d'autre de son corps. « Tu sais très bien pourquoi !

– Oui, je le sais. Et toi ? »

Lorsque Sieh reprit la parole, je perçus une tension dans sa voix. « Non ! Je le déteste ! Je veux qu'il meure pour toujours ! »

Mais alors, la digue de sa tristesse céda : il s'effondra en larmes. La déesse soupira et le serra plus fort, visiblement disposée à le réconforter aussi longtemps que nécessaire.

Je contemplai la scène pendant un moment, étonnée, tiraillée entre respect et pitié, puis m'aperçus que Brillant était toujours à terre et qu'il respirait moins bien.

Je m'éloignai subrepticement de Madding – qui les observait avec un regard des plus étranges et absolument indéchiffrable. Ressentait-il du chagrin ? Du dépit ? Peu importait. Je profitai du trouble général pour aller voir Brillant. Aucun doute, c'était bien lui ; je reconnus son odeur singulière, épicée et métallique. Je m'accroupis pour l'examiner et m'aperçus qu'il avait le dos brûlant de fièvre et baigné de sueur, du moins l'espérai-je. Le pauvre bougre se tenait recroquevillé sur lui-même, les poings serrés, à l'évidence agonisant.

Son état me mit hors de moi. Je levai la tête et lançai un regard furieux à Sieh et à la déesse silencieuse – pour me rendre compte, glacée, qu'elle m'observait par-dessus l'épaule anguleuse du dieu enfant.

(Est-ce qu'elle n'avait pas eu les yeux gris-vert précédemment ? Ils étaient jaune-vert, et plus du tout chaleureux.)

« Intéressant », constata-t-elle. Sieh se tourna alors pour m'observer en se frottant les paupières. Sans retirer la main de l'épaule du garçon, mais sans la moindre affection à mon égard, elle me lança : « Êtes-vous son amante ?

– Certainement pas », intervint Madding.

Alors que la femme lui décochait un coup d'œil d'une infinie douceur, je vis mon ancien amant serrer la mâchoire. C'était la première fois que je percevais de la peur en lui.

« Non, en effet, je ne le suis pas », laissai-je échapper. Je ne comprenais pas ce qui se jouait ni pourquoi Madding se méfiait tant de son interlocutrice et de Sieh, mais je ne voulais toutefois pas qu'il ait des ennuis à cause de ma folie. « Brillant vit avec moi.

Nous… Il… » Que dire ? Ne jamais mentir à une géniture, m'avait recommandé Madding autrefois. Certaines avaient passé des millénaires à étudier le genre humain. Si elles n'étaient pas capables de lire nos pensées, nos corps étaient de véritables livres ouverts, en revanche. « Je suis son amie », finis-je par avancer.

Le garçon échangea un regard avec la déesse, puis tous deux m'observèrent avec des expressions aussi calmes qu'énigmatiques. Je remarquai alors que Sieh avait des paupières fendues comme celles d'un serpent, ou d'un chat.

« Son amie », reprit le petit, le visage vide, les yeux secs et la voix blanche. Était-ce bon ou mauvais signe ?

Ce mot me semblait tellement inadéquat. « Oui, confirmai-je. C'est… comme ça que je me considère, en tout cas. » Le silence qui retomba me fit me sentir honteuse ; je ne connaissais même pas le véritable nom de Brillant. « S'il vous plaît, j'aimerais juste que vous arrêtiez de lui faire du mal. » J'avais murmuré cette fois.

Sieh, puis la femme soupirèrent. La sensation que je marchais sur un pont étroit au-dessus d'un gouffre très profond me quitta un peu.

« Tu prétends être son amie », reprit-elle. Il y avait eu de la compassion dans sa voix, à mon grand étonnement. Et ses yeux étaient désormais vert foncé. Presque noisette. « Parle-t-il de toi dans les mêmes termes ? » Un murmure, cette fois. (Je la détestais d'avoir posé cette question.)

« Je ne sais pas, avouai-je sans regarder Brillant, qui se trouvait pourtant toujours à côté de moi. Il ne me parle pas.

— On se demande bien pourquoi… », fit remarquer le garçon d'une voix traînante.

Je passai la langue sur mes lèvres. « De nombreuses raisons peuvent pousser un homme à taire son passé.

— Des raisons rarement bonnes, dans ce cas. Les siennes ne le sont pas, crois-moi. » Sieh tourna les talons et s'éloigna, le regard plein de mépris.

Mais lorsque la femme mutique s'avança vers Brillant et moi, le petit dieu s'arrêta, l'air visiblement surpris. Tandis que sa compagne s'accroupissait en équilibre sur ses orteils, la sensation fugace de son vrai moi me traversa soudain - celle de la déesse sous son apparence commune - et me fit chanceler. Là où la présence de Sieh avait empli l'allée, la sienne emplissait… quoi exactement ? J'étais incapable de m'en saisir ; cette impression était trop vaste, trop détaillée. Le sol sous mes genoux ; chaque brique, chaque grain de mortier, la moindre mauvaise herbe ou trace de moisissure ; l'air ; les poubelles au bout de la ruelle. *Tout.*

Mais elle disparut aussi vite qu'elle était venue, puis la femme redevint cette native du Grand Nord de carrure peu impressionnante dont les yeux m'évoquaient une forêt sombre et humide.

« Tu as beaucoup de chance », fit-elle. Cette phrase me déconcerta jusqu'à ce que je comprenne qu'elle s'adressait à Brillant. « Les amis sont précieux, des choses puissantes - difficiles à gagner, et encore plus difficiles à conserver. Tu peux remercier cette fille de la chance qu'elle te donne. »

Brillant se convulsa. Je ne vis pas précisément à quel point, mais je sentis la femme exprimer soudain du mécontentement ; elle se releva en secouant la tête.

« Reste sur tes gardes », préconisa-t-elle. À mon intention cette fois. « Sois son amie, si tu en as envie ; s'il t'y autorise. Il a beaucoup plus besoin de toi qu'il ne le pense. Mais ne tombe pas amoureuse de lui, je te le dis pour ton bien. Il n'est pas prêt pour ça. »

Je la dévisageai sans mot dire tant je me sentais intimidée. Elle tourna les talons, puis s'arrêta à hauteur de Madding.

« Role », articula-t-elle.

Il hocha la tête, comme s'il avait attendu qu'elle s'adresse à lui.

« Nous faisons tout ce qui est en notre pouvoir. » Il me jeta un coup d'œil gêné. « Même les mortels s'en mêlent. Tout le monde veut savoir comment une chose pareille a pu arriver. »

Elle acquiesça avec solennité, puis se tut pendant un moment ; trop longtemps. Les dieux faisaient souvent ce genre de chose - contempler l'insondable - même s'ils veillaient toujours à ne pas le faire en présence de mortels, habituellement. Cette déesse frayait sans doute peu avec les humains.

« Tu as trente jours », annonça-t-elle brusquement.

Madding se raidit. « Pour retrouver l'assassin de Role ? Mais tu avais promis…

– J'avais dit que nous n'interférerions pas dans les affaires des mortels », asséna-t-elle sur un ton cassant. Madding se tut aussitôt. « Mais là, il s'agit de la famille. »

Bien qu'il parût encore mal à l'aise, Madding finit par lui donner raison.

« Oui. Oui, bien sûr. Et, heu…

– Il est en colère », expliqua la femme, elle-même visiblement inquiète pour la première fois. « Role n'a pas pris parti durant la Guerre. Mais même si elle l'avait fait… vous êtes toujours ses enfants. Il vous aime encore. » Elle s'interrompit et regarda Madding, qui détourna les yeux. Je supposai qu'elle parlait d'Itempas le lumineux, le père de toutes les génitures, selon les rumeurs. Naturellement, Il trouverait à redire à la mort de l'un de Ses enfants.

La femme poursuivit : « Il nous donne trente jours. J'ai réussi à le convaincre de ne pas intervenir durant ce laps de temps. Mais passé ce délai… » Elle se tut, puis haussa les épaules. « Tu sais mieux que moi quel caractère il a. »

Madding devint très pâle.

Sur ces paroles, la femme se tourna et alla rejoindre le garçon dans le but évident de partir avec lui. Du coin de l'œil, je vis un lieutenant de Madding soupirer de soulagement. J'aurais dû me sentir libérée, moi aussi. Comme il aurait fallu que je me tienne tranquille. Mais tandis qu'elle et le petit s'éloignaient, je ne pensais qu'à une chose : ils connaissaient Brillant. Certes, ils le haïssaient. Mais ils le connaissaient.

Je cherchai ma canne à tâtons. « Attendez ! »

Madding me regarda comme si j'avais perdu la tête, mais je l'ignorai. La femme s'immobilisa sans se retourner, ce que l'enfant fit, en revanche, visiblement surpris. « Qui est-ce ? demandai-je en désignant Brillant. Allez-vous enfin me dire son nom ?

– Orie, bon sang !... » Madding fit un pas en avant, mais la femme l'arrêta d'un geste gracieux de la main.

Sieh se contenta de secouer la tête. « La règle veut qu'il vive parmi les mortels *comme un mortel,* fit-il en regardant Brillant par-dessus mon épaule. Vous n'avez pas de nom, lorsque vous venez au monde, alors c'est pareil pour lui. Et il n'obtiendra rien en dehors de ce qu'il se donnera les moyens d'avoir. Mais vu le peu d'efforts que monsieur fournit, il ne devrait pas recevoir grand-chose. Enfin, à part une amie, à ce qu'il semblerait. » Sieh me jeta un bref coup d'œil, puis se renfrogna, soudain amer. « Comme Mère l'a dit, il a le droit à une chance, lui aussi. »

Mère, relevai-je intérieurement, encore étonnée de ce genre de choses au bout de tant d'années passées à Ombre. Il arrivait que les génitures aient des relations sexuelles entre elles. Brillant était-il le père de Sieh, dans ce cas ?

« Les mortels ne viennent pas au monde sans rien, avançai-je avec prudence. Nous arrivons avec une histoire. Un foyer. Une famille. »

Sieh eut une moue dédaigneuse. « Seulement les plus chanceux d'entre vous. Il ne mérite pas *une telle chance.* »

Je frémis et repensai alors à la façon dont j'avais rencontré Brillant, à cette beauté lumineuse mise au rebut, abandonnée comme des ordures. Durant tout ce temps, je m'étais imaginé un revers de fortune, qu'il souffrait d'une sorte de maladie divine, ou qu'il avait perdu son pouvoir suite à un accident. Je comprenais désormais que sa condition lui avait été imposée de manière délibérée. Quelqu'un – les dieux qui se tenaient devant moi, peut-être même – *lui avait fait ça.*

« *Qu'a-t-il fait*, par les enfers infinis ? » murmurai-je sans réfléchir.

Étant donné que je n'appréhendais pas aussi bien les choses avec mes yeux qu'avec mes autres sens, et que le seul regard de Sieh ne permettait pas d'interpréter la situation, je ne cernai pas la réaction du garçon, tout d'abord. Mais lorsqu'il prit la parole, je sus ; quoi que Brillant ait fait, cela avait vraiment dû être terrible, parce que la haine que Sieh éprouvait désormais avait été de l'amour autrefois. L'amour trahi ressemble beaucoup à la haine brute.

« Il te le dira peut-être lui-même, un jour, conclut-il. Je l'espère. Il ne mériterait pas ton amitié, autrement. »

Sur ces paroles, lui et la femme disparurent, me laissant seule au milieu de dieux et de cadavres.

4

Frustration
(Aquarelle)

Vous devez probablement vous sentir troublés. C'est normal ; je l'ai été, moi aussi. Le problème ne venait pas seulement de ma méprise - même si elle y participait. Il était historique. Politique. Ce que les Arameris, ainsi que les puissants parmi les nobles et les prêtres, doivent savoir. Je suis une femme ordinaire, sans statut ni relations, munie d'une canne pour tout pouvoir, mais qui se défend très bien lorsqu'il y a de la bagarre. Il a bien fallu que je me débrouille.

Mon éducation ne m'a pas beaucoup aidée à y voir clair. Comme à la plupart des gens, on m'avait enseigné qu'il y avait eu trois dieux autrefois, puis qu'ils s'étaient fait la guerre, un conflit au sortir duquel ils n'avaient plus été que deux. Dont l'un n'était plus tout à fait un dieu - même s'il avait conservé sa puissance. Il n'en restait plus qu'un, dans les faits. (Ainsi qu'une multitude de génitures qu'on ne voyait jamais.) Toute ma vie, on a essayé de me faire croire que cette situation était idéale ;

qui voudrait prier un régiment de dieux lorsqu'il suffisait d'en vénérer un seul ? Jusqu'à ce que les génitures fassent leur réapparition.

Enfin, pas uniquement elles. Car soudain, les prêtres se sont mis à réciter d'étranges litanies et à consigner de nouveaux poèmes didactiques sur les parchemins officiels. Les enfants ont appris des chansons inédites dans les écoles de la Salle Blanche. Alors que les peuples du monde entier avaient loué Itempas le lumineux et lui seul durant des siècles, on les obligea brusquement à honorer deux dieux supplémentaires : un Seigneur des ombres profondes, et un autre, nommé la Dame Grise. Lorsque les gens les interrogeaient à ce sujet, les prêtres se contentaient de dire : *Le monde a changé. Nous devons nous adapter à lui.*

Vous imaginez comme cela a plu.

Mais les choses se sont mieux passées que prévu. Itempas le lumineux déteste le chaos, après tout, et les gens les plus remontés étaient justement ceux qui prenaient Sa doctrine très à cœur. Alors, de façon discrète, calme et ordonnée, ils ont simplement cessé d'assister aux offices de la Salle Blanche, d'envoyer leurs enfants à l'école pour les éduquer eux-mêmes à la maison, et de payer la dîme, au risque de se retrouver en prison, voire pire. Ils ont décidé de consacrer leur vie à protéger le Lumineux tandis que l'obscurité s'étendait sur le monde.

Quant aux autres, ils ont retenu leur souffle en attendant le début du massacre. L'Ordre doit rendre des comptes aux Arameris, qui se montrent intraitables en matière de désobéissance. Cependant, personne n'a été écroué. Comme personne n'a disparu ; pas le moindre individu ni la moindre cité. Les prêtres ont rendu visite aux familles afin de les exhorter à remettre leurs enfants à l'école pour le bien des petits, mais lorsque les parents ont refusé, il ne leur est jamais rien arrivé, ni à eux, ni à leurs rejetons. Puis les Gardiens de l'Ordre ont fait passer un décret selon lequel tout le monde devait payer une dîme de base pour couvrir les frais des services publics ; ceux qui ne l'ont pas acquittée *ont vraiment été punis*, pour le coup. Mais ceux qui ont décidé de ne pas rétribuer l'Ordre… rien.

Personne ne savait vraiment comment prendre la situation. Si bien qu'il y a eu d'autres rébellions silencieuses, beaucoup plus défiantes à l'égard du Lumineux, cette fois. Puis les hérétiques ont commencé à honorer leurs dieux ouvertement. Une nation du Grand Nord - je ne me rappelle plus laquelle - est allée jusqu'à déclarer officiellement qu'elle enseignerait désormais sa propre langue avant le senmite, et plus l'inverse. De nos jours, on trouve même des gens qui ne prient aucun dieu, et ce malgré la multitude de nouvelles divinités qui fleurissent tous les jours à Ombre.

Et les Arameris ont laissé faire.

Durant des siècles, des millénaires, le monde n'avait dansé que sur un seul air. *Tu feras tout ce que les Arameris attendront de toi…* telle avait été la plus sacrée et la plus inviolable de nos lois. *Qu'elle ne le fût plus…* eh bien, disons que nous sommes nombreux à juger cette situation bien plus effrayante que toutes les entourloupes dont les dieux sont capables. Car elle signifie la fin du

Lumineux. Et personne ne sait ce qui viendra après.

Alors sans doute mon trouble face à certains points de cosmologie métaphysique se comprend-il.

Mais Dieu merci, je cernai vite de quoi il retournait. Car lorsque je m'engouffrai de nouveau dans l'allée…

… je tombai sur la géniture blonde en train de lécher quelque chose par terre.

Je crus d'abord qu'il s'agissait de Brillant. Mais lorsque j'approchai plus près, je compris que quelque chose n'allait pas. Brillant se trouvait *de mon côté* de la ruelle. De son côté *à elle*, il n'y avait que…

La nausée me prit. Les cadavres des Gardiens de l'Ordre.

Elle leva les yeux sur moi, qu'elle avait de la même couleur que sa chevelure : dorés, et mouchetés de taches éparses plus sombres. Je la dévisageai, le cœur serré par cette révélation soudaine : lorsque les gens me contemplaient, était-ce ce qu'ils voyaient ? Une chose laide qui aurait dû être belle ?

« De la chair gratuite », lança la géniture avant de me gratifier d'un sourire carnassier.

Je la contournai en faisant un grand cercle et reculai vers Brillant.

« Tu me fatigues, Orie, fit Madding en secouant la tête lorsque je le dépassai. Vraiment.

– Je n'ai fait que poser une question », rétorquai-je sur un ton cassant avant de m'accroupir pour examiner le blessé. Seuls les dieux savaient ce que les Gardiens de l'Ordre lui avaient infligé avant l'attaque de Sieh. Je ne m'autorisai pas à penser aux corps derrière moi, ni à qui leur avait fait ça.

« Il essayait juste de te préserver », répliqua l'un des lieutenants de Madding ; la femelle.

Je l'ignorai, même si elle devait avoir raison. Je n'avais simplement aucune envie de le reconnaître. J'explorai le visage de Brillant avec les doigts et découvris qu'il avait la bouche tailladée et l'œil poché - pratiquement fermé, tellement il avait gonflé. Peu importaient ces blessures. Je cherchai ses côtes à tâtons afin de savoir si certaines étaient cassées…

C'est alors que quelque chose se planta dans ma poitrine et me repoussa violemment. Surprise, je criai et me retrouvai projetée en arrière contre le mur de l'allée avec une brutalité telle que j'en fus totalement sonnée.

« Orie ! Orie ! »

Des mains m'agrippèrent. Je clignai péniblement des yeux, puis distinguai Madding accroupi qui cherchait à m'aider à me relever. Je mis un moment à comprendre ce qui s'était passé. Ensuite, je vis mon ancien amant, le visage tordu de fureur, se retourner… vers Brillant.

« Je vais bien », articulai-je tant bien que mal sans en être tout à fait certaine. Mon compagnon n'y avait pas été de main morte. Une douleur lancinante martelait l'arrière de mon crâne à l'endroit où j'avais heurté la pierre. Je laissai Madding faire, reconnaissante de son aide lorsque sa silhouette lumineuse et celle de la femme blonde se brouillèrent soudain de façon inquiétante. « Je vais bien ! »

Madding proféra sur un ton rageur, mais d'une voix gutturale et chantante, des paroles en langue des dieux. Je vis les mots se répandre de sa bouche telles des flèches scintillantes et s'élancer vers Brillant pour le frapper. Si la plupart d'entre eux étaient inoffensifs, je le compris à la façon dont ils se perdirent dans le vide, certains parurent atteindre leur cible et la pénétrer.

Le rire crispé de la géniture blonde interrompit sa tirade. « Quel manque de respect, petit frère », déclara-t-elle en léchant les traces de charbon et de graisse sur ses lèvres. Pas la moindre tache de sang, en revanche ; elle avait à peine mordillé les cadavres. Pour le moment.

« Le respect se mérite, Lil. » Madding cracha de côté. « A-t-il jamais *fait* quoi que ce soit pour mériter le nôtre ? »

Lil haussa les épaules et baissa la tête, ses cheveux hirsutes tombant devant son visage. « Quelle importance ? Nous avons agi comme nous le devions. Le monde change. Mais tant qu'il y a de la vie et de la nourriture à déguster, moi, ça me va. »

Sur ces paroles, elle se métamorphosa. Ses lèvres s'étirèrent lentement, d'une façon qui dépassait l'entendement tandis qu'elle se penchait au-dessus des silhouettes entassées des Gardiens de l'Ordre.

Je me couvris la bouche. Madding parut tout aussi dégoûté. « De la chair gratuite, Lil. Je croyais que c'était ton unique credo. »

Elle se figea. « Celle-là m'a été offerte. » Sa bouche ne bougeait pas lorsqu'elle parlait. Jamais elle n'aurait pu former des mots à la façon des humains.

« Par qui ? Je doute que ces hommes aient proposé de se faire rôtir pour ton bon plaisir de leur plein gré. »

Elle leva le bras et désigna d'un doigt squelettique l'endroit où Brillant s'était blotti. « *Sa* chasse. La chair *qu'il* nous donne. »

Je frissonnai lorsqu'elle confirma mes craintes, ce dont Madding se rendit compte, car il se pencha plus près pour m'observer, touchant mes épaules et ma tête avec précaution. La douleur que je ressentis alors me confirma que j'aurais bien des contusions au matin.

« Je vais bien », répétai-je. Comme je retrouvais mes esprits, je laissai Madding m'aider à me relever. « Ça va, vraiment. Guide-moi jusqu'à lui. »

Mon compagnon se renfrogna. « Il a vraiment cherché à te faire du mal, Orie.

– Je sais. » Je contournai Madding. En dehors des bruits qu'il produisait, j'entendais ceux, caractéristiques et affreux, de la chair déchirée et des os broyés. Je veillai à ne pas trop m'éloigner de mon ancien amant, dont le corps massif bouchait mon champ de vision.

Je me concentrai plutôt sur Brillant, ou du moins sur l'endroit où j'imaginai qu'il se trouvait. La magie, quelle qu'elle fût, dont il s'était servie pour tuer les Gardiens de l'Ordre avait depuis longtemps disparu. Il semblait faible et se débattait de douleur comme une bête…

Non. Toute ma vie, j'avais lu les cœurs des autres grâce au contact de leur peau. J'avais ressenti de l'irascibilité lorsqu'il m'avait repoussée. Prévisible : la déesse silencieuse ne lui avait-elle pas dit de se montrer reconnaissant de m'avoir pour amie ? Je ne connaîtrais peut-être jamais bien Brillant, mais je savais qu'il était trop fier pour ne pas prendre cette situation comme une insulte.

Il haletait de nouveau. Le fait de me repousser lui avait ôté le peu de force qu'il avait recouvrée. Mais il parvint à soulever la tête pour me regarder.

« Ma porte te sera toujours ouverte, Brillant, articulai-je très doucement. Je ne me détourne jamais de ceux qui ont besoin de moi, et je n'ai aucune intention de changer. Tu *as besoin de moi*, que ça te plaise ou non. » Puis je pivotai sur moi-même, la main tendue. Madding me passa ma canne. J'inspirai profondément et tapotai le sol deux fois en écoutant le claquement réconfortant du bois contre la pierre.

« Tu retrouveras bien ton chemin », lançai-je à Brillant avant de le laisser là.

Madding veilla personnellement sur moi. Ce qui ne me surprit pas, tant nos relations avaient été étranges depuis notre séparation. Il avait décidé de rester malgré tout, et il entreprit de me laver lui-même après que je m'étais agenouillée en tremblant dans l'eau fraîche. (Il aurait pu la chauffer pour moi – les dieux étaient très utiles pour ce genre de choses –, mais le froid soulagerait mon dos.) Une fois ma toilette terminée, je vis apparaître une douce robe molletonnée dans laquelle il m'emmitoufla avant de me mettre au lit sur le ventre et de s'installer à côté de moi.

Je ne protestai pas, mais lui lançai un regard amusé. « Je suppose que c'est seulement pour me tenir chaud ?

— Eh bien, *pas seulement* », avoua-t-il en se pelotonnant contre moi, la main posée dans le creux de mes reins ; une partie de mon corps restée indemne. « Comment va ta tête ?

– Mieux. J'ai l'impression que le froid m'a fait du bien. » C'était agréable, de le sentir contre moi. Comme avant. Je tentai de me convaincre de ne pas m'y habituer… autant exiger d'un enfant qu'il n'aime pas les bonbons. « Je n'ai même pas de bosse.

– Mmm. » Il balaya les boucles de mes cheveux de la main et s'assit avant de m'embrasser dans la nuque. « Tu en auras sans doute une demain matin. Tu devrais te reposer. »

Je soupirai. « Je vais avoir du mal à me reposer si tu continues de faire ce genre de choses. »

Madding marqua un temps d'arrêt, puis soupira à son tour. Son souffle contre ma peau me donna la chair de poule. « Désolé. » Il s'attarda là un moment, le visage dans mon cou, à respirer mon odeur, puis changea de position pour mettre de la distance entre nous. Il me manqua aussitôt ; je tournai la tête pour qu'il ne s'en rende pas compte.

« J'ai chargé quelqu'un d'aller le chercher… Brillant… si jamais il n'était pas rentré au matin, finit-il par dire au bout d'un long silence gênant. C'est ce que tu m'avais demandé de faire.

– Mmm. » Ce n'était pas la peine de le remercier. Il était le dieu de l'obligation ; il tenait ses promesses.

« Reste sur tes gardes avec lui, Orie, avertit-il avec douceur. Yeine a raison. Il ne s'intéresse pas aux mortels, et tu as vu quel tempérament il a. Je ne sais pas pourquoi tu l'as recueilli - je ne comprends jamais la moitié de ce que tu fais, d'ailleurs -, mais sois prudente. C'est tout ce que je te demande.

– Je ne suis pas certaine que tu aies franchement le droit d'exiger quoi que ce soit de moi, Mad. »

Je sus que je l'avais mis hors de lui à la lumière crue qui illumina la pièce, bleu-vert et ondulante. « Ça ne marche pas que dans un sens entre nous, Orie », asséna-t-il sur un ton cassant. Sa voix était plus douce, calme et résonante, lorsqu'il prenait cette forme. « Tu le sais. »

Je soupirai et voulus bouger, mais y réfléchis à deux fois lorsque mes contusions m'élancèrent. Je me contentai de tourner mon visage vers lui. Si Madding n'était plus qu'une silhouette humanoïde et chatoyante vaguement masculine, son regard bouillonnant, lui, était clairement celui d'un amant blessé. Il me trouvait injuste. Il se pouvait même qu'il ait raison.

« Tu dis que tu m'aimes encore, fis-je, mais tu ne veux plus être avec moi. Tu ne partageras rien, je le sais. Tu lances de vagues recommandations à propos de Brillant, mais tu ne me dis rien d'utile. Que veux-tu que je ressente ?

– Je *ne peux rien* te dire de plus à son sujet. » Sa forme liquide se transforma soudain en cristal dur – de l'aigue-marine et du péridot délicatement facettés. J'adorais lorsqu'il devenait solide, même si cela témoignait généralement d'un certain entêtement de sa part. « Tu as entendu Sieh. Il doit errer dans le monde, anonyme et inconnu…

– Parle-moi de Sieh, dans ce cas, et de cette femme. Yeine… c'est bien son nom, n'est-ce pas ? J'ai eu l'impression que tu avais peur d'eux. »

Madding poussa un gémissement qui fit trembloter toutes ses facettes. « On dirait une pie ; tu changes de sujet dès que tu en trouves un plus joli. »

Je haussai les épaules. « Je suis une mortelle, je n'ai pas tout le temps du monde. Parle-moi. » Je n'étais plus en colère ; lui non plus, d'ailleurs, plus vraiment. Je savais qu'il m'aimait toujours, ce dont il était conscient. Nous ne faisions que passer nos nerfs l'un sur l'autre suite à la mauvaise journée que nous venions de vivre. De vieilles habitudes très facilement reprises.

Madding soupira et s'adossa contre la tête de lit tandis qu'il reprenait forme humaine. « Ce n'était pas de la peur.

– C'est pourtant ce que j'ai perçu. Vous étiez tous effrayés, sauf celle avec la bouche. Lil. »

Il grimaça. « Lil est incapable d'avoir peur. Et ce n'était pas de la peur. C'était juste… » Il haussa les épaules, fronça les sourcils. « C'est difficile à expliquer.

– Tout l'est, avec toi. »

Il roula des yeux. « Yeine est… eh bien, elle est très jeune, pour nous. Je ne sais pas quoi penser d'elle pour le moment. Et Sieh, malgré les apparences, est le plus âgé de nous tous.

– Ah », commentai-je sans très bien comprendre. Cet enfant aurait été plus âgé que Madding ? Pourquoi alors Sieh avait-il appelé cette femme « Mère » si elle était plus jeune que lui ? « Le respect dû à un frère aîné…

– Non, non. Ça ne représente rien pour nous. »

Je fronçai les sourcils de confusion. « Alors quoi ? Est-ce qu'il est plus fort que toi ?

– Oui. » Madding grimaça. J'eus l'impression fugace de voir son aigue-marine se changer en saphir, alors que lui ne se transformait pas ; le fruit de mon imagination.

« Parce qu'il est plus âgé ?

– En partie, oui. Mais aussi… » Sa voix mourut.

Je poussai un grognement frustré. « J'aimerais dormir à un moment, cette nuit, Mad.

– Je cherche comment le dire, soupira Madding. Les langues humaines n'ont pas de mots pour ça. Il… *vit vrai.* Il est ce qu'il est. Tu as déjà entendu ce dicton, n'est-ce pas ? Ce ne sont pas de simples paroles pour nous. »

Je n'avais pas la moindre idée de ce qu'il voulait dire. Il s'en rendit compte à l'expression de mon visage et fit une autre tentative. « Imagine que tu sois plus vieille que cette planète, et que tu doives pourtant te comporter comme un enfant. Y arriverais-tu ? »

Impossible ne serait-ce qu'à imaginer. « Je… ne sais pas. Je ne crois pas. »

Madding opina. « Sieh fait ça. Il le fait tous les jours, à longueur de temps ; il n'arrête jamais. Ce qui le rend fort. »

Je commençai à comprendre ; un peu. « Est-ce la raison pour laquelle tu es usurier ? »

Madding gloussa. « Je préfère le terme "investisseur". Et mes taux sont parfaitement honnêtes, merci beaucoup.

– Revendeur de drogue, alors.

– Je préfère "apothicaire indépendant"…

– Chut ! » Je tendis la main, nostalgique, et touchai le dos de la sienne. « Ça a dû être difficile pour toi, durant l'Interdiction. » C'était de cette façon que lui et les autres génitures nommaient l'époque qui avait précédé leur venue – l'époque où on leur avait interdit de séjourner dans notre monde ou de communiquer avec les humains. Quant à la raison pour laquelle ils avaient été exclus, et qui l'avait décidé, ils n'en parlaient jamais. « J'ai du mal à imaginer que les dieux puissent avoir beaucoup d'obligations.

– Et pourtant », rétorqua-t-il. Il me regarda durant un moment, puis dégagea sa main et enlaça la mienne. « Les obligations les plus puissantes ne sont pas matérielles, Orie. »

J'observai ses doigts crispés autour du néant des miens, comprenant tout en espérant me tromper. J'aurais voulu qu'il cesse de m'aimer. Cela aurait vraiment rendu les choses plus faciles.

Son étreinte se relâcha ; mon expression lui en avait révélé davantage que ce que j'aurais souhaité. Il soupira et souleva ma main pour l'embrasser. « Je ferais mieux de te laisser, annonça-t-il. Si tu as besoin de quoi que ce soit… »

Je m'assis sans y réfléchir, ce qui réveilla une douleur fulgurante au niveau de mon dos. « Reste », implorai-je.

Il détourna le regard, mal à l'aise. « Je ferais mieux de partir.

– Pas par obligation, Mad. Juste par amitié. Reste. »

Il tendit la main et écarta du bout des doigts une mèche de cheveux au niveau de ma joue. En cet instant d'abandon, son expression exprima une douceur inédite sous sa forme liquide.

« Si seulement tu étais une déesse, lança-t-il. Parfois, il m'arrive de penser que *tu en es vraiment une*. Puis une chose de ce genre survient… » Il repoussa un pan de ma robe et effleura délicatement ma chair meurtrie. « Et alors, je me souviens à quel point tu es fragile, et que je vais te perdre un jour. » Sa mâchoire se crispa. « Je ne le supporte pas, Orie...

– Les déesses meurent, elles aussi. » Je compris ma maladresse, mais trop tard. J'avais voulu faire référence à la Guerre des dieux, qui avait eu lieu des millénaires auparavant, et pas à la sœur de Madding.

Il sourit tristement. « C'est différent. Nous *pouvons mourir*. Alors que vous, les mortels... rien ne peut l'empêcher. La seule chose que nous puissions faire, c'est rester là les bras ballants à vous regarder disparaître. »

Et mourir un peu avec vous. Les propos qu'il m'avait tenus la nuit où il m'avait quittée. Je comprenais son raisonnement ; je le partageais, même. Ce qui ne signifiait pas qu'il me plairait un jour pour autant.

Je posai la main sur le visage de Madding et me penchai pour l'embrasser. Mon ancien amant me laissa faire, mais avec une certaine retenue. Je ne goûtai rien de lui dans ce baiser, même lorsque je me blottis plus près, presque suppliante. Je ne pus m'empêcher de soupirer lorsque nous nous écartâmes l'un de l'autre. Il se contenta de détourner le regard.

« Je ferais mieux d'y aller », répéta-t-il.

Je ne le retins pas cette fois. Il se leva du lit et se dirigea vers la porte, mais s'arrêta un instant sur le seuil.

« Tu ne peux pas retourner au Rang d'Art, ajouta-t-il. Tu le sais, n'est-ce pas ? Tu devrais quitter la ville, même. Pars, ne serait-ce que quelques semaines.

– Et pour aller où ? » Je me rallongeai en détournant le visage.

« Tu pourrais retourner chez toi, dans ta ville natale. »

Je secouai la tête. Je détestais le Nimaro.

« Voyage, dans ce cas. Il y a bien un endroit que tu aimerais visiter.

– Il faudra bien que je me nourrisse, interrompis-je. Tiens, et que j'aie un toit, tant que j'y pense, à moins que tu n'attendes de moi que j'emporte mes meubles sur mon dos le jour où je partirai d'ici. »

Il souffla pour faire croire qu'il était exaspéré. « Alors installe ton étal sur une autre promenade, dans ce cas. Les Gardiens de l'Ordre d'Eston surveillent moins ces zones de la cité. Tu y croiseras toujours quelques clients. »

Pas suffisamment. Mais il avait raison ; ce serait mieux que rien. J'opinai en soupirant.

« Je peux demander à quelqu'un de…

– Je ne veux rien de ta part.

– En cadeau », murmura-t-il. Un frisson discret, mais désagréable passa dans l'air, tel le son aigrelet d'un carillon. Il lui coûtait de se montrer généreux. Un autre jour, dans des circonstances différentes, j'aurais été honorée de cet effort de sa part, mais je ne me sentais pas moi-même d'humeur prodigue.

« Je ne veux rien qui vienne de toi, Mad. »

Un autre silence, douloureux cette fois. Comme naguère, là encore.

« Bonne nuit, Orie », lança-t-il avant de partir.

Finalement, après avoir pleuré un bon coup, je m'endormis.

Laissez-moi vous raconter comment j'ai rencontré Madding.

J'arrivai à Ombre - même si je l'appelais encore Ciel à cette époque - âgée de dix-sept ans à peine. Très vite, je croisai d'autres personnes comme moi - des nouveaux venus, des rêveurs, des jeunes gens attirés par la cité en dépit de ses dangers parce que parfois, pour certains d'entre nous, l'ennui et l'habitude nous semblaient plus redoutables que la mort elle-même. Grâce à leur aide, j'appris à subvenir à mes besoins en exploitant mon don pour les travaux manuels, et à me protéger de ceux qui auraient volontiers profité de moi. Les premiers temps, je dormis dans un logement que nous partagions à cinq, puis je pris un appartement seule. Au bout d'une année, j'envoyai une lettre à ma mère pour lui annoncer que j'étais en vie, et reçus en retour une missive de dix pages me demandant de rentrer à la maison. Je m'en sortais bien.

Je me souviens que c'était une fin d'après-midi d'hiver. Il neige rarement, et peu, dans la cité - l'Arbre retient le plus gros des flocons -, mais il en était tombé ce jour-là. Il faisait même tellement froid que les rues pavées et gelées étaient extrêmement glissantes. Deux jours auparavant, Vuroy s'était cassé le bras en dérapant, au grand désarroi de Ru et de Ohn qui avaient dû supporter ses incessantes jérémiades. N'ayant personne à la maison pour prendre soin de moi, ni les moyens de m'offrir les services d'un rebouteux, j'arpentai les chemins encore plus lentement qu'à l'accoutumée. (La glace sonne comme la pierre lorsqu'on la frappe avec une canne, mais l'air au-dessus d'une plaque gelée est très différent, lui en revanche : il est plus froid et notablement plus lourd.)

Je me montrai donc prudente et avançai lentement. Mais alors que je faisais mon possible pour ne pas me casser un membre, je prêtai moins attention à mon itinéraire que je ne l'aurais dû. Vivant dans la cité depuis peu, je me perdis.

Mieux vaut ne pas s'égarer à Ombre. La ville s'est étendue au pied de Ciel-le-palais de façon anarchique, au fil des siècles, et ce malgré l'application des nobles à remettre de l'ordre dans cette pagaille. Les habitants de longue date me disent que la croissance de l'Arbre n'a pas arrangé la situation, deux de ses racines divisant Ombre en Oueston et Eston, et suscitant d'autres changements plus magiques encore. En dépit des efforts de la Dame pour empêcher l'Arbre de détruire quoi que ce soit lors de sa pousse, il avait tout de même réussi à déplacer des quartiers entiers, balayé des rues anciennes, et en avait fait émerger de nouvelles, ce qui avait modifié certains points de repère. De telle sorte que si l'on se perdait, on pouvait tourner en rond durant des heures.

Mais, comme je le compris rapidement au cours de cet après-midi d'hiver, là ne résidait pas le vrai danger : quelqu'un me talonnait.

Des pas retentissaient à quelques mètres derrière moi, marchant au rythme des miens. Je pris à un angle, mais en vain ; les pas m'avaient suivie. J'empruntai une autre ruelle. Encore.

Des voleurs, probablement. Les violeurs et les assassins ne sortaient pas lorsqu'il faisait froid. J'avais très peu d'argent sur moi, et même avec un gros effort d'imagination, je n'avais pas l'air de quelqu'un de riche, mais que je fusse seule, perdue et aveugle suffisait à faire de moi une proie facile un jour de maigre butin.

Même si j'étais littéralement terrifiée, je ne marchai pas plus vite. Certains voleurs préféraient ne pas laisser de témoins, et le fait de me dépêcher aurait indiqué à ce vaurien que je l'avais repéré, ou pire encore : j'aurais pu me rompre le cou. Mieux valait-il donc lui permettre d'approcher, lui donner ce qu'il voulait et espérer qu'il passe son chemin.

Sauf que… il ne vint pas dans ma direction. Je l'entendis s'éloigner de un, de deux, puis de trois pâtés de maisons, et surpris alors les pas d'autres personnes qui se déplaçaient à toute allure dans la rue. Certaines, entièrement focalisées sur leurs propres misères, grommelaient à propos du froid. Durant un long moment, il n'y eut que moi et mon poursuivant. *Il va venir, maintenant*, me dis-je à plusieurs reprises. Sans qu'aucune attaque ne survienne.

Tandis que je tournai la tête pour mieux écouter, une lueur jaillit dans l'angle de mon champ de vision. Surprise – je n'avais pas l'habitude de la magie, à cette époque –, j'oubliai toute prudence, m'arrêtai et pivotai sur mes talons pour jeter un coup d'œil.

Mon poursuivant était une jeune femme replète, petite, à la chevelure bouclée vert pâle et à la peau d'une couleur similaire. Ce qui aurait suffi à me révéler sa vraie nature, même si aucun doute ne subsistait puisque je voyais cette créature.

La géniture s'immobilisa lorsque je le fis ; je remarquai aussitôt qu'elle avait l'air très triste. Comme elle ne disait rien, j'osai un : « Bonjour. »

Elle haussa les sourcils. « Tu me vois ? »

Je tiquai. « Oui. Vous vous tenez juste là.

– Intéressant... » Elle fit un pas vers moi, mais se figea dès que je reculai.

« Ne m'en veuillez pas, mais c'est la première fois qu'une géniture m'agresse. »

Son expression devint plus lugubre encore. « Je ne te veux aucun mal.

– Vous me suivez depuis la rue, là-bas. Celle où les égouts sont bouchés.

– C'est exact.

– Pourquoi ?

– Parce que tu pourrais mourir », avança-t-elle.

Je trébuchai en arrière - mais d'un pas seulement, parce que mon talon glissa soudain dangereusement sur la glace. « Quoi ?

– Tu devrais mourir d'ici quelques instants. Ça risque d'être difficile... douloureux. Je suis venue te soutenir. » Elle soupira avec douceur. « Ma nature est miséricordieuse. Tu comprends ? »

Je n'avais pas eu l'occasion de rencontrer beaucoup de génitures jusqu'à ce jour, mais toute personne habitant à Ombre depuis quelque temps savait ceci : elles tiraient leur force de sources particulières - d'un concept, d'une existence, d'une émotion. Les prêtres et les scribes nommaient ce processus « affinité », même si je n'avais jamais entendu de géniture employer ce terme. Lorsqu'elles tombaient sur leur affinité, elles la suivaient, incapables de résister à son appel.

Je déglutis et hochai la tête. « Vous… vous êtes venue me regarder mourir, ou… » Je frissonnai lorsque je compris. « Ou m'achever, au cas où le travail serait mal fait. C'est ça, n'est-ce pas ? »

Elle opina. « Je suis désolée. » Elle parut sincèrement navrée. Ses paupières s'alourdirent soudain, et son front se plissa de chagrin. Elle portait une robe droite informe pour tout vêtement – une preuve supplémentaire de sa nature, car un mortel aurait péri de froid dans cet accoutrement. Cette tenue lui donnait l'air jeune, vulnérable ; l'air de quelqu'un à qui vous voudriez venir en aide.

Je frissonnai et dis : « Eh bien, heu… vous pourriez peut-être me dire de quelle façon je vais mourir, comme ça, je, heu… je ferais tout pour que ça n'arrive pas, et comme ça, vous ne perdrez pas votre temps avec moi. Est-ce que ça vous va ?

– Différents chemins conduisent à l'avenir. Mais lorsqu'un mortel m'attire, c'est que la plupart de ces voies ont déjà été empruntées, en général. »

Mon cœur, qui battait déjà vite, bondit soudain désagréablement. « Vous dites que c'est inévitable ?

– Pas inévitable, probable, disons. »

J'eus besoin de m'asseoir. Les immeubles qui m'entouraient n'étaient pas résidentiels ; ils ressemblaient plutôt à des entrepôts. Hormis le sol froid et dur, il n'y avait nulle part où s'installer. Et pour ce que j'en savais, cela me tuerait certainement.

Je remarquai alors que le silence était total.

Trois autres personnes avaient emprunté la rue, pourtant, à deux pâtés de maisons. Mais seuls les pas de la femme verte avaient résonné dans ma direction. Désormais, aucun bruit de pas ne martelait plus le pavé. L'endroit était complètement désert.

Et cependant, j'entendais… quelque chose. Non – il s'agissait moins d'un son que d'une sensation. Que d'une pression dans l'air. Une odeur persistante, inconnue et provocante…

Derrière moi. Je trébuchai de nouveau lorsque je me tournai. Mon cœur bondit dans ma poitrine : il y avait une géniture, de l'autre côté de la rue, juste en face de moi.

Celle-là ne s'intéressait pas à moi, en revanche. Elle était d'âge moyen et dotée d'une chevelure sombre typiquement amne ; bref, relativement ordinaire, mis à part que je la voyais, elle aussi. Elle se tenait debout, jambes écartées, les poings serrés de part et d'autre de son corps, les muscles tendus, une expression de pure colère lui barrant le visage. Lorsque je suivis son regard afin de distinguer à qui cette rage s'adressait, j'aperçus une troisième personne, également crispée et immobile, mais de mon côté de la rue, et beaucoup plus près de moi. Un homme. Madding, que je ne connaissais pas à l'époque.

L'air entre les deux génitures formait un nuage couleur de sang et de fureur. Il s'enroulait sur lui-même en tremblotant, s'étirait et redevenait compact sous la pression de Dieu sait quelles forces. Voilà donc ce dans quoi je me retrouvais embarquée : une bataille. Nul besoin d'yeux capables de percevoir la magie pour le comprendre.

Je passai la langue sur mes lèvres et jetai un coup d'œil à la femme à la peau verte debout derrière moi. Elle opina. Je risquais bien de mourir sous les feux croisés d'un duel entre dieux.

Aussitôt, et le plus discrètement possible, je commençai à reculer vers elle. Je ne m'attendais pas à ce qu'elle me protège - elle s'était montrée tout à fait claire sur ce point -, mais aucune direction ne me semblait plus sûre.

C'était sans compter sur la plaque de glace derrière moi. Je glissai et tombai de tout mon long, laissant échapper un grognement douloureux, et ma canne rebondit sur les pavés dans un bruit sonore.

La femme de l'autre côté de la rue sursauta de surprise et me regarda. Durant ce court instant, je m'aperçus que son visage était moins ordinaire que je l'avais cru - elle avait la peau bien trop brillante, lisse et dure. Comme de la porcelaine. Le trottoir sous mes pieds commença à trembler, le mur se dérobait dans mon dos et ma peau me picotait…

Puis, tout à coup, l'homme se retrouva devant moi, la bouche grande ouverte, poussant un hurlement qui m'évoqua le fracas d'une vague à l'intérieur d'une grotte marine. La femme à la peau de porcelaine cria et jeta les bras en l'air lorsque quelque chose (je ne distinguai pas quoi) vola en mille morceaux autour d'elle. Cette même force la projeta en arrière ; je perçus alors un bruit de mortier en train d'éclater, puis de s'effriter au moment où son corps percuta un mur avant de s'effondrer par terre.

« Mais qu'est-ce que tu fais ? » lui lança l'homme. Médusée, je levai les yeux sur lui. Une veine palpitait de colère au niveau de sa tempe. Ce qui me fascina, parce que je ne savais pas que les génitures avaient des veines. Évidemment, qu'elles en avaient ; je vivais depuis peu de temps dans la cité, mais j'avais déjà entendu parler du sang des dieux.

La femme se releva péniblement. Le coup qu'elle avait reçu lui aurait brisé la moitié des os, si elle avait été mortelle. Mais elle semblait seulement affaiblie, dévisageant l'homme un genou toujours à terre.

« Tu ne peux pas rester ici, asséna-t-il sur un ton plus calme, bien qu'il fût encore fou de rage. Tu n'es pas assez prudente. En menaçant cette vie mortelle, tu viens de briser la plus importante des règles. »

Un sourire méprisant se dessina sur les lèvres de la femme. « Ta règle.

– La règle à laquelle tous ceux qui ont décidé de vivre ici ont accepté de se plier ! Il est hors de question que nous connaissions une nouvelle Interdiction. Tu avais été prévenue. » Il leva la main.

Soudain, la rue se retrouva *envahie* de génitures. J'en voyais partout, quelle que fût la direction dans laquelle je regardais. Si la plupart arboraient encore une apparence humaine, d'autres n'en avaient déjà plus – à moins qu'elles n'en aient jamais eu ? J'entraperçus des peaux pareilles à du métal, des chevelures semblables à du bois, des jambes aux articulations animales, des doigts en forme de tentacules… Elles devaient être deux, voire trois douzaines, debout dans la rue ou assises au bord des trottoirs. Une voletait même au-dessus de nos têtes grâce à de frêles ailes d'insecte.

Bien qu'elle parût encore chancelante, la femme au visage de porcelaine se releva. Elle jeta un coup d'œil à l'assemblée de génitures, visiblement mal à l'aise. Mais elle se redressa, la mine renfrognée, et baissa les épaules. « Alors c'est comme ça que tu mènes tes duels ? » Elle s'adressait à l'homme.

« Le duel est terminé », répliqua son interlocuteur avant de faire un pas en arrière dans ma direction, puis, à mon grand étonnement, de s'incliner vers moi pour m'aider à me mettre debout. Je clignai les yeux et fronçai les sourcils de confusion lorsqu'il s'interposa entre moi et la femme. Je me penchai pour la tenir à l'œil, me souvenant qu'elle avait failli me tuer l'instant précédent, mais l'homme suivit mon mouvement.

« Non, lança-t-il, ce n'est pas la peine que tu voies ça.

– Quoi ? demandai-je. Je... »

Un bruit de cloche résonna dans son dos, suivi d'une brusque secousse dans l'air. Puis, toutes les génitures disparurent. Lorsque je tendis le cou et dardai un regard derrière l'homme, je ne trouvai qu'une rue vide, cette fois.

« Vous l'avez tuée, murmurai-je, choquée.

– Non, bien sûr que non. Nous avons seulement ouvert une porte, rien de plus... pour la renvoyer dans notre domaine. *Voilà* ce que je ne voulais pas que tu voies. » À ma surprise, mon interlocuteur sourit. L'expression de son visage m'étonna plus encore, tant elle lui donna l'air humain. « Nous essayons de nous entretuer le moins possible. Nos parents n'aiment pas beaucoup que nous le fassions. »

J'éclatai de rire malgré moi, mais me souvins que je me trouvais en présence d'un dieu, et me calmai aussitôt. Plus surprenant encore, son sourire réussit à me réconforter.

« Tout va bien, Eo ? » lança l'homme sans se détourner de moi. Je me rappelai alors la femme verte.

Je tressaillis de nouveau au moment où je la vis. La femme verte - apparemment nommée Eo - me souriait aussi tendrement qu'une jeune mère. Sa couleur avait changé, également, tirant désormais sur le rose pâle. Même ses cheveux avaient cette teinte douce. Tandis que je la dévisageais, elle me fit un signe de tête, puis salua aussi l'homme, avant de tourner les talons.

Je la regardai avec des yeux écarquillés d'étonnement pendant un moment.

« J'imagine que je vous dois la vie, fis-je en me tournant vers l'homme.

– Puisque tu t'es retrouvée en danger en partie par ma faute, disons que nous sommes quittes », avança-t-il. Un doux tintement résonna dans l'air, comme des carillons éoliens bien qu'il n'y eût pas de vent. Je regardai alentour, déconcertée. « Mais je t'offrirais bien un verre, si ça te dit de trinquer à la vie. »

Une autre crise de rire me traversa lorsque je compris ce qu'il avait en tête. « Est-ce que vous draguez toujours les filles que vous avez failli tuer ?

– Seulement celles qui ne s'enfuient pas en hurlant. » Je sursautai encore lorsqu'il frôla ma paupière inférieure des doigts. Je me crispai comme chaque fois que quelqu'un prêtait attention à mes yeux, en me disant *si seulement*...

Mais je ne perçus aucun dégoût dans son regard, au contraire, même ; son toucher dégageait de la fascination. « Et celles qui ont de beaux yeux », ajouta-t-il.

Vous vous représentez la suite, j'imagine. Ce sourire, la force de sa présence, l'acceptation calme de mon étrangeté, le fait qu'il fût lui-même plus bizarre encore. J'avais peut-être une chance. Deux jours après notre rencontre, je l'embrassai. Il saisit cette opportunité pour verser un peu de sa saveur dans ma bouche, le misérable, afin de m'attirer dans son lit. Ce qui ne fonctionna pas tout de suite, du moins pas ce soir-là – j'avais des principes –, mais quelques jours plus tard. Nue devant Madding, j'eus la sensation d'être considérée dans ma globalité, et pas seulement par parties. S'il trouvait mes yeux fascinants, il se montra également très éloquent à propos de mes coudes. Il parut tout aimer chez moi.

Il me manque. Dieux, comme il me manque !

Je me réveillai tard, le lendemain, et en souffrant le martyre. Mon dos était atrocement douloureux, et vu que je n'avais pas l'habitude de dormir sur le ventre, mon cou était ankylosé. Entre ça, mes yeux bouffis et mon mal de crâne qui avait fait un retour en force, on me pardonnera le fait que je ne me sois pas immédiatement rendu compte qu'il y avait quelqu'un dans la maison. Attirée par des senteurs et des bruits de petit déjeuner, je trébuchai donc jusqu'à la cuisine, et marmonnai un « Bonjour ! » en entrant dans la pièce.

« Bonjour », répondit la voix d'une femme couleur cerise. Je manquai tomber à la renverse, mais me rattrapai au bar, me tournai, et m'emparai du bloc de couteaux de cuisine.

Des mains agrippèrent aussitôt les miennes. Je me débattis en criant jusqu'à ce que je m'aperçoive qu'elles étaient chaudes, larges et familières.

Brillant. Dieux merci ! Alors que mon cœur battait encore la chamade, je cessai de lutter et de chercher une arme. Brillant, et une femme... mais qui ?

Puis je me souvins de la façon dont cette voix râpeuse et doucereuse m'avait accueillie... *Lil.* Elle se trouvait chez moi et préparait le petit déjeuner alors qu'elle avait mangé les Gardiens de l'Ordre que Brillant avait assassinés.

« Que faites-vous ici, par le Maelström ? tonnai-je. Et montrez-vous, bon sang ! Je vous interdis de rester cachée dans ma propre maison ! »

Elle parut amusée. « Je croyais que tu n'aimais pas mon apparence.

– Je ne l'aime pas, mais je préfère ça plutôt que de savoir que vous me regardez en bavant.

– Tu ne t'en apercevrais même pas, si tu me voyais. » Elle apparut alors face à moi dans sa forme coutumière. Ou peut-être son autre aspect - celui à la bouche - était-il le plus normal, et cette géniture se montrait-elle simplement courtoise à mon égard ? Peu importait, je lui étais reconnaissante. « Pour ce qui concerne ma présence ici, sache que c'est moi qui l'ai ramené. » Elle désigna de la tête par-dessus son épaule l'endroit où j'entendais Brillant respirer.

« Oh. » Je me sentis un peu plus calme. « Euh… Merci, dans ce cas. Mais, euh, Dame Lil…

– Lil tout court. » Elle rayonna et se retourna vers la cuisinière. « Du jambon.

– Pardon ?

– *Du jambon.* » Elle pivota sur ses talons et regarda mon compagnon derrière moi. « Je voudrais du jambon.

– Il n'y en a pas, répliqua-t-il.

– Oh », gémit-elle comme si son cœur se brisait. Son visage arborait lui aussi une expression tragicomique. Ce que je remarquai à peine, tant la réponse de Brillant m'avait étonnée.

Il se dirigea vers le placard d'où il sortit quelque chose qu'il posa sur le comptoir. « Du *velly* fumé. »

Lil s'illumina aussitôt. « Ah ! C'est encore mieux que du jambon. Voilà ce que j'appelle un petit déjeuner digne de ce nom. » Elle se retourna vers la cuisinière en fredonnant un air d'une voix blanche.

La tête recommença à me tourner. Ne sachant trop quoi penser de la situation, je me dirigeai vers la table et m'assis. Brillant s'installa en face de moi et me dévisagea d'un regard lourd.

« Je te dois des excuses », confessa-t-il doucement.

Je sursautai. « Vous me parlez encore ? »

Il ne dit rien, tant la réponse était évidente. « Je ne savais pas que Lil abuserait de ton hospitalité. Ce n'était pas mon intention. »

Encore distraite, je ne répondis pas immédiatement. Il avait parlé sur le lieu du crime de Role, mais c'était la première fois que je l'entendais prononcer plusieurs phrases d'affilée. Et… chers dieux ! Que sa voix était belle. Celle d'un baryton, sans doute, riche et timbrée, chaque mot résonnant jusque dans mes pieds. J'aurais pu écouter une telle voix toute la journée.

Ou toute la nuit... J'obligeai mes pensées à se détourner de cette voix ; ma vie sentimentale comptait déjà bien assez de dieux.

Je m'aperçus alors que je le fixais avec un air ébahi. « Oh... Ne vous en faites pas, je me moque totalement de ce genre de choses, assurai-je enfin. Même si j'aurais préféré que vous me demandiez d'abord la permission.

– Elle a insisté. »

Sa réponse me désarçonna. « Pourquoi ?

– J'ai un conseil à te donner », plaça Lil en approchant de la table. Elle posa un plat devant moi, puis un autre devant Brillant. Comme il n'y avait que deux chaises dans la cuisine, elle se hissa sur le bar, puis attrapa l'assiette qu'elle avait visiblement sortie à son intention. Je vis ses yeux briller au moment où elle contempla la nourriture. Je détournai aussitôt le regard de peur qu'elle ouvre grand la bouche.

« Une mise en garde. » Malgré les apparences, la préparation de Lil sentait bon. J'examinai le contenu de mon assiette et me rendis compte que la cuisinière avait mélangé le *velly* aux œufs, et qu'elle avait ajouté des poivrons et des herbes dont j'avais totalement oublié l'existence. Je goûtai au plat ; délicieux.

« Quelqu'un te cherche », expliqua Lil.

Je mis un moment à comprendre qu'elle s'adressait à moi et pas à Brillant. Je retrouvai ma lucidité lorsque je devinai qui en avait après moi. « Tout le monde a vu le prévit Rimarn me parler hier. Maintenant qu'il, heu… nous a quittés, ses camarades ne devraient pas tarder à venir sonner à ma porte.

– Oh, il n'est pas mort, annonça Lil, surprise. Les trois prêtres que j'ai mangés hier soir étaient de simples Gardiens de l'Ordre. Jeunes, en pleine santé, bien juteux sous la croûte. » Elle poussa un soupir lascif. Je posai ma fourchette, l'appétit soudain coupé. « Aucune magie n'a gâché leur saveur, hormis celle qui a servi à les tuer. J'imagine qu'ils étaient simplement venus pour la raclée. »

Je grognai intérieurement. Je voyais un autre problème dans la mort des prêtres : Rimarn était le seul à être au courant pour ma magie, et il me soupçonnait d'être l'assassin de Role. Maintenant que ses hommes étaient décédés, il ne me lâcherait plus d'une semelle.

Je repensai alors aux paroles de Madding : quitter la ville. Mais l'argent restait un souci. Sans compter que je ne voulais pas partir. Ombre était mon foyer.

« Ce n'est pas de lui dont je voulais parler, en tout cas », avança Lil, m'interrompant dans mes réflexions. Étonnée, je portai toute mon attention sur elle. Son assiette, que je discernais à peine à cause de l'éclat de son corps, était vide – aussi propre que si elle l'avait lavée. Lil léchait même langoureusement sa fourchette avec des coups de langue parfaitement obscènes.

« Quoi ? »

Elle se tourna vers moi. Son regard marbré me cloua sur place : des taches sombres se mouvaient à l'intérieur de ses yeux, virevoltaient autour de ses pupilles dans une danse lente et impétueuse. Je me demandai alors si les mouchetures dans ses cheveux ne bougeaient pas, elles aussi.

« Tous ces désirs qui te cernent…, murmura-t-elle dans un ronronnement râpeux. On dirait des manteaux superposés les uns sur les autres. La colère du prévit, le désir de Madding… » Mes joues s'embrasèrent. « Il pourrait refaçonner le monde, avec une telle faim, surtout s'il obtenait ce qu'il veut. Et ce qu'il veut, *c'est toi.* »

Je la dévisageai, troublée et inquiète. « Qui est cette personne ? Pourquoi me veut-elle ?

— Je n'en sais rien. » Elle passa la langue sur ses lèvres, puis me contempla, pensive. « Si je restais auprès de toi, je pourrais sans doute te le dire. »

Je fronçai les sourcils, trop troublée pour faire le moindre commentaire. Pourquoi quelqu'un de puissant s'intéresserait-il à moi ? Je n'étais rien, ni personne. Même Rimarn serait déçu s'il découvrait la vérité à propos de la magie qu'il avait sentie en moi. La seule chose dont j'étais capable, c'était de *voir*.

Et… Il y avait mes peintures également. Je ne les montrais jamais ; personne à part Madding et Brillant ne connaissait leur existence. Elles possédaient quelque chose de magique, mais je ne savais pas exactement quoi. Mon père m'ayant conseillé de ne jamais parler d'elles à quiconque, personne n'avait pu m'éclairer à leur sujet.

Cette mystérieuse personne en avait-elle après mes tableaux ?

Non, non. Je tirais des conclusions hâtives. J'ignorais même si cet individu existait réellement. La seule chose à laquelle je pouvais me raccrocher, c'était à la parole d'une déesse qui ne voyait aucun problème dans le fait de manger des humains. Et qui aurait tout aussi bien pu leur mentir, également.

Brillant se trouvait toujours là, même si je ne l'entendais pas. Je passai la langue sur mes lèvres en me demandant s'il répondrait à ma question. « Est-ce que vous savez de quoi elle parle ? demandai-je.

– Non. »

Tout allait bien jusque-là. « Vos blessures..., poursuivis-je.

– Il va bien », intervint Lil. Elle fixait mon assiette. « Je l'ai tué et il en est revenu entier. »

Je clignai les yeux de surprise. « Vous l'avez soigné... en le tuant ? »

Elle haussa les épaules. « Tu aurais préféré que je le laisse comme ça ? Il aurait mis des semaines à se remettre. Il n'est pas comme nous. Il est mortel.

– Sauf au lever du soleil.

– Même à ce moment-là. » Lil sauta du bar, laissant son assiette vide derrière elle. « Il a été réduit à une fraction de son être véritable – ce qui lui permet de faire un joli petit éclairage de temps à autre, mais guère plus. Enfin si, plus que ça : te protéger. » Elle se rapprocha, les yeux rivés sur mon assiette.

J'étais tellement occupée à réfléchir à ses paroles que je ne vis rien jusqu'au moment où son expression devint... par tous les dieux ! Aucun mot ne pourrait décrire une horreur pareille. C'était comme si son autre visage, celui de la prédatrice à la longue bouche, venait d'apparaître sous sa forme inoffensive. J'étais incapable de contempler ce visage, ce dont elle m'avait prévenue, mais je pouvais sentir sa présence, ainsi que sa faim brutale et insatiable. Je le compris seulement lorsqu'elle s'élança brusquement vers l'avant. Pas vers mon assiette, mais *dans ma direction.*

Avant même que j'aie eu le temps de crier, sa main osseuse aux ongles acérés attrapa ma gorge. Je pense qu'elle l'aurait tranchée sans que je voie le coup venir. Mais un instant plus tard, ses doigts tremblants s'immobilisaient à quelques centimètres de moi. Je les fixai, puis aperçus une tache sombre autour de son poignet. Exactement comme la veille à mon étal. Brillant devint soudain visible, irradiant de l'intérieur, le visage dur et les yeux rouges tandis qu'il contemplait Lil. Cette dernière lui adressa un sourire, puis à moi. « Tu vois ? »

J'inspirai profondément afin de contrôler le coup de sang que je sentais monter. J'y voyais et je ne comprenais vraiment pas pourquoi. Je m'adressai à Brillant. « Votre pouvoir vous revient lorsque... lorsque vous me protégez ? »

Le discernant toujours, je surpris le regard méprisant qu'il m'asséna. J'en tressaillis presque d'étonnement ; qu'avais-je fait pour mériter une telle morgue ? Je repensai alors aux paroles de Madding. *Il se fiche totalement des mortels.*

Un large sourire fendit le visage de Lil. « De tous les mortels », martela-t-elle, puis, s'adressant à Brillant : « Tu erreras parmi les mortels comme un mortel. » Je clignai les yeux de surprise, et vis mon compagnon se raidir. Ces propos n'étaient pas de Lil, j'en aurais mis ma main à couper. Ils ne lui ressemblaient pas du tout ; j'y percevais de bien plus sombres échos. « Un anonyme, seulement maître des richesses et du respect qu'il aura gagnés grâce à ses actes et ses paroles, et uniquement capable de recourir à son pouvoir en cas d'extrémité, et pour venir en aide à ces mortels qu'il passe son temps à dénigrer. »

Brillant relâcha son poignet, se détourna d'elle et alla s'asseoir, la mine sombre - pour ce que j'en voyais, parce que son éclat disparaissait déjà. Ah ! Il s'était rendu à la menace ; il n'avait plus besoin de son pouvoir.

J'inspirai profondément et me tournai vers Lil. « Je vous remercie pour cette information. Mais si cela ne vous fait rien, je préférerais que vous vous contentiez de m'expliquer les choses, à l'avenir. Plus de démonstrations. »

Lorsqu'elle éclata de rire, je sentis tous les poils de mes bras se dresser. Son rire semblait presque dément. « Je suis contente que tu sois capable de me voir, fille mortelle. Ça rend les choses tellement plus intéressantes. » Ses yeux se tournèrent vers la table. « Est-ce que tu as l'intention de manger ton petit déjeuner ? »

Parlait-elle de mon assiette... ou de ma main posée juste à côté ? Je la ramenai très doucement sur mes genoux. « Non merci. Mais je vous en prie. »

Lil rit de nouveau, ravie, puis se pencha audessus de l'assiette. Elle fit un mouvement si rapide que je le vis à peine, comme celui de l'aiguille d'une machine à coudre. Puis un souffle fétide effleura mes narines. Une demi-respiration plus tard, Lil relevait la tête, le plat immaculé. Ensuite, elle me vola ma serviette et tamponna les commissures de ses lèvres avec.

Je déglutis, m'obligeai à me mettre debout, et passai furtivement à côté d'elle. Brillant n'était plus qu'une ombre à peine visible. Il mangeait ; Lil contemplait même son assiette. J'avais des choses à lui dire, mais pas devant elle. Il avait suffisamment été humilié la nuit précédente. Mais nous allions devoir trouver un arrangement, lui et moi, et rapidement.

Je fis la vaisselle lentement, aussi lentement que Brillant mangea. Lil occupait ma chaise, nous regardant l'un l'autre tour à tour, hilare.

Le soleil était déjà haut au moment où je quittai la maison - il était plus tard que l'heure à laquelle j'avais prévu de sortir. Alors que j'avais espéré que Brillant me rejoindrait et m'aiderait à porter mes affaires, il ne bougea pas de l'endroit où il était une fois le petit déjeuner pris. Il broyait du noir, son humeur plus sombre que d'habitude ; je regrettai presque son apathie. Lil partit en même temps que moi, à mon grand soulagement - j'avais assez d'une géniture à problèmes. Elle me fit de tendres adieux et me remercia pour le petit déjeuner avec tant de chaleur que je l'appréciai davantage. Madding m'avait déjà expliqué à cette époque que certaines génitures communiquaient mieux que d'autres avec les mortels, mais que la manière de penser de certaines demeurait trop étrangère, ou trop monstrueuse à nos yeux, pour cadrer avec la nôtre. Je ne doutais pas que Lil comptait parmi ces dernières.

Je portai mes étals et mes meilleurs produits jusqu'à la promenade située au sud du parc de l'Entrée. Le Rang d'Art se trouvait sur la promenade nord-ouest, celle qui offrait aux cohortes de visiteurs venus l'admirer une vue imprenable sur l'Arbre et d'autres aperçus de la cité. La perspective correcte, mais sans plus, et ses attractions de moindre qualité faisaient de la promenade sud un emplacement médiocre. Je n'avais pas le choix, néanmoins ; une racine d'Arbre bouchait l'entrée nord-est du parc depuis plusieurs années, et la porte est présentait une vue charmante sur le va-et-vient des marchandises dans Ciel. Une fois là-bas, j'entendis d'autres vendeurs déjà installés interpeller les passants en leur vantant leurs articles. Mauvais signe - les acheteurs potentiels étaient si peu nombreux que les commerçants se battaient entre eux ! Je ne retrouverais pas ici l'attention sympathique à laquelle le Rang d'Art m'avait habituée ; ce serait chaque marchand pour soi. J'en distinguais trois - non, quatre - à proximité : l'un proposait des foulards décoratifs, un autre des « Tartes à l'Arbre » (qui sentaient délicieusement bon, quoi qu'elles fussent), et les deux derniers des livres ainsi que des souvenirs. Je sentis leurs regards se tourner vers moi lorsque je commençai à m'installer, soudain inquiète des tensions qui pointaient. Mais comme souvent après que les gens m'avaient mieux observée, personne n'osa m'ennuyer. Parfois - rarement, je dois bien l'admettre -, le fait d'être aveugle peut rendre service.

Alors je déballai mes affaires, et attendis. N'ayant jamais eu l'occasion de les visiter, je ne connaissais pas les lieux. Même si j'entendais des pas aller et venir tout près (des pèlerins expliquant combien la cité était devenue sombre, et que l'entrelacs de Ciel-le-palais et de l'Arbre était toujours aussi magnifique), sans doute m'étais-je installée au mauvais endroit. Les autres vendeurs s'étaient certainement octroyé les meilleurs emplacements, mais je décidai de faire au mieux avec les moyens que j'avais.

Vers le milieu de l'après-midi, néanmoins, les ennuis surgirent. Mes articles attiraient très peu de pèlerins - quelques ouvriers, des Amnes en provenance de villes et de terres moins prospères des environs d'Ombre. Les habitants du Grand Nord et ceux des îles avaient toujours été mes meilleurs clients. Leur foi en Itempas ayant de tout temps été fragile, ces individus s'empressaient d'acheter mes Arbres miniatures et mes statues de genitures. Mais les Senmites étaient amnes, pour la plupart, et la majorité d'entre eux de confession itempéenne. L'Arbre et les autres merveilles hérétiques d'Ombre ne les impressionnaient donc vraiment pas.

Ce qui était très bien - sans vouloir porter un jugement sur les croyances de ces gens - mais il faut bien manger. Mon estomac se rappela d'ailleurs à moi de façon sonore ; je n'aurais pas dû laisser la présence de Lil me gâcher l'appétit.

Une idée me traversa soudain l'esprit. Je farfouillai dans mes sacs et découvris avec soulagement que j'avais emporté des bâtons de craie avec moi. Je fis le tour de mon étal, m'accroupis, et réfléchis à ce que je pourrais bien dessiner par terre.

L'image qui me vint alors me parut si puissante que je me balançai d'avant en arrière sur mes orteils pendant un moment. L'inspiration me prenait le matin, habituellement, lorsque je peignais au sous-sol. Si j'avais d'abord pensé faire quelques griffonnages idiots afin d'attirer les regards sur mes bibelots et mes articles, la peinture dans ma tête… je me mordis la lèvre en me demandant si ce n'était pas risqué.

Bien sûr que cela l'était. Évidemment. *J'étais aveugle,* pour l'amour du ciel ! Je n'aurais pas dû voir, alors quant à dessiner… La plupart des gens en ville ne relèveraient pas le paradoxe, mais les Gardiens de l'Ordre et autres garants de l'autorité dont le travail consistait à surveiller les manifestations de magie défendues trouveraient cela suspect. Bien sûr. Si j'avais réussi à survivre durant toutes ces années, c'était uniquement parce que je m'étais toujours montrée prudente.

Mais… je pris un morceau de craie et le frottai pour le lisser. Les couleurs ne signifiaient pas grand-chose pour moi, hormis en tant que détails d'une substance, et même si j'avais l'habitude de nommer mes peintures et mes craies ; la couleur ne se limite pas à ce qu'elle donne à voir, après tout. La craie dégageait une odeur légèrement amère – pas comestible, plus proche de celle d'un air trop rare pour respirer, comme lorsqu'on gravit la pente d'une haute colline. Je décidai qu'elle était blanche, et parfaite pour la vision dans ma tête.

« Je peins une image », murmurai-je avant de commencer.

Je croquai un dôme céleste. Pas Ciel, ni aucune de ses parties – pas même le ciel qui existait quelque part au-dessus d'Arbre et que je n'avais jamais vu. Je comptais tracer un firmament léger et presque vide de strates de couleur qui s'élèveraient. Je déposai une épaisse couche de craie blanche avec les deux bâtons que j'avais par chance emportés avec moi et que j'usai presque complètement. Puis j'étalai du bleu - mais peu. Cependant, je ne retrouvais pas le ciel que j'avais en tête - mon trait était trop vibrant et trop épais, presque trop gras sous mes doigts. Je retirai du bleu avec les mains, puis ajoutai une autre couleur qui donna un joli jaune. Oui, voilà. Je remis du jaune pour le densifier et sentis son intensité et sa chaleur croître. Je me fiai à cette sensation jusqu'à ce que, enfin, sa lumière éclaire le centre de ma composition : *deux* soleils, un grand et un second plus petit, tournant l'un autour de l'autre dans une danse éternelle. Ensuite, je pourrais peut-être...

« Ohé !

– Je suis à vous tout de suite », murmurai-je. Les nuages dans le ciel seraient puissants, sombres et chargés de pluie. Je fis rouler un nouveau bâton de craie entre mes doigts et perçus une odeur métallique argentée. Je le saisis en regrettant de ne pas avoir davantage de bleu, ou de noir.

Des oiseaux. Des oiseux voleraient dans ce ciel lumineux et vide. Mais ils n'auraient pas de plumes...

« Hé ! » Quelque chose venait de me toucher. Je sursautai et laissai tomber la craie en clignant les yeux d'hébétude.

« Qu... quoi ? » Mon dos, mes contusions et mes muscles se rebellèrent presque aussitôt.

« Merci », fit une voix. Masculine, plus âgée. Inconnue, même si elle me rappelait vaguement celle de Vuroy. Puis soudain, je me souvins où je l'avais entendue - un de mes collègues vendeurs de bibelots pour touristes, le plus bruyant parmi les trois qui avaient vanté leurs articles. « Bien joué, poursuivit-il. Tu as réussi à attirer une jolie foule. Mais la promenade sud ferme au coucher du soleil, et j'imagine que tu aimerais bien accrocher quelques clients tant que tu le peux encore, je me trompe ? »

Une foule ?

Je pris alors conscience des voix qui me cernaient – des dizaines, toutes rassemblées autour de mon dessin. Elles murmuraient, s'exclamaient à propos de quelque chose. Je me mis debout en sifflant de douleur tellement j'avais mal aux genoux.

Tandis que je me redressais péniblement, la petite foule laissa éclater une salve d'applaudissements.

« Qu'est-ce que… » Mais j'avais très bien compris. Elle *m'acclamait moi*.

Sans me laisser le temps de retrouver mes esprits, les spectateurs s'avancèrent – je les entendis se bousculer pour éviter de marcher sur le dessin – et commencèrent à me demander le prix de mes articles, si j'étais peintre professionnelle, comment je m'y prenais pour dessiner des choses aussi belles alors que je n'y voyais pas, si je n'y voyais *vraiment pas*, etc. J'eus la présence d'esprit de retourner derrière mon étal et de répondre aux questions les plus gênantes par des boutades stupides (« Eh non, je n'y vois vraiment pas ! Je suis contente que ça vous plaise ! »), puis je fus bientôt débordée par l'impatience des clients désireux d'acheter ma camelote. Certains ne marchandèrent même pas. La meilleure journée de ventes que j'aie jamais connue, et tout ça en quelques instants.

Une fois mon stand vidé, la plupart des clients allèrent voir mes confrères. Pas étonnant que le colporteur m'ait remerciée. Mais j'entendis au loin le carillon des cloches de la Salle Blanche annoncer le coucher du soleil ; le parc fermerait bientôt.

« Je me disais bien que c'était vous », lança une voix à proximité. Je sursautai et me tournai en adressant un sourire à ce nouveau client. Mais l'homme qui m'avait parlé ne s'approcha pas de la table. Lorsque je m'orientai dans sa direction, je compris qu'il se trouvait juste de l'autre côté du dessin au sol.

« Pardon ?

– Je vous ai vue sur l'autre promenade », poursuivit-il. Je me crispai, soudain inquiète, même si mon interlocuteur ne semblait vraiment pas menaçant. « Le lendemain du jour où vous avez trouvé le cadavre de cette géniture. Je vous ai vue à ce moment-là, et je me suis aussitôt dit que vous aviez l'air… intéressant. »

Désormais moins inquiète, je commençai à remballer mes affaires ; peut-être cet homme cherchait-il simplement à engager la conversation ? « Vous faisiez partie des badauds ? demandai-je. Vous étiez avec les hérétiques ?

– Les hérétiques ? » Mon interlocuteur se mit à pouffer de rire. « Hmm. J'imagine que c'est ce que l'Ordre estimerait, en effet, même si je suis un adepte du Seigneur lumineux. »

Un membre des Nouvelles Lumières, dans ce cas ; la rumeur disait que ces gens formaient une branche récente de l'Ordre itempéen. Ou une nouvelle secte. Les ragots allaient bon train à leur propos. « Eh bien… je suis moi-même itempéenne. »

J'avançai cet argument pour le dissuader de tenter de me convertir. « Mais si Role était votre déesse, alors je vous présente toutes mes condoléances. »

Je crus entendre ses sourcils se hausser. « Une itempéenne qui ne condamne pas les fidèles d'autres dieux, et qui ne se réjouit pas de la mort de cette déesse ? Ne seriez-vous pas vous-même légèrement hérétique ? »

Je haussai les épaules tout en fourrant les dernières petites boîtes dans mon sac. « C'est possible. » Je souris. « Mais surtout, ne le dites pas aux Gardiens de l'Ordre. »

L'homme éclata de rire à nouveau, puis, à mon grand soulagement, se retourna. « Bien sûr que non. À plus tard, dans ce cas. » Il s'éloigna en fredonnant. Je ne m'étais pas trompée ; il chantonnait une mélodie des Nouvelles Lumières.

Je m'assis un instant afin de récupérer un peu avant de rentrer à la maison. Mes poches étaient pleines de pièces, comme mon porte-monnaie. Madding serait content ; j'allais devoir m'absenter quelques jours pour réapprovisionner mon stock d'articles. Ensuite, je m'octroierais peut-être des vacances. Je n'avais jamais pris de congés, mais j'en aurais peut-être les moyens, cette fois…

Un bruit de bottes résonna à l'autre bout de la promenade. J'étais si fatiguée et hébétée que je n'y prêtai pas attention ; l'endroit grouillait de gens à cette heure, même si les vendeurs remballaient eux aussi leurs marchandises. Pourtant, si j'avais été plus circonspecte, j'aurais reconnu ces bottes. Ce que je fis, mais trop tard, seulement lorsque leur propriétaire prit la parole.

« Excellent, Orie Shoth », claironna une voix que j'avais prié pour ne pas entendre durant toute la journée. Rimarn Dih. Malheur !... « Bravo, vraiment. Je vous félicite. Vous avez réussi à dessiner un très joli phare », poursuivit-il en s'arrêtant juste de l'autre côté du dessin à la craie. Trois nouvelles paires de pieds approchaient derrière lui, toutes parées de ces lourdes bottes terriblement familières. Je me levai en tremblant.

« Je vous aurais cru en route pour le Nimaro, à cette heure, continua-t-il. Imaginez un peu ma surprise lorsque j'ai senti tout d'un coup une magie caractéristique tout près de moi.

– Je ne vois pas de quoi vous parlez », balbutiai-je. J'agrippai mon bâton comme si ce geste avait pu m'aider. « Je ne sais pas qui a assassiné Dame Role, et je ne suis pas une géniture.

– Ma chère, ces histoires ne m'intéressent plus vraiment », répliqua-t-il. À la colère froide de son ton, je compris qu'il avait retrouvé les restes (quels qu'ils fussent) de ses amis que Lil avait laissés. Ce qui signifiait que j'étais perdue, vraiment perdue. « Je veux votre ami. Ce salopard de Maro aux cheveux blancs ; où est-il ? »

Durant un instant, je me sentis encore plus troublée. Brillant avait les cheveux blancs ? « Il n'a rien fait. » Oh, mon dieu ! Je mentais alors que Rimarn était scribe ; il s'en rendrait compte. « Ce que je veux dire, c'est qu'il y avait une géniture, une femme nommée Lil. Elle...

– Ça suffit, s'irrita-t-il avant de tourner les talons. Emmenez-la. »

Les bottes s'avancèrent et m'encerclèrent. Je trébuchai en arrière alors qu'il n'y avait nulle part où fuir. Ces gens allaient-ils me battre à mort sur place pour venger leurs camarades, ou m'emmener à la Salle Blanche pour m'interroger d'abord ? Ma respiration était haletante et mon cœur palpitait dans ma poitrine. Que pouvais-je faire ?

Puis soudain, plusieurs événements se produisirent au même moment.

Pourquoi ? avais-je demandé un jour à mon père. Pourquoi ne pouvais-je pas montrer mes œuvres aux autres ? Elles n'étaient que de la peinture et des pigments, après tout. Tout le monde ne les appréciait pas - certaines images étaient trop dérangeantes -, mais elles n'avaient jamais blessé personne pour autant.

Elles sont magiques, m'avait-il répondu. Ce qu'il dut me répéter encore et encore, sans que je l'écoute vraiment. Je ne pouvais y croire, *parce que aucune magie n'est inoffensive.*

Les Gardiens de l'Ordre marchèrent sur mon dessin.

« Non », murmurai-je tandis qu'ils se rapprochaient. « S'il vous plaît.

— La pauvre », lâcha une femme au milieu de la foule à quelques pas de moi ; une des clientes qui m'avait demandé si je vivais de ma peinture. Ces gens m'avaient aimée, quelques instants auparavant. Désormais, ils se contenteraient de rester plantés là, inutiles, pendant que les Gardiens de l'Ordre se vengeraient sur moi.

« Pose ce bâton, femme », intima l'un d'eux sur un ton gêné. Je serrai ma canne plus fort. J'arrivais à peine à respirer. Pourquoi se comportaient-ils de cette façon ? Ils savaient que je n'avais pas tué Role et que je n'étais pas une géniture. Je maniais la magie, mais ils auraient éclaté de rire s'ils avaient connu la nature de mes prétendus pouvoirs phénoménaux. Je ne représentais aucune menace.

« S'il vous plaît, je vous en prie. » Presque un sanglot : s'il vous plaît, *halètement*, je vous en prie. Ils ne reculèrent pas.

Une main essaya de m'arracher ma canne, puis, tout d'un coup, les yeux me brûlèrent. Une chaleur bouillonnait derrière mes paupières et faisait pression pour sortir. Je les fermai par réflexe, la douleur s'ajoutant à ma terreur.

« Éloignez-vous de moi ! » hurlai-je. Je tentai de lutter, battant l'air des mains et avec ma canne, lorsque je sentis un torse sous mes doigts…

Et, sur ma poitrine, la main de Brillant, qui s'en prenait vertement à la femme au milieu de la foule…

Je le repoussai.

Je ne sais comment vous en faire la description, aujourd'hui encore. Je vous demande juste un peu de patience.

Quelque part, ailleurs, il y a un ciel. Un ciel chaud et vide, très haut, comme tous les cieux devraient l'être, où irradie la lumière de deux soleils jumeaux. Je parle du ciel que j'avais dessiné, vous comprenez ? *Il était vrai*, à sa manière. Je le sais, à présent.

Lorsque je repoussai les Gardiens de l'Ordre en hurlant, la chaleur derrière mes paupières s'embrasa de lueur. Avec les yeux de mon esprit, je vis des jambes tomber *dans* le ciel, à l'envers. Des jambes et des hanches, surgissant de nulle part, donnant des coups de pied, se tordant. Chutant.

Mais il n'y avait rien au bout de ces membres.

Quelque chose changea.

Sitôt que j'en devins consciente, je battis des paupières. Des cris fusaient partout autour de moi. Des pieds couraient et martelaient le sol. Quelque chose bouscula l'un de mes étals et le renversa ; je trébuchai en arrière. Une odeur de sang, puis une autre, nauséabonde celle-là, s'éleva : des excréments et de la bile. La puanteur de la peur.

Brusquement, je me rendis compte que je ne voyais plus mon dessin. Il était pourtant là – j'en distinguais les bords, mais son éclat semblait étrangement fané. Il continua de pâlir, comme si sa magie avait été consumée. Cependant, trois grandes taches entouraient ce qu'il en restait et se répandaient l'une sur l'autre. Un liquide ; pas de la magie.

Rimarn Dih avait l'air affolé, horrifié, ses paroles inintelligibles. « Qu'est-ce que tu as fait, espèce de garce maroe ? *Au nom du Père, mais qu'est-ce que tu as fait ?*

– Que… Quoi ? » J'avais les yeux douloureux. La tête me cognait. L'odeur me donnait la nausée. Je me sentais mal, le sol tanguait sous mes pieds, la peau me démangeait. Un arrière-goût de culpabilité me montait à la bouche sans que je sache pourquoi.

Rimarn appelait à l'aide. Ce cri semblait lui coûter autant que s'il avait soulevé un objet lourd. J'entendais un bruit, un son mouillé… je frissonnai. Je préférais ne pas en connaître la nature.

Deux présences apparurent soudain à mes côtés. Elles me prirent par les bras - avec précaution.

« Il est temps de partir, ma petite », annonça une voix masculine sur un ton joyeux. Le lieutenant de Madding. Au nom des enfers, d'où avait-il surgi ? Ensuite, le monde s'illumina, puis nous nous retrouvâmes ailleurs. Le silence retomba autour de nous, ainsi qu'une humidité chaude et parfumée, et une sensation bleu-vert de calme et d'équilibre. La maison de Madding.

Alors que j'aurais dû me sentir à l'abri, l'impression de danger ne me quittait pas.

« Qu'est-ce qui s'est passé ? » demandai-je à la géniture qui se tenait près de moi. « S'il vous plaît, expliquez-moi. J'ai… j'ai fait quelque chose, c'est ça ?

– Tu ne le sais pas ? » L'autre lieutenant de Madding, la femelle. Son ton avait paru incrédule.

« Non. » Je ne voulais pas savoir. Je passai la langue sur mes lèvres. « S'il vous plaît, dites-moi.

– Je ne sais pas comment tu as fait ça », articula-t-elle lentement. Sa voix dégageait… du respect et de la crainte. Parfaitement incompréhensible, de la part d'une déesse. « Je n'ai jamais vu de mortel faire une chose de ce genre. Ton dessin… » Elle s'interrompit.

« Il est devenu *enarmhukdatawasl*, mais pas tout à fait *shuwao* », reprit la géniture mâle. Un bref instant, ses paroles divines me piquèrent les yeux, que je fermai par réflexe. Pourquoi me faisaient-ils mal ? C'était comme si on les avait frappés à l'arrière. « Il a ouvert un chemin au milieu de plusieurs millions d'étoiles et a raccordé un monde à un autre, mais seulement un bref instant. C'était incroyable. »

Je me frottai les paupières de frustration, mais cela n'arrangea rien ; la douleur était en moi. « Je ne comprends rien à ce que vous dites, espèce d'idiot ! Parlez mortel ! » *Je ne voulais pas savoir.*

« Tu as créé une porte, reprit-il. Que tu as fait franchir aux Gardiens de l'Ordre. Enfin, pas tout à fait. La magie était instable. Elle s'est consumée avant qu'ils aient eu le temps de passer de l'autre côté. Tu comprends ?

– Je… » Non. « C'était juste un dessin à la craie, murmurai-je.

– Tu les as à moitié envoyés dans un autre monde, lança la femelle sur un ton cassant. Et ensuite, tu as refermé la porte. *Tu les as coupés en deux.* C'est plus clair ? »

Oui, ça l'était.

Je me mis à crier, et continuai de hurler jusqu'à ce qu'une géniture intervienne. Ensuite, je m'évanouis.

5

Famille
(Étude au fusain)

Parfois, mon souvenir préféré de mon père me revient.

Dans ce rêve, je suis petite. Je sais grimper à une échelle depuis peu. Les barreaux sont tellement éloignés les uns des autres que je les vois à peine. À tel point que j'ai longtemps eu peur d'en manquer un et de tomber. Il a fallu que j'apprenne à ne pas être effrayée, ce qui est plus facile à dire qu'à faire. Je suis très fière d'avoir réussi.

« Papa ! » Je traverse le petit grenier en courant. C'est *sa chambre,* selon l'arrangement de mes parents. Ma mère n'y entre jamais, même pas pour faire le ménage. L'endroit est propre, de toute manière ; mon père est quelqu'un de soigneux. *Sa présence* emplit l'espace. Son odeur, mais pas seulement. Une chose que je sens d'instinct, même si je n'ai pas de mots pour la définir.

Mon père est différent de la plupart des habitants de notre village. Il assiste au service de la Salle Blanche assez régulièrement pour ne pas se faire sanctionner par les prêtres, mais ne laisse jamais d'offrande sur l'autel de la maison. Il ne prie pas non plus. Lorsque je lui demande s'il est croyant, il me répond que oui, bien évidemment, est-ce que nous ne sommes pas marohnés ? Bien que le fait d'honorer les dieux soit une chose différente, ajoute-t-il parfois. Et ensuite, il me conseille de ne parler de ça à personne. Pas aux prêtres, pas à mes amis, ni même à maman. Un jour, explique-t-il, je comprendrai.

Il est d'une drôle d'humeur, aujourd'hui – j'arrive à le voir, pour une fois : un homme plus petit que la moyenne, aux doux yeux noirs, et aux mains larges, quoique belles. Son visage est lisse, presque juvénile malgré ses cheveux poivre et sel. Il a quelque chose dans le regard, une lourdeur et une fatigue révélatrices de son âge, et bien plus éloquentes que des rides. Il a épousé maman sur le tard. Il ne voulait pas d'enfant, mais il m'aime de tout son cœur.

Je souris et m'appuie contre ses genoux. Il s'assoit. Son visage se retrouve à hauteur de mes doigts qui le cherchent. Les yeux peuvent trahir, je le sais déjà à cette époque, mais le toucher ne ment pas.

« Tu as chanté », dis-je.

Il sourit à son tour. « Tu me vois, c'est ça ? Je ne pensais pas que tu pouvais encore me voir.

— Chante-moi quelque chose, Papa. » Je l'implore. J'adore les couleurs que sa voix tisse dans l'air.

« Non, ma petite Orie. Ta mère est là.

— Elle n'entend jamais rien ! S'il te plaît…

– Je lui ai promis », explique-t-il avec douceur. Je baisse la tête. Bien avant ma naissance, il a juré à ma mère de ne jamais nous exposer elle et moi aux risques que son étrangeté pourrait nous faire courir. Je suis trop jeune pour cerner ces dangers, mais plus assez pour que l'appréhension dans le regard de mon père ne m'invite pas au silence.

Même s'il a déjà rompu cette promesse auparavant. Pour m'apprendre à ne pas révéler ma propre bizarrerie, ce que j'aurais pu faire malgré moi. Et parce que, comme je le comprendrai plus tard, il déteste le fait de devoir réprimer cet aspect de sa personnalité. Mon père était de nature glorieuse. Avec moi, dans ces petits moments d'intimité, il n'est pas obligé de le cacher.

Alors, quand il s'aperçoit de ma déception, il soupire et me prend sur ses genoux. Puis, tout doucement, il chante pour moi.

Le bruit et le parfum de l'eau me firent lentement revenir à moi.

J'étais assise *dans de l'eau*. Elle était presque à la température de mon corps ; je la sentais à peine sur ma peau. Sous mes cuisses, de la pierre dure, sculptée, et aussi chaude que l'eau. Une odeur de fleurs flottait dans l'air. De l'*hiras* : une plante grimpante originaire du Maroland. J'aimais le parfum capiteux et caractéristique de ses fleurs. Grâce à lui, je sus où je me trouvais.

Si je n'avais pas été chez Madding auparavant, je ne l'aurais jamais deviné. Mon ancien amant possédait une grande maison dans l'un des meilleurs quartiers de Oueston. J'avais souvent eu l'occasion de m'y rendre, mon lit soi-disant trop étroit lui donnant mal au dos. Il avait fait construire différents bassins au rez-de-chaussée. Au moins douze, creusés directement dans le soubassement en pierre, tous joliment sculptés et masqués par des plantes grimpantes. Le genre de choses pour lequel les génitures étaient tristement célèbres ; elles s'intéressaient avant tout aux questions esthétiques et ne se penchaient sur celles d'ordre pratique, ou de propriété, qu'en dernier ressort. Si bien que les invités de Madding devaient soit rester debout soit se déshabiller et plonger dans un des bassins. Ce que le maître des lieux trouvait parfaitement normal.

(Les piscines n'étaient pas magiques. L'eau était chaude parce que Madding avait embauché un mortel de génie qui avait mis au point un mécanisme de recyclage et de chauffage. Mais Madding ne s'étant jamais donné la peine de se pencher sur son fonctionnement, il n'avait pas pu me l'expliquer.)

Je m'assis, aux aguets, et m'aperçus bientôt qu'il y avait quelqu'un près de moi. J'avais beau ne rien y voir, je reconnus le rythme de cette respiration familière. « Mad ? »

Il sortit de la pénombre. Il était assis à l'autre bout de la petite piscine, un genou relevé. Ses cheveux détachés qui adhéraient à sa peau moite lui donnaient l'air étrangement jeune. Mais son regard était sombre, en revanche.

« Comment vas-tu ? » demanda-t-il.

La question me laissa d'abord perplexe, puis je me souvins.

Mes anciennes contusions à peine sensibles, je m'adossai contre le rebord du bassin et détournai le visage. Puis je fermai mes yeux encore douloureux, ce qui ne m'apporta aucun soulagement. Comment est-ce que je me sentais ? Dans la peau d'une meurtrière. Comment aurait-il pu en être autrement ?

Madding soupira. « J'imagine que ça ne sert à rien de te le dire, mais ce qui est arrivé n'est pas ta faute. »

Bien sûr que ça ne servait à rien. Et c'était faux.

« Les humains contrôlent mal la magie, Orie. Vous n'avez pas été conçus pour ça. Et tu ignorais de quoi la tienne était capable. Tu n'avais pas l'intention de tuer ces hommes.

– Mais toujours est-il qu'ils sont morts. Et aucune "intention" ne pourra rien y changer.

– C'est vrai. » Madding plongea alors son autre jambe dans l'eau. « Ils t'auraient tuée, tu sais. » Je ris doucement. Le son résonna ; un rire de démente. « Arrête, Mad, c'est inutile. S'il te plaît. »

Il ne dit rien pendant un moment, m'abandonnant à ma complaisance. Lorsqu'il estima avoir suffisamment attendu, il fendit l'eau, qui lui arrivait jusqu'à la taille, s'approcha de moi et me prit dans ses bras. Il n'en fallut pas davantage. J'enfouis mon visage dans son cou et me laissai aller contre lui. J'éclatai en sanglots. Madding commença par me masser le dos en murmurant des paroles réconfortantes dans sa langue, puis il me porta hors de la pièce aux bassins, emprunta l'escalier qui montait à l'étage, et m'allongea sur l'amas de coussins qui lui servait de lit. Où je m'endormis sans me soucier de savoir si je rouvrirais les yeux un jour.

Évidemment, je finis par le faire, réveillée par des voix qui parlaient doucement à proximité. Je jetai un regard alentour et vis, surprise, une drôle de géniture assise à côté de la pile de coussins. Elle était très pâle. Ses cheveux noirs coupés court formaient une sorte de bonnet autour de son joli visage en forme de cœur. Deux choses me frappèrent aussitôt : d'abord, qu'elle ait l'air assez ordinaire pour paraître humaine, ce qui impliquait qu'elle avait régulièrement affaire aux mortels. Ensuite, que, pour une certaine raison, elle soit assise dans la pénombre alors que rien n'expliquait cette obscurité, et le fait que je la distingue, encore moins.

Elle interrompit sa conversation avec Madding lorsque je m'assis à mon tour. « Bonjour », lui lançai-je en me frottant le visage. Je connaissais les gens de Madding ; cette géniture ne comptait pas parmi eux.

Souriante, elle m'adressa un signe de tête en retour. « Alors c'est vous, l'assassin de Mad. »

Je me raidis. Madding se renfrogna. « Nemmer.

— Je n'ai rien dit d'insultant, fit-elle en haussant les épaules, toujours souriante. J'aime les tueurs. »

Je jetai un coup d'œil à mon compagnon afin de savoir si je pouvais dire à sa parente d'aller se faire voir. Son calme m'indiqua qu'elle ne représentait ni une menace ni une ennemie à ses yeux. Mais il n'avait pas l'air très content pour autant. Il remarqua mon regard et soupira. « Nemmer est venue m'informer de certaines choses, Orie. Elle dirige une organisation ici, en ville…

— Je dirais plutôt une guilde de professionnels indépendants », précisa la géniture femelle.

Madding lui lança un coup d'œil énervé, mais fraternel, puis se concentra de nouveau sur moi. « Orie, Nemmer vient d'être contactée par l'Ordre d'Itempas qui souhaiterait faire appel à ses services. *Ses propres* services. »

J'attrapai un gros coussin que je serrai contre moi ; pas pour cacher ma nudité, mais pour camoufler le fait que je tremblais. Madding s'en aperçut et alla chercher quelque chose dans son armoire. Je me tournai vers Nemmer : « Je n'y connais pas grand-chose, mais je croyais que l'Ordre pouvait convoquer n'importe quel organisme d'assassins arameris en cas de besoin.

– C'est vrai, confirma Nemmer, dès lors que les Arameris approuvent, ou s'intéressent à ce qu'il fait. Mais les Arameris gèrent déjà tout un tas d'affaires, et l'Ordre préfère se charger lui-même de ce genre de problèmes. » Elle haussa les épaules.

J'opinai lentement. « J'imagine que vous devez être une sorte de... déesse de la mort, dans ce cas ?

– Oh non. Ça, c'est le rôle de la Dame. Moi, j'agis dans l'ombre. Je m'occupe des secrets, des infiltrations. Le genre d'affaires discrètes que l'on mène bien à l'abri sous la grande cape du Père de la nuit. »

Je ne pus m'empêcher de cligner des yeux. Nemmer avait fait référence à un nouveau dieu - le Seigneur des ombres. Voulait-elle parler du *Seigneur de la nuit* ? C'était impossible, bien évidemment, le Seigneur de la nuit ayant été confié à la garde des Arameris.

« Je peux me charger aussi des éliminations bizarres, poursuivit Nemmer, mais ça reste pour activité secondaire. » Elle haussa les épaules, puis lança un coup d'œil à Madding. « D'ailleurs, ça pourrait changer, vu la somme que l'Ordre est prêt à mettre sur la table. Éliminer les génitures qui cassent les pieds des humains… tu parles d'une affaire ! »

J'en eus le souffle coupé. Je me tournai vers Madding, qui s'approchait du lit une robe à la main. Il haussa les sourcils, l'air serein. Nemmer éclata de rire et tapota mon genou nu du bout des doigts, ce qui me fit sursauter. « Je pourrais être venue *pour toi*, tu sais.

– Non », contredis-je avec douceur. Madding pouvait se débrouiller tout seul. Je n'avais aucune raison de m'inquiéter. « Personne n'enverrait de géniture me tuer. Ce serait tellement plus simple de donner vingt *meris* à un mendiant et de maquiller ça en vol qui aurait mal tourné. Les Gardiens n'auraient même pas besoin de se cacher ; ils sont les représentants de l'*Ordre*, après tout.

– Ah, mais tu oublies un petit détail, intervint Nemmer. Tu t'es servie de la magie pour tuer leurs acolytes, au parc. D'ailleurs, l'Ordre est convaincu que tu as tué trois autres d'entre eux chargés de flanquer une correction à un Maro, un soi-disant cousin à toi, qui aurait agressé un prévit. Aucun corps n'a été retrouvé, mais tout le monde ne parle que de ta magie et de la façon dont elle fonctionne. » Elle fit la moue.

Oh, mon dieu ! Madding s'agenouilla derrière moi et enroula la robe en soie moirée autour de mes épaules. « Rimarn, lâchai-je. Il croit que je suis une géniture.

– Et on ne demande pas à une mortelle de tuer une géniture. Même pas à une mortelle qui serait une sorte de déesse des dessins-à-la-craie-qui-deviennent-vivants. » Nemmer m'adressa un clin d'œil, puis redevint sérieuse. « C'est toi qu'ils veulent, même s'ils savent que tu n'as pas assassiné Role. Tu aurais dû te montrer plus discret, petit frère. » Elle fit un signe de tête dans ma direction. « Ses voisins savent qu'elle a eu une liaison avec une géniture ; *la moitié de la cité* le sait. Tu aurais pu lui épargner ça, si tu t'étais comporté autrement.

– Je sais », reconnut Madding, des regrets pour un millénaire dans la voix.

« Attendez, interrompis-je en fronçant les sourcils. L'Ordre pense que Madding a tué Role ? Je sais qu'il serait logique qu'une géniture ait fait le coup, mais...

– Madding vend notre sang pour gagner sa vie », interrompit Nemmer. Si son ton avait été neutre, j'y avais tout de même perçu de la désapprobation. J'entendis d'ailleurs Madding soupirer. « Les affaires marcheraient même très bien, à ce qu'il paraît. Tellement bien qu'on pourrait tout à fait imaginer qu'il soit tenté d'augmenter la production. En se procurant une grande quantité de sang de dieu d'un seul coup, par exemple...

– Logique, comme hypothèse, lança Madding d'une voix rageuse. Sauf que le sang de Role *aurait disparu*, dans ce cas. Et il y en avait partout autour de son cadavre...

– Que tu as emporté avec toi, et devant témoins.

– Pour l'apporter à Yeine ! Pour voir s'il y avait une chance de la ramener à la vie. Mais l'âme de

Role était déjà partie. » Il secoua la tête en soupirant. « Pourquoi, par les enfers infinis, l'aurais-je tuée, aurais-je balancé son corps dans une ruelle *pour revenir ensuite le chercher*, si j'en avais eu après son sang ?

– Parce que ce n'est peut-être pas son sang que tu voulais, suggéra Nemmer à voix basse. Ou pas *tout son sang*, du moins. Certains témoins se sont approchés assez près pour s'apercevoir que quelque chose manquait, Mad. »

Je sentis les mains de Madding encore posées autour de mes épaules se crisper. Perplexe, je touchai l'une des siennes. « Ce qui manquait ?

– Son cœur », annonça Nemmer. Le silence retomba.

Je tressaillis d'horreur. Puis je me remémorai la scène de la ruelle, le moment où j'avais retiré mes doigts du corps ensanglanté de Role.

Madding jura, puis se leva ; il se mit à arpenter la pièce de long en large d'un pas rapide, tendu d'énervement. Nemmer le regarda faire un temps, avant de tourner de nouveau son attention sur moi en soupirant.

« L'Ordre pense qu'il pourrait s'agir d'une sorte de "mission exotique", d'une lubie de la part d'un client fortuné à la recherche d'un sang de dieu plus puissant. Si le liquide qui coule dans nos veines est suffisamment fort pour donner de la magie aux mortels, à quel point le sang de cœur l'est-il ? Assez pour procurer à une Marohnée aveugle – dont tout le monde sait qu'elle est la maîtresse de la géniture recherchée – la force nécessaire pour abattre trois Gardiens de l'Ordre, peut-être. »

Je restai bouche bée un instant. « C'est insensé ! Aucune géniture n'en tuerait une autre pour ce genre de raisons ! »

Nemmer haussa les sourcils. « Exact. Toutes les personnes qui nous connaissent bien savent cela, ajouta-t-elle, le ton approbateur. Les génitures qui vivent à Ombre aiment bien s'amuser avec les richesses des mortels. Mais aucune d'entre nous *n'a vraiment besoin de cet argent* et ne se donnerait la peine de tuer pour ça. Ça, l'Ordre ne l'a toujours pas compris, sans quoi il n'aurait pas cherché à m'engager, et il ne soupçonnerait pas Madding - pas pour cette raison, tout du moins. Il suit en cela le credo du Lumineux : tout ce qui peut perturber l'ordre social doit être éliminé, peu importe *les raisons* de ces troubles. » Elle roula des yeux. « On aurait pu croire qu'ils seraient fatigués, au bout de deux mille ans, de répéter les paroles d'Itempas comme des perroquets, et qu'ils se seraient enfin mis à réfléchir par eux-mêmes. »

Je relevai mes jambes, les enlaçai, puis posai mon front sur mes genoux. C'était un véritable cauchemar. Quoi que je fasse, la situation ne faisait qu'empirer. « Ils soupçonnent Madding à cause de moi, murmurai-je, c'est ce que vous êtes en train de dire.

– Non ! » se fâcha mon amant. Il faisait toujours les cent pas ; sa voix tremblait d'une colère contenue. « Ils me soupçonnent à cause de ton satané invité. »

Je compris aussitôt qu'il avait raison. Le prévit Rimarn avait peut-être repéré ma magie, mais cela ne voulait rien dire en soi. Bon nombre de mortels avaient ce genre de don ; les scribes comme

Rimarn étaient d'ailleurs des mortels. Seul l'usage de la magie était interdit et, sans mes peintures, le prévit n'aurait pas eu la preuve de ce qu'il avançait. S'il m'avait interrogée ce jour-là, et si je n'avais pas perdu la tête, il aurait compris que je n'avais pas pu tuer Role.

Mais Brillant était intervenu. Et bien que Lil eût dévoré les corps à la Racine Sud, Rimarn était au courant que quatre hommes avaient pénétré dans la ruelle et qu'un seul en était ressorti indemne, ou presque. Les dieux savaient combien de témoins parleraient contre une pièce ou deux, à la Racine Sud. Pire encore, Rimarn avait probablement senti la puissante frappe de chaleur blanche que Brillant avait lancée pour tuer ses hommes, même depuis l'autre bout de la cité. Cet événement et le sort que j'avais infligé aux Gardiens de l'Ordre avec mon dessin à la craie suffisaient à dresser l'équation suivante : une géniture morte, une seconde tirant avantage du décès de la première, et une mortelle intimement liée à cette dernière manifestant soudain une magie étrange. Cela ne prouvait rien – mais ces gens étaient des itempéens. Pour eux, le trouble était déjà un crime en soi.

« Bien, je n'ai plus rien à ajouter. » Nemmer se leva et s'étira. J'aperçus soudain ce que la position de son corps m'avait caché : que cette géniture était toute en muscles, et gracieuse comme une acrobate. Si elle semblait trop commune au premier abord pour que l'on puisse voir en elle une espionne et un assassin, elle le devenait beaucoup moins lorsqu'elle bougeait. « Prends soin de toi, petit frère. » Elle s'interrompit et parut réfléchir un instant. « Toi aussi, petite sœur.

– Attendez », laissai-je échapper. Nemmer et Mad me dévisagèrent, visiblement surpris. « Qu'allez-vous dire à l'Ordre ?

– Ce que je *lui ai déjà expliqué*, répliqua-t-elle avec emphase. Qu'il ferait mieux de ne pas s'en prendre de nouveau à une géniture. Ces gens ne comprennent rien : ce n'est plus avec Itempas qu'ils traitent, à présent. Nous ne savons pas ce que cette nouvelle Aube Naissante donnera. Aucune personne saine d'esprit ne voudrait le savoir, d'ailleurs. Que le Maelström vienne en aide au domaine des humains, si jamais ils allument le feu de la colère de l'Obscurité.

– Je… » Je me tus, confuse. Je n'avais pas la moindre idée de ce dont elle parlait. Je savais ce qu'était l'Aube Naissante ; une autre façon de nommer la Dame. Mais l'*Obscurité* - s'agissait-il du Seigneur de l'ombre ? Et que voulait-elle dire par *ce n'est plus avec Itempas qu'ils traitent, à présent.*

« Ils perdent leur temps avec ces bêtises, commenta Madding sur un ton cassant. Ils se raccrochent à ces hypothèses au lieu de chercher le véritable assassin de notre sœur ! Je pourrais les tuer de mes propres mains pour ça !

– Allons, allons ! fit Nemmer en souriant. Tu connais les règles. En plus, tu sais très bien que d'ici vingt-huit jours, tout devrait être remis en question. » Cette dernière phrase m'étonna elle aussi, jusqu'à ce que je me souvienne des propos que la déesse silencieuse avait tenus ce jour-là, à la Racine Sud. *Tu as trente jours.*

Que se passerait-il alors ?

Nemmer eut soudain l'air sinistre. « Peu importe… c'est plus grave que ce que tu crois, petit frère. Tu devrais en entendre parler bientôt, de toute façon, alors autant que tu le saches : deux autres génitures ont disparu. »

Madding et moi tressaillîmes. Si Nemmer avait réussi à l'apprendre avant les gens de Mad, c'est que cette femme avait vraiment de très bonnes sources.

« Qui ? demanda-t-il, l'air affligé.

– Ina et Oboro. »

J'avais entendu parler de ce dernier. Il était une espèce de dieu guerrier et s'était taillé une réputation au sein des cercles de combats illégaux de la ville. Les gens l'appréciaient parce qu'il se battait à la loyale – il lui était même arrivé de perdre à quelques reprises. Le nom d'Ina ne me disait absolument rien, en revanche.

« Assassinés ?

– On n'a pas retrouvé de corps, et aucun d'entre nous n'a senti de mort se produire. Mais personne n'avait senti quoi que ce soit pour Role non plus, alors… » Elle s'interrompit, stoïque, encore cernée de pénombre. Je sentis soudain qu'elle était furieuse. Difficile de s'en rendre compte à cause de son air jovial, mais elle était aussi en colère que Madding. Évidemment ; son frère et sa sœur avaient disparu, s'ils n'étaient pas en train de mourir. J'aurais ressenti la même chose, à sa place.

Puis je compris enfin : *j'étais justement à sa place.* Si quelqu'un en avait après les génitures, alors toutes celles qui vivaient dans la cité étaient en danger – dont Madding. Et Brillant, s'il comptait toujours.

Je me levai et me dirigeai vers Mad. Il n'arpentait plus la pièce. Il parut surpris lorsque je lui pris la main et la lui serrai fort. Ensuite, je m'adressai à Nemmer, d'une voix tremblante.

« Dame Nemmer, fis-je, merci pour toutes ces informations. Verriez-vous un inconvénient à ce que Madding et moi parlions en privé ? »

Nemmer parut d'abord interloquée, puis un sourire féroce lui monta aux lèvres. « Oh, je l'aime bien, celle-là, Mad. Dommage qu'elle soit mortelle. Et non, mademoiselle Shoth, je ne vois aucun inconvénient à vous laisser tous les deux - enfin, seulement si vous arrêtez de m'appeler "Dame Nemmer". » Elle fit semblant de frissonner de dégoût. « Je me sens vieille, quand on m'appelle comme ça.

– Très bien, Dame N… » Je me mordis la langue. « Entendu. »

Elle me fit un clin d'œil, salua Madding, et disparut.

Nemmer partie, je me tournai aussitôt vers Madding. « Tu dois quitter Ombre. »

Il se balança sur ses talons, les yeux toujours rivés sur moi. « Je *quoi* ?

– Quelqu'un tue des génitures, par ici, au cas où tu ne l'aurais pas remarqué. Tu seras en sécurité au domaine des dieux. » Il me regarda, muet de stupeur un bref instant. « Je ne sais pas si je dois rire ou te flanquer dehors. Que tu puisses avoir une aussi piètre opinion de moi… Que tu puisses sincèrement penser que je préférerais fuir au lieu de chercher les salopards qui font ça…

– Je me moque de ta fierté ! » Je serrai de nouveau ses mains pour l'obliger à m'écouter. « Je sais que tu n'es pas un lâche ; je sais que tu veux retrouver le meurtrier de ta sœur. Mais si quelqu'un tue des génitures, et si aucun dieu ne sait *comment arrêter* cet individu… Franchement, Madding, quel mal y a-t-il à fuir, dans ce cas ? Est-ce que tu ne m'as pas demandé de faire la même chose pour éviter d'avoir des ennuis avec l'Ordre ? Tu as passé une éternité dans le domaine des dieux, et à peine, quoi, dix ans parmi nous ? Pourquoi devrais-tu t'occuper des problèmes de ce monde ?

– Pourquoi est-ce que je devrais… ? » Il se dégagea et me prit par les épaules, son regard rivé dans le mien. « Es-tu devenue complètement folle ? Tu es là, plantée devant moi, à me demander pourquoi je ne te laisse pas te débrouiller toute seule avec l'Ordre ou je ne sais qui d'autre encore ! Si tu penses…

– C'est *après toi* qu'ils en ont ! Pars. Ensuite, j'irai me rendre. Je leur dirai que tu es retourné au domaine des dieux ; ils en tireront les conclusions d'eux-mêmes. Ensuite…

– Ensuite, ils te tueront », asséna-t-il. Je ne dis rien. « Bien sûr que c'est ce qu'ils feront, Orie. Les boucs émissaires servent à remettre de l'ordre, n'est-ce pas ? Les gens sont bouleversés à cause de ce qui est arrivé à Role ; les mortels n'aiment pas penser que leurs dieux peuvent mourir. Et ils veulent que son meurtrier soit traduit en justice ; l'Ordre leur offrira quelqu'un, *n'importe qui*, s'il ne retrouve pas le tueur. Si je pars, tu n'auras plus aucune protection. »

Il avait entièrement raison ; je le savais d'instinct. J'avais peur, d'ailleurs. Mais…

« Je ne le supporterais pas, si tu mourais », murmurai-je. Je ne pus croiser son regard. Une variante de ce qu'il m'avait dit plusieurs mois auparavant. Ces mots furent aussi douloureux à formuler qu'à entendre à l'époque. « Je sais bien que je te perdrai le jour de ma mort, de toute manière. C'est… juste, naturel. Dans l'ordre des choses. Mais là… » Je ne pus m'en empêcher ; j'imaginai son corps dans cette ruelle, son odeur bleu-vert disparaissant, sa chaleur diminuant, son sang tachant mes doigts, et puis plus rien, plus rien à l'endroit où j'aurais dû le voir.

Non. Plutôt mourir que de laisser une telle chose survenir.

« Alors qu'ils me tuent, poursuivis-je. J'ai assassiné trois hommes. C'était peut-être un accident, mais toujours est-il qu'ils sont bel et bien morts. Ils avaient des rêves, des familles, peut-être… Tu sais ce qu'avoir une dette veut dire, Mad. Il serait normal que je m'acquitte de la mienne, tu ne trouves pas ? Du moment où tu es en sécurité. »

Il prononça un mot qui résonna comme un carillon furieux, effrayé et dépité, éblouissant comme une aigue-marine éclatante. Je me tus. Il me relâcha alors, et je compris trop tard que je l'avais de nouveau blessé en lui offrant ma vie. L'obligation était dans sa nature ; l'altruisme, son antithèse.

« Je ne te laisserai pas me faire un coup pareil », répliqua-t-il, de la colère froide dans la voix, même si je percevais de la peur en dessous. « Tu ne vas pas sacrifier ta vie parce que tu as eu le malheur de te trouver dans les parages quand ces imbéciles ont commencé leur espèce d'"enquête". Ni à cause de ce salopard d'égoïste qui vit avec toi. » Il serra les poings. « Et ne me propose plus jamais de mourir pour mon bien, tu m'entends ? Plus jamais. »

Je soupirai. Je ne voulais pas le blesser, mais il n'avait aucune raison de rester dans le domaine des mortels ni de se mêler de problèmes politiques humains parfaitement mesquins. Pas même pour moi. Je devais l'aider à s'en rendre compte.

« Tu l'as dit toi-même, continuai-je. Je vais mourir un jour ; il n'y a rien à faire contre ça. Quelle importance que ça se produise maintenant ou dans cinquante ans ? Je...

– *C'est important* », gronda-t-il violemment. Il traversa la pièce en deux enjambées et m'attrapa de nouveau par les épaules. Son geste fit onduler la surface de sa forme humaine. Durant un instant, il scintilla de bleu, puis redevint normal, hormis la sueur sur son visage. Ses mains tremblaient. Le fait d'essayer de me convaincre le rendait pratiquement malade. « Comment oses-tu prétendre que ça n'a pas d'importance ? »

Je sus aussitôt ce que j'aurais dû dire, ou faire. Je m'étais déjà retrouvée confrontée à ce genre de situations auparavant - à ce besoin féroce, dangereux, dévorant qui le poussait à m'aimer, peu importe la douleur que cet amour suscitait. Il avait raison ; il lui aurait fallu une déesse pour amante, pas une mortelle fragile prête à sacrifier sa vie sur-le-champ. Il avait bien fait de me quitter ; la décision la plus intelligente de son existence, même si rien ne m'avait jamais autant coûté que de le laisser faire.

J'aurais dû le repousser, pour cette même raison. Lui dire quelque chose de terrible pour lui briser le cœur. Ça aurait été la meilleure chose à faire. J'aurais dû en avoir la force.

Mais j'ai toujours été faible.

Madding m'embrassa. Et, par tous les dieux, que ce fut bon ! Je le sentis complètement, cette fois : son bleu-vert fluide et frais, ses confins et ses aspirations... Tout ce qu'il avait réprimé deux nuits auparavant. J'entendis son carillon tinter lorsqu'il se jeta en moi et à travers moi. Je m'accrochai à lui au moment où il s'écartait et l'attirai plus près. Il colla son front contre le mien, tremblant durant un long moment, tout en émotion contenue ; lui aussi savait exactement ce qu'il devait faire. Ensuite, il me prit dans ses bras et me porta jusqu'à la pile de coussins.

Nous avions déjà fait l'amour auparavant, souvent. Ça n'avait jamais été parfait - et pour cause, vu que j'étais une mortelle -, mais toujours bon. Surtout lorsque Madding éprouvait autant de désir. Il ne se contrôlait plus, dans ces moments-là ; il oubliait que j'étais un être humain et qu'il devait se retenir. (Je ne parle pas de sa force, même si elle entrait en ligne de compte. Je veux dire que parfois, il m'emmenait dans des endroits et me montrait des choses. Il en est que les humains ne sont pas censés voir. Lorsqu'il s'oubliait, j'en apercevais certaines.)

J'aimais qu'il perde le contrôle, même si c'était dangereux. J'adorais le fait de pouvoir lui procurer autant de plaisir. S'il était l'une des génitures les plus jeunes, il avait tout de même vécu plusieurs millénaires, alors il m'était arrivé de m'inquiéter de ne pas lui suffire, quelquefois. Mais durant des nuits comme celles-là, tandis qu'il pleurait, grognait, s'épuisait contre moi, puis scintillait comme un diamant au moment de l'orgasme, je savais que j'avais tort d'avoir peur. Bien sûr que je lui suffisais, parce qu'il m'aimait. C'était d'ailleurs bien là le problème.

Ensuite, nous restâmes étendus, somnolents dans le silence calme et humide des dernières heures de la nuit. J'entendais les autres aller et venir, à notre étage ou à celui du dessus ; des domestiques mortels, des génitures au service de Madding, ou un client assez privilégié pour avoir le droit de se fournir directement à la source. Comme les génitures n'aimaient pas les portes, la demeure de Madding n'en comportait pas. Si bien que toute la maisonnée avait dû nous entendre, ce dont nous nous fichions éperdument tous deux.

« Est-ce que je t'ai fait mal ? » La question classique.

« Bien sûr que non. » La réponse habituelle, même s'il soupirait chaque fois de soulagement. J'étais allongée sur le ventre, confortablement installée, mais pas tout à fait somnolente. « Et moi, est-ce que *je t'ai fait mal* ? »

Ma question le faisait éclater de rire, en général. Comme il ne disait rien, je repensai à notre dispute précédente. Je me tus à mon tour.

« Il va vraiment falloir que tu quittes Ombre quelque temps », osa-t-il enfin.

Je ne fis aucun commentaire, parce qu'il n'y avait rien à ajouter. Il ne s'éloignerait pas du domaine des mortels, parce que je me ferais probablement tuer en son absence. Le fait que je parte d'Ombre m'exposerait au même danger, ou presque. Tout dépendait de la disposition du prévit Rimarn à mon égard. Une fois à l'extérieur de la ville, Madding aurait moins de force pour me protéger ; la Dame avait fait passer un décret interdisant aux génitures de quitter la cité, cette déesse redoutant qu'elles mettent la pagaille dans le monde. Mais l'Ordre d'Itempas possédait une Salle Blanche dans chaque ville importante, ainsi que des centaines de prêtres et d'acolytes partout à travers la planète. J'aurais du mal à me cacher d'eux tous, si jamais Rimarn était déterminé à me retrouver.

Madding, lui, pensait que le prévit me laisserait tranquille. J'étais une proie facile, mais pas vraiment celle qu'il voulait.

« J'ai des contacts à l'extérieur de la cité, avança mon amant. Je vais leur demander d'organiser quelque chose. De te trouver une maison dans une petite ville avec un garde ou deux. Ne t'inquiète pas, je m'assurerai que tu sois bien installée.

– Et mes affaires ? »

Ses yeux se perdirent dans le vide un bref instant. « J'ai demandé à une de mes génitures de s'en occuper, tout à l'heure. Nous allons les entreposer ici pour le moment, puis nous les enverrons dans ta nouvelle maison par magie. Tes voisins ne te verront pas partir. »

Qu'elle était bien organisée et rapide, la destruction de ma vie !

Je roulai sur le ventre et posai le front sur mes bras croisés, essayant d'empêcher mes pensées de tourner dans ma tête. Au bout d'un moment, Mad s'assit, puis il s'écarta du tas de coussins, ouvrit un petit cabinet placé dans le sol, et fouilla à l'intérieur. Si je ne vis pas ce qu'il attrapa, je compris qu'il se piquait le doigt, en revanche. Je me renfrognai.

« Je ne suis pas d'humeur, assénai-je.

— C'est juste pour que tu te sentes mieux. Ce qui m'aidera à *me* sentir mieux.

— Ça ne te fait pas peur, de continuer à vendre du sang de dieu alors que les gens pensent que tu serais capable de tuer pour en avoir ?

— Non, mentit-il, le ton plus acerbe qu'à l'accoutumée, parce que je n'ai pas l'intention de tuer qui que ce soit pour m'en procurer, et que je me contrefous de ce que les autres pensent. » Il me tendit son doigt. Une goutte de sang, tel un grenat, perlait au bout. « Tu vois ? Mon sang a déjà coulé. Ce serait dommage de le gâcher, tu ne trouves pas ? »

Je soupirai, mais me penchai finalement et mis son doigt dans ma bouche. Je perçus un goût fugace de sel et de métal, accompagné d'un autre, riche de saveurs plus étranges encore que je n'avais jamais été capable de nommer. La saveur de domaines différents, peut-être. Quelle qu'elle fût, je ressentis un léger picotement au fond de ma gorge lorsque je déglutis, puis jusque dans mon ventre.

Je léchai son doigt avant de le lui rendre. Comme prévu, la blessure s'était déjà refermée ; mais j'aimais taquiner Mad. Il soupira.

« C'est pour cette raison qu'il y a eu l'Interdiction », commenta-t-il en se rallongeant près de moi. Il commença à dessiner du plat de la main des petits cercles dans le creux de mes reins ; ce qui signifiait généralement qu'il avait de nouveau envie de faire l'amour. Espèce de goinfre.

« Mmm ? » Je fermai les yeux et frissonnai légèrement lorsque le pouvoir du sang de dieu se répandit dans tout mon corps. Un jour que Madding m'avait donné une goutte de son sang, je m'étais mise à flotter à une quinzaine de centimètres au-dessus du sol. Pour redescendre au bout de plusieurs heures seulement. Mon amant ne m'avait été d'aucune aide, ce jour-là ; trop occupé à rire. Heureusement, je ne ressentais qu'une agréable sensation de décontraction, *en général*, comme une ivresse, mais sans le mal au crâne. Il m'arrivait d'avoir des visions, mais elles n'étaient jamais effrayantes. « De quoi est-ce que tu parles ?

– De toi. » Il frotta ses lèvres contre mon oreille, ce qui fit courir un délicieux frisson le long de ma colonne. Ce dont Mad se rendit compte, car il en suivit le parcours du bout des doigts. Je me cambrai en soupirant. « De vous autres, mortels, et de votre excitante folie. Vous avez séduit bon nombre d'entre nous, Orie ; même les Trois, il y a longtemps de ça. Et dire que je considérais ceux qui tombaient amoureux d'un mortel comme des idiots.

– Mais maintenant que tu as essayé, tu vois à quel point tu avais tort, c'est ça ?

– Oh, non. » Il s'assit à califourchon sur mes jambes et glissa ses mains sous moi pour caresser mes seins. Je gémis d'un plaisir alangui, mais ne pus m'empêcher de glousser lorsqu'il mordilla ma nuque. « J'avais raison. C'est vraiment de la folie. À cause de vous, nous désirons des choses que nous ne devrions pas convoiter. »

Je ne souriais plus. « Comme l'éternité.

– Oui. » Ses mains s'immobilisèrent un instant. « Et d'autres choses encore.

– Lesquelles ?

– Des enfants, par exemple. »

Je m'assis. « Dis-moi que tu plaisantes. » Il m'avait assuré longtemps auparavant que je n'avais pas besoin de prendre de précautions avec lui comme avec un mortel.

« Chut, murmura-t-il en m'obligeant à m'allonger. Évidemment que je plaisante. Mais *je pourrais* te donner un enfant, si je le voulais. Si tu le voulais. Et si nous avions l'intention de briser la seule vraie loi que les Trois nous aient jamais imposée.

– Oh. » Je me laissai retomber sur les coussins et l'autorisai à me caresser lentement et avec tendresse. « Tu veux parler des démons. De ces rejetons de mortels et d'immortels. De ces monstres.

– Ce n'étaient pas des monstres. Ils ont vécu avant la Guerre des dieux, avant que je naisse, même, mais j'ai entendu dire qu'ils étaient vraiment comme nous - comme les génitures, je veux dire. Ils pouvaient danser au milieu des étoiles, eux aussi ; ils possédaient la même magie. À la différence près qu'ils vieillissaient et qu'ils mouraient, peu importe leur puissance. Ils étaient très... étranges. Mais pas monstrueux. » Il soupira. « On n'a plus le droit d'engendrer des démons, de nos jours, mais... ah, Orie. Tu enfanterais de très beaux enfants.

– Mmm. » J'écoutais à peine. Madding adorait parler en accompagnant ses paroles de caresses absolument merveilleuses. Il avait glissé une main entre mes jambes au cours de ce dernier radotage.

Oui, vraiment merveilleuses. « Alors, les Trois ont eu peur que vous - ah - tombiez amoureux de mortelles et que vous engendriez d'autres dangereux petits démons.

– Pas tous les Trois. Seul Itempas nous a ordonné de nous tenir à l'écart du domaine des mortels, en fin de compte. Et vu qu'il ne tolère aucune désobéissance, nous l'avons écouté. » Il m'embrassa l'épaule, puis blottit son visage contre ma tempe. « Je ne m'étais pas rendu compte à quel point cet ordre était cruel jusqu'à ce que je te rencontre. »

Je souris malicieusement et frôlai d'une main experte la protubérance chaude et dure dressée contre mon dos. Mad frissonna contre moi, son souffle s'accélérant contre mon oreille. « Oh oui, taquinai-je. Tellement cruel.

– Orie », interrompit-il, la voix soudain basse et tendue. Je soupirai et soulevai légèrement les hanches, puis il se glissa en moi comme s'il avait été fait pour mon corps.

Au milieu du plaisir fluctuant et délicieux qui s'ensuivit, je pris conscience qu'on nous observait. Je ne m'en m'inquiétai pas, au début. Notre relation semblait fasciner les génitures de Madding, et si le fait de nous regarder les éclairait sur le genre de rapports qu'elles pourraient avoir avec des mortels, alors cela m'allait très bien. Mais je me rendis compte plus tard, une fois étendue et sur le point de m'endormir, qu'on nous avait épiés de façon très différente, cette fois. Je n'avais pas senti cette curiosité ou cette excitation coutumières, mais une sorte de densité. Une désapprobation. Familière.

Évidemment. Madding avait envoyé quelqu'un chercher mes affaires. Ce qui voulait dire Brillant, mon espèce d'animal de compagnie maussade, arrogant et égoïste. Je ne comprenais pas pourquoi le fait que je sois avec Madding l'énervait, et je m'en moquais. Ses sautes d'humeur me fatiguaient ; tout me fatiguait. Alors je l'ignorai, et m'endormis.

Madding était déjà levé lorsque je me réveillai. Je m'assis, vaseuse, et tendis l'oreille un moment afin de prendre mes repères. Je perçus le clapotis de l'eau et la senteur du *hiras* en bas. En haut, le plancher craquait sous des pas. Mon intuition me dit qu'il devait être très tard, mais la plupart des gens de Madding étaient des génitures ; ils ne dormaient pas. Quelque part au même étage, une femme riait et deux hommes conversaient.

Je bâillai et reposai ma tête, mais les voix continuèrent de capter mon attention.

« … ne t'ai pas dit de…

— … ton problème, bon sang ! Tu n'as pas le… »

Je les appréhendais mieux au fur et à mesure : Brillant. Et Madding. En train de parler ? Aucune importance. Je m'en fichais.

« Tu n'écoutes rien », fit Madding. Il s'exprimait doucement, mais de façon déterminée, si bien que sa voix portait. « Elle t'a offert une vraie chance, et toi, tu la gâches. Pourquoi est-ce que tu te comportes de cette façon alors que tant d'entre nous se sont battus pour toi, sont morts… » Il hésita un moment. « Tu ne penses qu'à toi, jamais aux autres ! As-tu la moindre idée de ce qu'Orie a enduré à cause de toi ? »

J'ouvris les yeux.

La réponse de Brillant ne fut qu'un murmure étouffé et inintelligible. Celle de Madding, presque un cri : « Tu détruis sa vie ! Ça ne te suffit pas d'avoir détruit ta propre famille ? Est-ce qu'il faut en plus que tu tues *les choses que j'aime* ? »

Je me levai. Ma canne se trouvait de mon côté de la pile de coussins, exactement à l'endroit où Madding l'avait toujours mise. Quant à ma robe, elle était empêtrée au milieu du tas, là où je l'avais laissée la veille ; je la dégageai, puis la passai.

« … te dis la chose suivante, maintenant… » Madding avait visiblement retrouvé son calme, car même s'il était encore manifestement en colère, il avait de nouveau baissé le ton. Brillant ne parlait pas, comme il ne l'avait plus fait depuis le coup de sang de Madding, qui continuait quant à lui de le faire, ses paroles malheureusement inintelligibles.

Je m'arrêtai sur le seuil de la porte en me disant que je m'en moquais. À cause de Brillant, ma vie était brisée. *Ce dont* il se fichait. Alors en quoi ce que Madding et lui se racontaient pouvait-il bien compter ? Pourquoi essayais-je encore de le comprendre ?

« … il pourrait recommencer à t'aimer, assura Madding. Tu peux faire comme si ça ne représentait rien pour toi, Père, si ça t'amuse. Mais je sais… »

Père. Je clignai des yeux. *Père ?*

« … malgré tout. » Madding. « Crois-moi ou pas, comme ça te chante. » Ces paroles semblaient définitives. La dispute était terminée.

Je reculai vers le fond de la chambre afin de m'éloigner de la porte, même si je savais que ça ne servirait à rien. J'entendis Madding quitter la pièce qu'il avait arpentée de long en large et se diriger d'un pas lourd vers les escaliers. Il ne reviendrait pas.

Tandis que je me tenais contre le mur, retournant dans ma tête les propos que j'avais surpris, Brillant sortit à son tour. Lorsqu'il passa devant la porte, je fis exprès de me redresser pour qu'il remarque que j'étais levée. Il ne ralentit même pas, mais grimpa à l'étage supérieur.

Lequel des deux suivre ? J'hésitai un moment, puis allai retrouver Madding. Il me parlerait, lui au moins.

Je le trouvai debout en surplomb du plus grand bassin de sa maison, sa splendeur si éclatante que la réflexion de sa magie sur les murs et sur l'eau éclairait toute la pièce. Je m'arrêtai derrière lui, jouissant des jeux de lumière sur ses facettes, des changements et des ondulations de sa chair liquide aigue-marine lorsqu'il bougeait, du vacillement des motifs sur les parois. Il avait les mains croisées et la tête penchée comme s'il avait été en train de prier. Peut-être *priait-il* ? Au-dessus des génitures, il y avait les dieux, et au-dessus des dieux, le Maelström, l'inconnaissable. Peut-être ce dernier vénérait-il quelque chose, lui aussi ? Nous avons tous besoin de nous tourner vers quelqu'un à un moment donné.

Je m'assis et attendis en silence, jusqu'à ce que Madding finisse par baisser les mains et par me faire face.

« Je n'aurais pas dû élever la voix », l'entendis-je articuler doucement au milieu du carillon de son cristal.

Je souris, puis relevai les genoux que je serrai contre moi. « Moi aussi, je lui crie après, parfois. »

Il soupira. « Si tu l'avais connu avant la guerre, Orie. Il était glorieux, à cette époque. Nous l'aimions tous - nous nous serions battus pour son amour, nous savourions la moindre marque d'attention de sa part. Et il nous aimait à sa façon, avec calme et constance. Il a tellement changé. »

Son corps lança un dernier chatoiement liquide puis réintégra sa carapace râblée bien humaine, que j'avais fini par aimer au fil des années. Il était nu et flottait toujours au-dessus de l'eau, les cheveux détachés. Son regard était lourd de souvenirs et de peines bien trop anciens pour un mortel. Jamais il ne paraîtrait ordinaire, et ce malgré tous ses efforts.

« Alors comme ça, il est ton père. » Je m'exprimai lentement pour cacher le doute qui commençait à s'insinuer en moi. Je ne voulais pas y croire moi-même. S'il y avait désormais des dizaines, voire des centaines de génitures, elles avaient été bien plus nombreuses, avant la Guerre des dieux. Et toutes n'avaient pas été engendrées par les Trois.

Même si c'était le cas pour la plupart d'entre elles.

Déchiffrant mes pensées, Madding sourit. Je n'avais jamais été capable de lui cacher quoi que ce soit. « Nous sommes très peu nombreux à lui être restés fidèles. »

Je passai la langue sur mes lèvres. « Je croyais qu'il était une géniture. *Juste* une géniture, je veux dire, pas… » Je fis un vague geste au-dessus de ma tête pour désigner le ciel.

« Non, il n'est pas une simple géniture. »

Une confirmation étonnamment décevante. « Je pensais que les Trois étaient… différents.

– Ils le sont.

– Mais Brillant…

– C'est un cas spécial. Sa condition actuelle est temporaire. Enfin, normalement. »

Rien ne m'avait préparé à ça. Je n'y connaissais pas grand-chose en matière de dieux, malgré mes accointances personnelles avec certains d'entre eux. Je savais comme tout le monde que les prêtres enseignaient ce que bon leur semblait, c'est-à-dire pas forcément la vérité. Et que même s'ils ne mentaient pas, il leur arrivait de se tromper.

Madding vint s'asseoir à mes côtés et se mit à contempler les bassins d'un air sombre.

J'avais besoin de comprendre. « Qu'est-ce qu'il a fait ? » La question que j'avais posée à Sieh.

« Une chose terrible. » Son visage s'était fermé, sans doute de colère. « Une chose que la plupart d'entre nous ne lui pardonnerons jamais. Même s'il a réussi à le repousser pendant longtemps, le moment est maintenant venu pour lui de payer ses dettes. Il va mettre du temps à rembourser. »

Parfois, les dieux s'y prenaient vraiment mal. « Je ne comprends pas », murmurai-je.

Il leva la main et suivit du bout du doigt le contour d'une contusion qui barrait ma joue avant de repousser une boucle de cheveux sur le côté.

« Il a vraiment eu de la chance de te rencontrer, fit-il. J'ai été un peu jaloux, je dois bien le reconnaître. Il y a encore un peu de son ancienne personnalité en lui. Je comprends que tu te sois sentie attirée.

– Ce n'est pas ça. Il se contrefiche de moi, tu sais.

– Je sais. » Il laissa retomber sa main. « Je ne suis pas sûr qu'il soit capable de se soucier de quiconque pour le moment, pas vraiment. Il n'a jamais été souple en matière de changement ou de soumission. Il détruit au lieu de céder. Et il nous a tous entraînés avec lui. »

Il devint silencieux, sa douleur retentissante. Je compris alors que contrairement à Sieh, Madding aimait encore Brillant. Ou celui que Brillant avait été autrefois.

Mon esprit luttait contre le nom que mon cœur me soufflait.

Je trouvai la main de mon amant et entrelaçai mes doigts entre les siens. Il les contempla, puis leva les yeux sur moi avant de sourire. Il y avait tellement de tristesse dans son regard que je me penchai vers lui pour l'embrasser. Il posa son front contre le mien en soupirant lorsque nos lèvres s'écartèrent.

« Je préférerais changer de sujet, suggéra-t-il.

– Pas de problème, acquiesçai-je. De quoi aimerais-tu parler ? » J'avais ma petite idée sur la question.

« Reste avec moi, murmura-t-il.

– Ce n'est pas moi qui suis partie. » J'avais voulu plaisanter, et lamentablement échoué.

Il ferma les yeux. « C'était différent à l'époque. Aujourd'hui, je comprends que je vais te perdre quoi qu'il advienne. Que tu quittes la ville ou que tu vieillisses et meures. Mais si tu restes, je te garderai avec moi plus longtemps. » Il chercha mon autre main à tâtons, plus maladroit que moi lorsqu'il n'y voyait pas. « J'ai besoin de toi, Orie. »

Je passai la langue sur mes lèvres. « Je ne veux pas te faire courir le moindre risque, Mad. Et si je reste... » Chaque bouchée que je mangerais, le moindre bout de tissu que je porterais viendrait de lui. Pourrais-je le supporter ? J'avais traversé le continent, laissé ma mère et les miens, tâtonné et lutté pour vivre comme je l'entendais. Si je restais à Ombre, avec l'Ordre à mes trousses et des meurtres sur les talons, arriverais-je seulement à quitter la maison de Madding ? Être libre, mais seule, ou en prison avec l'homme que j'aimais... Quelle terrifiante alternative !

Il le comprenait. Je le sentais trembler, ce qui revenait au même. « S'il te plaît », murmura-t-il.

Je faillis capituler.

« Laisse-moi y réfléchir, proposai-je. Je dois... je n'arrive pas à penser, là tout de suite, Mad. »

Il ouvrit les yeux. Comme je me trouvais assez près de lui pour le toucher, je sentis l'espoir le quitter. Et lorsque Madding se recula et lâcha ma main, je sus qu'il avait commencé à me fermer son cœur, à le préparer à mon refus.

« Très bien, concéda-t-il. Prends tout le temps qu'il te faudra. »

Ça aurait été tellement plus facile, s'il avait été en colère.

Je voulus parler, mais il s'était déjà détourné. Qu'aurais-je pu lui dire, de toute manière ? Rien ne pourrait apaiser la douleur que je venais de provoquer. Seul le temps aurait ce pouvoir.

Alors, je me levai en soupirant, et gagnai l'étage supérieur.

La maison de Madding était immense. Le second étage, où se trouvait sa chambre, était également celui où mon amant et ses génitures travaillaient, celui où ils se piquaient eux-mêmes afin de remplir des petites fioles de sang qu'ils vendaient aux mortels. Il s'était enrichi grâce à ce commerce, et à d'autres activités encore ; les génitures possédaient de nombreux talents que les humains étaient prêts à payer au prix fort. Mais étant une géniture, il n'avait jamais réfléchi au fait d'ouvrir un vrai comptoir ; il s'était contenté d'agrandir sa maison et d'inviter tous ses subalternes à venir vivre avec lui.

Une offre que la plupart d'entre eux avaient acceptée. Au troisième étage de la demeure, on trouvait d'ailleurs les chambres des génitures qui appréciaient d'avoir un lit, quelques scribes ayant réussi à échapper à la tutelle de l'Ordre, et une poignée de mortels dotés de compétences utiles – tenir des registres, les comptes, souffler du verre. Au dernier étage, il y avait le toit ; l'endroit où je voulais me rendre, justement.

Une fois là-haut, je tombai sur deux génitures paresseusement allongées : le lieutenant de Madding à la peau marbrée, et une créature d'une beauté froide, qui avait pris l'apparence d'un homme kène d'âge moyen et dont les yeux charriaient autant de sagesse que d'indifférence. Il fit comme si je n'étais pas présente. Son compagnon m'observa vaguement, puis se rapprocha de son acolyte pour me laisser passer.

« Vous êtes venue prendre une bouffée d'air nocturne ? » demanda-t-il.

J'opinai. « Je sens mieux la cité, d'ici.

– S'agirait-il d'un au revoir ? » Son regard était extrêmement perçant ; il lisait mon visage comme s'il avait été un sceau de sang. N'étant pas certaine de parvenir à conserver mon calme si je prenais la parole, je me contentai d'esquisser un sourire en guise de réponse. Son expression se teinta de pitié. « Je regretterais de vous voir partir.

– Je lui ai causé suffisamment de problèmes.

– Il s'en moque.

– Je sais. Mais à ce rythme, je vais finir par lui devoir mon âme, voire plus.

– Il ne tient pas de comptes avec vous, Orie. » C'était la première fois que je l'entendais prononcer mon nom. Je n'aurais pas dû en être surprise ; il fréquentait Madding depuis plus longtemps que moi. Peut-être s'étaient-ils même rendus ensemble dans le domaine des mortels, tels deux célibataires à la recherche de divertissement dans les bas-fonds d'Ombre ? L'idée me fit sourire, ce dont mon interlocuteur se rendit compte parce qu'il sourit à son tour. « Vous ne savez pas combien il tient à vous. »

Ce que j'avais vu dans les yeux de Madding lorsqu'il m'avait proposé de rester. « Si, je le sais », murmurai-je. Je dus inspirer profondément. « À plus tard, heu… » Je m'interrompis. Depuis tout ce temps, je ne lui avais jamais demandé son nom. Mes joues s'empourprèrent de honte.

Il parut amusé. « Paitya. Ma compagne – une femme ? – s'appelle Kitr. Mais il ne faut pas qu'elle sache que je vous l'ai dit. »

Je hochai la tête, luttant contre l'envie irrépressible de regarder à nouveau la géniture à l'apparence plus âgée. Certains de ces êtres divins étaient comme Paitya, Madding ou Lil ; ils n'attendaient aucune déférence particulière de la part des mortels. Mais d'autres, comme j'avais eu l'occasion de le découvrir, nous considéraient comme des êtres infiniment inférieurs. Le plus vieux d'entre eux semblait s'irriter du fait que j'aie interrompu ce moment de détente ; mieux valait le laisser tranquille.

« Vous ne serez pas seule », glissa Paitya au moment où je passai devant lui. Je manquai me figer sur place lorsque je compris de qui il voulait parler.

Mais je décidai que cela tombait très bien, étant donné l'état pitoyable dans lequel je me trouvais. J'avais été élevée dans la religion itempéenne, même si je ne pratiquais plus depuis des années, et même si je n'avais jamais vraiment eu la foi. Mais il m'arrivait de Le prier lorsque j'en éprouvais le besoin. Ce qui était exactement le cas en cet instant, si bien que je poursuivis mon chemin, soulevai péniblement le lourd loquet en fer, et gagnai la terrasse supérieure.

Tandis que l'écho métallique de la porte s'amenuisait, je perçus une respiration. Au niveau du sol ; il était assis là quelque part, probablement adossé contre l'un des pieds de la citerne qui dominait le toit. Même si je ne distinguais pas son regard, je ne doutais pas que Brillant m'ait entendu venir. Le silence retomba.

Sachant qui il était, j'aurais cru ressentir autre chose. J'aurais dû me sentir déférente, nerveuse ou intimidée, tout au moins. Mais mon esprit n'arrivait pas à concilier ces deux notions : le Seigneur lumineux de l'Ordre, et l'homme que j'avais trouvé dans les poubelles. Itempas et Brillant ; Lui et lui ; ils occupaient vraiment des places différentes dans mon cœur.

De la même manière, je n'avais qu'une question en tête au lieu de la centaine que j'aurais dû me poser.

« Quand je pense à tout ce temps où vous avez vécu avec moi sans me dire le moindre mot, commençai-je. Pourquoi ? »

Je crus d'abord qu'il ne répondrait pas. Mais je finis par entendre le gravillon qui recouvrait le toit crisser légèrement, puis sentis la solidité de son regard se poser sur moi.

« Tu n'avais aucun intérêt à mes yeux, se justifia-t-il. Tu n'étais qu'une mortelle comme une autre. »

Je commençais à m'habituer à ses manières, me rendis-je compte avec amertume. Sa réponse m'avait moins blessée que ce qu'elle aurait dû.

Je gagnai l'un des autres piliers de la citerne en secouant la tête et vérifiai à tâtons qu'il n'y avait pas de flaques ni de débris par terre avant de m'asseoir. Le silence n'était pas total, là-haut sur le toit ; l'air nocturne charriait les bruits de la cité. Et cependant, je me sentais en paix. La présence de Brillant et la colère que j'éprouvais à son égard avaient le mérite de m'empêcher de penser à Madding, aux Gardiens de l'Ordre défunts, ou au fait que la vie que je m'étais construite à Ombre n'existerait bientôt plus. Alors même qu'il se montrait odieux, mon dieu m'apportait du réconfort.

« Est-ce que je pourrais savoir ce que vous faites ici ? » demandai-je. J'étais incapable de lui témoigner davantage de respect. « Seriez-vous venu vous prier vous-même ?

– C'est la nouvelle lune, ce soir.
– Et alors ? »

Il ne répondit pas, mais peu m'importait qu'il le fasse. Je tournai la tête vers le chatoiement à peine visible de la canopée de l'Arbre Monde au loin, et fis comme s'il s'agissait des fameuses étoiles dont j'avais entendu parler toute ma vie. Au milieu du clapotis et des remous de cette mer de feuilles, j'aperçus un éclat plus intense. Un bourgeon précoce, sans doute ; l'Arbre fleurirait bientôt. Certains habitants de la cité gagnaient l'équivalent d'une année de revenus rien qu'en grimpant dans les branches basses et en coupant quelques boutons argentés et larges comme la main qu'ils vendaient aux riches.

« Tout se passe la nuit, parce que alors, il voit et entend tout », intervint Brillant soudain. J'aurais préféré qu'il continue de se taire. « Il m'entendra, par une nuit sans lune, même s'il décide de ne pas répondre.

– Qui ?
– Nahadoth. »

J'oubliai ma colère à l'encontre de Brillant, ma tristesse à la pensée de Madding, et ma culpabilité à celle des Gardiens de l'Ordre. J'oubliai tout, sauf ce nom.

Nahadoth.

Personne n'en avait perdu le souvenir.

De nos jours, notre monde ne compte plus que deux grands continents, mais il y en avait trois, jadis : le Grand Nord, la Senme et le Maroland. Le Maroland était le plus petit d'entre eux, mais le plus admirable également, avec des arbres qui se dressaient à plus de trois cents mètres au-dessus du sol, des fleurs et des oiseaux qu'on ne trouvait nulle part ailleurs, et des chutes d'eau tellement grandes que certains prétendaient qu'on sentait parfois leurs gouttes de l'autre côté du monde.

La centaine de clans qui composait mon peuple - dont le nom était alors « Maro » et non pas « Marohné » - était riche et puissante.

À la suite de la Guerre des dieux, ceux qui avaient toujours exclusivement honoré Itempas le lumineux furent privilégiés : les Amnes, les Ginjis, un peuple désormais disparu, et nous. La famille Arameri se retrouva à la tête des Amnes, dont la patrie s'appelait la Senme. Mais, sur notre recommandation, ils bâtirent leur forteresse sur notre territoire. Nous étions plus intelligents que les Ginjis. Ce qui ne nous a pas empêchés de payer le prix de notre politique politicienne si maligne.

Puis il y eut une sorte de rébellion. Une gigantesque armée marcha sur le Maroland dans le but de renverser les Arameris. Complètement stupide, je le sais bien, mais de telles pratiques avaient cours, à l'époque. Il y aurait eu un autre massacre, une autre note de bas de page dans le grand livre de l'Histoire, si l'un des jouets des Arameris n'avait pas réussi à s'échapper.

Il était le Seigneur de la nuit, le frère d'Itempas le lumineux et son éternel adversaire ; entravé, diminué, mais d'une puissance toujours inimaginable. Il lui avait suffi de donner un grand coup de poing dans le sol pour enterrer le Maroland sous des tremblements de terre et des tsunamis. Le continent tout entier sombra dans la mer, et emporta avec lui pratiquement tous ses habitants.

Les quelques Maros survivants s'installèrent sur une petite péninsule du territoire de la Senme mise à leur disposition par les Arameris ; une façon de nous présenter leurs condoléances pour notre perte. C'est à cette époque que nous avons pris le nom de Marohnés, qui signifie « ceux qui pleurent le Maro » dans la langue que nous parlions autrefois. Nous donnâmes des prénoms de tristesse à nos filles, et de colère à nos fils, tout en nous demandant si nous n'aurions pas intérêt à refonder notre race. Puis nous remerciâmes Itempas d'avoir sauvé la poignée d'entre nous qui avions survécu, et détestâmes les Arameris de nous avoir imposé cette prière.

Et, alors que le reste du monde l'avait totalement oublié ou presque, hormis certains cultes hérétiques et certaines histoires pour enfants parfaitement terrifiantes, nous nous souvînmes du nom de notre pourfendeur.

Nahadoth.

« J'ai bien tenté de lui dire que je regrettais », confia Brillant.

Cette annonce me fit de nouveau l'effet d'un choc. « *Quoi ?* »

Brillant se leva. Je l'entendis faire quelques pas, sans doute le long du muret qui bordait le toit. Le vent et les bruits nocturnes de la cité brouillèrent sa voix lorsqu'il reprit la parole, ce qui ne m'empêcha pas de le comprendre pour autant. Sa diction précise, dénuée d'accent et parfaitement placée m'y aida. Il s'exprimait comme un noble habitué à tenir des discours.

« Tu voulais savoir ce que j'ai fait pour mériter de devenir mortel. Tu as interrogé Sieh à ce sujet. »

J'obligeai mes pensées à cesser leur interminable litanie : *Nahadoth, Nahadoth, Nahadoth.* « Eh bien… oui, c'est vrai, admis-je.

– Ma sœur, avança-t-il. Je l'ai tuée. »

Je fronçai les sourcils. Évidemment qu'il l'avait tuée. Enefa, la déesse de la Terre et de la Vie, avait conspiré avec leur frère, le Seigneur de la nuit, Nahadoth. Itempas l'avait assassinée pour traîtrise avant de livrer Nahadoth aux Arameris afin qu'ils fassent de lui leur esclave. L'histoire était bien connue.

À moins que…

Je passai la langue sur mes lèvres. « Vous avait-elle… sciemment provoqué ? »

Le vent changea de sens un court instant. La voix de Brillant vint vers moi, se perdit, puis erra de nouveau dans ma direction, douce et mélodieuse. « Elle me l'a pris.

– Elle… » Je m'interrompis.

Je ne voulais pas comprendre. Itempas et Enefa avaient à l'évidence eu une liaison à un moment donné, avant leur chute ; l'existence des génitures le prouvait assez. Mais Nahadoth était le monstre tapi dans la nuit, l'ennemi de tout ce qui était bon dans le monde. Je ne voulais pas voir en lui le frère du Seigneur lumineux, alors quant à…

Mais j'avais trop fréquenté les génitures. J'avais pu observer qu'elles avaient autant de désirs et de colère que les humains, qu'elles pouvaient se faire du mal comme eux, ne pas se comprendre les unes les autres, nourrir des rancunes, *et s'entretuer par amour, comme eux…*

Je me mis debout, tremblant des pieds à la tête.

« Vous êtes en train de dire que *c'est vous* qui avez initié la Guerre des dieux. Vous me dites que Nahadoth était votre amant… et que vous l'aimez *toujours. Qu'il est libre à présent, et que c'est lui qui vous a infligé ça.*

– Oui », confirma Brillant. Puis, à mon étonnement, il laissa échapper un petit rire tellement amer que sa voix trembla durant un instant. « C'est exactement ce que je suis en train de dire. »

Mes mains agrippèrent ma canne si fort que j'en eus mal aux paumes. Je tombai en position accroupie, mon bâton planté dans le gravier pour me maintenir en équilibre, le front contre le bois poli. « Je ne vous crois pas », murmurai-je. Je *ne pouvais pas* le croire. Il était impossible que je me sois autant trompée à propos du monde, des dieux, de tout. Il était impossible que la race humaine dans son ensemble se soit fourvoyée à ce point.

N'est-ce pas ?

J'entendis le gravillon crisser sous les pieds de Brillant lorsque ce dernier se tourna vers moi.

« Est-ce que tu aimes Madding ? » interrogea-t-il.

Cette question me parut tellement inattendue et tellement absurde, vu la teneur de notre discussion, qu'il me fallut plusieurs secondes avant de parvenir à dire quoi que ce soit. « Oui. Chers dieux, bien sûr que oui ! Pourquoi me demandez-vous ça maintenant ? »

Le gravier crissa au rythme de ses pas ; Brillant venait vers moi. Ses mains chaudes prirent les miennes, encore agrippées autour de ma canne ; ce geste me surprit tant que je laissai Brillant m'aider à me relever. Puis il ne fit plus rien durant quelques instants, se contentant de me regarder. Je me rendis compte avec retard que je ne portais qu'une robe en soie. L'hiver avait été clément, et le printemps ne tarderait pas, mais cette nuit était particulièrement froide. J'avais la chair de poule, et mes mamelons pointaient sous le tissu. J'avais déjà déambulé aussi peu vêtue chez moi - voire moins habillée, même ; je ne trouvais pas la nudité particulièrement excitante - sans que Brillant ait jamais manifesté le moindre intérêt à mon égard. Mais en cet instant, cependant, la lourdeur de son regard me… mit mal à l'aise. Ce qui ne m'était jamais arrivé auparavant.

Il se rapprocha, puis je sentis ses mains remonter le long de mes bras. Elles me parurent chaudes, presque réconfortantes. Je compris ce qu'il avait en tête seulement au moment où ses lèvres effleurèrent les miennes. Surprise, je cherchai à me dégager, mais ses doigts m'agrippèrent aussitôt brutalement - pas assez pour me faire mal, mais suffisamment pour m'avertir. Je me figeai. Il se rapprocha de nouveau et m'embrassa.

Je ne savais quoi penser. Mais sa bouche obligea la mienne à s'ouvrir avec une adresse dont je ne l'aurais pas cru capable, puis sa langue caressa mes lèvres. Sans pouvoir lui résister, je me laissai aller contre lui. S'il avait forcé ce baiser, je l'aurais détesté. Je me serais débattue. Mais il se montrait gentil - anormalement, d'une façon trop parfaite. Sa bouche n'avait pas de goût particulier, ce que je trouvai étrange, et ce qui rendait Brillant plus inhumain encore, d'une certaine manière. Ce n'était pas comme embrasser Madding. Je ne percevais pas la saveur du moi intérieur de Brillant. Mais au moment où sa langue frôla la mienne, je sursautai légèrement, parce que je trouvai ça agréable. Et totalement inattendu. Il glissa ses mains jusqu'à ma taille, puis jusqu'à mes hanches, et m'attira plus près. Je sentis son odeur particulière, chaude et épicée, la chaleur et la vigueur de son corps - très différentes de celles de Madding. Dérangeantes. Intéressantes. Lorsqu'il effleura ma lèvre inférieure du bout des siennes, je tremblai, mais pas uniquement de peur, cette fois.

Il n'avait pas fermé les yeux. Il m'observait, m'évaluait, son regard glacial malgré la douceur de sa bouche.

Puis il se recula, inspira profondément, expira lentement, et dit d'une voix toujours affreusement douce : « Tu n'aimes pas Madding. »

Je me raidis.

« Encore maintenant, tu me veux. » Quel mépris dans sa voix ! C'était comme si chaque mot avait suinté du venin. Jamais je ne l'avais entendu manifester ce genre d'émotion auparavant. De la haine pure. « Son pouvoir t'attire, le prestige d'avoir un dieu pour amant. Peut-être es-tu attachée à lui, de ton petit point de vue - bien que j'en doute, puisqu'il semblerait que n'importe quel dieu fasse l'affaire, avec toi. » Il laissa échapper un soupir discret. « Je sais assez combien il est dangereux de faire confiance à ton espèce. J'ai prévenu mes enfants à ce sujet, je les ai tenus loin de vous tant que j'ai pu, mais Madding est têtu. Je déplore d'avance la douleur qu'il éprouvera lorsqu'il finira par se rendre compte à quel point tu es indigne de son amour. »

Je restai plantée là, totalement abasourdie. À le croire pendant un interminable et terrible instant. Brillant avait été – et était toujours, diminué ou pas – le dieu que j'avais toute ma vie vénéré. Il avait raison, bien sûr. N'avais-je pas hésité lorsque Madding m'avait fait sa proposition ? Mon dieu m'avait jugée et prise en défaut, ce qui était douloureux.

Puis je retrouvai mes esprits, et avec eux, la colère.

J'étais encore adossée contre la citerne, ce qui me donna l'avantage lorsque je plaquai mes mains contre le torse de Brillant pour le repousser en arrière de toutes mes forces. Il trébucha et poussa un cri de surprise. Je m'approchai de lui, ma peur et ma confusion ayant fait place à une rage cuisante.

« *C'est ça,* votre preuve ? » Mes mains trouvèrent sa poitrine et le repoussèrent de nouveau. Je mis toutes mes forces dans ce geste, juste pour le plaisir de l'entendre grogner. « Ce serait ça, la raison pour laquelle vous pensez que je n'aime pas Madding ? Vous embrassez sacrément bien, Brillant, mais ne me dites pas que vous pensez sincèrement que vous pourriez prendre la place de Madding dans mon cœur. » Je trouvai ma propre voix dure, lorsque j'éclatai de rire. « Par tous les dieux, il avait raison ! Vous ne comprenez vraiment rien à l'amour. »

Je me retournai en marmonnant à voix basse, et me dirigeai vers la porte.

« Attends », interpella Brillant.

Je l'ignorai et continuai de décrire avec le bout de ma canne des petits arcs de cercle nerveux sur le sol devant moi. La main de mon compagnon agrippa de nouveau mon bras, mais je tentai de l'écarter, et jurai même, cette fois.

« Attends », répéta-t-il sans lâcher prise. Il se retourna alors comme s'il avait à peine remarqué ma colère. « Il y a quelqu'un.

– Qu'est-ce que vous… » Mais j'entendis à mon tour quelque chose, et me figeai aussitôt : des pas faisaient crisser le gravillon du toit près du battant de la porte.

« Orie Shoth ? » La voix d'un homme, froide et sombre comme une nuit de fin d'hiver. Et familière, cependant, sans que je puisse la resituer.

« Ou… oui », répondis-je en me demandant s'il s'agissait d'un client de Madding, et pourquoi il se trouvait sur le toit si tel était le cas. Et comment connaissait-il mon nom ? Peut-être avait-il entendu les gens de Madding cancaner ? « C'est moi que vous cherchez ?

– Oui. J'aurais préféré vous trouver seule. »

Brillant se tourna brusquement et se planta devant moi. Sa carrure plutôt intimidante m'obligea à tendre le cou afin d'entendre ce que l'homme disait. Me sentant trop en colère pour rester polie ou lui témoigner du respect, je faillis lui crier dessus à nouveau, mais réussis à me contenir.

Puis soudain, je distinguai quelque chose. Un élément à peine perceptible ; je dus plisser les yeux. Je n'en étais pas sûre, mais j'avais l'impression que Brillant recommençait à luire.

« Orie », lança-t-il. Mais calmement, comme toujours. « Retourne à l'intérieur. »

La peur me coupa littéralement la parole. « I… il est entre moi et la porte.

– Je vais le faire bouger de là.

– Je vous déconseille de tenter une chose pareille, intervint l'homme, imperturbable. Vous n'êtes pas une géniture. »

Brillant soupira. Dans d'autres circonstances, ce signe d'agacement m'aurait amusée. « Non, en effet, consentit-il sur un ton cassant, je ne suis pas une géniture. »

Avant même que j'aie pu dire quoi que ce soit, il disparut, l'espace devant moi soudain froid de son absence. Il y eut une lueur de magie - quelque chose que le vague chatoiement du corps de Brillant absorba. Puis un mouvement débordant, du tissu arraché, et de la peau contre de la peau. Je tressaillis lorsqu'un nuage de gouttelettes atteignit mon visage.

Ensuite, le calme retomba.

Je restai immobile un moment, ma propre respiration lourde et rapide à mes oreilles tandis que j'essayai de repérer le bruit qui viendrait, je le savais, et que je redoutais d'entendre : des corps s'écrasant sur les pavés trois étages en contrebas. Mais il n'y eut que du silence.

La panique s'empara de moi. Je courus jusqu'à la porte, l'ouvris grand, et m'engouffrai à l'intérieur de la maison en hurlant.

6

Une fenêtre s'ouvre
(Craie sur béton)

Il m'a raconté certaines choses à son propos. Pas toute sa vie, bien sûr – je tiens certains éléments d'autres dieux, ou de vieilles histoires de mon enfance. Mais c'est lui qui me les a narrées, pour la plupart. Il n'était pas d'une nature menteuse.

Du temps des Trois, la situation était très différente. Il y avait de nombreux temples, mais peu de textes sacrés, et on ne persécutait pas ceux qui avaient des croyances distinctes. Les mortels pouvaient aimer les dieux qu'ils voulaient – souvent plusieurs à la fois – sans que cela soit considéré comme de l'hérésie. Si un point de magie ou de tradition faisait débat, il suffisait d'appeler une géniture du coin et de l'interroger à ce sujet. Il n'était pas nécessaire de se montrer possessif à l'égard de tel dieu ou de tel autre, étant donné qu'il y en avait plein.

Les premiers démons sont nés à cette époque : la progéniture d'humains et de dieux, pas tout à fait mortelle ni tout à fait immortelle, et dotée des meilleures qualités des deux. La capacité à mourir comptait parmi celles-là - je trouve curieux de la considérer comme un don, mais les gens pensaient différemment, naguère. En tout cas, tous les démons l'avaient reçue.

Mais réfléchissez un instant à la chose suivante : les démons trépassaient. Ça n'a aucun sens, n'est-ce pas ? Les enfants ressemblent rarement à un seul de leurs parents. Certains démons n'auraient-ils pas dû hériter de l'immortalité ? Ils avaient des dons de magie, et de nombreux, même - à tel point qu'ils nous en ont transmis certains, lorsqu'ils se sont reproduits avec nous. Les talents de scribe, de rebouteux, de prophète, l'envoi d'ombre… ont tous été transmis au genre humain par l'entremise des démons. Mais même lorsque ces derniers avaient des dieux pour amants, et des enfants avec eux, ces rejetons vieillissaient et décédaient, eux aussi.

Pour nous, cet héritage divin était une véritable bénédiction. Pour les dieux, une seule goutte de sang humain suffisait à condamner leur descendance à la mort.

Apparemment, il a fallu longtemps avant que quelqu'un comprenne ce que cela signifiait.

Je dévalai les marches trop vite, étant donné que je n'avais pas eu l'occasion de mémoriser les escaliers de Madding. Paitya me suivait, ainsi que la géniture d'âge moyen, Kitr - elle avait surgi tout d'un coup lorsque j'avais crié, exceptionnellement visible -, et Madding. Une fois parvenus dans la salle des bassins, deux autres silhouettes nous rejoignirent : une grande femme avec presque autant de mots divins lumineux que le prévit Rimarn sur la peau, et un chien au poil lisse et brillant, qui scintilla de blanc à ma vue. Au moment où j'atteignis la porte d'entrée de la demeure, j'entendis de nouvelles voix appeler en haut ; j'avais réveillé toute la maisonnée.

Je me serais peut-être sentie gênée, si mes pensées n'avaient pas été focalisées sur ce silence terrible.

« Orie ! » Des mains me rattrapèrent avant que j'aie pu faire trois pas dehors ; je me débattis. Puis je vis l'image floue et bleue de Madding s'incarner. « Tu ne devais pas sortir de la maison, bon sang !

– Mais je dois aller… » Je tentai de contourner Madding. « Il… il…

– Il qui ? Orie… » Madding s'immobilisa brusquement. « Pourquoi est-ce qu'il y a du sang sur ton visage ? »

La panique me quitta aussitôt, même si ma main trembla lorsque je la levai. Quelque chose d'humide m'avait éclaboussée, là-haut sur le toit ; ce que j'avais totalement occulté, pensant qu'il s'agissait de sueur ou de rosée.

« Patron ? » Paitya s'était accroupi et contemplait quelque chose par terre. Je ne voyais pas quoi, mais l'expression sinistre de son visage m'en dit suffisamment long. « Il y a beaucoup de sang là, juste là. »

Madding se tourna pour jeter un coup d'œil, et écarquilla les yeux. Puis il pivota vers moi, les sourcils froncés. « Qu'est-ce qui s'est passé ? Étais-tu là-haut sur le toit ? » Il eut soudain l'air inquiet. « Est-ce que Père t'a fait quelque chose ? Aide-moi, si… »

Kitr, qui scrutait la rue à l'affût du danger, nous lança tour à tour un regard perçant. « Tu *lui as dit* ? »

Madding ne releva pas sa question, mais je le vis se crisper. Il m'observa sous toutes les coutures, vérifiant que je n'étais pas blessée. « Je vais bien, assurai-je, la canne tenue haut contre ma poitrine tandis que je me calmais. « Je vais bien. Et oui, j'étais sur le toit, avec… avec Brillant. Il y avait quelqu'un d'autre… Un homme. Je n'ai pas réussi à le voir, il devait s'agir d'un mortel. Il connaissait mon nom, il a même dit qu'il me cherchait et qu'il aurait préféré que je sois seule… »

Paitya marmonna un juron et se releva, ses yeux plissés scrutant les environs. « Alors comme ça, les Gardiens de l'Ordre se permettent de venir par ce fichu toit, maintenant. En général, ils ont l'intelligence de ne pas traîner dans le coin. »

Madding grommela quelque chose en langue des dieux. Ses mots s'enroulèrent sur eux-mêmes avant de se hérisser ; une autre exclamation. « Que s'est-il passé ?

– Brillant. Il s'est battu avec l'homme. Il y a eu de la magie… » Je me cramponnai aux bras de mon amant, les doigts agrippés au tissu de sa chemise. « Mad, j'ai l'impression que l'homme l'a frappé avec une sorte de pouvoir, et qu'ensuite, Brillant l'a attrapé et balancé du toit. *Mais je ne les ai pas entendus toucher le sol.* »

Madding avait déjà signifié à ses compagnons de chercher autour de la maison et dans les rues voisines. Kitr et Paitya étaient restés ; Madding n'avait pas vraiment besoin de garde du corps, contrairement à moi. Il avait certainement dû dire à l'un d'entre eux de me faire disparaître par magie au cas où il y aurait de la bagarre.

« Je vais raser cette Salle Blanche de malheur », gronda-t-il, sa forme humaine s'ombrant de bleu tandis qu'il me repoussait vers la porte. « Si jamais ils ont vraiment osé attaquer ma maison, s'en prendre à mes gens...

– Ce n'est pas après Brillant qu'il en avait », murmurai-je. Je me figeai et serrai le bras de Madding pour attirer son attention. « Mad, ce n'est *pas du tout après Brillant que cet homme en avait* ! S'il s'était agi d'un Gardien de l'Ordre, c'est lui qu'il aurait voulu, non ? Ils savent qu'il a tué leurs compagnons à la Racine Sud. » Plus j'y pensais, plus j'étais sûre de mon fait. « Je crois que cet homme n'était pas un Gardien. »

Je ne me trompai pas sur la nature de l'expression qui traversa soudain le visage de Madding : de l'étonnement. Il échangea un regard avec Kitr, visiblement inquiète elle aussi, qui se tourna alors vers l'un des mortels, une scribe. Cette dernière hocha la tête et s'agenouilla, puis sortit un bloc-notes de sa veste et un pinceau fin à encre dont elle ôta le capuchon.

« Je vais jeter un coup d'œil, moi aussi », lança Kitr en disparaissant. Madding m'attira contre lui et me serra avec un bras, gardant l'autre libre au cas où un problème surviendrait. J'aurais voulu me sentir en sécurité, entre les bras d'un dieu et protégée par une demi-douzaine de ses acolytes, mais j'avais les nerfs à vif ; la panique ne me quittait pas. Je n'arrivais pas à faire abstraction du sentiment que quelque chose n'allait pas, vraiment pas. On nous observait. Quelque chose était sur le point de se produire. Je le percevais avec chaque once d'intuition que je possédais.

« Il n'y a pas de corps », annonça Paitya en venant vers nous. Derrière lui, des génitures apparaissaient, puis disparaissaient au coin de la rue, sur les rebords de fenêtres ou sur un toit. « Il y a beaucoup plus de sang qu'il ne devrait y en avoir normalement, mais rien d'autre à part ça. Pas de, heu… morceaux de corps.

– Est-ce que c'est… » Je dus lutter pour me faire entendre, à moitié étouffée par l'épaule de Madding.

« C'est le sien. » Paitya lança un coup d'œil derrière lui au chien de course qui reniflait la tache ; l'animal leva la tête et opina solennellement. « Aucun doute possible. Une pluie de sang s'est abattue par ici. Mais aucune trace de corps. »

Madding marmonna quelque chose dans sa langue, puis poursuivit en senmite pour me permettre de suivre leur échange. « Il a bien dû y avoir une arme. Ou de la magie, comme tu l'as dit. » Il baissa les yeux sur moi en se renfrognant. « Il n'a plus de pouvoir à présent. Il aurait dû savoir qu'il ne pourrait pas se mesurer à un scribe, si c'en était bien un. Sur le toit d'une maison pleine de génitures… Pourquoi est-ce qu'il n'a pas appelé à l'aide ? Quel entêté ! »

Soudain épuisée, je fermai les yeux et m'appuyai contre Madding. J'aurais pu appeler à l'aide, moi aussi, ce dont je me rendis alors compte, mais je n'y avais pas pensé, tellement j'avais eu peur. Brillant, lui, n'avait pas été effrayé un seul instant. Il n'avait *pas demandé du secours*. Il avait recommencé – à foncer tête baissée vers le danger, à dilapider sa vie comme on dépenserait de l'argent... Tant que cela lui permettait de goûter de nouveau à son ancienne puissance. Il l'avait fait pour moi, cette fois, mais cela justifiait-il son attitude pour autant ? Les génitures respectaient la vie, dont la leur, en général. Elles avaient beau être immortelles, au moins essayaient-elles toujours de se défendre ou d'éviter les coups lorsqu'on les attaquait. Et quand elles se battaient, elles veillaient systématiquement à ne pas tuer leur adversaire. Alors que Brillant, lui, n'hésitait pas à assassiner sa propre engeance.

« Le Seigneur de la nuit aurait dû le tuer », assénai-je, le ton soudain amer. Madding haussa les sourcils de surprise, mais je secouai la tête. « Il ne va pas bien, Mad. Je l'ai toujours pensé, mais ce soir... »

Je me souvins de la façon dont la voix de Brillant s'était brisée lorsqu'il avait reconnu son rôle dans la Guerre des dieux. Un court instant, il avait été déstabilisé, au point de laisser voir une fêlure dans son inébranlable stoïcisme. Mais il y avait eu autre chose, n'est-ce pas ? Sa désinvolture à l'égard de sa propre chair - comment s'était-il débrouillé pour finir mort dans des poubelles, plusieurs mois auparavant ? Ce baiser haineux qu'il m'avait donné, et les propos plus venimeux encore qu'il avait ensuite tenus, me rendant responsable de la duplicité de la race humaine tout entière. Il était - ou avait été - le dieu de l'ordre, l'incarnation de la stabilité, de la paix et de la rationalité. Il ne comprenait pas l'individu qu'il était devenu, ici, dans le domaine des mortels. Brillant n'avait pas l'impression d'être Itempas parce *qu'il n'était pas* le Seigneur de lumière, un fait que mon éducation maroe ne me permettrait jamais d'accepter comme tel.

Madding soupira. « Nahadoth voulait qu'il meure, Orie. Lui et une bonne partie de mes frères et sœurs, après ce qu'il avait fait. Mais les Trois ont créé cet Univers ensemble ; si l'un d'eux meurt, alors ce sera la fin. Du coup, ils l'ont envoyé dans ce monde, parce qu'ils se sont dit que c'est ici qu'il ferait le moins de dégâts. Et qu'en procédant de cette façon, un jour, peut-être… » Il s'interrompit. Puis reprit la parole, le ton de nouveau nostalgique. Ou chargé d'espoirs réprimés, du moins. « Peut-être que, d'une façon ou d'une autre, il arrivera à… s'améliorer. À se rendre compte qu'il fait fausse route. Je n'en sais rien.

– Il a dit qu'il essayait de se faire pardonner, là-haut, sur le toit. De… de… » Je frissonnai. Si personne n'avait oublié son nom, nous évitions généralement de le prononcer si nous n'y étions pas obligés. « Du Seigneur de la nuit. »

Madding ne cacha pas sa surprise. « Vraiment ? Je ne l'aurais jamais cru capable de ça. » Il redevint grave. « Mais je ne pense pas que cela change quoi que ce soit. Il a tué ma mère, Orie. Il l'a empoisonnée, et ensuite, il a mutilé son cadavre. Après ça, il a passé les millénaires suivants à tuer ou à emprisonner ceux d'entre nous qui ont osé exprimer leur mécontentement. Il faudrait un peu plus que des excuses pour racheter ça. »

Je levai la main pour toucher le visage de Madding, curieuse de déchiffrer son expression du bout des doigts. Ce qui me permit de comprendre une chose qui m'avait échappée. « Tu lui en veux encore pour tout ça. »

Ses traits se crispèrent. « Évidemment que je lui en veux encore. J'adorais ma mère ! Mais… » Il soupira profondément, et pencha la tête pour poser son front contre le mien. « Je l'ai aimé lui aussi, autrefois. »

Je pris son visage entre mes mains, me demandant comment le réconforter. C'était un problème de famille, entre un père et un fils. Que Brillant devrait régler, pour peu qu'on le retrouve un jour.

Mais je pouvais tout de même faire une chose.

« Je ne pars pas », affirmai-je.

Madding tressaillit, puis se recula pour me dévisager ; il avait compris ce que je voulais dire, bien sûr. Puis, après un long silence, il m'interrogea : « Tu es sûre ? »

Je faillis éclater de rire. Je tremblai intérieurement, mais pas à cause d'un ultime sursaut de panique. « Non. Je ne serai jamais sûre. C'est juste que… je sais ce qui compte le plus pour moi. » Je ris franchement cette fois, comprenant que l'horrible baiser et la défiance dans le ton de Brillant m'avaient aidée à me décider. Et j'aimais Madding. Je voulais être avec lui, même si pour ça, il me fallait abandonner la vie que je m'étais construite et pour laquelle je m'étais tant battue, et renoncer à mon indépendance. Mais l'amour exige des compromis, après tout – une chose que mon compagnon ne concevait pas, je le soupçonnais.

Madding prit acte de ma décision avec solennité. J'aimai le fait qu'il ne sourie pas. Je crois qu'il comprenait que ce choix me coûtait.

Au bout d'un moment, il soupira et regarda Kitr, qui avait eu la délicatesse de s'intéresser à ce qui se passait dans la rue plutôt qu'à nous.

« J'ai rappelé tout le monde, annonça Madding. Je n'aime pas ça. Un simple scribe ne devrait pas pouvoir se cacher de nous de cette façon. » Il jeta un coup d'œil aux taches de sang par-dessus son épaule. « Et je ne sens la présence de Père nulle part. Je n'aime vraiment pas ça du tout.

– Je ne la sens pas, moi non plus, confia Kitr. Certains d'entre nous auraient le pouvoir de le cacher, mais pourquoi faire une chose pareille ? À moins que… » Elle me dévisagea, évaluant et écartant une hypothèse le temps d'un regard. « Tu crois que ça a quelque chose à voir avec Role ? Ta mortelle a retrouvé son cadavre, mais en quoi est-ce que ça pourrait avoir un lien ?

– Je ne sais pas, mais…

– Attends. Il se passe quelque chose… » En face, de l'autre côté de la rue. Je repérai la scribe de Madding grâce au son de sa voix d'abord puis à l'éclat de ses sceaux. Elle se tenait debout face à nous, une feuille de papier à la main sur laquelle elle avait dessiné des sceaux dans les coins, ainsi que trois lignes de mots divins au centre. Soudain, l'un des mots et le sceau inscrits dans l'angle supérieur droit commencèrent à luire plus fort. Visiblement consciente de ce qui se passait, la scribe haleta tout d'un coup, puis fit plusieurs pas en arrière. Comme elle n'avait pas de sceau sur le visage, je ne la distinguais pas, mais sa voix, elle, laissait deviner sa terreur. « Oh, mon dieu, je le savais ! Faites attention ! Faites tous… »

Et, tout d'un coup, les enfers surgirent au beau milieu de la rue.

Non, pas les enfers... *Des trous.*

Ils s'ouvrirent autour de nous dans un bruit de papier déchiré ; de parfaits cercles noirs. Certains s'étiraient sur le sol, d'autres sur les murs ; d'autres encore devaient pendre en plein ciel. L'un d'eux s'entrebâilla juste sous les pieds de la scribe au moment où le dernier mot quitta ses lèvres. Elle tomba dedans sans avoir eu le temps de crier, puis disparut. Un autre engloutit Kitr, qui s'était retournée pour courir rejoindre Madding. Le chien jura en mékatishe et parvint à éviter le trou qui venait de se découper devant ses pattes, mais en vain ; une nouvelle déchirure se dessinait déjà sous lui. J'aperçus ses poils courts se hérisser, puis je les perdis de vue, à leur tour avalés.

Avant même que je puisse réagir, Madding me poussa brutalement vers la porte de la maison. Trébuchant sur les marches qui s'étaient soulevées, je me retournai tant bien que mal et ouvris la bouche pour dire quelque chose... et distinguai un cercle juste derrière mon amant. Je sentis son attraction, sa puissance telle que je chancelai.

Non ! J'attrapai d'une main la poignée de porte ouvragée pour ne pas tomber et me servis de ce levier pour brandir ma canne dans l'espoir que Madding puisse s'y accrocher. Les yeux exorbités, toutes dents dehors, je vis ses efforts pour se maintenir à mes côtés ; le tintement de ses carillons était à peine audible, eux aussi aspirés par le trou.

Mon amant articula quelque chose que je ne compris pas. Se rendant compte que je ne l'entendais pas, il s'adressa à moi en grinçant des dents, et je saisis, cette fois. Dans ma tête, comme le faisaient les dieux : *RENTRE À L'INTÉRIEUR !*

Ensuite, il vola en arrière comme si une gigantesque main l'avait attrapé par la taille et tiré d'un coup sec. Puis le trou disparut. Et Madding avec lui.

Je tournai maladroitement la poignée, le souffle court, les paumes tellement moites que ma canne m'échappa et tomba bruyamment par terre. Je n'entendais plus personne dans la rue ; j'étais seule, hormis les fissures qui flottaient partout autour de moi, plus sombres que le noir de mon champ de vision.

Je réussis à ouvrir la porte et me précipitai à l'intérieur de la maison, loin du chaos, vers l'obscurité déserte et sans tache où je n'y voyais rien, mais où je connaissais la nature des dangers qui m'attendaient.

Une fois là, j'eus à peine le temps de faire trois pas avant que l'air ne se déchire derrière moi, que je me retrouve projetée en arrière, puis qu'un son métallique et tremblant n'envahisse l'espace. Ensuite, je tombai.

7

Jeune fille dans l'obscurité

(Aquarelle)

Mes rêves ont été plus nets que d'habitude, ces derniers temps. On m'avait dit que ça pourrait se produire, mais quand bien même… Je me souvenais de quelque chose.

Dans ce songe, je peins un tableau. Mais tandis que je me perds dans les couleurs du ciel, les montagnes et les champignons qui recouvrent leurs flancs - c'est un univers vivant, empli d'une flore et de végétaux étranges dont j'arrive pratiquement à sentir les exhalaisons -, la porte de ma chambre s'ouvre et ma mère entre.

« Qu'est-ce que tu fais ? » demande-t-elle. Même si je suis encore à moitié en train d'errer dans les montagnes au milieu des champignons, je n'ai pas d'autre choix que de revenir dans ce monde, où je ne suis qu'une fille aveugle surprotégée pour qui sa maman ne veut que le meilleur, même si nous ne sommes pas d'accord, elle et moi, sur ce que cela signifie.

« Je peins. » Mon ventre se noue. Je suis sur la défensive, je redoute qu'elle me fasse la leçon.

Mais elle se contente de soupirer, de venir plus près, puis de poser sa main sur la mienne pour me permettre de la repérer. Ma mère reste silencieuse pendant un long moment. Regarde-t-elle mon tableau ? Je mordille ma lèvre inférieure, n'osant espérer qu'elle le fasse, et essayant peut-être de comprendre pourquoi je fais ce que je fais. Même si Maman ne m'a jamais explicitement dit d'arrêter, je sens sa désapprobation, acide et lourde sur ma langue, son goût m'évoquant celui du vieux raisin pourri. Ce n'est d'ailleurs pas la première fois. *Peins quelque chose d'utile, quelque chose de joli.* Quelque chose qui ne retienne pas l'attention des gens durant des heures. Un tableau qui ne capterait pas l'intérêt vif et pénétrant des prêtres s'ils le voyaient. Des sujets… moins dangereux.

Elle ne dit rien, pour le coup, et se contente de caresser mes cheveux tressés, si bien que je comprends qu'elle ne pense ni à moi ni à mes peintures, en réalité. « Qu'y a-t-il, Maman ?

– Rien », répond-elle dans un murmure. C'est la première fois qu'elle me ment.

La terreur emplit mon cœur sans que je sache pourquoi. Peut-être à cause de la bouffée de peur qui émane d'elle, du chagrin qui sous-tend cette peur, ou simplement parce que ma mère, d'habitude si bavarde et joyeuse, est parfaitement calme et silencieuse ?

Je me blottis contre elle et passe mes bras autour de sa taille. Elle tremble. Elle est incapable de m'apporter le soutien dont j'ai besoin. Je me contente de ce qu'elle me donne, et lui prodigue tout le réconfort dont je dispose en retour.

Quelques semaines plus tard, mon père mourait.

Je flottais dans un vide glaçant. Je hurlai sans entendre ma voix. Lorsque je joignis les mains, je n'éprouvai rien - même au moment où mes ongles s'enfoncèrent dans mes paumes. J'ouvris la bouche et inspirai profondément avant de crier de nouveau, sans qu'aucun souffle d'air n'effleure ma langue ou n'emplisse mes poumons. Je *savais* que j'avais respiré, pourtant. J'obligeai mes muscles à bouger et eus l'impression de les sentir répondre. Mais je ne ressentais toujours rien mis à part ça.

Rien, hormis un froid affreux. Assez cinglant pour faire mal. Si j'avais pu me mettre debout, je serais sans doute tombée par terre, tellement glacée que j'aurais tremblé de la tête aux pieds. Mais encore aurait-il fallu qu'il y ait eu un sol pour ça.

L'esprit mortel est incapable d'appréhender ce genre de situation. Il était normal que je n'y voie rien, mais que je ne ressente pas le moindre contact ? N'entende rien ? Ne sente aucune odeur ? J'étais habituée à ces sensations. J'avais *besoin d'elles*. Était-ce de cette façon que les gens se représentaient la cécité ? Pas étonnant qu'elle les effraie autant.

Je devais être en train de devenir folle.

« Orie, ma fille, dit mon père en prenant mes mains dans les siennes. Ne te repose pas sur ta magie. Je sais que tu seras tentée de le faire. C'est bon de voir, n'est-ce pas ? »

J'acquiesce de la tête. Il sourit.

« Mais son pouvoir est en toi », poursuit-il. Il m'oblige à ouvrir ma petite main et dessine sur ma

paume la volute d'une empreinte digitale. Ça chatouille. J'éclate de rire. « Si tu y recours trop, tu seras fatiguée. Autre chose ; n'utilise jamais toute ta magie – tu risquerais de mourir, ma fille. »

Je fronce les sourcils d'étonnement. « C'est juste de la magie. » La magie est lumière, couleur. Elle est comme une merveilleuse chanson – magnifique, mais pas nécessaire à la vie. À la différence de la nourriture, de l'eau, du sommeil, ou du sang.

« Oui. Mais elle fait partie de toi. Et beaucoup, même. » Il a beau sourire, je sens combien il est triste, aujourd'hui. Il a l'air seul. « Tu dois comprendre la chose suivante : nous sommes différents des autres. »

Je hurlai avec ma voix et dans ma tête. Les dieux entendent les pensées d'un mortel si ce dernier se concentre assez – c'est exactement de cette façon qu'ils perçoivent les prières. Madding ne *répondit pas*, ni personne, d'ailleurs. J'eus beau sonder mon environnement à tâtons, mes mains ne rencontrèrent rien. Même s'il s'était trouvé là, juste à côté de moi, l'aurais-je su ? Je n'en avais pas la moindre idée. J'avais si peur.

« Sens », intime mon père en guidant mes doigts. Je tiens un gros pinceau en crin dont la peinture au bout pue le vinaigre. « Goûte le parfum de l'air. Écoute le raclement du pinceau. Ensuite, crois.

– Que je croie… en quoi ?

– En ce que tu aimerais voir arriver. En ce que tu aimerais voir exister. Si tu ne contrôles pas ça, alors tu seras dominée, Orie, ma fille. Ne l'oublie jamais. »

J'aurais dû rester à l'intérieur de la maison j'aurais dû quitter la ville j'aurais dû voir le prévit arriver j'aurais dû laisser Brillant dans son tas d'ordures j'aurais dû rester au Nimaro jamais je n'aurais dû partir.

« La peinture est une porte », explique mon père.

Je tendis les mains, et m'imaginai qu'elles tremblaient.

« Une porte ?

— Oui. Le pouvoir est en toi, caché, mais la peinture ouvre la voie à la force. Elle te permet d'en distiller sur la toile ou à l'endroit, quel qu'il soit, où tu auras envie d'en mettre. En vieillissant, tu découvriras d'autres façons d'ouvrir cette porte. La peinture est juste la méthode la plus simple.

— Oh. » Je prends un instant pour réfléchir. « Est-ce que ça veut dire que je pourrais chanter ma magie, comme toi ?

— Peut-être. Tu aimes chanter ?

— Pas autant que j'aime peindre. Et ma voix n'est pas aussi belle que la tienne. »

Il glousse. « J'aime ta voix.

— Tu aimes tout, chez moi, Papa. » Mais mes pensées continuent de tourner dans ma tête ; ces nouvelles perspectives m'émerveillent. « Est-ce que ça veut dire que je pourrais faire autre chose que peindre ? Comme… » Mon imagination d'enfant n'arrive pas à appréhender les possibilités de la magie. Il n'y a pas encore de génitures dans le monde pour nous montrer de quoi elle est capable. « Comme de transformer un lapin en abeille ? Ou de faire éclore des fleurs ? »

Je sens la réticence de mon père à son silence. Jamais il ne me ment, pas même lorsque je lui pose des questions auxquelles il préférerait ne pas répondre.

« Je ne sais pas, concède-t-il enfin. Parfois, lorsque je chante, si je crois *que telle chose va arriver, alors elle se produit. Et à d'autres moments... » Il hésite, visiblement mal à l'aise, tout à coup. « Ça arrive aussi quand je ne chante pas. Le chant est la porte, mais la croyance est la clé qui permet de la déverrouiller. »*

Je touche son visage afin de comprendre son malaise. « Qu'est-ce qu'il y a, papa ? »

Il prend ma main et l'embrasse en souriant, mais trop tard. J'ai eu le temps de le percevoir : il a peur. « Eh bien, réfléchis un peu à ça. Que se passerait-il si tu prenais un homme et que tu croyais *qu'il était un rocher ? Une chose vivante que tu* croirais *morte ? »*

Je tente de réfléchir à ce qu'il vient de dire, mais je suis trop jeune. Je trouve ça simplement drôle. Il soupire, sourit, puis tapote gentiment ma main.

Je tendis les doigts, fermai les yeux, et *me convainquis* qu'il existait un monde.

Ne sentant pas grand-chose, j'imaginai une terre épaisse et riche. Mes pieds étant trop douloureux pour que je me mette debout, je plaçai sous eux ce sol compact, qui sonna pourtant creux lorsque je le martelai, à cause de l'air et de la vie qui grouillait. J'eus mal aux poumons au moment où j'inspirai un peu d'air frais chargé de rosée. Tandis que j'expirai, la chaleur de mon souffle se transforma en vapeur. Je ne le vis pas, mais *crus le distinguer devant moi*. Comme je *sus* qu'il y avait de la lumière partout autour de moi, celle que ma mère m'avait décrite un jour – l'éclat matinal et brumeux d'un soleil de début de printemps.

L'obscurité s'attarda, résista.

Soleil. *Soleil.* SOLEIL.

Je sentis de la chaleur courir sur ma peau et repousser le froid douloureux. Je m'agenouillai, inspirai profondément, puis perçus une odeur de terre fraîchement retournée, et de la lumière caresser mes paupières closes. Ressentant le besoin d'entendre, je décidai qu'il y avait du vent – une brise légère de l'aurore chassa peu à peu le brouillard. Lorsqu'elle commença à souffler et qu'elle balaya quelques mèches de cheveux qui chatouillèrent mon cou, je ne laissai pas la stupéfaction m'envahir, car le doute se serait immiscé. Je comprenais combien l'endroit qui m'entourait était fragile, combien il aurait préféré être autre chose. Un noir glacial et infini…

Je lançai un bref « Non », et entendis avec bonheur ma propre voix résonner. De l'air la portait, désormais. « Air chaud et printanier. Jardin prêt à être planté. Ne bougez pas d'ici. »

Le monde resta. Alors, j'ouvris les yeux.

J'y voyais.

La scène qui se déroulait devant moi m'était étrangement familière. J'étais assise dans le jardin en terrasse de mon village natal, où j'avais été complètement aveugle, la plupart du temps. Il n'y avait pas beaucoup de magie, au Nimaro. La seule et unique fois où j'avais entraperçu mon village avait été le jour de…

Le jour du décès de mon père. Celui de l'anniversaire de la mort de la Dame Grise. Alors, ce jour-là, je réussis à voir.

Je venais de recréer ce moment, de retomber dans le souvenir de ce coup d'œil que la magie avait rendu possible. Une brume argentée de milieu de matinée frissonnait dans l'air ambiant. Je me rappelai que la grande masse en forme de boîte de l'autre côté du jardin était *une maison*, même si je n'aurais su dire s'il s'agissait de la mienne ou de celle des voisins, sans la toucher ni compter mes pas. De petites choses épineuses dansaient près de mes pieds : de l'herbe. J'avais tout restitué dans les moindres détails.

Tout, sauf les gens. Je me levai, attentive. Durant toutes les années que j'avais passées au village, je n'avais jamais connu un tel silence à ce moment de la journée. Il y avait toujours eu des bruits discrets – des oiseaux, des chèvres dans les jardins, un nouveau-né en train de s'agiter. Là, il n'y en avait aucun.

L'espace autour de moi se mit à trembler, comme des ondulations à la surface de l'eau.

« C'est chez moi, murmurai-je. C'est chez moi, mais il est encore tôt ; personne n'est levé. Mais tout est bien réel. »

Les ondulations cessèrent.

Vrai, et terriblement fragile, cependant. Je n'avais pas encore quitté la zone sombre. J'avais seulement créé une sphère de normalité autour de moi, comme une bulle, dont je devais continuer à affirmer la réalité, à croire en elle, pour la maintenir.

Tremblante, je tombai de nouveau à genoux, et plantai mes doigts dans la terre humide. Oui, voilà. Se concentrer sur des détails, sur des choses triviales. Je portai une poignée de terre à mon nez et la humai. Je ne pouvais me fier à mes yeux, mais à mes autres sens, en revanche… oui. Je pouvais compter sur eux.

Je me sentis soudain épuisée, plus fatiguée que je n'aurais dû l'être. Tandis que je serrais la motte, je penchai la tête malgré moi, les paupières lourdes. Cela n'avait rien à voir avec le fait que je n'avais pas beaucoup dormi. Je me trouvais dans un lieu étrange, et j'étais terrifiée. La peur seule aurait dû me tenir éveillée.

Avant que j'aie pu comprendre ce nouveau mystère, je ressentis un autre de ces drôles de frissons – puis une douleur atroce pointa à l'arrière de mes yeux. Je hurlai et me cambrai en arrière en me frappant les joues avec mes mains sales, incapable de me contrôler. Tandis que je criais, je sentis la fausse « bulle-Nimaro » éclater autour de moi, puis ses morceaux tournoyer dans le néant à mesure que le noir désert et sinistre se précipitait dans ma direction.

Ensuite…

Je tombai de tout mon long sur une surface compacte si dure que j'en eus le souffle coupé.

« Ah, te voilà enfin », lança une voix masculine. Familière, mais j'étais incapable de réfléchir. Des mains me touchèrent, me retournèrent, et écartèrent des mèches de cheveux de mon visage. Je tentai de les éviter, ce qui raviva mon mal aux yeux et au crâne. Trop exténuée, je ne pus crier.

« Est-ce qu'elle va bien ? » Un timbre de femme, quelque part derrière l'homme.

« Je n'en suis pas sûr. »

On aurait dit de la langue divine. Les mots claquaient à mes oreilles, que je me bouchai des doigts en gémissant pour ne plus rien entendre.

« Elle n'est pas désorientée de la façon habituelle.

– Mmm, non, en effet. Je pense que ça doit être le résultat de sa propre magie. Elle l'a utilisée pour se protéger de moi. Fascinant. » Lorsqu'il se détourna, je sentis sa suffisance glisser sur ma peau comme de la crasse. « La voilà, ta preuve.

– En effet ! » La femme semblait contente, elle aussi.

Là-dessus, je m'évanouis.

8

La lumière révèle
(Encaustique sur toile)

Je me réveillai lentement, le corps douloureux. J'étais allongée. Une courtepointe épaisse me recouvrait ; du lin doux et de la laine rêche. Je tendis l'oreille un instant, respirant doucement et évaluant la situation. La pièce dans laquelle je me trouvais était relativement petite ; mon souffle semblait proche, mais pas oppressé. Cela sentait la cire de bougie éteinte, la poussière, moi, et l'Arbre Monde.

L'odeur de ce dernier était très prégnante, bien plus forte que d'habitude. L'air était chargé de l'odeur si unique de ses résines, et de celui, vif et végétal, de sa frondaison. L'Arbre ne perdait pas ses feuilles à l'automne - ce dont nous, les habitants de la cité qui vivions en dessous, étions très contents -, hormis celles qui étaient malades, lorsqu'il y en avait, et qui tombaient généralement juste avant la floraison de printemps. L'Arbre avait tendance à sentir plus fort durant cette période, mais le fait que son parfum *ait été si présent* signifiait que je me trouvais tout près de lui.

Il y avait des plates-formes, en haut des Racines, des escaliers et des chemins piétonniers que les résidents de la ville avaient le droit d'emprunter pour venir prier, ou prendre le soleil. Mais aucune maison ni aucun immeuble n'y avaient été bâtis, en revanche. Du moins pas à ma connaissance.

Mais mon étonnement ne s'arrêtait pas là. Je m'assis lentement et remarquai en grimaçant de douleur que mon bras gauche n'était qu'une immense plaie. M'examinant de plus près, j'aperçus d'autres blessures sur ma hanche et sur mon poignet. La gorge me grattait tellement qu'elle me fit mal lorsque je m'éclaircis la voix. Un élancement lancinant martelait ma tête, du milieu du cuir chevelu jusqu'à l'intérieur de mon crâne, puis derrière les yeux…

C'est alors que la mémoire me revint. L'endroit vide. Mon faux Nimaro. La destruction, la chute, les voix. *Madding*.

Par les enfers, mais où pouvait-il bien être ?

La pièce était fraîche, même si un pâle rayon de soleil dispensait un peu de chaleur sur ma gauche. Je tremblai sitôt que j'eus repoussé les couvertures, alors que je portais des vêtements - une robe simple sans manches, un pantalon large noué avec un cordon ; confortable, mais pas des plus adapté. Je trouvai des pantoufles à côté du lit, que je ne mis pas tout de suite ; je sentirais mieux le sol les pieds nus.

J'explorai la chambre pour me rendre compte que j'étais enfermée.

Pas désagréable, pour une prison. Le lit était moelleux et douillet, la petite table et les chaises, de belle facture, et des tapis épais couvraient pratiquement l'intégralité du plancher. Il y avait même des toilettes et un lavabo dans une pièce adjacente. Et cependant, la porte que je trouvai était bien fermée, et ne comportait pas de trou de serrure de mon côté. S'il n'y avait pas de barreaux aux fenêtres, elles étaient scellées, et leurs vitres épaisses ; je ne les briserais pas facilement, et pas sans faire un vacarme infernal.

L'air me sembla étrange, lui aussi. Moins humide qu'à l'accoutumée. Plus léger, d'une certaine manière. Les sons ne portaient pas bien, eux non plus, car lorsque je frappai dans mes mains en guise de test, l'écho me revint déformé.

C'est alors que le verrou tourna dans la porte. Je sursautai, parce que j'avais justement été en train d'y penser. Je me tenais près de la fenêtre, dont je trouvai la solidité rassurante, et reculai vers elle.

« Ah, vous avez fini par vous réveiller, fit une voix masculine inconnue. J'ai bien fait de ne pas envoyer d'initié et de venir moi-même. Bonjour. »

Du senmite, mais pas l'accent d'une ville que je connaissais. La façon dont cet homme s'exprimait laissait penser qu'il s'agissait d'une personne fortunée. Il articulait chacun de ses mots avec précision, et solennité. Difficile de déduire autre chose, étant donné que j'avais rarement eu l'occasion de parler à des individus de sa condition.

« Bonjour », répondis-je, ou tentai-je de dire. Ma gorge fatiguée - à force d'avoir hurlé dans le vide, je m'en souvins alors - laissa échapper un petit cri rauque et douloureux qui me fit grimacer.

« Vous feriez sans doute mieux de ne pas parler. » La porte se referma derrière lui, puis quelqu'un la verrouilla de l'extérieur. Je sursautai de nouveau au bruit de la clenche. « S'il vous plaît, Eru Shoth, je ne vous veux aucun mal. J'imagine que vous devez vous poser des questions, alors si vous vouliez bien vous asseoir, je pourrais vous expliquer la situation. »

Eru Shoth ? Cela faisait si longtemps que je n'avais pas entendu ce titre honorifique que je mis un moment à le reconnaître. Un terme maro de respect à l'égard d'une jeune femme. J'étais un peu vieille pour ce genre de politesse - cette appellation désignait des filles de moins de vingt ans, en général -, mais peu importait. Peut-être mon interlocuteur cherchait-il à me flatter ? Mais cet homme ne semblait pourtant pas macho.

Il attendit patiemment quelques instants, puis j'allai m'asseoir sur une chaise.

« Voilà qui est mieux », dit-il en passant devant moi. À pas mesurés, solides mais gracieux. L'individu était grand, mais moins que Brillant. Et assez âgé pour bien connaître son corps. Il sentait le papier, le tissu de qualité, et le cuir.

« Bien. Je m'appelle Hado. Je suis responsable de l'accueil des nouveaux arrivants, ici, ce qui se résume à vos amis et à vous, pour le moment. "Ici", pour répondre à la question que vous devez vous poser, est la Maison du Soleil Levant. Avez-vous déjà entendu parler de cet endroit ? »

Je fronçai les sourcils. Le soleil levant comptait parmi les symboles du Père Lumineux, mais personne n'y recourait jamais parce qu'il évoquait trop le soleil couchant de la Dame Grise. En vérité, je n'avais plus entendu personne s'y référer depuis mon enfance, au Nimaro.

« La Salle Blanche ? avançai-je d'une voix râpeuse.

– Non, pas exactement, bien que notre mission soit également votive. Et nous honorons le Seigneur lumineux, nous aussi - mais pas comme le fait l'Ordre. Vous avez dû entendre parler de nos membres, en revanche : les Nouvelles Lumières. »

Je connaissais ce nom, en effet. Mais il ne m'éclairait en rien ; pourquoi un culte hérétique se serait-il intéressé à quelqu'un comme moi ?

Hado avait dit se douter des questions que je me posais, mais s'il avait pressenti celle-là, il n'en montra rien. « Vous et vos amis êtes nos invités, Eru Shoth - puis-je vous appeler Orie ? »

Des invités ? Par les enfers... Je serrai les dents et attendis que cet homme en vienne au but.

Mon silence parut amuser mon interlocuteur, qui se retourna et alla s'accoter à la table. « Oui. En fait, nous avons décidé de faire de vous une initiée - le terme que nous employons pour désigner un nouveau membre. Vous allez découvrir nos doctrines, nos coutumes, notre mode de vie. Nous ne vous cacherons rien. En fait, nous voulons vous aider à trouver la lumière, et espérons que vous deviendrez une vraie croyante et que vous vous élèverez au sein de nos rangs. »

Je tournai mon visage dans sa direction, cette fois. Je savais d'expérience que ce genre de geste permettait d'enfoncer le clou avec les gens qui y voyaient. « Non. »

Il laissa échapper un soupir doux et serein. « Vous allez avoir besoin d'un peu de temps pour vous faire à l'idée, c'est normal.

– Non. » Je serrai les poings sur mes genoux et m'obligeai à parler malgré mon filet de voix. « Où sont mes amis ? »

Il y eut un silence.

« Les mortels qui ont été conduits ici seront eux aussi intégrés au sein de notre organisation. Pas les génitures, bien entendu. »

Je déglutis pour réhydrater ma gorge et repousser la boule de peur qui me nouait le ventre. Il était impossible qu'ils aient amené Madding et ses génitures contre leur gré. Absolument inconcevable. « Qu'allez-vous faire des génitures ? »

Une autre de ces interruptions éloquentes et accablantes. « C'est à nos dirigeants d'en décider. »

J'essayai de deviner s'il mentait ou non. Je me faisais du souci pour les génitures. Je n'avais jamais entendu parler d'une magie humaine capable de retenir un demi-dieu prisonnier.

Mais Madding n'était pas venu me secourir, ce qui signifiait qu'il n'avait pas pu le faire, pour une raison ou une autre. Je savais les génitures capables de se servir des humains pour couvrir leurs propres machinations, en revanche. Peut-être était-ce justement ce qui se passait ? Un rival de Madding cherchant à accaparer le marché du sang divin, ou une géniture qui aurait accepté la mission que Dame Nemmer avait refusée.

Mais si l'une de ces deux hypothèses était la bonne, Madding n'aurait-il pas été le seul visé ? Pourquoi s'en prendre aux membres de son équipe ?

C'est alors que je sentis un mouvement étrange sous mes pieds, comme si le sol avait tremblé. Il ondula à travers les murs, moins audible que palpable ; on aurait dit que la pièce entière avait légèrement frissonné. Les vitres pourtant épaisses tressautèrent même à l'intérieur de leur châssis avant de s'immobiliser.

« Où sommes-nous ? redemandai-je d'une voix râpeuse.

– La Maison est fixée au tronc de l'Arbre Monde. L'Arbre se balance un peu, par moments. Il n'y a pas de quoi s'inquiéter. »

Très chers dieux...

J'avais entendu des rumeurs circuler à propos du fait que certains de nos riches concitoyens - les chefs de cartels de négociants, des nobles... - bâtissaient désormais leurs maisons sur le tronc de l'Arbre. La construction de ces demeures coûtait une véritable fortune, car les Arameris imposaient à leurs propriétaires des normes draconiennes concernant l'esthétique, la sécurité et la santé de l'Arbre, mais également parce que ceux qui avaient l'impudence de s'installer là ne voyaient aucun intérêt à ce que leurs maisons soient *petites*.

Qu'un groupe d'hérétiques dispose de telles ressources semblait déjà incroyable ; mais que ces gens soient capables de capturer et de détenir une demi-douzaine de génitures contre leur volonté... Non, cela paraissait totalement impossible.

Ce ne sont pas des personnes ordinaires, me dis-je avec effroi. *Ce n'est pas tant l'argent, mais leur pouvoir. Magique, politique... d'où qu'il provienne.*

Seuls les Arameris possédaient ce genre de puissance.

« Bien. Mais je vois que vous n'êtes pas tout à fait rétablie - pas suffisamment pour poursuivre cette conversation, en tout cas. » Hado se redressa et vint vers moi. Je tressaillis lorsque ses doigts touchèrent ma tempe gauche, où j'eus la surprise de sentir une autre contusion. « C'est mieux, commenta-t-il, mais je veux que vous vous reposiez aujourd'hui encore. Je vais demander à ce qu'on vous apporte à dîner dans votre chambre. Quelqu'un vous accompagnera aux bains ensuite. Lorsque vous irez mieux, le Nypri vous examinera. »

Oui, je m'en souvenais à présent. Après que mon faux Nimaro avait éclaté, on m'avait emmenée par je ne sais quel moyen de cet endroit désert. J'étais tombée sur le sol, violemment même. La douleur dans mes yeux m'était beaucoup plus familière en revanche ; j'avais ressenti exactement la même chez Madding, lorsque je m'étais servie de la magie pour tuer les Gardiens de l'Ordre, au parc.

C'est alors que je me rendis compte de ce qu'Hado venait de dire. « Le Nypri ? » Ce terme évoquait une sorte de titre. « Votre chef ?

– Un de nos dirigeants, c'est exact. Mais son rôle est, disons… plus technique ; il est scribe expert. Vos talents magiques assez uniques en leur genre l'intriguent. Je pense qu'il vous demandera d'en faire une petite démonstration. »

Je devins livide. Ils étaient au courant pour ma magie. Comment ? Peu importait ; ils savaient.

« Et moi, je préférerais qu'il ne me le demande pas », murmurai-je, mais pas seulement à cause de la douleur, pour le coup.

Hado avait encore la main posée sur ma tempe. Il la fit glisser et frappa doucement deux fois ma joue avec condescendance, deux petites tapes bien trop fermes pour me rassurer. Puis ses doigts s'attardèrent ; une mise en garde implicite.

« Ne soyez pas bête, admonesta-t-il à voix basse. Vous êtes une bonne marohnée, n'est-ce pas ? Nous sommes entre itempéens, Orie. Quelle raison pourrait vous pousser à refuser de nous rejoindre ? »

Les Arameris avaient dirigé le monde durant des centaines d'années. Sous leur règne, ils avaient réussi à imposer le Lumineux sur chaque continent, à chaque royaume, et à chaque race. À ceux qui adoraient d'autres dieux, ils avaient simplement fait cette recommandation : convertissez-vous. Ceux qui avaient désobéi avaient été supprimés, leurs noms et leur travail oubliés. Les vrais itempéens ne croyaient qu'en une façon de voir les choses : la leur.

Comme Brillant, murmura une petite voix amère en moi que je fis taire aussitôt.

Hado gloussa de nouveau et caressa ma pommette toujours douloureuse, comme pour approuver mon silence.

« Vous serez bien, ici », assura-t-il.

À ces mots, il s'avança jusqu'à la porte et toqua. Quelqu'un lui ouvrit, puis mon interlocuteur quitta la pièce. Ensuite, j'entendis la clé tourner dans la serrure. Je restai assise, la main posée sur la joue, un long moment après son départ.

On pénétra dans ma chambre à deux reprises le lendemain. Pour m'apporter un petit déjeuner amne léger le matin, puis une soupe pour le déjeuner. Les deux fois, on ne me dit pas le moindre mot. Je m'adressai au second visiteur – ce que ma voix m'autorisa, cette fois - pour lui demander où Madding et les autres demeuraient, mais n'obtins aucune réponse. Personne ne vint me voir ensuite, alors j'écoutai à la porte un moment, tentant de déterminer s'il y avait des gardes à l'extérieur et si les déplacements que j'entendais dans les couloirs étaient d'une façon ou d'une autre réglés. Mes chances de parvenir à me sauver seule d'une maison remplie de fanatiques - sans même un bâton pour m'aider à trouver mon chemin - étaient minces, mais je devais essayer.

Je traficotais la fenêtre aux vitres épaisses lorsque la porte s'ouvrit derrière moi. Quelqu'un entra : une silhouette plutôt petite. Je me redressai sans éprouver la moindre culpabilité. Ces gens n'étaient pas stupides. Ils devaient se douter que je chercherais à m'échapper, au moins les premiers jours. Les vrais itempéens étaient tout sauf fous.

« Je m'appelle Jont », lança une jeune femme. Je fus surprise qu'elle me parle. Elle semblait moins âgée que moi ; une vingtaine d'années environ. Il y avait de l'innocence dans sa voix, voire de l'enthousiasme. « Vous êtes Orie.

— Oui », confirmai-je. Je remarquai qu'elle n'avait pas mentionné son nom de famille, mais Hado non plus, la nuit précédente. Alors je fis comme eux ; je m'engageai dans une petite bataille sans danger. « Je suis heureuse de vous rencontrer. » J'avais moins mal à la gorge, grâce aux dieux.

Ma politesse parut lui faire plaisir. « Le Maître des Initiés - Maître Hado ; vous l'avez rencontré hier - m'a demandé de veiller à ce que vous ne manquiez de rien. Je pensais vous conduire aux bains. J'ai apporté des vêtements propres. » J'entendis le son étouffé d'une pile de vêtements que l'on posait. « Rien de très chic, j'en ai peur. Nous vivons simplement, ici.

– Je vois. Vous êtes… une initiée, vous aussi ?

– Tout à fait. » La jeune femme s'approcha. Elle devait fixer mes yeux. « Est-ce que vous l'avez supposé, ou senti ? J'ai entendu dire que les aveugles remarquent des choses que les personnes normales ne relèvent pas. »

Je réprimai un soupir. « Une simple supposition.

– Oh… » Un court instant, elle parut presque déçue. « Vous allez mieux, aujourd'hui, à ce que je vois. Vous avez dormi durant deux jours, après votre retour du Vide.

– Deux jours ? » Mais je notai soudain autre chose. « *Le Vide ?*

– L'endroit où notre Nypri envoie les pires blasphémateurs », expliqua Jont. Elle parlait plus bas, la voix chargée d'effroi. « Est-ce aussi terrible que ce qu'on dit ?

– Vous voulez parler de l'endroit au-delà des trous… ? » Je me souvins alors que je n'avais pu ni respirer ni crier. « C'est horrible, répondis-je doucement.

– Heureusement, le Nypri s'est montré clément. Qu'est-ce que vous avez bien pu faire pour vous retrouver là-bas ?

– Ce que j'ai fait ?

– Pour qu'il ait été obligé de vous envoyer dans cet endroit… »

De la colère remonta soudain le long de ma colonne vertébrale. « Je n'ai rien fait. Je me trouvais avec mes amis quand votre fameux Nypri nous a attaqués. Il m'a fait enlever et m'a amenée ici contre ma volonté. Quant à mes amis… » Je suffoquai presque lorsque je compris. « Pour ce que j'en sais, ils se trouvent toujours dans cet endroit atroce. »

À ma grande surprise, Jont émit un petit bruit plein de compassion et tapota ma main. « Ne vous inquiétez pas. S'ils ne sont pas des blasphémateurs, il les fera sortir avant que trop de mal ait été fait. Bien. Et si nous allions aux bains ? »

Jont me prit le bras pour me conduire. Je marchai d'un pas traînant, sans canne pour m'aider à repérer les obstacles au sol. Pendant ce temps, je retournai dans ma tête les informations dont Jont m'avait fait part. Ils pouvaient bien appeler leurs nouveaux membres des « initiés » et pas des « Gardiens de l'Ordre » et recourir à une magie étrange, la secte des Nouvelles Lumières ressemblait beaucoup à l'Ordre d'Itempas - elle avait exactement les mêmes façons tyranniques.

À tel point que je me demandai pourquoi l'Ordre ne l'avait pas encore démantelée. C'était une chose d'autoriser le culte des génitures - une sorte de pragmatisme. Mais une religion consacrée à Itempas le lumineux ? Cela faisait désordre et risquait de troubler les laïques. Et si les Lumières en venaient à construire leurs propres Salles Blanches, à encaisser des offrandes et à former leurs propres Gardiens ? Tous les principes du Lumineux seraient transgressés. L'existence même des Lumières était une invitation au chaos.

Je trouvai d'autant plus incompréhensible la décision des Arameris de les laisser faire que la fondatrice de leur clan, Shahar Arameri, avait été Sa prêtresse favorite, autrefois, et l'Ordre, leur porte-parole. Je ne voyais pas l'avantage qu'ils pouvaient retirer à laisser s'exprimer une voix rivale.

À moins que *les Arameris ne sachent rien.*

Je dus mettre un terme à mes réflexions parce que nous pénétrâmes dans une pièce où régnait une chaleur humide et où l'on entendait un bruit d'eau. Les bains.

« Souhaitez-vous vous laver d'abord ? » me questionna ma guide ; cela sentait le savon. « Je ne connais rien aux coutumes maroes.

– Elles ne sont pas très différentes de celles des Amnes », affirmai-je en me demandant pourquoi elle s'en souciait. J'explorai les lieux et trouvai sur une étagère une savonnette, des éponges neuves et un grand bol d'eau fumante. Bien chaude ; une merveille. Je retirai mes vêtements que je suspendis à un portant situé au bout de la tablette, puis je m'assis et commençai à me frotter la peau. « Nous sommes des Senmites, nous aussi, après tout.

– Oui, depuis que le Seigneur de la nuit a détruit le Maroland, ajouta-t-elle avant de s'interrompre. Oh, ténèbres… je suis désolée.

– Pourquoi ? » Je haussai les épaules et reposai l'éponge. « Ce n'est pas parce que vous en parlez que cela se reproduira. » Je trouvai une flasque placée juste à côté, que j'ouvris et reniflai. Du shampooing. Astringent… pas idéal pour des cheveux marohnés, mais je devrais faire avec.

« D'accord, mais… ça vous oblige à vous souvenir de ces horreurs…

– Elles sont arrivées à mes ancêtres, pas à moi. Je ne les ai pas oubliées - nous ne les oublierons jamais -, mais l'identité marohnée ne se limite pas à une tragédie du passé. » Je me rinçai avec le bol en soupirant, puis me tournai vers elle. « Dans quelle direction se trouve le bain ? »

Elle me prit par la main et me conduisit jusqu'à un énorme baquet en bois sous le fond en métal duquel un feu brûlant crépitait. Je dus emprunter des marches creusées sur le côté pour grimper dedans. L'eau n'était pas aussi chaude que je l'aurais souhaité, ni aussi parfumée, mais au moins sentait-elle le propre. Celle des piscines de Madding avait toujours été parfaite…

Assez, me dis-je durement tandis que les larmes me montaient aux yeux. *Si tu veux l'aider, tu dois trouver le moyen de sortir de là.*

Jont s'approcha de moi et s'adossa au baquet. J'aurais préféré qu'elle me laisse seule, mais je supposai que son rôle consistait autant à me servir de guide que de garde.

« Les Marohnés ont surtout honoré Itempas parmi les Trois, comme nous, les Amnes, commenta-t-elle. Je crois savoir que vous ne vouez pas de culte aux dieux inférieurs, je me trompe ? »

Le choix de ses termes me mit aussitôt sur mes gardes. J'avais déjà rencontré des personnes dans son genre, auparavant. Les mortels n'étaient pas tous contents de la venue des génitures. Je n'avais jamais bien cerné leur façon de penser, parce que – jusque dernièrement – j'avais toujours été persuadée qu'Itempas le lumineux avait changé d'avis à propos de l'Interdiction ; j'avais sincèrement cru qu'Il *avait voulu* que Ses enfants gagnent le domaine des mortels. Mais le Seigneur lumineux ne changeait pas d'avis. Ce que de plus fervents itempéens auraient compris bien avant moi.

« Adorer les génitures ? » Je fis exprès de ne pas utiliser les mêmes termes qu'elle. « Non. Même si j'en connais beaucoup, et si certaines sont des amies. » Madding, Paitya. Nemmer, peut-être. Kitr - heu, non, pas elle, elle ne m'aimait pas. Et définitivement pas Lil.

Brillant ? Oui, je l'avais considéré comme un ami autrefois, même si la déesse silencieuse avait eu raison ; il ne dirait jamais la même chose à mon propos.

J'entendis pratiquement le visage de Jont se crisper de consternation. « Mais… ce ne sont pas des humains. » Elle avait prononcé ces paroles comme elle aurait décrit un insecte, ou un animal.

« Et alors ?

– Elles ne sont pas comme nous. Elles ne peuvent pas nous comprendre. Et elles sont dangereuses. »

Je m'adossai au rebord du baquet et entrepris de natter mes cheveux mouillés. « Avez-vous eu l'occasion de parler avec l'une d'elles ?

– Non, bien sûr que non ! » Cette seule idée parut l'horrifier.

J'allais poursuivre lorsque je m'interrompis. Si elle ne considérait pas les dieux comme des gens, rien de ce que je pourrais dire n'y changerait rien. Mais cela me permit cependant de comprendre quelque chose. « Votre Nypri partage-t-il votre point de vue à propos des génitures ? Est-ce la raison pour laquelle il a entraîné mes amis dans ce lieu vide ? »

Jont retint son souffle. « Vos fameux amis sont *des génitures* ? » Elle poursuivit, le ton soudain dur.

« C'est donc pour ça… Le Nypri ne risque pas de les laisser sortir de sitôt. »

Je me tus, trop révoltée pour réfléchir à la moindre réplique. Au bout d'un moment, Jont soupira. « Je ne voulais pas vous faire de peine, excusez-moi. Avez-vous terminé ? Nous avons encore beaucoup à faire.

– Je ne suis pas sûre d'avoir très envie d'accepter la moindre de vos propositions », assénai-je le plus froidement possible.

Elle me toucha l'épaule et dit une chose qui m'empêcherait à jamais de la trouver innocente : « Mais si. »

Je sortis du baquet et m'essuyai en tremblant, et pas seulement à cause de la température un peu fraîche.

Une fois séchée et enveloppée dans une lourde robe, Jont me raccompagna jusqu'à ma chambre, où je passai la tenue qu'elle avait apportée : une simple chemise épaisse, et une jupe tombant aux chevilles qui se balançait gracieusement. Les sous-vêtements, simples eux aussi, étaient amples ; pas tout à fait à ma taille, mais presque. Je trouvai des chaussures, également – de doux chaussons d'intérieur. Une façon subtile de la part de mes ravisseurs de me rappeler qu'ils n'avaient pas la moindre intention de me laisser sortir.

« C'est mieux ! » assura Jont, visiblement satisfaite, lorsque j'eus terminé. « Vous nous ressemblez, maintenant. »

Je caressai le bord de la chemise. « Je suppose que ces vêtements sont blancs.

– Beige. Nous ne portons jamais de blanc. Le blanc est la couleur de la fausse pureté. Elle induirait en erreur ceux qui cherchent la vraie Lumière. » Son intonation chantante me fit penser qu'elle récitait un texte. Mais pas un de ces poèmes d'apprentissage que j'avais entendus à la Salle Blanche ou ailleurs.

Une lourde cloche se mit soudain à sonner quelque part dans la maison. Elle résonna magnifiquement, au point que je fermai les yeux de plaisir malgré moi.

« L'heure du dîner, fit Jont. J'ai réussi, vous êtes prête à l'heure. Nos dirigeants ont demandé à ce que vous partagiez leur repas, ce soir. »

L'inquiétude me gagna. « J'imagine que je ne peux pas décliner cette invitation ? Je me sens encore un peu fatiguée. »

Jont me prit de nouveau la main. « Je crains que non. Mais ne vous inquiétez pas, ce n'est pas loin. Vous n'aurez pas beaucoup à marcher. »

Je la suivis donc à travers un labyrinthe de couloirs interminables. Nous croisâmes d'autres membres des Nouvelles Lumières (que Jont salua pour la plupart sans s'arrêter pour me présenter), mais je ne m'intéressai pas à eux parce que je m'apercevais que cette organisation dénombrait beaucoup, beaucoup plus d'adeptes que ce que j'avais d'abord présumé. Je remarquai une douzaine de personnes rien que dans le corridor qui partait de ma chambre. Mais au lieu de les écouter, je comptai mes pas en marchant, de façon à trouver mon chemin plus vite au cas où j'arriverais un jour à m'échapper. Nous quittâmes un couloir qui sentait l'encens au musc de *var*, puis en empruntâmes un autre où le son résonnait, comme s'il y avait eu des fenêtres sur toute sa longueur. Après avoir descendu deux volées de marches (vingt-quatre en tout), tourné à un carrefour (à droite), et traversé un espace ouvert (tout droit dans un angle de trente-trois degrés), nous gagnâmes un lieu clos beaucoup plus vaste.

Il y avait beaucoup de monde autour de nous, mais la plupart des voix semblaient seulement porter en dessous de ma tête. Des personnes assises, très certainement. Cela sentait la nourriture depuis un petit moment, et d'autres odeurs ; celle des lanternes, des gens, et, omniprésente et végétale, celle de l'Arbre. Nous devions nous trouver dans une immense salle à manger.

« Jont. » Une voix de contralto relativement âgée, douce et impérieuse. Il y avait un parfum, également, proche de celui des fleurs de *hiras*. Il capta mon attention parce qu'il me fit penser à la maison de Madding. Nous nous arrêtâmes. « Je me charge de l'accompagner. Eru Shoth ? Si vous voulez bien me suivre.

– Dame Serymn ! » Jont me parut à la fois énervée, inquiète et excitée. « Bien… bien sûr. » Elle me laissa m'éloigner d'elle, jusqu'à ce qu'une autre main saisisse la mienne.

« Nous vous attendions, fit ma nouvelle accompagnatrice. Il y a un salon privé, là-bas, dans cette direction. Ne vous inquiétez pas, je vous préviendrais s'il y a des marches.

– Parfait », répondis-je, reconnaissante. Jont n'avait pas pensé à le faire, si bien que je m'étais déjà cogné les pieds deux fois. Je réfléchis à cette nouvelle énigme tout en marchant.

Jont avait appelé cette femme *Dame* Serymn. Elle n'était certainement pas une géniture, ni une antigéniture. Une aristocrate, dans ce cas... Mais son nom était amne - une de ces combinaisons de consonnes qu'ils affectionnaient tant ; les Amnes n'avaient pas de noblesse, sauf... Non, c'était impossible.

Nous franchîmes une large porte et débouchâmes sur un espace plus petit et moins bruyant. Les senteurs de nourriture titillèrent aussitôt mes narines : de la volaille rôtie, des coquillages, des légumes à l'ail, de la sauce au vin, et des odeurs que je ne pus identifier. Des mets de riches. Je me rendis compte que d'autres convives avaient déjà pris place lorsque Serymn me conduisit jusqu'à une table sur laquelle on avait dressé un véritable festin ; je m'étais tellement focalisée sur la nourriture que je les avais à peine remarqués.

Je m'assis parmi ces étrangers pour partager leur somptueux repas en essayant de ne rien laisser paraître de ma nervosité.

Un serviteur vint se poster près de moi et commença à me préparer une assiette. « Voulez-vous du canard, Dame Orie ?

– Volontiers », répondis-je poliment avant de me rendre compte du titre dont il m'avait affublée. « Mais je m'appelle Orie. Pas "Dame" quelque chose.

– Vous vous sous-estimez », intervint Serymn. Elle s'installa à ma droite, à la perpendiculaire. Je dénombrai sept personnes ; je les entendais se parler à voix basse. La table était à la fois rectangulaire et ovale. Serymn était assise à un bout tandis qu'une personne que je ne connaissais pas se tenait à l'autre, juste en face d'elle.

« Il est normal que nous vous appelions Dame, expliqua Serymn. Je vous en prie, ne nous en voulez pas de vous témoigner cette marque de courtoisie.

– Mais je *ne suis pas une "Dame"*, fis-je, confuse. Je n'ai pas la moindre goutte de sang noble dans les veines. Il n'y a plus de famille noble au Nimaro ; elles ont toutes disparu avec le Maroland.

– J'imagine que je devrais profiter de cette conversation pour vous expliquer pourquoi nous vous avons fait venir ici, fit Serymn. Je suis certaine que vous devez vous interroger à ce sujet.

– Vous pouvez le dire, commentai-je d'un ton las. Hado... » J'hésitai un instant. « *Maître* Hado m'a donné quelques éléments d'explication, mais pas suffisamment. »

Certains de mes compagnons gloussèrent, dont deux hommes aux voix graves à l'autre bout de la table. Je reconnus l'une d'elles et rougis aussitôt : Hado.

Serymn parut elle aussi amusée. « Nous ne célébrons pas votre richesse ni votre statut, Dame Orie, mais votre lignage.

– Mon lignage est tout ce qu'il y a de plus banal, comme moi, assénai-je sur un ton cassant. Mon père était charpentier ; ma mère faisait pousser des plantes médicinales qu'elle vendait. Leurs parents étaient des agriculteurs. Le seul personnage excentrique au sein de mon arbre généalogique était contrebandier.

– Laissez-moi vous expliquer quelque chose. » Elle s'interrompit pour boire une petite gorgée de vin. Au moment où elle se pencha en avant, je vis quelque chose briller dans sa direction. Je me tournai pour jeter un rapide coup d'œil, mais trop tard ; l'éclat avait déjà disparu.

« Comme c'est curieux, fit un autre de mes compagnons. La plupart du temps, elle se comporte comme une aveugle ordinaire, elle ne tourne pas son visage dans une direction particulière, mais là, juste à l'instant, elle a paru te voir, Serymn. »

Je me serais donné une gifle. Il aurait certainement mieux valu que je cache mon talent. Je n'aimais vraiment pas l'idée de livrer par inadvertance des informations sur mon compte à ces gens.

« Oui, confirma Serymn. Dateh avait fait mention de son don particulier. Elle voit la magie. » Grâce au geste qu'elle fit, je distinguai précisément ce que j'avais seulement entraperçu : un petit cercle plein, rayonnant de magie dorée. Non… ce cercle n'était pas plein. Je me penchai malgré moi vers lui en plissant les yeux. Il était fait de dizaines de petits sceaux entrelacés écrits dans la langue piquante des dieux. Des mots divins. Des *phrases entières* de mots divins, un traité complet et inestimable, formaient des spirales qui se chevauchaient, si bien que le rond m'avait paru rempli.

Puis je compris. Choquée, je me reculai.

Serymn fit un autre geste - elle laissa retomber ses cheveux. Je le sentis à la façon dont le disque de sceaux disparut. Oui, il devait se trouver sur son front.

Ce n'est pas possible. Ça n'a aucun sens. Je ne peux pas y croire. Et cependant, je l'avais vu de mes propres yeux magiques.

Je passai la langue sur mes lèvres soudain sèches, croisai mes mains tremblantes sur mes genoux, et rassemblai tout mon courage pour parler. « Pourquoi une sang-pur aramerie collaborerait-elle avec une secte hérétique, Dame Serymn ? »

L'hilarité qui gagna soudain l'assemblée de convives me surprit. Lorsqu'elle retomba – j'étais restée assise sans mot dire à attendre, profondément mal à l'aise –, Serymn dit d'une voix encore amusée : « Je vous en prie, Dame Orie, mangez. Nous pouvons très bien converser et savourer un bon repas en même temps, n'est-ce pas ? »

Je goûtai alors aux mets, puis, bien élevée, m'essuyai les commissures des lèvres, me redressai, et attendis poliment qu'on veuille bien répondre à ma question.

Serymn laissa échapper un petit soupir et tamponna à son tour les coins de sa bouche. « Très bien. J'ai rejoint cette *"secte hérétique"*, pour reprendre vos propres termes, parce que je poursuis un but qui nécessite ma présence ici. Mais j'aimerais souligner que les Nouvelles Lumières ne sont ni "petites", ni hérétiques, ni une secte.

– J'avais pourtant cru comprendre, articulai-je doucement, que toute forme de culte autre que ceux autorisés par l'Ordre était hérétique.

– C'est faux, Dame Orie. Selon la loi du Lumineux – la loi établie par ma famille –, seul le culte d'autres dieux qu'Itempas est considéré comme hérétique. Peu importe la forme sous laquelle nous choisissons de le vénérer. Il est vrai que l'Ordre préférerait que ces deux notions – obédience au Seigneur lumineux et obédience à l'Ordre – se recouvrent. » J'entendis alors d'autres petits rires fuser autour de la table. « Mais pour le dire sans prendre de gants, l'Ordre est une autorité mortelle, pas divine. Nous, les Lumières, faisons simplement le distinguo.

– Vous estimez donc que la forme de culte pour laquelle vous avez opté est meilleure que celle de l'Ordre ?

– Absolument. Le credo de notre organisation est fondamentalement le même - en fait, bon nombre de nos membres sont même d'anciens prêtres de l'Ordre. Mais nos différences n'en restent pas moins significatives.

– C'est-à-dire ?

– Avez-vous vraiment envie que nous parlions doctrine maintenant, Dame Orie ? demanda Serymn. Parce que vous aurez l'occasion de découvrir notre philosophie dans les jours à venir, comme n'importe quel nouvel initié. Je pensais que vos questions seraient plus basiques. »

Elles l'étaient. Et cependant, je sentais d'instinct que cette femme était la clé qui me permettrait de comprendre cette bande de fanatiques. *Cette Aramerie.* Les sang-pur étaient les membres les plus puissants d'une famille tellement attachée à l'ordre qu'ils se classaient eux-mêmes en fonction de la proximité de leur ascendance avec la Première Prêtresse, Shahar. Ils étaient des éminences grises, des décisionnaires - et parfois, par l'entremise de leurs dieux-esclaves, des destructeurs de nations.

Et pourtant, ces événements tragiques s'étaient déroulés plus de dix ans auparavant, lors de ce jour étrange et terrible où l'Arbre Monde avait poussé et où les génitures étaient revenues. Si des rumeurs avaient toujours circulé à ce sujet, je savais désormais qu'elles étaient fondées, et ce de la bouche même de Brillant. Les esclaves des Arameris s'étaient libérés ; le Seigneur de la nuit et la Dame Grise avaient renversé Itempas le lumineux. Sans avoir entièrement perdu leur puissance, les Arameris s'étaient cependant retrouvés privés de leurs armes et de leur protecteur le plus puissant en une frappe stupéfiante.

Que se passait-il, le jour où ceux qui avaient eu le pouvoir absolu le perdaient soudain ?

« Très bien, accordai-je avec prudence. Des questions basiques. Que faites-vous ici, et pourquoi *suis-je ici, moi* ?

– Que savez-vous exactement des événements qui ont eu lieu il y a dix ans, Dame Orie ? »

J'hésitai à répondre. Valait-il mieux jouer les roturières ignorantes ou révéler ce que je savais ? Cette femme aramerie me ferait-elle tuer si je dévoilais ses secrets de famille ? Cherchait-elle seulement à découvrir si j'étais prête à mentir ?

Je rompis un morceau de pain, plus par nervosité que par gourmandise. « Je… je sais qu'il y a de nouveau trois dieux, articulai-je lentement. Je sais qu'Itempas le lumineux ne dirige plus seul.

– Vous devriez dire "plus du tout", Dame Orie, fit Serymn. Mais ce n'est qu'une déduction, n'est-ce pas ? Tout vrai disciple d'Itempas sait qu'Il n'aurait jamais autorisé les changements de ces dernières années. »

Je hochai la tête, repensant soudain malgré moi au lit de Madding, au moment où nous avions fait l'amour, et à la façon dont Brillant avait scintillé de désapprobation. « C'est vrai, assurai-je en réprimant un sourire amer.

– Dans ce cas, nous devons considérer Ses enfants, ces nouveaux dieux… »

L'une des compagnes de Serymn aboya un rire. « Ces nouveaux dieux ? Allons, Dame Serymn ; vous ne vous trouvez pas en présence d'une assemblée de crédules. » En dépit du regard qu'elle me lança, son ton faussement doux ne me trompa pas. « Enfin, pas pour la majorité d'entre nous, en tout cas. »

Je serrai les dents, refusant de mordre à l'hameçon. Je notai que Serymn avait accueilli cette remarque avec une sérénité absolue ; jamais je n'aurais cru une Aramerie capable de dérision, même aux dépens de quelqu'un d'autre.

« C'est vrai, le "Seigneur des ombres" était une tentative de diversion plutôt ratée, répliqua-t-elle avant de porter son attention sur moi. Mais ma famille était assez occupée à empêcher la panique de gagner du terrain, Dame Orie. Après tout, nous avons passé des siècles à terrifier les mortels en brandissant la menace de ce qu'il se passerait, le jour où le Seigneur de la nuit parviendrait à se libérer. Il était plus sage de le tenir en laisse que de le laisser aller librement assouvir sa vengeance sur le monde ; voilà comment les choses se sont déroulées. C'est seulement grâce à quelques mensonges pathétiques que la population ne s'est pas rendu compte que nous pourrions tous subir le même sort que les Maros. »

Elle faisait référence à l'anéantissement de mon peuple - dû à sa propre famille - sans la moindre rancœur ni la moindre honte. Je bouillonnai de rage. Mais c'était la manière de procéder des Arameris : ils balayaient leurs erreurs d'un revers de la main, dès lors qu'on les obligeait à les reconnaître.

« Il est en colère », commentai-je avec douceur, parce que telle était ma nature. « Le Seigneur de la nuit. Vous le savez, n'est-ce pas ? Il a imposé aux Arameris et aux génitures une date limite avant laquelle ils devront avoir retrouvé les meurtriers de ses enfants.

– Je sais, admit Serymn. Le Seigneur Arameri a reçu ce message il y a quelques jours de ça, d'après ce que je sais. Un mois, à compter du jour de la mort de Role. Ce qui nous laisse environ trois semaines. »

Elle avait prononcé ces paroles sur un ton désinvolte, comme s'il s'agissait simplement d'un coup de colère divin. Je serrai mes poings posés sur mes genoux. « Le Seigneur de la nuit a détruit le Maroland *parce qu'il s'ennuyait*. Il n'a même pas eu besoin de recourir à sa pleine puissance pour ça, à l'époque. Alors imaginez de quoi il serait capable, aujourd'hui.

– Oh, mais je l'imagine, Dame Orie, et bien mieux que vous ne le pensez. » Serymn chuchota presque. « J'ai grandi avec lui, si vous vous rappelez bien. »

La tablée devint silencieuse. Une pendule tictaquait fort quelque part dans la pièce. Nous avions tous senti le poids des histoires qu'elle taisait à la neutralité de son ton – dont la première d'entre elles, celle qui affleurait à la surface de la conversation, tel un Léviathan : *pourquoi une femme aussi puissante, et intrépide, avait-elle fui Ciel, pour commencer ?* Et alors que j'entendais des horreurs dans ce calme que seul le tic-tac de la pendule venait troubler, je ne pus m'empêcher de me poser la question suivante : *qu'est-ce que le Seigneur de la nuit a bien pu lui faire ?*

« Heureusement pour nous, finit par dire Serymn tandis que je soupirais de soulagement, heureuse qu'elle rompe le silence, sa colère ne contrecarre pas nos plans. »

Je dus froncer les sourcils, parce qu'elle éclata de rire. Une hilarité un peu forcée, toutefois.

« Réfléchissez un peu à la chose suivante, Dame Orie : le troisième membre des Trois nous a déjà sauvés une fois. Réfléchissez à ce que cela signifie – à ce que sa présence *à elle* implique. Vous ne vous êtes jamais interrogée à ce sujet ? Enefa du Crépuscule, la sœur d'Itempas le lumineux, était morte depuis deux mille ans. Qui est cette fameuse Dame Grise, dans ce cas ? Vous connaissez des génitures en ville. Vous ont-elles expliqué ce mystère ? »

Je clignai les yeux d'étonnement alors que je me rendais compte que Madding ne l'avait jamais fait. Il avait parlé de la mort de sa mère, la voix chargée d'émotion. Comme il avait évoqué ses parents au pluriel, et au présent ; l'une de ces contradictions qu'il fallait admettre quand on frayait avec les dieux. Je ne m'en étais pas soucié parce que je n'avais pas jugé cette information importante. Mais je croyais comprendre la hiérarchie des dieux, alors – et encore jusque récemment.

« Non, fis-je. Mad… elles ne m'en ont jamais parlé.

– Mmm. Alors dans ce cas, je vais vous révéler un grand secret, Dame Orie. Voilà dix ans, une mortelle a renié son dieu et son humanité en fomentant une conspiration dont le but était de libérer le Seigneur de la nuit, son amant. Son plan ayant réussi, et pour la récompenser de ses efforts, on lui a confié le pouvoir perdu d'Enefa. À la suite de quoi, elle est devenue une sorte de *nouvelle Enefa*, une déesse de plein droit. »

Je retins mon souffle sans le vouloir. Je venais d'apprendre qu'un mortel pouvait devenir un dieu. Ce qui expliquait un certain nombre de choses : les restrictions imposées aux génitures, dont leur confinement à l'intérieur de la cité, la raison pour laquelle elles se surveillaient les unes les autres pour éviter que des destructions massives se produisent. Une déesse, qui avait elle-même été une mortelle autrefois, pourrait s'indigner d'un tel mépris à l'égard de la vie humaine.

« La Dame Grise ne compte pas à nos yeux, confia Serymn, en dehors du fait que nous lui savons gré de la paix actuelle. » Elle se pencha en avant et posa les coudes sur la table. « Nous comptons sur son intervention, en fait. Enefa – dont cette nouvelle déesse est pour l'essentiel une copie – s'est toujours battue pour la préservation de la vie. C'est dans sa nature ; là où ses frères sont excessifs, prompts à juger et plus prompts encore à tout ravager, *elle préserve*. Elle s'adapte au changement, et cherche la stabilité en son sein. La Guerre des dieux n'est pas le premier conflit qu'Itempas et Nahadoth aient connu, après tout. C'était simplement la première fois qu'ils se battaient, depuis la création de la vie, sans qu'Enefa soit là pour protéger le monde. »

Je secouai la tête. « Vous voulez dire que vous comptez sur le fait que cette nouvelle Enefa nous sauvera ? Vous plaisantez ? Même si elle a été humaine, elle ne l'est plus. Elle doit voir les choses comme n'importe quel dieu, aujourd'hui. » Je pensai à Lil. « Et certains d'entre eux sont fous.

– Si elle avait voulu que l'humanité entière périsse, elle s'en serait chargée elle-même. Elle en a eu l'occasion, et plus d'une fois, au cours de ces dix dernières années. » La table pencha légèrement au moment où Serymn fit un grand geste. « Elle est la déesse de la Vie et de la Mort. Et souvenez-vous qu'elle était aramerie, du temps où elle était une mortelle. Nous avons toujours été des gens prévisibles. » Je l'entendis sourire. « Je pense qu'elle tentera de canaliser la colère du Seigneur de la nuit de la meilleure des manières. Il n'aura pas besoin de détruire le monde entier pour venger ses enfants. Une partie devrait suffire. Une seule cité, peut-être même. »

Je posai les mains sur mes genoux, l'appétit soudain coupé.

Les histoires que les parents marohnés racontent le soir à leurs enfants pour les aider à s'endormir sont rarement réconfortantes. De la même manière que nous affublons nos rejetons de noms de tristesse et de colère, les contes que nous choisissons de leur narrer les réveillent au beau milieu de la nuit, tout tremblants et en pleurs à cause d'horribles cauchemars. « Nous *faisons exprès de faire peur à nos enfants*, pour qu'ils n'oublient jamais, pour les préparer au fait que le Seigneur de la nuit pourrait revenir un jour. »

Comme il viendra bientôt à Ombre.

« Pourquoi l'Ordre d'Itempas a-t-il... » Je m'interrompis, ne sachant comment formuler ma phrase sans offenser cette assemblée d'anciens membres de l'Ordre. « Le Seigneur de la nuit. Vous semblez l'honorer seulement parce qu'il est libre. Déjà qu'il nous déteste... Est-ce que l'Ordre pense vraiment qu'une telle hypocrisie parviendra à dissuader un dieu en colère d'agir ?

– Les dieux ne sont pas comme ceux qu'ils essaient de faire changer d'idée, Dame Orie. » Cette phrase avait été proférée par l'homme qui était assis à l'autre bout de la table. Je me raidis. « *C'est nous* qu'ils essaient de rassurer. »

Je connaissais cette voix. Je l'avais déjà entendue – trois fois, à ce jour. Sur la promenade sud, juste avant que je ne tue les Gardiens de l'Ordre. Sur le toit de la maison de Madding avant que le chaos ne se répande. Et plus tard, lorsque je m'étais retrouvée alitée, tremblante de fièvre, après mon retour du Vide.

Il se trouvait à l'autre bout de la table, à l'opposé de Serymn, et irradiait la même confiance simple que cette dernière. Et pour cause ; il était leur Nypri.

Tandis que j'étais assise là, crispée de peur et de colère, Serymn gloussa. « Toujours aussi brutal, Dateh.

– Je ne fais que dire la vérité. » Son ton me parut amusé.

« Mmm. Ce que mon mari essaie de dire, Dame Orie, c'est que l'Ordre, et la famille Arameri par son intermédiaire, espère vraiment convaincre le reste de l'humanité que le monde est tel qu'il devrait être. Que malgré la présence de tous ces nouveaux dieux, *rien* ne devrait changer – politiquement parlant. Que nous devrions nous sentir heureux... en sécurité... confiants. »

Son époux… Une sang-pur aramerie mariée au membre d'une secte hérétique ?

« Je ne comprends rien à ce que vous dites », fis-je. Je me concentrai sur la fourchette que je serrais entre mes doigts, puis sur le feu qui crépitait en arrière-fond dans la cheminée de la salle à manger. Je parvins à ne pas perdre mon calme. « Vous parlez des Arameris comme si vous n'étiez pas l'une d'eux.

– En effet. Disons que mes activités n'ont pas été approuvées par le reste de ma famille. »

Le Nypri parut amusé. « Oh, tes parents les approuveraient sans doute… s'ils étaient au courant. »

Serymn éclata de rire, et les convives autour de la table avec elle. « Tu le crois vraiment ? Tu es plus optimiste que moi, mon amour.

– Bien plus que tu ne le penses, ajouta le Nypri. Le monde court un grand danger, à l'heure où je vous parle - et pas simplement à cause de la colère du Seigneur de la nuit. Réfléchissez un peu à ceci : pour la première fois depuis des siècles, les Arameris sont vulnérables. Oh, ils ont encore des ressources politiques et financières absolument considérables, et ils sont en train de lever une armée qui devrait pousser toutes les nations à y réfléchir à deux fois avant de se rebeller. Mais toujours est-il que personne ne peut les battre, pas pour le moment. Et est-ce que vous savez ce que ça signifie ?

– Qu'une autre bande de tyrans nous dirigera un jour ? » Malgré mes efforts pour rester polie, je sentais la colère monter. Ces gens ne faisaient que répondre à mes questions par d'autres questions.

Serymn ne parut pas offensée. « Peut-être… mais d'où sortira-t-elle ? Les différents clans de nobles, les conseils dirigeants et les ministres en place chercheront tous à saisir l'opportunité de diriger les Cent Mille Royaumes. Si jamais ils se battaient pour le pouvoir tous en même temps, que croyez-vous qu'il se passerait ?

– Il y aurait de nouveaux scandales, assassinats, intrigues… bref, les mêmes pratiques que les vôtres durant votre règne », répondis-je. Ce qui réjouira au moins Dame Nemmer.

« Exactement. Et il y aurait des coups d'État, car les nobles nouvellement en poste auraient encore plus d'ambition et de pouvoir que leurs prédécesseurs. Les différents territoires connaîtraient des révoltes tandis que des factions minoritaires joueraient des coudes pour se partager le pouvoir. Il y aurait de nouvelles alliances, car les plus petits royaumes réuniraient leurs forces. Et des trahisons, parce qu'une alliance en connaît toujours. » Serymn laissa échapper un soupir las. « La guerre, Dame Orie. Ce serait la guerre. »

En bonne itempéenne - ce que je n'avais jamais vraiment été -, je tressaillis. La guerre était une abomination aux yeux d'Itempas le lumineux. J'avais entendu des récits à propos de l'époque qui avait précédé son règne, avant que les Arameris promulguent des lois très strictes dans le but de réglementer la violence et les conflits. Les gens avaient péri par milliers lors des différentes batailles qui s'étaient déroulées dans ces temps anciens. Des cités avaient été rasées et leurs habitants massacrés par des hordes de guerriers qui avaient violé et assassiné les pauvres civils sans défense.

« Où… où ça ? questionnai-je.

– Partout. »

Je ne pouvais imaginer une chose pareille. Pas à une telle échelle. C'était de la pure folie. Ce serait le chaos.

Mais j'avais oublié quelque chose : Nahadoth, le Seigneur de la nuit, était celui du chaos, également. Quelle meilleure façon aurait-il jamais d'assouvir sa vengeance sur l'humanité ?

« Si les Arameris devaient tomber, et l'ère du Lumineux s'achever avec eux, alors ce serait la guerre, expliqua Serymn. L'Ordre d'Itempas la redoute plus qu'aucune autre menace divine, parce que le danger qu'elle représente serait plus grand - il ne concernerait pas seulement une ville, mais notre civilisation tout entière. Certaines rumeurs parlent déjà de troubles dans le Grand Nord et dans les îles - des terres devenues itempéennes par la force, après la Guerre des dieux. Leurs habitants ne l'ont pas oublié, comme ils n'ont pas pardonné ce que nous leur avons fait.

– Les habitants du Grand Nord, intervint un convive sur un ton méprisant. Cette bande de barbares dégénérés ! Encore en colère deux mille ans après ces événements !

– Des barbares, certes, et en colère, répéta Hado, dont j'avais oublié la présence. Mais n'avons-nous pas nous-mêmes éprouvé cette colère le jour où on nous a imposé de vénérer le Seigneur de la nuit ? » Il y eut des grognements d'assentiment pour réponse.

« C'est vrai, consentit le Nypri. D'un côté, l'Ordre autorise l'hérésie, et de l'autre, il ferme les yeux lorsque les anciens fidèles d'Itempas négligent leurs devoirs. Il compte sur le fait que les nouvelles croyances occupent les gens, et qu'elles laisseront aux Arameris assez de temps pour anticiper le cataclysme à venir.

– Quel intérêt, je vous le demande ? commenta Serymn, de la colère dans la voix. T'vril, le Seigneur Arameri, pense qu'il devrait facilement juguler la guerre, lorsqu'elle viendra. Mais tandis qu'il se prépare au prochain conflit terrestre, il oublie de contempler les cieux, et la menace qu'ils représentent. »

Je soupirai, soudain lasse pour diverses raisons. « Vous avez raison de vous en préoccuper, mais le Seigneur de la nuit est… » J'écartai les mains en désespoir de cause. « Une force de la nature. Peut-être devrions-nous prier cette Dame grise, puisque vous dites qu'elle est la seule à pouvoir le contrôler ? Ou commencer à nous chercher des paradis dans l'au-delà dès maintenant ? »

Serymn commenta ma dernière remarque sur un ton légèrement désapprobateur. « Nous préférons faire preuve d'initiative, Dame Orie. Sans doute est-ce mon côté arameri qui parle, mais je n'aime pas beaucoup l'idée de laisser une menace couver sans en vérifier la réalité. Il est toujours préférable de frapper en premier. »

– Frapper… » Je gloussai de nouveau, certaine de mal comprendre. « Quoi, un dieu ? Ce n'est pas possible.

– Si, Dame Orie, c'est possible. Ça a même déjà été fait. »

Je me figeai tandis que mon sourire s'évanouissait. « La géniture, Role. *C'est vous* qui l'avez tuée. »

Serymn rit, mais avec réserve. « Je faisais référence à la Guerre des dieux, en fait. Itempas le Père au Ciel a tué Enefa ; si l'un des Trois peut mourir, alors tous le peuvent. »

Je me tus, troublée - je ne riais plus, mais plus du tout. Serymn n'était pas stupide. Un Arameri ne ferait jamais allusion à l'assassinat d'une déesse sans avoir à disposition les moyens de mettre sa menace à exécution.

« Ce qui, pour en venir au but, est la raison pour laquelle nous vous avons enlevée. » Serymn leva son verre dans ma direction, le son cristallin aussi tonitruant qu'une cloche dans la pièce silencieuse. Nos compagnons ne disaient rien, tous suspendus à ses lèvres. Mais lorsqu'elle les salua, ils levèrent aussitôt leur verre en réponse.

« Au retour du Lumineux ! lança le Nypri.

– Et au Seigneur Immaculé, ajouta la femme qui avait fait un commentaire à propos de ma vue.

– Et que l'obscurité disparaisse », poursuivit Hado.

Chaque personne autour de la table y alla de son commentaire. J'avais la sensation d'assister à un rituel solennel - conduit par des gens qui visaient un but parfaitement et étonnamment délirant.

Une fois tous redevenus silencieux, je pris la parole sur un ton incrédule.

« Vous voulez tuer le Seigneur de la nuit, déclarai-je.

– Oui », confirma-t-elle. Elle s'interrompit, car un domestique s'avançait ; j'entendis le bruit d'un couvercle que l'on retirait d'une espèce de plateau. « Et nous aimerions que vous nous y aidiez. Un peu de dessert ? »

9

Séduction
(Fusain)

Il n'y eut plus de discussion sur les dieux ni de complots insensés, après dîner. J'étais trop abasourdie pour poser d'autres questions, et même si je l'avais fait, Serymn, comme elle me l'avait clairement fait comprendre, ne m'aurait pas répondu. « Je pense que nous avons assez parlé pour ce soir », avait-elle dit avant de rire à gorge déployée - d'une voix bien timbrée et parfaitement contrôlée. « Vous êtes un peu pâle, ma chère. »

On m'avait ramenée dans ma chambre, où Jont avait laissé des vêtements de nuit et du vin aux épices afin que je puisse en boire avant mes prières du soir, comme le voulait la tradition marohnée. Elle avait dû trouver cette information dans un livre. Soupçonnant que j'étais observée, je pris un verre d'alcool et commençai à prier, ce que je n'avais pas fait depuis des années.

Mais je ne m'adressai pas à Itempas le lumineux. À la place, je concentrai mes pensées sur Madding. Il m'avait dit que les dieux pouvaient entendre les litanies de leurs adeptes, à n'importe quelle distance et dans n'importe quelles circonstances, si ces derniers priaient suffisamment fort. Je n'étais pas une disciple de Madding, à proprement parler, mais je ne doutais pas que la rage du désespoir y pallierait.

Je sais où tu es, murmurai-je dans ma tête, au cas où des oreilles auraient traîné dans les parages. *J'ignore encore comment je vais te sortir de là, mais j'y travaille. Est-ce que tu m'entends ?*

J'eus beau me répéter, et attendre à genoux durant presque une heure, je ne reçus aucune réponse.

Je savais que Madding croupissait dans cet endroit sombre et inhibiteur de sensations – le Vide –, mais cela ne m'indiquait pas pour autant où il se situait. D'après les informations que j'avais réussi à obtenir, seules les Lumières pouvaient en ouvrir et en fermer l'accès. À moins que personne hormis leur scribe et Nypri n'ait pu le faire ? Ma prochaine mission consisterait à le découvrir.

Je me réveillai à l'aube, le lendemain, et fatiguée après une nuit agitée. L'activité battait déjà son plein dans la maison, ce que je percevais à travers la porte ; on marchait, on balayait, on tenait des propos informels. Rien d'étonnant dans le fait que la journée démarre bien avant le lever du soleil au sein d'une organisation itempéenne. Au loin, résonnant dans les couloirs, j'entendais chanter – le cantique sans paroles des Lumières, que je trouvai plus réconfortant et édifiant que ses interprètes, désormais que j'avais eu l'occasion de les rencontrer. Peut-être s'agissait-il d'une sorte de cérémonie du matin ? Si tel était le cas, alors on viendrait me chercher sans tarder. Prenant sur moi, je passai les vêtements qu'on avait laissés à ma disposition, puis attendis.

Peu de temps après, la porte de ma chambre s'ouvrit et laissa entrer quelqu'un. « Jont ? appelai-je.

– Non, c'est encore Hado », annonça ce dernier. Mon ventre se noua, mais je parvins à dissimuler ma gêne, je crois. Quelque chose chez cet homme me mettait très mal à l'aise. Ce n'était pas seulement lié au fait qu'il m'avait enlevée et enrôlée de force dans leur espèce de secte ; ni à sa menace à peine voilée de la veille au soir. Parfois, il me semblait même le voir - telle une ombre plus sombre en surimpression. Mais la plupart du temps, j'avais seulement la sensation, parfaitement invérifiable, que le visage qu'il me montrait était une sorte de masque derrière lequel il se moquait de moi.

« Désolé de vous décevoir. » Il avait senti mon malaise et, comme prévu, s'en amusait. « Jont participe aux tâches domestiques, le matin. Le genre d'activité que vous connaîtrez un jour, vous aussi.

– Un jour ?

– D'habitude, les nouvelles recrues intègrent immédiatement une équipe de travail, mais nous ne savons pas encore quelle tâche répondrait au mieux à vos besoins particuliers. »

Je sentis mes poils se hérisser. « Parce que je suis aveugle ? Sachez que je fais très bien le ménage. Vous en seriez étonné, croyez-moi, surtout si vous me trouviez une canne. » La mienne, à mon grand regret, était restée dans la rue devant la maison de Madding. Ma vieille amie me manquait.

« Non, Eru Shoth, je parle du fait que vous allez essayer de vous échapper à la première occasion. » Je tressaillis, ce qui le fit doucement glousser. « Nous ne faisons pas surveiller les équipes de travail, en général, mais tant que nous ne serons pas entièrement convaincus de votre engagement envers nous… disons qu'il serait insensé de vous laisser vaquer sans surveillance. »

J'inspirai profondément, puis expirai. « Je suis surprise d'apprendre que vous n'avez pas encore mis en place de procédures pour encadrer les recrues dans mon genre, étant donné que l'enlèvement et la coercition font partie de vos méthodes courantes.

– Libre à vous de me croire, mais sachez que la plupart de nos initiés sont volontaires. » Il passa devant moi et commença à inspecter la chambre. Je l'entendis soulever le support à bougie de l'une des appliques murales ; sans doute remarqua-t-il que j'avais soufflé la chandelle relativement tôt étant donné que je n'avais pas vraiment besoin de lumière, ni particulièrement envie de mourir dans mon sommeil à cause d'un incendie. Il poursuivit : « Nous avons réussi à débaucher de nouvelles recrues au sein d'autres groupes - en particulier parmi les dévots itempéens laïcs mécontents des récents changements que l'Ordre a opérés. J'imagine que nous ferons aussi bien au Nimaro, le jour où nous nous implanterons là-bas.

– Même au Nimaro, Maître Hado, les gens ne ressentent pas tous le besoin d'honorer Itempas comme le reste du monde le fait. Personne ne peut obliger ces gens à faire ce qu'ils ne veulent pas.

– Vous vous trompez », répliqua-t-il. Je fronçai les sourcils. « Il y a dix ans encore, les mortels qui habitaient les Cent Mille Royaumes vénéraient tous Itempas de la même manière. Ils lui faisaient des offrandes et se rendaient aux offices de la Salle Blanche chaque semaine ; ils avaient des heures de service mensuel ; ils faisaient la classe aux enfants âgés de trois à quinze ans. Chaque jour saint, partout à travers le monde, on célébrait les mêmes rituels et on récitait les mêmes prières. Quant aux voix contestataires… » Il s'interrompit et se tourna vers moi, irradiant toujours ce même amusement froid que je détestais tant. « Bien. Maintenant, dites-moi, chère Dame, qu'est-il arrivé aux dissidents de votre pays ? »

Je ne dis rien tant j'étais consternée, et parce que l'attaque avait fait mouche : d'abord, parce que j'étais une Marohnée qui avait fui le Nimaro. Et pire encore, parce qu'il avait raison. Mon père avait toujours détesté les Salles Blanches et les rituels autant que l'adhésion docile à n'importe quelle forme de tradition. Autrefois, m'avait-il expliqué un jour, les Marohnés avaient eu leurs propres façons de louer Itempas le lumineux - des manières spéciales et poétiques, un livre saint, des prêtres qui étaient des guerriers-historiens, et pas des surveillants. Nous avions même notre langue, en ce temps-là. Mais tout changea à compter du jour où les Arameris accédèrent au pouvoir.

« Vous voyez », commenta Hado. Cet homme lisait mon visage comme un livre ; je le détestais pour ça. « Itempas apprécie l'ordre, pas le libre arbitre. À partir de là… » Il vint vers moi, me prit la main pour m'aider à me lever, puis me donna le bras pour me guider. « Évidemment, nous ne pourrions pas recruter beaucoup de gens comme vous. Ce ne serait pas très pratique. Nous ne l'aurions pas fait si vous n'étiez pas aussi importante pour notre cause. »

Ce qui n'augurait rien de bon. « Qu'est-ce que ça veut dire, exactement ?

– Qu'au lieu de suivre l'initiation habituelle, vous allez passer la journée avec Serymn, et celle de demain avec le Nypri. Ils décideront ensuite de la meilleure façon de procéder. » Il recommença à tapoter ma main, un geste qui me rappela les petites gifles bien moins douces de la veille au soir. Oui, il me menaçait de nouveau. Que m'arriverait-il, si, pour une raison ou une autre, je déplaisais aux dirigeants des Lumières… ? Impossible à deviner, sans savoir ce qu'ils attendaient exactement de moi. Je serrai les dents de rage - même si, à la vérité, je me sentais plus effrayée qu'en colère. Ces gens étaient aussi puissants que fous ; une très mauvaise combinaison.

Hado m'aida à sortir de la chambre, puis m'accompagna à travers les couloirs en marchant près de moi à mon rythme. Je comptai mes pas jusqu'à ce que je ne le puisse plus, mais cette Maison du Soleil Levant étant un véritable dédale de tournants et de virages, j'y renonçai bientôt. Les corridors étaient tous légèrement incurvés, sans doute parce que l'endroit était bâti autour d'un arbre. Ceux qui avaient construit ce lieu n'avaient pas été capables d'étendre la structure loin du tronc - même si je n'étais pas architecte, je percevais la folie d'un tel projet. La maison s'élevait en hauteur, et comportait de nombreux étages et volées de marches qui lui conféraient une curieuse forme d'incohérence. Cet édifice ne célébrait pas franchement l'amour de l'ordre du Seigneur lumineux.

Peut-être s'agissait-il une fois encore d'une sorte de camouflage, à l'image de cette apparence inoffensive que les Lumières cultivaient si bien ? L'Ordre d'Itempas ne voyait en elles que d'autres membres des différentes sectes hérétiques qui fleurissaient dans la cité. Considérerait-il toujours les choses sous le même angle, si jamais il découvrait que celle-ci avait le pouvoir de défier les dieux ?

Hado ne dit rien tandis que nous marchions, ni moi non plus, d'ailleurs, tant j'étais préoccupée. Je soupesai son silence pour évaluer si je pouvais l'interroger. Finalement, je me lançai. « Est-ce que vous pouvez me dire ce que ces… trous… sont ?

– Ces trous ?

– La magie qui a servi à m'amener jusqu'ici. » Un frisson me parcourut. « Le Vide.

– Ah, ça. Non, je ne sais pas, pas précisément, en tout cas, mais le Nypri était Scribe d'Honneur au sein de l'Ordre d'Itempas. C'est le titre le plus élevé. » Il haussa les épaules, puis remit ma main d'aplomb sur son bras. « J'ai même entendu dire qu'il avait posé sa candidature au poste de Premier Scribe des Arameris, même s'il y a évidemment renoncé le jour où il a quitté l'Ordre. »

Je ris malgré moi. « Ce qui veut dire qu'il aurait épousé une sang-pur et initié sa propre religion en souvenir de ce qu'il aurait pu avoir ? »

Hado gloussa à son tour. « Pas exactement, mais j'ai cru comprendre que leur mécontentement mutuel avait joué dans leur collaboration. J'imagine qu'il est facile de passer de visées communes à du respect mutuel, et de là à l'amour. »

Intéressant. Du moins cela aurait pu l'être, si les jeunes mariés ne nous avaient pas enlevés, torturés et emprisonnés, moi et mes amis. « Quelle charmante histoire, fis-je aussi platement que possible. Mais je m'y connais un peu, en matière de scribe, et je n'en ai jamais vu aucun faire ce qu'il a fait. Maîtriser une géniture, et même plusieurs… Non, ça, jamais. Je ne savais même pas que c'était possible.

– Les dieux ne sont pas invincibles, Dame Orie. Et vos amis – comme toutes les génitures qui vivent dans la cité – sont les plus jeunes, et les plus faibles d'entre elles. » Il haussa les épaules sans se rendre compte de mon étonnement ; il venait d'exposer une chose dont je n'avais jamais eu conscience. « Le Nypri a simplement trouvé le moyen d'exploiter cette situation. »

Je redevins silencieuse et retournai dans ma tête ce qu'il venait de me révéler. Nous franchîmes une porte et pénétrâmes dans un espace clos relativement petit, et recouvert d'un épais tapis. Il y avait davantage d'odeurs de cuisine ; des parfums de petit déjeuner – et celui, familier, du *hiras*.

« Merci d'être venue », fit Serymn en s'avançant vers nous. Hado lâcha ma main, que Serymn saisit dans un geste de sœur avant de s'approcher et de m'embrasser sur la joue. Je parvins à ne pas reculer, mais de justesse, ce dont elle s'aperçut, bien sûr. « Pardonnez-moi, madame. J'imagine qu'on ne se salue pas de cette façon dans la rue.

– Je serais incapable de vous le dire, répliquai-je sans contenir ma mauvaise humeur, étant donné que je ne sais pas comment "on se salue dans la rue".

– Oh… je vous ai offensée, à ce que je vois. » Elle soupira. « Toutes mes excuses ; je n'ai pas l'habitude de côtoyer des roturiers. Merci, cher frère lumineux Hado. » Ce dernier parti, Serymn me guida jusqu'à une chaise recouverte d'un tissu pelucheux.

« Préparez une assiette », ordonna-t-elle. J'entendis quelqu'un s'affairer aussitôt à l'autre bout de la pièce. Après s'être assise en face de moi, Serymn m'observa en silence pendant un moment. Elle me rappelait Brillant, sur ce point ; je pouvais sentir son regard sur moi comme les ailes caressantes d'une phalène.

« Avez-vous bien dormi cette nuit ?

– Oui, assurai-je. J'apprécie votre hospitalité, enfin, jusqu'à un certain point.

– Ce point se limitant à votre destin et à celui de vos amies génitures. Oui, je comprends. »

Serymn s'interrompit pour laisser le domestique approcher et me remettre l'assiette qu'il m'avait préparée. Le service n'étant pas trop cérémonieux, cette fois, je me détendis.

« Votre propre sort demeure aussi incertain, ajoutai-je. Lorsque Madding et les autres seront libres, je doute qu'ils pardonnent facilement la façon dont ils auront été traités. Ils sont immortels ; vous ne les retiendrez pas *éternellement.* » Mais si elle avait les moyens de les tuer, mon argument devenait plus discutable…

« C'est vrai, accorda-t-elle. Cela tombe très bien, que vous abordiez ce point, car c'est exactement la raison pour laquelle nous nous retrouvons dans une telle pagaille aujourd'hui. »

Je clignai les yeux de surprise, comprenant qu'elle ne parlait plus de Madding et de ses compagnons, mais d'un autre groupe de dieux en captivité. « Vous parlez des dieux des Arameris, c'est ça ? Du Seigneur de la nuit. » Leur cible insensée.

« Pas uniquement du Seigneur de la nuit, mais de Sieh le Filou… » Je pris sur moi pour ne pas sursauter. « … de Kurue la Sage, et de Zhakkarn la Sanguinaire. Il était évident qu'ils parviendraient un jour à se libérer. Le millénaire qu'ils ont passé emprisonnés n'a même pas dû leur paraître long. Mais nos dieux ont beau être infiniment patients, jamais ils n'oublient le mal qu'on leur a fait, comme ils ne le laissent jamais impuni.

– Le leur reprochez-vous ? Si j'avais du pouvoir, et si quelqu'un me faisait du mal, je me retournerais contre cette personne, moi aussi.

– Je ferais la même chose. Je l'ai *déjà fait*, d'ailleurs, et plus d'une fois. » Je l'entendis croiser les jambes. « Mais les personnes dont je chercherais à me venger auraient le droit de se défendre. C'est exactement ce que nous faisons ici, Dame Orie. Nous nous défendons.

– Contre l'un des Trois. » Je secouai la tête, puis décidai de jouer la carte de l'honnêteté. « Excusez-moi, mais si vous essayez de me convertir avec des arguments... de caniveau, ou avec je ne sais quelle logique propre aux gens du commun, alors votre raisonnement ne tient pas. Dans mon pays, lorsqu'une personne aussi puissante vous en veut, vous *ne ripostez surtout pas*. Au contraire, même ; vous faites amende honorable, ou vous allez vous terrer quelque part et restez bien caché, en priant qu'on ne fasse aucun mal aux personnes auxquelles vous tenez.

– Un Arameri ne fuit pas, Dame Orie. Et nous ne nous amendons pas de nos actes, pas si nous estimons avoir bien agi. Nous suivons les voies d'Itempas le lumineux, après tout. »

Et voyez où cela l'a mené, faillis-je dire – mais je tins ma langue. Je ne savais pas si Brillant allait bien, ni où il se trouvait. En admettant qu'il ait réussi à s'échapper, je ne croyais pas qu'il prendrait la peine de nous aider, mais s'il y avait la moindre chance qu'il le fasse, je ne devais pas parler de lui aux Nouvelles Lumières.

– Je pense que je ferais bien de vous prévenir, avançai-je. Je ne me considère pas vraiment comme une itempéenne. »

Serymn ne dit rien pendant un moment. « Je me suis posé cette question. Vous êtes partie de chez vous alors que vous n'aviez que seize ans - l'année de la mort de votre père, c'est bien ça ? Quelques semaines seulement après l'ascension de la Dame Grise. »

Je me raidis. « D'où sortez-vous cette information ?

– Nous avons mené notre petite enquête lorsque vous avez attiré notre attention. Ça n'a pas été très difficile. Il n'y a pas tant de villes, sur le territoire de la réserve Nimaro, et votre cécité fait qu'on vous oublie difficilement. Le prêtre de votre Salle Blanche nous a dit que vous aviez des discussions houleuses, tous les deux, durant les cours, lorsque vous étiez enfant. » Elle gloussa. « Je ne sais pas pourquoi, mais je ne suis pas très surprise. »

Mon estomac faillit se retourner. Ils s'étaient rendus dans mon village ? Ils avaient eu un entretien avec mon prêtre ? Menaceraient-ils ma mère, désormais ?

« S'il vous plaît, Dame Orie, veuillez m'excuser, je ne voulais pas vous inquiéter. Nous ne vous voulons aucun mal, ni à vous ni aux membres de votre famille. » J'entendis une théière tinter, puis le bruit d'un liquide que l'on versait.

« Vous comprendrez que j'ai un peu de mal à vous croire. » Je trouvai une table à côté de ma chaise et posai mon assiette dessus.

– C'est pourtant la vérité. » Elle se pencha vers moi et me mit quelque chose entre les mains - une petite tasse de thé, que je serrai fort pour empêcher mes doigts de trembler. « Votre prêtre pense que vous avez quitté le Nimaro parce que vous aviez perdu la foi. Est-ce vrai ?

– Le prêtre dont vous parlez était *celui de ma mère*, madame, plus qu'il n'a jamais été le mien, et aucun d'eux ne m'a jamais vraiment bien connue. » Ma voix était un poil trop forte pour une conversation polie ; la colère m'avait fait perdre le contrôle. J'inspirai profondément, et tentai d'imiter la façon de parler si calme et cultivée de mon hôte. « On ne peut pas perdre la foi si on ne l'a jamais eue, pour commencer.

– Ah. Alors, vous n'auriez donc jamais cru en Itempas le lumineux ?

– Évidemment que j'ai cru en Lui. Aujourd'hui encore, enfin, sur le principe. Mais l'année de mes seize ans, je me suis rendu compte de l'hypocrisie de l'enseignement des prêtres. C'est bien beau de dire que le monde estime la raison, la compassion et la justice, mais si rien ne reflète vraiment ces belles paroles, alors elles n'ont aucun sens.

– Mais le monde connaît la période de paix et de prospérité la plus longue de son histoire depuis la Guerre des dieux.

– Mon peuple était aussi riche et puissant que le peuple amne, autrefois, Dame Serymn. Aujourd'hui, nous ne sommes plus que des réfugiés, des apatrides contraints de demander la charité aux Arameris.

– Il y a eu des dommages, c'est vrai, concéda Serymn. Mais j'imagine que les avantages l'emportent. »

Je me sentis soudain en colère, *furieuse*, après elle. Ma mère m'avait tenu les mêmes arguments que Serymn, mon prêtre lui aussi, et des amis de la famille - des gens que j'avais aimés et respectés. J'avais finalement appris à contenir mon animosité sans protester, parce que mes sentiments les dérangeaient. Mais au fond de mon cœur ? Sincèrement ? Je n'avais jamais compris comment ils pouvaient tous se montrer aussi… tellement…

Aveugles.

« Combien de nations et de races les Arameris ont-ils rayées de la surface de la planète ? Combien d'hérétiques ont-ils exécutés, combien de familles ont-ils massacrées ? Combien de pauvres gens les Gardiens de l'Ordre ont-ils battus à mort au prétexte qu'ils "n'étaient pas restés à leur place" ? » Des gouttelettes de thé se renversèrent sur mes doigts. « Le Lumineux incarne *votre* paix, *votre* prospérité. Elles ne valent que pour vous.

– Ah… » La douceur du ton de Serymn me décontenança. « Il ne s'agit pas que de foi perdue, mais *de foi brisée.* Comme le Lumineux vous a déçue, vous le rejetez. »

Je détestai son ton condescendant, moralisateur, et entendu. « Vous ne savez rien de tout ça !

– Je sais comment votre père est mort. »

Je me figeai.

Elle poursuivit, sans rien remarquer de mon étonnement. « Il y a dix ans - le jour même, semble-t-il, où le pouvoir de la Dame Grise a déferlé sur le monde -, votre père se trouvait au marché. Tout le monde a senti qu'il se passait quelque chose, ce jour-là. Il n'était pas nécessaire d'avoir les connaissances d'un scribe ni de compétences en magie pour se rendre compte qu'un événement d'une importance capitale venait de se produire. »

Elle s'interrompit, comme si elle attendait que je prenne la parole. Voyant que je ne faisais aucun commentaire, elle poursuivit.

« Mais, parmi toutes les personnes présentes au marché ce jour-là, votre père a été le seul à éclater en sanglots et à tomber à genoux en chantant de joie. »

Je restai assise, tremblante, à écouter cette femme, cette Aramerie, énoncer sans émotion les détails du meurtre de mon père.

Ce n'était pas le chant qui avait causé sa mort. Personne à part moi ne détectait la magie de sa voix. Un scribe l'aurait perçue, mais mon village était bien trop pauvre et provincial pour en avoir un. Non. La peur avait tué mon père, tout simplement.

La peur, et la foi.

« Les habitants de votre village étaient déjà inquiets. » Serymn parlait plus doucement, désormais. Je ne pense pas que c'était par respect à l'égard de ma douleur. Je crois plutôt qu'elle avait dû sentir qu'il n'était pas la peine d'en faire plus. « Après les tempêtes et les tremblements de terre étranges de la matinée, ils ont dû penser que la fin du monde était arrivée. Il y a eu d'autres incidents du même genre, ce jour-là, dans différentes cités et différentes villes à travers le monde, mais le cas de votre père a sans doute été le plus tragique. Je crois savoir que des rumeurs circulaient déjà à son sujet avant ce jour-là, mais… ça n'excuse en rien ce qui s'est passé. »

Elle soupira. Un peu de ma colère s'évanouit lorsque je perçus du regret dans son ton. Certes, elle avait pu le simuler, mais il suffit malgré tout à me faire perdre contenance.

Je me levai de ma chaise. Je n'aurais pas pu rester assise une seconde de plus, pas sans hurler. Je reposai la tasse de thé et m'éloignai de Serymn, à la recherche d'un endroit dans la pièce où l'air serait plus frais, moins étouffant. Je trouvai un mur à quelques pas, puis mon chemin jusqu'à une fenêtre ; la lumière du soleil m'aida à me calmer. Serymn resta silencieuse pendant ce temps, ce dont je lui fus reconnaissante.

Qui avait jeté la première pierre ? C'est une chose que je me suis toujours demandée. Le prêtre ne répondait jamais, chaque fois que je l'interrogeais à ce sujet. Personne au village n'aurait pu me le dire ; personne ne s'en souvenait. Les événements s'étaient déroulés si vite.

Mon père était un homme étrange. La beauté et la magie que j'aimais tant chez lui étaient faciles à percevoir, même si personne ne semblait les distinguer à part moi. Pourtant, les gens repéraient *quelque chose* de différent en lui, qu'ils l'aient cerné ou non. Sa puissance investissait tout l'espace, comme de la chaleur. Comme la lumière de Brillant, et les carillons de Madding. Peut-être nous autres mortels avons-nous plus de cinq sens ? Et si en plus du goût, de l'odorat et du reste, nous en possédions un autre qui nous servirait *à détecter ce qui est spécial*. Là où je distingue l'étrangeté avec mes yeux, les autres procéderaient différemment.

Et, en ce jour lointain, au moment où le pouvoir changea le monde et que tous, vieillards comme nourrissons, le ressentirent… Lorsque tous prirent conscience de ce sens particulier, ils remarquèrent soudain mon père, et comprirent enfin ce qu'il était vraiment.

Mais ce que j'avais toujours considéré comme glorieux, eux le perçurent comme menaçant.

Au bout d'un moment, Serymn me rejoignit.

« Vous condamnez notre foi pour ce qui est arrivé à votre père, avança-t-elle.

– Non, murmurai-je. Je blâme les gens qui l'ont tué.

– Très bien. » Elle s'interrompit, soupesant mon état d'esprit. « Est-ce que vous ne vous êtes jamais dit qu'une sorte de folie avait pu s'emparer de votre village ? Qu'un pouvoir supérieur avait pu œuvrer ? »

Je ris, mais sans la moindre jovialité. « Vous voudriez que j'en veuille aux dieux ?

– Pas à tous les dieux.

– À la Dame Grise ? Vous voulez la tuer, elle aussi ?

– La Dame a accédé à la divinité à ce moment-là, c'est vrai. Mais rappelez-vous exactement ce qu'il s'est également passé, Orie. »

Juste Orie, cette fois, pas « Dame ». Comme si nous étions de vieilles amies, moi, l'artiste de rues, et elle, la sang-pur aramerie. Je souris, la détestant de tout mon cœur.

« Le Seigneur de la nuit a retrouvé la liberté. Ça aussi, ça a affecté le monde. »

J'avais le cœur trop serré pour rester polie. « Je m'en moque, madame. »

Elle approcha plus près. « Vous ne devriez pas. La nature de Nahadoth n'est pas simplement obscure. Son pouvoir englobe le désordre, l'impulsivité et l'abandon de toute forme de logique. » Elle s'interrompit, sans doute pour évaluer si ses paroles faisaient mouche. « La folie d'une foule. »

Le silence retomba. Et, avec lui, une froideur qui descendit le long de ma colonne vertébrale.

Je n'avais jamais envisagé cette hypothèse, auparavant ; inutile d'accuser les dieux dès lors que des mains humaines avaient jeté les pierres. Mais si un pouvoir supérieur avait guidé ces fameuses mains…

Ce que Serymn lut alors sur mon visage lui fit plaisir ; je l'entendis dans sa voix.

« Ces génitures, glissa-t-elle. Celles que vous appelez vos amies. Savez-vous combien de mortels elles ont tués à travers le temps ? Bien plus que les Arameris, j'en suis absolument certaine ; la Guerre des dieux a anéanti à elle seule toutes les choses vivantes de ce royaume ou presque. » Elle s'approcha davantage. Je pus sentir la chaleur de son corps irradier contre mon flanc, comme si elle avait fait pression. « Elles sont éternelles. Elles n'ont besoin ni de se nourrir ni de se reposer. Elles n'ont pas de forme véritable. » Elle haussa les épaules. « Comment de telles créatures pourraient-elles comprendre la valeur d'une simple vie humaine ? »

Je vis Madding dans ma tête, cette chose bleu-vert qui n'avait rien de terrestre. J'aperçus son apparence mortelle me sourire lorsque je le touchais, son regard doux et plein de désir. Je perçus son odeur légère et vaporeuse, entendis le son de ses carillons et sa voix ronronnante tandis qu'il prononçait mon nom.

Je le vis attablé chez lui, comme si souvent au cours de notre relation, riant avec ses congénères tandis qu'ils mettaient leur propre sang dans des fioles en vue de le vendre.

C'était un aspect de sa vie sur lequel je ne m'étais jamais permis de me pencher. Le sang de dieu ne créait pas de dépendance. Il n'entraînait pas la mort ni de maladie ; personne n'en prenait jamais trop, ou ne s'empoisonnait avec. Sans compter les services que Madding rendait aux gens du voisinage – pour ceux d'entre nous qui étions trop insignifiants pour que l'Ordre ou les nobles nous soutiennent, Madding et sa bande constituaient bien souvent notre unique recours.

Mais si son aide n'était jamais gratuite, il ne se montrait jamais trop exigeant pour autant. Il demandait seulement qu'on le rétribue à hauteur de nos moyens. De la même manière, ses mises en garde étaient toujours justes. Toute personne endettée vis-à-vis de lui savait qu'il y aurait des conséquences si elle ne le remboursait pas. Il était une géniture ; c'était dans sa nature.

Quel sort faisait-il subir à ceux qui manquaient à leur parole ?

Je revis les yeux enfantins de Sieh le Filou, froids comme ceux d'un chat en chasse. Je réentendis le bruissement des dents de Lil.

Puis, dans le recoin le plus intime de mon âme, je sentis pointer un doute que j'avais toujours écarté depuis le jour où Madding m'avait brisé le cœur.

M'avait-il jamais aimée ? Ou mon amour n'était-il qu'un divertissement pour lui ?

« Je vous déteste, murmurai-je à Serymn.

— Pour le moment, répliqua-t-elle sur un ton plein de compassion. Ce ne sera pas toujours le cas. »

Puis elle me prit la main et me reconduisit à ma chambre, où je restai seule, assise en silence, abattue.

10

Endoctrinement
(Étude au fusain)

Cet après-midi-là, Hado m'affecta à une équipe de travail chargée de nettoyer la grande salle à manger. Le groupe se composait de neuf hommes et femmes, certains un peu plus âgés que moi, mais plus jeunes pour la plupart, en jugeai-je à leurs voix. Ils m'observèrent avec une curiosité non dissimulée lorsque Hado les informa de ma cécité - sans leur préciser, remarquai-je, que j'avais été enrôlée de force. « Comme vous pourrez le constater, elle est assez fière, mais son orgueil ne lui permettra pas d'accomplir certaines tâches pour autant, bien évidemment », se contenta-t-il de déclarer. Je devinai aussitôt ce qu'il dirait ensuite. « Pour cette raison, nous avons demandé à plusieurs de nos initiés les plus âgés de superviser votre équipe au cas où elle aurait besoin d'aide. J'espère que ça ne vous dérange pas. »

Tous le rassurèrent avec un empressement si servile que je les détestai sur-le-champ. Sitôt Hado parti, je me dirigeai vers le chef désigné du groupe, une jeune femme kène du nom de S'miya. « Laissez-moi passer la serpillière. J'ai vraiment besoin de me dépenser. » Elle me tendit le seau.

Le balai me rappela un peu ma canne. Je me sentais plus à mon aise, avec lui, comme si je maîtrisais la situation pour la première fois depuis mon arrivée à la Maison du Soleil Levant. Ce n'était qu'une illusion, bien sûr, mais je m'y accrochai. J'en ressentais le besoin. La salle à manger était immense, mais je donnai un bon coup de collier sans tenir compte de la sueur qui coulait sur mon visage et qui rendait ma tunique informe et collante. Lorsque S'miya me toucha finalement le bras en me disant que nous avions fini, je me sentis à la fois surprise et déçue.

« Vos efforts font la fierté de Notre Seigneur », déclara S'ri sur un ton admiratif.

Je me redressai pour soulager mon dos douloureux et pensai à Brillant. « J'en doute », rétorquai-je, ce qui me valut un silence d'autant plus médusé que j'éclatai de rire.

Puis un initié plus âgé me conduisit aux bains, où je pus calmer un peu les élancements qui ne manqueraient pas de me harceler le lendemain. On me raccompagna jusqu'à ma chambre où un repas chaud m'attendait. Ensuite, on ferma la porte à clé une fois encore, non sans avoir laissé une fourchette à ma disposition, mais pas de couteau. Je réfléchis tout en mangeant au fait qu'il serait facile de s'habituer à cette captivité – la simplicité du travail bien fait, l'écho des hymnes apaisants à travers les couloirs, la gratuité du gîte, du couvert et des vêtements. Je m'étais toujours demandé ce qui pouvait pousser les gens à rejoindre une organisation comme l'Ordre, mais je commençais à entrevoir certaines réponses. Comparé aux complexités du monde extérieur, cet endroit était plus doux pour le corps et l'âme.

Malheureusement, après avoir dîné et fait ma toilette, je me retrouvai seule avec le silence pour toute compagnie. Tandis que je déprimais sur une chaise près de la fenêtre, la tête appuyée contre la vitre - comme si cela avait pu soulager la douleur qui étreignait mon cœur -, Hado revint, quelqu'un marchant dans son sillage : une femme que je n'avais jamais rencontrée.

« Allez-vous-en », assénai-je.

Lui et sa compagne se figèrent. « On est de mauvaise humeur, à ce que je vois. Quelque chose ne va pas ? »

Je laissai échapper un rire amer. « Nos dieux nous détestent. À part ça, tout va bien.

– Ah... On est d'humeur philosophe. » Il alla s'asseoir quelque part en face de moi. La femme, qui portait un parfum désagréablement fort, se posta près de la porte. « Détesteriez-vous les dieux ?

– Nous parlons des dieux. Peu importe que nous les détestions.

– Je ne suis pas d'accord. La haine peut être un moteur très puissant. C'est la haine d'une femme qui a façonné notre monde, après tout. »

Encore du prosélytisme. Je n'avais pas très envie de parler avec lui, mais c'était mieux que de rester seule assise à broyer du noir, alors je réagis. « La femme mortelle qui est devenue la Dame Grise ?

– Une de ses ancêtres, en fait : la fondatrice du clan Arameri, la prêtresse itempéenne Shahar. Avez-vous entendu parler d'elle ? »

Je soupirai. « Le Nimaro est peut-être un trou perdu, Maître Hado, mais *j'ai été à l'école.*

– Les cours de la Salle Blanche oublient souvent de mentionner certains détails, Dame Orie - ce qui est vraiment dommage, parce que les détails sont tellement croustillants. Saviez-vous qu'elle était la maîtresse d'Itempas, par exemple ? »

Croustillant, en effet. J'essayai de me représenter Brillant - ce Brillant insensible, au cœur de pierre, indifférent - vivant une histoire passionnée avec une mortelle. Ou avec n'importe qui, peu importait. Par les enfers, je ne l'imaginais vraiment pas en train de faire l'amour… « Non, je l'ignorais. Mais je ne vois pas très bien non plus comment vous pouvez affirmer une chose pareille. »

Il éclata de rire. « Pour l'instant, faisons comme si c'était vrai, voulez-vous ? Elle était sa maîtresse - la seule mortelle dotée d'un tel sens de l'honneur, enfin, d'après lui. Et elle l'aimait vraiment, car le jour où Itempas s'est battu contre ses divins enfants, elle les a haïs, elle aussi. Ça rappelle beaucoup l'attitude des Arameris après la guerre - forcer toutes les races à adorer le Lumineux, persécuter les anciens fidèles de Nahadoth ou d'Enefa. Tout ça découle de sa haine. » Il s'interrompit un moment. « Parmi les dieux que nous avons capturés se trouve votre amant, je me trompe ? N'est-ce pas la vérité, ça aussi ? »

Je pris sur moi pour ne pas réagir, et réussis à ne rien répliquer.

« Vous formiez même un sacré couple, le Seigneur Madding et vous. On dit que vous vous seriez séparés, mais il ne m'a pas échappé que c'est vers lui que vous vous êtes tournée, le jour où vous avez eu besoin d'aide. »

À l'autre bout de la pièce, la compagne d'Hado laissa échapper un petit bruit dégoûté qui me rappela sa présence.

« Que ressentez-vous, maintenant que quelqu'un s'en est pris à lui ? » demanda Hado sur un ton doux et compatissant. Séducteur. « Vous dites que les dieux nous détestent, et à ce que je vois, je pense que vous les détestez, vous aussi, au moins un peu. Et cependant, je ne peux pas m'empêcher d'avoir du mal à croire que vos sentiments à l'égard de celui qui a partagé votre lit aient à ce point changé. »

Je détournai les yeux. Je ne voulais pas y penser. Mais alors, vraiment pas. Pourquoi Hado et cette femme étaient-ils venus me voir, de toute façon ? Un Maître des Initiés n'avait-il pas mieux à faire ?

Hado se pencha en avant. « Si vous le pouviez, est-ce que vous vous battriez contre nous pour sauver votre amant ? Risqueriez-vous votre vie pour le libérer ? »

Oui, pensai-je aussitôt. Et, aussi simplement que ça, les doutes qui s'étaient immiscés suite à ma conversation avec Serymn disparurent.

Le jour où Madding et moi aurons quitté cet endroit, je lui demanderai de me parler de la façon dont il traitait les mortels. Je l'interrogerai sur son rôle dans la Guerre des dieux. Je découvrirai ce qu'il faisait à ceux qui omettaient de le rembourser. Mais ses réponses changeraient-elles quoi que ce soit, au final ? Madding avait vécu des milliers d'années, comparé à moi ; durant ce laps de temps, il avait certainement dû faire des choses horribles. Est-ce que le fait de le savoir transformerait un tant soit peu mes sentiments à son égard ?

« Putain », asséna la femme.

Je me raidis. « Pardon ? »

Hado grogna de mécontentement. « Erad, Sœur lumineuse, je te demande de te taire.

— Alors, dépêche-toi, dans ce cas, lança-t-elle d'un ton cassant. Il veut l'échantillon le plus vite possible. »

Hado parut sur le point de jeter des paroles sévères - voire la chaise sur laquelle j'étais assise - au visage d'Erad, ce qui retint mon attention. « Quel échantillon ? »

Hado laissa échapper un long soupir et prit manifestement le temps de trouver les mots. « C'est une demande du Nypri, finit-il par déclarer. Il aurait besoin que vous lui donniez un peu de votre sang.

— Un peu *de mon quoi* ?

— Il est scribe, Dame Orie, et vous possédez des talents de magie que personne n'a jamais vus. J'imagine qu'il aimerait vous étudier en profondeur. »

Je serrais les poings, furieuse. « Et si je ne veux pas lui donner d'échantillon ?

— Dame Orie, je crois que vous connaissez la réponse à cette question. » Hado semblait à bout de patience. J'envisageai tout de même de résister, pour voir si Erad et lui en arriveraient à la violence physique. C'était idiot, pourtant, parce que nous étions à deux contre un, et que leurs renforts n'étaient pas loin ; il leur suffirait d'ouvrir la porte et d'appeler à l'aide.

« Très bien », fis-je en m'asseyant.

Au bout d'un moment - sans doute après un dernier regard de mise en garde d'Hado -, Erad s'approcha et prit ma main gauche qu'elle retourna. « Tiens le bol, ordonna-t-elle à Hado, puis, un instant plus tard seulement, quelque chose me tailladait le poignet. La douleur me fit suffoquer.

« Par les démons ! » hurlai-je en tentant de me dégager, mais Erad me serra plus fort, comme si elle avait prévu ma réaction.

Hado agrippa mon épaule. « Ce ne sera pas long, fit-il, sauf si vous résistez. » Je cessai aussitôt de lutter.

« Au nom des dieux, mais qu'êtes-vous en train de faire ? » demandai-je avant de crier lorsque Erad m'incisa de nouveau. J'entendis du liquide - mon propre sang - gicler dans une sorte de récipient. Elle avait enfoncé quelque chose dans ma peau et ouvrait la blessure qu'elle m'avait infligée pour que le sang coule plus rapidement. La douleur était infernale.

« Monseigneur Dateh en veut environ deux cents gouttes », marmonna Erad. Un moment plus tard, elle soupirait de satisfaction. « Ça devrait aller. »

Hado me relâcha et s'écarta. Erad retira l'objet contondant, puis banda mon poignet avec à peine plus de douceur. Je dégageai mon bras d'un geste brusque à l'instant où elle desserra son étreinte. Elle poussa un grognement dédaigneux, mais me laissa m'éloigner.

« Nous allons demander à ce qu'on vous apporte à dîner », annonça Hado en se dirigeant vers le couloir. « Mangez, surtout ; vous ne vous sentirez pas faible, comme ça. Bonne nuit, Dame Orie. » Je les entendis refermer la porte derrière eux.

Je restai assise là où ils m'avaient laissée, berçant mon bras douloureux qui continuait de saigner ; une gouttelette avait suinté à travers le bandage et se faufilait le long de mon avant-bras. Je suivis en pensée la sensation de son parcours, les idées tournant dans ma tête, tout aussi tortueuses. Lorsque la goutte tomba par terre, j'imaginai son éclaboussure ; sa chaleur en train de diminuer ; son odeur.

Sa couleur.

Il existait un moyen de sortir de la Maison du Soleil Levant. Je venais de le comprendre. Ce serait dangereux. Voire mortel. Mais était-ce plus sûr de rester et de découvrir sans pouvoir rien y faire ce qu'ils comptaient faire de moi ?

Je m'allongeai par terre, le bras replié contre ma poitrine. J'étais fatiguée - trop pour tenter quoi que ce soit pour le moment. Cela m'aurait demandé une énergie que je n'avais pas. Au matin, en revanche, pendant que les Lumières s'affaireraient à leurs rituels et à leurs corvées, j'aurais du temps, avant qu'on vienne me chercher.

Je m'endormis, des pensées sombres comme le sang plein la tête.

11

Possession
(Aquarelle)

Alors, il y avait eu une fille.

Ce que je soupçonnais, et ce que les livres d'histoire laissaient entendre, c'était qu'elle avait eu la malchance d'avoir pour père un homme cruel. Il battait sa femme et sa fille, et les maltraitait encore autrement. Itempas le lumineux passe pour être le dieu de la justice, entre autres désignations. Sans doute est-ce la raison pour laquelle Il lui répondit, le jour où elle vint se réfugier dans Son temple, le cœur débordant d'une colère peu enfantine.

« Je veux qu'il meure », annonça-t-elle (ou du moins je l'imaginai). « S'il vous plaît, cher Seigneur, faites qu'il meure. »

Voilà, vous connaissez la vérité à propos d'Itempas, à présent. Il est le dieu de la chaleur et de la lumière, des choses que nous considérons comme agréables et douces. Je partageais ce point de vue, moi aussi, autrefois. Mais une chaleur trop forte brûle, et une lumière trop crue peut blesser des yeux aveugles. J'aurais dû comprendre. Nous aurions tous dû comprendre. Qu'Il n'avait jamais été Celui que nous avions imaginé.

Alors, au moment où la jeune fille supplia le Seigneur lumineux de tuer son père, Il lui répondit : « Tue-le toi-même. »

Puis Il lui offrit un couteau parfaitement adapté à ses frêles mains d'enfant.

Elle emporta l'arme chez elle et s'en servit la nuit même. Le lendemain, elle retourna voir le Seigneur lumineux, les doigts et l'âme teintés de rouge, heureuse pour la première fois de sa courte vie. « Je vous aimerai toujours », déclara-t-elle. Et Lui, pour une fois, se sentit impressionné par la volonté humaine.

Ou du moins était-ce ce que j'imaginais.

L'enfant était démente, bien sûr, ce que des événements ultérieurs prouveraient. Mais je comprends que cette folie, totalement différente d'une simple piété religieuse, ait intrigué le Seigneur lumineux. Cette jeune fille l'aimait d'un amour inconditionnel, son but inaltéré par des considérations aussi mesquines que la conscience ou le doute. Cela Lui ressemblait assez, je trouve, d'estimer une telle pureté de vue - même si, comme pour la chaleur ou la lumière, l'excès d'amour n'est jamais bon.

Je me réveillai une heure avant l'aube et me plantai aussitôt près de la porte afin d'écouter mes ravisseurs. J'entendis des gens arpenter les couloirs, et captai par moments des bribes de l'hymne apaisant et sans paroles des Lumières : celui qui accompagnait les rituels matinaux. Pour peu qu'ils suivent le même programme que les jours précédents, j'avais une heure, voire plus, avant qu'on ne vienne me trouver.

Je passai rapidement à l'action, et commençai par mettre la table sur le côté le plus discrètement possible. Puis je roulai le petit tapis afin de découvrir le parquet, que j'inspectai attentivement : parfaitement poncé, et délicatement fini. Poussiéreux. Il ne ressemblait en rien à une toile.

Mais les briques de la promenade sud non plus, le jour où j'avais tué les Gardiens de l'Ordre. Mon cœur battait fort tandis que je traversai la chambre, ramassant les articles que j'avais marqués comme potentiellement utiles, ou cachés : un morceau de fromage et de poivron-nami d'un précédent repas ; des gros blocs de cire de bougie fondue ; un pain de savon. Je ne possédais rien qui ait eu l'odeur ou la sensation du noir, en revanche, ce que je trouvai contrariant. J'avais le sentiment que j'aurais besoin de cette couleur.

Je m'agenouillai et pris le fromage, puis inspirai profondément.

Kitr et Paitya avaient qualifié ma peinture de « porte ». Si je peignais un lieu que je connaissais, et ouvrais de nouveau cette porte, pourrais-je m'y rendre ? Ou finirais-je comme les Gardiens, morte dans deux endroits à la fois ?

Je secouai la tête, énervée par mes propres doutes.

Maladroitement, mais avec soin, j'ébauchai le Rang d'Art. Le fromage me servit moins pour sa couleur que pour sa texture, aussi rugueuse que celle des pavés que j'avais foulés au cours des dix années précédentes. J'aurais vraiment eu besoin de noir pour tracer leur contour, mais m'obligeai à faire sans. La cire de bougie vint à manquer en premier – trop douce –, mais entre elle et le savon, je parvins à suggérer une table, puis une autre derrière la première. Je fus bientôt à court de poivron, son jus collant plein les doigts tandis que j'utilisais sa chair pour représenter l'odeur verte de l'Arbre. Et pour finir, je me servis de ma salive et de mon sang pour étirer et colorer les pavés avec le fromage qui s'émiettait. (N'étant malheureusement pas indisposée, je dus gratter la croûte qui s'était formée suite à la saignée de la veille afin de recueillir mon sang.)

Lorsque j'eus terminé, je m'assis pour contempler mon travail, le dos, les épaules et les genoux si douloureux que j'en grimaçai. C'était un dessin relativement sommaire, à peine deux fois large comme ma main, puisque j'avais manqué de « peinture ». Et plus impressionniste que je ne l'aurais voulu, même si j'avais déjà créé de tels dessins auparavant, et réussi à sentir leur magie néanmoins. Seules comptaient les images que cette représentation suggérait à l'esprit et à l'âme, et non ce à quoi elle ressemblait exactement. Malgré son caractère rudimentaire, celle-ci restituait si bien le Rang d'Art que la nostalgie m'envahit rien qu'en la regardant.

Mais comment rendre ce lieu réel ? Et comment y pénétrer ensuite ?

Je posai maladroitement les doigts au bord du dessin. « Ouvre-toi ! » Non, pas comme ça. Je n'avais pas parlé, à la promenade sud, tant j'avais été pétrifiée. Je fermai les yeux et répétai en pensée : *Ouvre-toi !*

Rien. Ce qui ne m'étonna pas vraiment.

J'avais demandé à Madding, un jour, ce qu'il éprouvait lorsqu'il se servait de la magie. Je me souviens que j'avais pris un peu de son sang, ce jour-là, ce qui, l'esprit vagabond, m'avait tenue éveillée ; cette fois-là, la seule magie que j'avais perçue avait été une espèce de musique atonale. (Je me rappelais encore sa mélodie, même si je ne l'avais jamais fredonnée à voix haute, mon instinct m'ayant toujours vivement déconseillé de le faire.) J'avais été déçue, m'attendant à quelque chose de plus grandiose, ce qui m'avait poussée à me demander ce que cela faisait *d'être magique*, et de ne pas pouvoir vraiment y goutter.

Il avait haussé les épaules, visiblement perplexe. « C'est comme de déambuler dans la rue pour toi. Tu vois ce que je veux dire ?

– Déambuler dans la rue, l'avais-je informé sur un ton malicieux, n'a rien à voir avec le fait de voler, de parcourir des milliers de kilomètres en un seul pas, ou de se transformer en gros rocher bleu chaque fois qu'on est en colère.

– Mais si, c'est pareil, avait-il rétorqué. Quand tu décides de marcher dans la rue, tu fais jouer les muscles de tes jambes, non ? Tu sondes le terrain avec ta canne. Tu écoutes pour vérifier qu'il n'y a personne devant toi. Et ensuite, tu obliges ton corps à bouger, à se mettre en mouvement. Comme tu crois que ça va se produire, du coup, ça se produit. Voilà ce que la magie est pour nous. »

Souhaite que la porte s'ouvre, et elle s'ouvrira. Crois, et elle le fera. Je touchai le dessin de nouveau en me mordillant la lèvre inférieure.

Je tentai cette fois d'imaginer le Rang d'Art comme je l'aurais fait d'un paysage, c'est-à-dire en bricolant ensemble les souvenirs de centaines de matins différents. L'activité battrait son plein, à cette heure, car les commerçants, les ouvriers, les fermiers et les maréchaux-ferrants du coin s'affairant aux tâches quotidiennes envahiraient l'endroit. Dans certains immeubles par-delà mon dessin, les courtisanes et les restaurants prendraient des rendez-vous pour le soir. Les pèlerins en prière depuis l'aube céderaient la place à des ménestrels qui chanteraient pour une pièce. (Je me mis à fredonner l'un de mes airs yuff préférés.) Il devrait également y avoir des tailleurs de pierre en nage, et des comptables égarés ; j'entendis leurs pas précipités et sentis leur souffle haletant, leur énergie résolue.

Je ne perçus aucun changement, tout d'abord.

Si l'odeur de l'Arbre avait été omniprésente, depuis mon arrivée à la Maison du Soleil Levant, lentement, subtilement, elle devint plus légère et plus lointaine. Puis cet effluve se mélangea à ceux de la Promenade, du crottin, des eaux usées, des herbes et des parfums. J'entendis des voix murmurer, que je repoussai… pour me rendre compte qu'elles ne provenaient pas de l'intérieur de la Maison.

Je ne remarquai rien du changement, vraiment, jusqu'à ce que l'esquisse s'anime sous mes mains et que je manque tomber dedans.

Surprise, je criai et trébuchai en arrière. Puis je regardai autour de moi ; clignai des yeux ; me penchai ; observai mon croquis de plus près.

Le tissu sur l'étal le plus proche de moi au Rang d'Art... il bougeait. Je ne voyais personne - sans doute parce que je n'avais pas dessiné de gens –, mais j'entendais une foule baragouiner au loin, des pieds se déplacer, des roues cliqueter. Une brise se leva et balaya quelques feuilles-d'Arbre le long des pavés de la Promenade tandis que mes cheveux se soulevaient légèrement de ma nuque.

« Intrigant », lança le Nypri derrière moi.

Criant de stupeur, je tentai de bondir sur mes pieds et de fuir loin de cette voix. Mais je trébuchai sur le tapis enroulé sur lui-même et m'étalai de tout mon long. Alors que j'essayais de me relever en m'agrippant au lit, je compris trop tard que je l'avais entendu entrer, mais mis cette information de côté. Il se trouvait dans la chambre et me regardait depuis un moment, en fait.

Il vint vers moi, me prit par la main, et m'aida à me mettre debout. Je me dégageai aussi vite que je le pus. Derrière lui, m'en rendis-je compte avec une certaine consternation, le dessin n'avait pas seulement perdu sa réalité ; il n'était plus visible, toute sa magie ayant disparu.

« Il faut faire preuve d'une extrême concentration, pour manier la magie avec une telle précision, déclara-t-il. D'autant plus impressionnant que vous n'avez reçu aucune formation. Et que vous ne disposiez que de cire de bougie et de nourriture. Vraiment incroyable. Cela signifie, bien sûr, que nous allons devoir vous surveiller pendant les repas, à partir de maintenant, et que nous allons être obligés de fouiller vos quartiers régulièrement pour vérifier que vous ne cachez pas de pigments. »

Bon sang ! Je serrai les poings, mais les relâchai aussitôt. « Que faites-vous ici ? » demandai-je avec une agressivité que je ne pus contrôler. J'étais trop énervée d'avoir manqué ma chance.

« Je suis venu - je pense que vous devriez apprécier l'ironie de la chose - vous demander de me faire une démonstration de vos talents de magie. Je suis toujours scribe, même si j'ai quitté l'Ordre. Je m'intéresse plus particulièrement aux manifestations exceptionnelles de magie héréditaire. » Il s'assit sur une chaise sans faire cas de ma colère bouillonnante. « Mais je devrais souligner, au cas où vous auriez envisagé de vous enfuir par ce portail, que vos efforts auraient été vains. La Maison du Soleil Levant est cernée par une barrière qui empêche la magie d'entrer ou de sortir. Une variante de mon Vide, en quelque sorte. » Il frappa le sol du pied. « Si vous aviez tenté de la franchir par ce portail… eh bien, je ne sais pas ce qui serait arrivé. Mais vous ou votre dépouille n'auriez pas été bien loin. »

Des boyaux déchiquetés, des voix en train de crier… Je rendis les armes, le cœur au bord des lèvres. « Le passage était trop petit pour que je puisse l'emprunter de toute manière, grommelai-je en m'effondrant sur le lit.

– C'est vrai. Mais avec de la pratique - et davantage de peinture -, je suis sûr que vous seriez parvenue à franchir ces portails. »

Cette dernière remarque retint mon attention. « Quoi ?

– Votre magie n'est pas très différente de la mienne », certifia-t-il. Je me rappelai alors les trous dont il s'était servi pour me capturer avec Madding et les autres. « Elles ne sont que des variantes de la technique de scribe qui permet de traverser instantanément la matière, et sur n'importe quelle distance, et de franchir un portail. Ce qui revient à peu près au même que la capacité des dieux à traverser le temps et l'espace dès qu'ils le souhaitent. Mais il semblerait que votre don s'exprime de façon extravertie, alors que le mien est plutôt introverti. »

Je gémis. « Je vous rappelle que je n'ai pas passé ma vie à étudier de vieux parchemins moisis pleins de phrases toutes faites.

– Ah. Veuillez m'excuser. Laissez-moi dresser une analogie, dans ce cas. Imaginez que vous teniez un morceau d'or entre vos mains. L'or est plutôt tendre, lorsqu'il est pur, si tendre qu'on peut même le modeler avec les doigts, si on appuie assez fort. À partir de là, on peut fabriquer beaucoup de choses avec : des pièces, un bracelet, une tasse pour boire de l'eau. Mais l'or ne sert pas à tout. Une épée en or se tordrait facilement, et serait trop lourde à manier. Pour ce genre d'objet, il vaut mieux recourir à un autre métal - disons du fer. »

J'entendis un bruissement de vêtements au moment où Dateh prit ma main entre les siennes, la peau de ses doigts rêche et calleuse. Il la retourna, exposant les cals qui s'étaient formés sur ma paume à force de sculpter de la pierre et d'attacher les branches de jeunes *linvins*. Je ne me reculai pas, même si je trouvai le contact de cet homme vraiment déplaisant.

« Votre magie est pareille à l'or, expliqua-t-il. Vous avez appris à la façonner d'une certaine manière, mais il en existe beaucoup d'autres. J'imagine que vous les découvririez avec le temps et l'expérience. Ma magie ressemble plus au fer : elle peut être façonnée et servir de la même façon, bien que ses propriétés fondamentales et ses applications n'aient rien à voir. Et, à la différence de vous, j'ai appris à la modeler différemment. Comprenez-vous mieux, à présent ? »

C'était le cas. Les trous de Dateh, ou les portails, peu importait leur nom, étaient comme mes portes. Le scribe les concevait à volonté, en recourant sans doute à une méthode personnelle d'invocation, comme moi avec la peinture. Mais tandis que sa magie ouvrait un espace sombre et froid démuni de… *tout*, mon don engendrait des voies donnant sur des endroits réels… ou en créait de nouveaux à partir du néant.

Alors que je retournais ces pensées dans ma tête, je m'aperçus que je me frottais les yeux avec ma main libre. Ils me faisaient mal, mais pas autant que les précédentes fois où j'avais recouru à la magie. J'avais dû y aller moins fort, ce coup-ci.

« Et vos yeux », reprit Dateh. Agacée, je cessai aussitôt de les masser ; rien ne lui échappait. « Ils sont encore plus exceptionnels, puisque vous avez réussi à voir le sceau de sang de Serymn. Distinguez-vous d'autres manifestations de magie ? »

J'envisageai un instant de mentir, mais la curiosité l'emporta. « Oui, concédai-je. Toutes les formes de magie. »

Il parut réfléchir à ce que je venais de dire. « Me voyez-vous ?

– Non. Vous ne portez pas de mots divins, ou vous les cachez.

– Qu'est-ce que vous dites ? »

J'esquissai un geste vague avec les mains qui me permit de m'éloigner de mon interlocuteur. « J'arrive à voir les mots divins inscrits sur la peau de la plupart des scribes, à partir du moment où ils luisent. Je ne distingue pas leur peau à proprement parler, mais les mots enroulés autour de leurs bras, par exemple.

– Fascinant. C'est ce que les scribes font, vous savez, lorsqu'ils maîtrisent un nouveau sceau ou une nouvelle graphie. C'est la tradition. Ils les inscrivent sur leur peau en signe de leur nouvelle acquisition. Les encres partent au lavage, mais je suppose qu'il doit rester des résidus de magie.

– Vous ne les voyez pas ?

– Non, Dame Orie. Vos yeux sont vraiment uniques en leur genre ; je n'en ai pas de comparables. Même si... »

Tout d'un coup, je discernai Dateh. Son apparence me captiva d'abord tant que je commençai par douter de ce que je voyais. Je ne pus m'en empêcher. Car l'homme n'était pas amne. Ou du moins pas complètement - pas avec une chevelure aussi raide et clairsemée autour du crâne, comme si elle avait été peinte. Il la portait courte, probablement parce que la queue-de-cheval que les prêtres arboraient aurait été ridicule sur lui. Sa peau était plus pâle que celle de Madding, mais d'autres détails indiquaient que son ascendance amne était lointaine. Il était plus petit que moi, et avait les yeux sombres comme du bois poli de Darre. Ils évoquaient beaucoup plus ceux de mes compatriotes, ou ceux des gens du Grand Nord.

Comment, par les noms de tous les dieux, une Aramerie - les plus fiers des membres de la race amne, notoirement connus pour mépriser tous ceux qui n'étaient pas de pur lignage – avait-elle trouvé le moyen d'épouser un scribe dissident *qui ne fût pas amne* ?

Mais tandis que je me remettais de ma stupeur, une prise de conscience plus fondamentale encore me frappa : je le voyais.

Lui. Pas les marques de son pouvoir de scribe. Je n'apercevais même aucun mot divin sur lui, en réalité. Dateh était simplement visible de la tête aux pieds, comme une géniture.

Mais les Lumières détestaient les génitures…

« Par les enfers, qu'êtes-vous donc ? murmurai-je.

– Alors comme ça, *vous me voyez vraiment*. Je n'en étais pas sûr. Mais j'imagine que ça ne fonctionne que lorsque je recours à la magie.

– Quand vous… ? »

Il pointa quelque chose au-dessus de nos têtes, dans un angle de la salle. Je suivis son doigt, perplexe, et n'aperçus d'abord rien.

Quand soudain… je clignai des yeux et louchai. Quelque chose se détacha de la pénombre de ma vue. Quelque chose de petit, de la taille d'une pièce de dix *meris*, ou du sceau de sang de Serymn. Cet objet flottant luisait d'un étrange éclat noir qui miroitait légèrement ; c'était grâce à ce reflet que j'avais réussi à le distinguer au milieu de l'obscurité qui me cernait généralement. Il ressemblait à…

Je déglutis. *C'était bien ça.* Une version réduite, presque invisible, des trous qui nous avaient attaqués chez Madding.

« Je peux l'agrandir à volonté, fit Dateh une fois que je l'eus enfin repéré. J'utilise souvent des portails de cette taille pour la surveillance. »

Je compris alors pourquoi il m'avait comparée à de l'or, et pourquoi il s'était lui-même comparé à du fer ; ma magie était plus belle, mais la sienne faisait une meilleure arme.

« Vous n'avez pas répondu à ma question, fis-je.

– Qu'est-ce que je suis ? » Il parut amusé. « Je suis comme vous.

– Non, contredis-je. Vous êtes un scribe. J'ai peut-être des talents en matière de magie, mais comme beaucoup de gens…

– Vous avez bien plus qu'un simple "talent", Dame Orie. Ça ? » Il désigna l'endroit où mon dessin se trouvait. « Seul un scribe de premier rang et avec des années d'expérience pourrait réussir une chose pareille. Sachant que ce scribe aurait besoin de dessiner durant des heures et d'une demi-douzaine de textes à sécurité intégrée sous la main au cas où l'activation se passerait mal - des choses dont vous semblez parfaitement bien vous passer. » Il sourit. « Moi aussi, notez bien. On me considère comme une sorte de prodige parmi les scribes, à cause de cette aptitude, justement. J'imagine que ce serait la même chose pour vous, si vous aviez été repérée et formée plus jeune. »

Je sentis mes poings se serrer sur mes genoux. « *Qu'êtes-vous ?*

– Je suis un démon, fit-il. Tout comme vous. »

Je ne dis rien, plus étonnée que choquée ; pour l'instant.

« Les démons n'existent pas, contredis-je. Les dieux les ont tous tués il y a une éternité de ça. Tout ce qu'il nous reste d'eux, ce sont des histoires pour faire peur aux enfants. »

Dateh tapota mes mains encore posées sur mes genoux. Je crus d'abord à une tentative maladroite de réconfort, tant son geste me parut étrange et forcé. Puis je compris qu'il s'obligeait à me toucher, lui aussi.

« L'Ordre d'Itempas punit l'utilisation illégale de la magie, expliqua mon interlocuteur. Ne vous êtes-vous jamais demandé pourquoi ? »

Jamais, en fait. J'avais toujours cru que c'était simplement un moyen pour l'Ordre de savoir qui avait du pouvoir et qui n'en avait pas. Je répétai alors ce que les prêtres m'avaient enseigné : « C'est une question de sécurité publique. La plupart des gens *peuvent se servir* de la magie, mais seuls les scribes sont autorisés à le faire, parce qu'ils y ont été formés et qu'ils savent s'en servir en toute sécurité. Il suffit d'une seule ligne mal écrite pour que le sol s'ouvre, que des éclairs déchirent le ciel, bref, que tout et n'importe quoi se produise.

– Oui, bien que ce ne soit pas la seule raison : le décret interdisant l'utilisation sauvage de la magie est antérieur à l'art des scribes qui l'a maîtrisée. » Il me fixait. C'était comme avec Brillant, et comme avec Serymn ; je sentais son regard. Tous ces gens si résolus autour de moi, et tous tellement dangereux. « La Guerre des dieux n'est pas la première que les dieux aient connue, après tout. Bien avant que les Trois ne s'entredéchirent, ils avaient combattu leurs propres enfants, des métis nés de leurs unions avec des hommes et des femmes mortels. »

Soudain, inexplicablement, je pensai à mon père. J'entendis sa voix dans ma tête et vis les douces vaguelettes de son chant traverser l'air.

Puis les paroles de Serymn me revinrent en mémoire : *« Des rumeurs circulaient déjà à son sujet bien avant ce jour-là. »*

« Les démons ont perdu la guerre », fit Dateh. Il parlait sur un ton mesuré, ce dont je lui sus gré, parce que je me sentais chancelante. Gelée, comme si la pièce était devenue glaciale. « Mais c'était de la folie de leur part, de se lancer dans la bataille, vraiment, vu le pouvoir de leurs adversaires. Certains démons, qui avaient parfaitement compris la situation, ont préféré aller se cacher. »

Je fermai les yeux et pleurai intérieurement la perte de mon père.

« Ces démons ont survécu », poursuivis-je. Ma voix tremblait. « C'est ce que vous êtes en train de me dire. Pas tous. Mais suffisamment. » Mon père. Son propre père, également, d'après ce qu'il m'avait dit un jour. Sa grand-mère, un oncle, et d'autres encore. Plusieurs générations d'entre nous, en plein Maroland, au cœur du monde. Cachés parmi les plus fervents adeptes du Seigneur lumineux.

« Oui, confirma Dateh. Ils ont survécu. Certains, sans doute pour se cacher, se sont glissés parmi les mortels qui avaient encore moins de sang de dieu dans les veines qu'eux - ou plus dilué, disons. Des mortels obligés de se battre pour recourir à la magie, d'adapter la langue des dieux pour s'aider dans la moindre petite tâche. Le legs des dieux est la clé qui permet à l'humanité d'ouvrir la porte de la magie, mais chez la plupart des mortels, cette porte est à peine entrebâillée.

– Et cependant, certains d'entre nous sont nés différents. Chez ceux-là, la porte est *grande ouverte.*

Nous n'avons pas besoin de sceaux, ni de passer des années à les étudier. La magie est enracinée dans notre chair. » Il effleura mon visage, juste sous l'œil, ce qui me fit tressaillir. « Vous pouvez nous appeler des rescapés, si vous le voulez. Comme nos ancêtres assassinés, nous incarnons le meilleur du genre humain, et les pires craintes de nos dieux. »

Il posa de nouveau sa main sur la mienne. Ce contact ne me parut pas bizarre, cette fois, mais possessif.

« Vous n'avez aucune intention de me relâcher, n'est-ce pas ? » fis-je doucement.

Il prit un moment avant de répondre.

« Non, Dame Orie », confirma-t-il. Je l'entendis sourire. « Nous n'avons aucune intention de vous relâcher. »

12

Destruction
(Fusain et sang, croquis)

« J'ai une requête », annonçai-je au Nypri au moment où il se leva pour partir. « Mes amis. Madding et les autres. J'aimerais savoir ce que vous comptez faire d'eux.

– Vous *n'avez pas besoin* de le savoir, Dame Orie », répliqua Dateh, le ton gentiment grondeur.

Je serrai les dents. « J'avais cru comprendre que vous vouliez que je vous rejoigne de mon plein gré. »

Il réfléchit un moment en silence. Ce que je trouvai rassurant, parce que ma déclaration avait été un pari. En dehors du fait que nous étions tous les deux des démons, je ne savais pas exactement pourquoi il s'intéressait à moi. Peut-être pensait-il que je serais capable de développer un jour une magie aussi puissante que la sienne, à moins que les démons n'aient eu une valeur symbolique aux yeux des Nouvelles Lumières ? Quelles que soient ses raisons, j'étais capable de reconnaître un avantage lorsqu'il se présentait.

Il reprit la parole : « Ma femme pense que vous pourriez être rééduquée, que vous pourriez finir par entendre raison. » Il observa mon dessin par terre. « Je commence à me demander si vous n'êtes pas trop dangereuse pour mériter de tels efforts, pour ma part. »

Je mordillai ma lèvre inférieure. « Je ne retenterai rien de ce genre.

– Nous sommes entre itempéens, Dame Orie. Vous retenterez quelque chose tant que vous penserez que ça peut marcher. Tant que vous ne serez pas convaincue du contraire. » Il croisa les bras, pensif. « Mmm. J'ai beau me creuser la tête, je ne sais toujours pas quoi faire de lui…

– Pardon ?

– Votre ami marohné.

– Mon… » Je tressaillis. « Vous voulez parler de Brillant ? » Alors comme ça, il n'avait pas réussi à s'échapper. Enfer et damnation !

« Oui, lui, quel que soit son nom. » Pour la première fois, Dateh parut ennuyé. « Je pensais qu'il était une géniture, lui aussi, vu son étrange capacité de résurrection. Mais ça fait des jours que je le retiens dans le Vide, et il n'a toujours pas montré le moindre signe de résistance ni de magie. Rien. Il se contente de mourir encore et encore. »

Je sentis mes poils se dresser. J'ouvris la bouche pour dire : *c'est votre dieu que vous torturez, imbécile,* mais n'en fis rien. Comment Dateh réagirait-il, s'il découvrait que l'homme qu'il retenait prisonnier n'était autre que le Seigneur lumineux de l'Ordre ? Le croirait-il seulement ? Ou interrogerait-il Brillant – et serait-il surpris d'apprendre, comme moi-même avant lui, que Brillant aimait le Seigneur de la nuit, et qu'il désapprouverait toute action contre lui ? De quoi cette bande de fous serait-elle alors capable ?

« Peut-être qu'il est... comme nous, avançai-je plutôt. Un... un démon. » Cela me coûtait de prononcer ces mots.

« Non. Je l'ai testé. Son sang possède des propriétés clairement identifiables... En dehors de son talent particulier, il est mortel, selon tous les critères. » Il soupira, et ne me vit pas sursauter lorsque je compris qu'on m'avait prélevé du sang pour cette même raison. « L'Ordre a eu le temps d'étudier les différentes variétés de magie, au fil des siècles ; je suppose que votre ami doit posséder l'une d'elles. » Dateh s'interrompit, assez longtemps pour que son silence me mette encore plus mal à l'aise. « On m'a dit que cet homme avait vécu chez vous, en ville. Je ne peux pas le tuer, mais je suppose que vous savez combien je pourrais rendre ses courtes périodes de vie désagréables. *Vous m'êtes précieuse, à l'inverse de lui.* Est-ce que nous nous comprenons ? »

Je déglutis. « Oui, monseigneur Dateh. Très bien.

– Parfait. Alors dans ce cas, je vais demander à ce qu'on l'installe dans votre chambre plus tard dans la journée. Mais je préfère vous prévenir ; après autant de temps passé dans le Vide, il pourrait avoir besoin... d'aide. » J'avais toujours les poings serrés lorsqu'il frappa à la porte pour qu'on le laisse sortir.

Mais soudain, précisément à ce moment-là, quelque chose changea. Ça n'avait été qu'un vacillement fugitif, si rapide que je crus l'avoir imaginé. Durant ce bref instant, le corps de Dateh parut entièrement différent. Comme faux. Je vis son bras le plus proche se dédoubler de façon curieuse au moment où le scribe gagnait le seuil de la pièce. Deux bras au lieu d'un. Deux mains agrippant le chambranle en bois poli.

Je clignai les yeux de surprise, puis l'image disparut, et Dateh à son tour lorsque la porte s'ouvrit.

Je dormis. Je n'en avais pas eu l'intention, mais les efforts que j'avais fournis pour exercer ma magie m'avaient exténuée. Lorsque je soulevai mes paupières encore douloureuses, la lumière du soleil couchant à peine perceptible glissa lentement le long de ma peau. Quelqu'un était venu dans la chambre durant mon sommeil. J'avais dû dormir très profondément, car le moindre bruit me réveillait généralement en sursaut. Mes visiteurs n'avaient pas chômé. Les meubles avaient regagné leur place, et un plateau chargé de nourriture attendait sur la table. Je constatai que les bougies avaient disparu. Je fis le tour de la pièce, et m'aperçus qu'une petite lanterne de forme curieuse - qui ne contenait rien hormis une mèche humide à combustion rapide, et donc pas de réservoir à huile susceptible de me servir - les avait remplacées. D'autres articles avaient également été retirés ou échangés, sans doute à cause de leurs pigments. Le repas se résumait à une espèce de bouillie de flocons d'avoine terne et lisse, mais cependant goûteuse. Une odeur de nettoyant pour sol flottait dans l'air. Elle me fit regretter mon dessin, pour aussi mauvais qu'il eût été.

Je mangeai, puis me dirigeai vers la fenêtre en me demandant si je m'échapperais jamais de cet endroit. Cela devait faire cinq, voire six jours que j'étais emprisonnée. Ce serait bientôt *Gebre*, l'équinoxe de printemps. Partout à travers le monde, les Salles Blanches se pareraient de rubans de fête et d'*encanda*, ces lanternes dans lesquelles on faisait brûler un combustible spécial dont les flammes étaient blêmes et non rouges ou or. Les Salles ouvriraient grand leurs portes à tous les pèlerins venus célébrer l'arrivée des longues journées d'été – et alors que tant de gens doutaient de leur foi, les Salles seraient pleines. Au même moment, dans chaque ville, on donnerait des cérémonies en l'honneur du Seigneur de la nuit et de la Dame. Une parmi la multitude de situations nouvelles qui ne cessaient de m'étonner.

Au bout d'une heure, on pénétra dans ma cellule de nouveau. Trois hommes entrèrent avec quelque chose de lourd sur leurs épaules – deux choses, en fait, je m'en rendis compte tandis qu'ils écartaient en grommelant la table et les chaises de leur passage. Le premier objet qu'ils posèrent par terre couina faiblement, ce qui me permit de comprendre qu'il s'agissait d'un lit de camp identique à celui sur lequel je dormais.

Puis je les entendis lancer négligemment le deuxième objet : Brillant, qui poussa un grognement, puis demeura étendu sans bouger.

« Un cadeau de la part du Nypri », dit un des deux hommes tandis que son compagnon éclatait de rire. Je me précipitai vers Brillant aussitôt qu'ils eurent quitté la pièce.

Sa chair était aussi glacée que celle d'un cadavre. Elle ne m'avait jamais paru si froide ; en général, il ne restait pas mort assez longtemps pour que la température de son corps chute à ce point. Cependant, lorsque je trouvai son pouls, je m'aperçus qu'il battait vite. Sa respiration était saccadée. On l'avait lavé ; il portait la blouse blanche sans manches et les pantalons beiges des nouveaux initiés. Mais dans quoi l'avaient-ils baigné ? Dans de l'eau glacée ?

« Brillant ? » Je ne l'appelai pas par son vrai nom tandis que je le tournais péniblement sur le dos, puis remontais la couverture sur lui. Mais lorsque je voulus toucher son visage, il se raidit et gémit faiblement comme un animal blessé.

« C'est Orie. Orie.

– Orie. » Sa voix était rauque, autant que la mienne l'avait été, et sans doute pour la même raison. Mais il se calma bientôt, et ne chercha plus à éviter mon contact.

Il était un mortel, avait dit Dateh, mais je connaissais la vérité. Sous son apparence charnelle, il était le dieu de la Lumière, et il venait de passer cinq jours enfermé dans un enfer d'obscurité. Traversant la pièce à grandes enjambées, je trouvai la lanterne, qui était heureusement encore allumée. Ce peu de clarté le soulagerait-il ? J'approchai la lampe plus près et la mis sur l'étagère au-dessus du lit de Brillant, qui n'avait toujours pas ouvert les yeux, et dont les muscles tremblaient comme du fil sur le point de craquer. Son corps était à peine moins froid.

Ne trouvant pas de meilleure solution, je me glissai près de lui sous les couvertures pour lui prodiguer un peu de chaleur. Ce qui ne fut pas facile, vu l'étroitesse du lit de camp et la place que Brillant occupait. Je me retrouvai quasiment obligée de grimper sur lui et de mettre ma tête sur sa poitrine. Cette position bien trop intime ne me plut que moyennement, mais je ne pouvais faire autrement.

Je fus totalement prise de court lorsque mon compagnon m'enlaça et nous retourna, maintenant fermement ma taille avec un bras, ma tête contre son épaule avec sa main libre, et mes jambes entre les siennes. Je n'étais pas clouée sur place, mais presque. La surprise m'empêchait de bouger. Je ne comprenais vraiment pas ce qui avait bien pu provoquer un tel élan d'affection de sa part. S'il s'agissait d'affection.

Le fait que je ne résiste pas parut le rassurer. Il cessa peu à peu de trembler, puis son souffle contre mon oreille retrouva un rythme normal. Au bout d'un moment, nous fûmes tous deux réchauffés, et alors que j'avais dormi pratiquement toute la journée, je n'y tins pas : je m'assoupis de nouveau.

Il était déjà tard, lorsque je me réveillai. Aux alentours de minuit. Malgré ma torpeur, je ressentis le besoin urgent d'aller uriner, ce qui posait problème vu que j'étais encore entortillée dans la position compliquée que Brillant nous avait fait prendre. Ses inspirations profondes m'indiquèrent qu'il dormait, ce qui lui ferait le plus grand bien étant donné le supplice qu'il venait d'endurer.

Avec douceur et précaution, je me dégageai de son étreinte, m'assis, puis me hissai par-dessus lui afin d'atteindre le sol. Mais mon envie de faire pipi était telle que je me levai trop vite.

Soudain, une main agrippa mon poignet. Je poussai un cri.

« Où est-ce que tu vas ? » vociféra une voix rauque.

J'inspirai profondément pour ralentir les battements de mon cœur, dis : « À la salle de bains », puis attendis que Brillant veuille bien me lâcher.

Il ne bougea pas. Embarrassée, je me balançai sur mes pieds et finis par annoncer : « Si vous ne me laissez pas y aller, il y aura une grande flaque par terre dans moins d'une minute.

– C'est ce que j'essaie de faire », déclara-t-il doucement. Je ne compris pas immédiatement ce qu'il voulait dire. Sa main serra et desserra plusieurs fois mon poignet, mais n'arriva pas à s'ouvrir.

Déconcertée, je touchai le visage de Brillant. Il plissa le front et inspira de nouveau profondément entre ses dents, puis – de façon saccadée, mais délibérée – libéra enfin mon poignet.

Je réfléchissais à cette scène quand la nature me rappela à l'ordre. Brillant ne me quitta pas du regard lorsque je traversai la pièce en trombe.

Je revins beaucoup plus sereine, puis me dirigeai aussitôt vers Brillant, la main tendue vers lui afin de toucher son visage, et le trouvai la tête pendante entre ses épaules voûtées, haletant comme s'il avait couru des heures.

Je m'assis à côté de lui. « Vous voulez bien m'expliquer ce qui vient de se passer ?

– Non. »

Je soupirai. « Il me semble pourtant que j'ai droit à une explication, ne serait-ce que pour me permettre de prévoir mes pauses salle de bains au bon moment. »

Comme je m'y attendais, il ne dit rien.

Les ultimes traces de vénération que j'éprouvais à son égard me quittèrent aussitôt. Je me sentis fatiguée, tout à coup. Durant des mois, j'avais supporté ses sautes d'humeur, son silence, ses colères, ses insultes. À cause de lui, j'avais renoncé à ma vie à Ombre. Dans les instants les plus difficiles, je lui avais même reproché ma captivité. Dateh m'avait trouvée parce que j'avais tué des Gardiens de l'Ordre, ce qui ne serait jamais arrivé si Brillant ne les avait pas énervés.

« Très bien », lançai-je en me levant pour rejoindre mon lit.

Mais au premier pas que je fis, sa main agrippa de nouveau mon poignet, et beaucoup plus fort, cette fois.

Je tentai de libérer mon bras. « Lâchez-moi immédiatement !

– Non. Je veux que tu restes près de moi, asséna-t-il. Je t'ordonne de rester. »

J'imprimai une rotation à mon coude pour obliger Brillant à me libérer, puis me reculai rapidement, trouvai la table et la déplaçai de façon à l'interposer entre nous. « Je *n'ai pas d'ordres* à recevoir de vous, criai-je, la voix tremblante de colère. Vous n'êtes plus un dieu, vous vous rappelez ? Vous n'êtes qu'un mortel comme les autres, pathétique et sans défense.

– Comment oses-tu... » Brillant se mit debout.

« Comment j'ose ? » Je serrai le bord du plateau si fort que j'en eus mal aux doigts. « Qu'est-ce qui ne va pas chez vous ? Vous pensez vraiment que je vais vous obéir chaque fois que vous daignerez ouvrir la bouche ? Que comptez-vous faire ? Me tuer si je n'obtempère pas ? Vous pensez en *avoir le droit* ? Par tous les dieux, pas étonnant que le Seigneur de la nuit vous déteste, si c'est vraiment votre vision des choses ! »

Le silence retomba, et ma colère avec lui. J'attendis simplement que celle de Brillant pointe, prête à la lui renvoyer, mais il demeura mutique. Au bout d'un long moment particulièrement tendu, je l'entendis se rasseoir.

« S'il te plaît, reste, finit-il par dire.

– Pardon ? » J'avais parfaitement compris, évidemment.

Je faillis tourner les talons, tant il me fatiguait. Mais comme il n'insista pas, le calme qui me gagna me permit de saisir combien cette supplique silencieuse lui avait coûté. *Il n'était pas dans la nature* du Lumineux de demander quoi que ce soit.

Je m'avançai alors vers lui, mais me reculai au moment où il toucha ma main. « C'est donnant-donnant, affirmai-je. Vous m'avez déjà bien assez pris. À votre tour de donner. »

Il soupira profondément et m'attrapa de nouveau le poignet.

« Plus tard, Dame Orie », murmura-t-il. Totalement désemparée, je tendis la main que j'avais de libre pour caresser sa chevelure-différente-de-celle-d'un-Marohné ; il tenait toujours sa tête penchée. « Plus tard, je te raconterai… je te raconterai tout. Mais pas maintenant. S'il te plaît, reste près de moi. »

Je ne pris pas de décision, pas de façon consciente en tout cas. J'étais encore trop en colère. Mais lorsqu'il m'attira vers lui, je me laissai faire, cette fois. Je me rassis près de lui, et l'imitai tandis qu'il s'allongeait. Il me tourna sur le côté et se cala contre mon dos. Il ne me serra pas dans ses bras, pour que je puisse me lever au besoin, et je ne m'écartai pas quand il blottit son visage dans mes cheveux.

Je ne fermai pas l'œil de la nuit. Lui non plus, je pense.

« J'ai peut-être trouvé comment nous échapper de cet endroit », expliqua Brillant le lendemain.

Il était midi. L'initié qui nous avait apporté à manger et surveillé durant le déjeuner avait juste quitté la pièce, non sans avoir au préalable inspecté les cachettes potentielles où j'aurais pu dissimuler de la nourriture - sous le matelas et sous le tapis. Nous n'avions pas eu droit à de longs discours, cette fois, ni à aucune tentative de conversion. Personne ne m'ayant demandé d'aller m'occuper des tâches ménagères ni de suivre des cours, je me sentais bizarrement ignorée.

« Comment ? » interrogeai-je avant de deviner où il voulait en venir. « Votre magie... Elle vous revient quand vous devez me protéger...

– C'est ça. »

Je passai la langue sur mes lèvres. « Mais je suis en danger, en ce moment - je le suis depuis que les Lumières m'ont enlevée. » Et cependant, je ne percevais pas la moindre lueur en lui.

« C'est peut-être une question de degré. Il faut peut-être que tu sois physiquement menacée. »

Je soupirai, espérant tenir une chance. « Il y a plus de "peut-être" que je souhaiterais, dans vos paroles. J'imagine que personne n'a pensé à vous informer de... la façon dont vous... fonctionnez à présent ?

– Non.

– Que proposez-vous, dans ce cas ? Que je cherche la bagarre avec Serymn, comme ça, lorsqu'elle me rendra mes coups, vous ferez sauter la Maison et nous mourrons tous ? »

Il y eut un moment de silence. Je pense que ma légèreté l'avait mis mal à l'aise.

« C'est exactement ça, dans les grandes lignes. Sauf qu'il ne serait pas très logique que je *te* tue, alors je vais faire attention à la quantité de force que j'emploierai.

– Je vous remercie de cette attention, Brillant, sincèrement. »

Le reste de la journée passa avec une lenteur de plus en plus insupportable. J'attendis en tentant de ne pas trop espérer à la fois. Malgré sa promesse, Brillant ne revint pas sur son étrange comportement de la veille. J'en déduisis qu'il guérissait encore du supplice du Vide ; il avait dormi jusqu'au soir, ce qu'il n'avait jamais fait auparavant, même s'il avait scintillé comme à son habitude. Le repas, plus ma présence parurent le remettre sur pied ; il avait retrouvé sa vieille humeur taciturne.

Cependant, ses yeux se posèrent plus souvent sur moi qu'à l'accoutumée ce jour-là, et il osa me toucher une fois, au moment où je m'étais levée pour faire quelques pas, cherchant en vain à évacuer mon trop-plein d'énergie. J'avais alors frôlé Brillant qui m'avait touché le bras au passage. Ce que j'aurais mis sur le compte de mon imagination, sans l'incident du soir précédent. C'était comme s'il avait eu besoin de contact, encore et encore, pour une raison que je ne comprenais pas. Mais avais-je jamais compris quoi que ce soit le concernant ? Je ne posai aucune question, déjà bien assez préoccupée par mes propres problèmes – la révélation de Dateh concernant mon statut de démone, par exemple. Je ne me considérais vraiment pas comme un monstre, mais je n'avais pas envie de discuter avec Brillant pour autant, puisqu'il avait massacré mes ancêtres et banni ses enfants pour qu'ils n'aient plus jamais la possibilité de concevoir des êtres comme moi.

Je me sentais donc soulagée qu'il ne partage pas ses secrets pour le moment.

Je fus presque contente quand, aux alentours du soir, j'entendis frapper à la porte. Lorsque je me levai pour suivre l'initiée qui était venue me chercher, Brillant se contenta de se mettre debout et de se diriger vers moi. Prise au dépourvu, la fille commença par bredouiller quelque chose, puis soupira avant de nous conduire tous deux.

Nous nous retrouvâmes bientôt dans la salle à manger privée où Serymn et Dateh nous attendaient. Il n'y avait personne d'autre en dehors des domestiques qui s'affairaient déjà en prévision du dîner, et de quelques gardes. Si la présence de Brillant contraria Serymn, cette dernière n'en montra rien.

« Soyez la bienvenue, Dame Orie », fit-elle tandis que nous nous asseyions. Je tournai aussitôt la tête vers son sceau de sang par politesse, même si je commençais à détester qu'on m'appelle *Dame Orie*. Je savais ce que ces gens entendaient par là, désormais. Les démons des temps jadis avaient été des enfants des Trois, eux aussi, et autant respectés que les génitures elles-mêmes – *à la différence des humains.* Une chose à laquelle je ne voulais pas réfléchir pour le moment, me concernant.

« Bon après-midi à vous, Dame Serymn. Et à vous, également, Seigneur Dateh. » Je ne distinguais pas ce dernier, mais sa présence était comme la lumière froide de la lune : palpable.

« Dame Orie », répondit-il. Puis il s'adressa à Brillant en changeant de ton si subtilement que je faillis ne pas le remarquer. « Et un bon après-midi à votre compagnon, également. Peut-être souhaite-t-il se présenter, aujourd'hui ? »

Comme Brillant ne répondait pas, Dateh soupira d'exaspération. Je dus me retenir de rire – parce que cela m'amusait de voir quelqu'un d'autre devenir fou à cause de Brillant, pour changer, et parce que j'étais surprise de constater à quel point Dateh perdait facilement patience. Pour je ne sais quelle raison, il semblait éprouver une antipathie spontanée à l'égard de mon compagnon.

« Il ne me parle pas, à moi non plus, avançai-je sur un ton léger.

— Mmm », grogna Dateh. J'attendis qu'il me pose de nouvelles questions à propos de mon compagnon, mais il se tut à son tour, son hostilité presque palpable.

« Intéressant », intervint Serymn, *ce qui m'ennuya* parce que c'était exactement ce que j'avais pensé à l'époque. « En tout cas, Dame Orie, je crois savoir que vous avez passé une bonne journée.

— En fait, non. Je me suis ennuyée. J'aurais préféré rejoindre une équipe de travail. Ça m'aurait permis de quitter un peu la chambre.

— Comme je vous comprends ! s'exclama Serymn. Vous semblez être le genre de femme à préférer un mode de vie plus énergique et spontané.

– Eh bien… oui, je dois le reconnaître. »

Elle opina. Je vis son sceau s'incliner dans l'obscurité. « Vous allez peut-être trouver ça difficile à croire, Dame Orie, mais vos épreuves constituent une étape nécessaire dans votre ralliement à notre cause. Vu votre situation actuelle, le fait que vous n'ayez pas d'autre option réussit à rendre attrayantes les besognes les plus basses. Comme vous pouvez le constater, il suffit de larguer une amarre pour renforcer les autres. C'est une méthode un peu dure, certes, mais elle a été celle de l'Ordre et de la famille Arameri durant des siècles, et à leur grand avantage, indéniablement. »

Je me retins de dire ce que je pensais réellement de cet avantage, et dissimulai ma colère en buvant une gorgée de vin. « Je croyais que les Lumières étaient en désaccord avec les méthodes de l'Ordre.

– Oh, non… seulement avec leur récent changement de doctrine. Pour le reste, les méthodes de l'Ordre ayant fait leurs preuves dans le temps, nous n'hésitons pas à les reprendre pour notre propre compte. Nous sommes toujours restés profondément fidèles aux voies du Seigneur lumineux, après tout. »

J'aurais dû anticiper ce que ces paroles engendreraient.

« Et en quoi, demanda soudain Brillant, le fait de s'en prendre aux enfants d'Itempas le sert-Il ? » Je manquai m'étrangler.

Le silence retomba autour de la table. J'étais figée de stupeur, tout comme Serymn. Dateh, en revanche… je n'aurais su le dire. Mais il reposa sa fourchette.

« Nous avons le sentiment, proféra-t-il sèchement, qu'ils n'appartiennent pas au domaine des mortels, et que leur présence ici défie la volonté du Père. Ils ont bien quitté ce monde, après tout, après la Guerre des dieux, lorsque Itempas a pris le contrôle exclusif des cieux. À présent que Son contrôle semble lui avoir, comment dire… échappé, les génitures - comme des enfants en rébellion - cherchent à reprendre l'avantage. Puisque nous avons la possibilité de corriger ce problème… » Je compris qu'il bougeait au froissement de ses robes ; un haussement d'épaules. « Nous agissons conformément à ce qu'Il attend de Ses fidèles.

– En retenant Ses enfants en otages », intervint Brillant. Seul un parfait imbécile n'aurait pas senti la colère vibrant dans sa voix. « Et… en les tuant ? »

Serymn laissa échapper un rire forcé. « Vous semblez penser que *nous*…

– Et pourquoi pas ? » Dateh était en colère, lui aussi. J'entendis des domestiques, sans doute mal à l'aise, bouger en arrière-plan. « Durant la Guerre des dieux, ce monde a servi de champ de bataille à leur espèce. Les populations de cités entières ont trouvé la mort entre les mains des génitures, qui n'ont pas un seul instant cherché à protéger ces vies mortelles. »

À cette dernière phrase, je sentis la colère monter en moi. « De quoi s'agit-il, dans ce cas ? De vengeance ? Ce serait pour cette raison que vous retenez Madding et les autres ?…

– Ils ne sont rien, interrompit Dateh sur un ton cassant. Rien, à part de simples appâts. Nous les tuons pour attirer une plus grosse proie.

– Ah, oui, bien sûr. » Je ne pus m'empêcher d'éclater de rire. « J'avais oublié. Vous êtes convaincu de pouvoir tuer le Seigneur de la nuit ! »

J'entendis la respiration de Brillant s'accélérer, ce que j'occultai aussitôt.

« Tout à fait », répliqua Dateh froidement. Il claqua des doigts pour appeler un domestique, avec qui il échangea quelques mots à voix basse avant de le laisser s'éloigner. « Je vais vous le prouver, Dame Orie.

– Dateh », intervint Serymn. Elle parut… inquiète ? agacée ? Je n'aurais su le dire. Elle était une aramerie ; peut-être la colère de Dateh contrariait-elle un plan plus compliqué.

Son compagnon poursuivit sans relever son intervention. « Vous oubliez, Dame Orie, qu'il y a déjà eu un certain nombre de précédents. Mais peut-être ignorez-vous les raisons pour lesquelles la Guerre des dieux a débuté ? J'aurais pourtant cru que vous, une femme qui a eu un dieu pour amant… »

Je devins pleinement consciente de la présence de Brillant assis à mes côtés. Il était calme ; je l'entendais à peine respirer. Je me trouvais idiote d'éprouver de la peine pour lui en cet instant. Il avait assassiné sa sœur, asservi son frère, tyrannisé ses enfants durant deux mille ans. Il se souciait si peu de la vie en général, dont la mienne et la sienne, qu'il se serait totalement moqué qu'il y eût davantage de morts.

Et cependant…

J'avais touché sa main, le jour du décès de Role. J'avais entendu sa voix, d'habitude si calme et impassible, trembler, lorsqu'il s'était adressé au Seigneur de la nuit. Quels qu'aient été ses problèmes, et aussi salaud qu'il pouvait être, Brillant avait encore la capacité d'aimer. Madding s'était trompé sur ce point.

Comment n'importe quel homme pourrait-il se sentir, s'il apprenait que sa fille avait été assassinée par sa faute ?

« J'en ai… entendu parler », accordai-je mal à l'aise. Brillant ne dit rien.

« Alors, vous pouvez comprendre, déclara Dateh. Itempas le lumineux désirait, et a tué en raison de ce désir. Pourquoi ne ferions-nous pas la même chose ?

– Itempas le lumineux incarne l'ordre, également, rétorquai-je pour changer de sujet. Si tout le monde tuait pour assouvir ses moindres désirs, ce serait l'anarchie.

– Faux, contredit Dateh. Nous retrouverions une situation que *nous avons déjà connue par le passé.* Ceux qui ont le pouvoir - les Arameris, et à un moindre degré, les nobles et les prêtres de l'Ordre - tuent impunément. Personne n'a le droit de le faire sans leur permission. *Le droit de tuer* est le gage de pouvoir le plus convoité au monde, et aux cieux. Nous ne l'adorons pas parce qu'Il est le plus grand des dieux, mais parce qu'Il est, ou était, le meilleur assassin. »

La porte de la salle à manger s'ouvrit alors. J'entendis de nouveau murmurer ; le serviteur était revenu. Quelque chose tremblota, puis soudain, une lueur argentée et changeante apparut dans mon champ de vision. Interloquée, je la scrutai, tentant de comprendre de quoi il s'agissait : une forme petite, de un pouce de long, environ. D'allure curieuse. Pointue, comme le bout d'un couteau, quoique bien plus effilée.

« Ah, alors comme ça, *vous arrivez à la voir* », fit Dateh. Il parut content, cette fois encore. « Cet objet, Dame Orie, est une pointe de flèche - d'un genre très spécial. La reconnaissez-vous ? »

Je fronçai les sourcils. « Je ne suis pas experte en matière de tir à l'arc, monseigneur Dateh. »

Il éclata de rire, visiblement de meilleure humeur. « Ce que je voulais savoir, c'est si vous reconnaissez le pouvoir qu'elle contient. Vous devriez. Cette tête de flèche - la substance qui la compose - a été fabriquée avec votre sang. »

Je fixai cette chose qui brillait comme du sang de dieu. Mais pas autant. Et plus étrange encore : une volute de magie inconstante, bien différente de l'éclat auquel j'étais habituée, n'arrêtait pas de bouger.

Pourquoi mon sang avait-il quelque chose de spécial, puisque je n'étais qu'une mortelle ? « Pour quelle raison avez-vous fabriqué cette chose à partir de mon sang ?

– Le nôtre s'est appauvri, le temps passant », confia Dateh. Il reposa l'objet sur la table devant lui. « On dit qu'Itempas n'aurait eu besoin que de quelques gouttes pour tuer Enefa. De nos jours, la quantité nécessaire est... inapplicable. Du coup, nous sommes obligés de le distiller pour concentrer son pouvoir, puis nous donnons à la substance obtenue une forme utilitaire. »

Avant même que je puisse reprendre la parole, j'entendis frapper dans le sol, puis sentis la table tressauter.

« *Démon* », fulmina Brillant. Il s'était levé, les mains posées à plat sur le plateau du meuble, qui trembla sous la virulence de sa colère. « Vous *osez* menacer…

– Gardes ! » La voix de Serymn, énervée et inquiète. « Asseyez-vous, monsieur, ou… »

Peu importait ce qu'elle aurait pu dire. Un grand fracas de vaisselle et de meubles retentit lorsque Brillant bondit vers l'avant et envoya la table contre mes côtes dans son élan. Plus surprise que blessée, je sautai en arrière, cherchant des mains la canne qui aurait dû se trouver près de moi. En vain, si bien que je trébuchai et me pris les pieds dans le tapis épais de la salle à manger et manquai m'étaler de tout mon long dans la cheminée. J'entendis hurler, Serymn pousser un cri, puis une bagarre de chair et de tissu éclater. Des gens arrivaient de toutes parts.

Je m'obligeai à me relever pour fuir la chaleur des flammes, cherchant à tâtons la pierre lisse et sculptée de l'âtre, quand mes doigts glissèrent sur quelque chose de chaud et de grumeleux. De la cendre.

Derrière moi, une autre guerre des dieux semblait avoir démarré. Quelqu'un frappa Brillant qui hurla ; l'instant d'après, son assaillant volait à travers la pièce. J'entendis des suffocations, des grognements d'effort, de la vaisselle brisée, mais ne perçus aucune manifestation de magie, ce dont je me rendis compte avec inquiétude. Je n'y voyais rien – hormis la lueur pâle de la tête de flèche sur le sol, et les petits tressautements du sceau de Serymn, qui courait vers la porte chercher de l'aide. Brillant ne se battait pas pour me protéger, mais sous le coup de sa propre colère, ce qui signifiait qu'il n'était qu'un homme. Nos ennemis le déborderaient sans tarder, inévitablement.

La cendre. J'avançai doucement les mains vers le feu, prête à les retirer d'un geste rapide si jamais je tombais sur quelque chose d'ardent. Mes doigts rencontrèrent une masse dure et irrégulière, relativement chaude, mais pas brûlante. Elle s'effrita légèrement lorsque je la touchai : un vieux morceau de bois transformé en charbon, qui devait se trouver là depuis plusieurs jours.

De la couleur noire.

Dateh réussit à s'écarter de Brillant, même s'il respirait bruyamment et avait la voix rauque. Serymn se tenait près de lui ; je l'entendis lui demander à voix basse s'il allait bien.

Soudain, une rafale de coups et de cris fusa dans mon dos : l'instant d'après, d'autres hommes s'engouffraient dans la pièce.

L'inspiration me frappa comme un coup de poing dans le ventre. Reculant à toute allure, le morceau de charbon à la main, je repoussai le petit tapis tant bien que mal et commençai à dessiner des cercles noirs sur le sol. Des cercles, et des cercles…

Quelqu'un demanda une corde. Serymn cria de ne pas perdre de temps avec ça, qu'il fallait juste le tuer, bon sang !

… et des cercles, encore et encore…

« Dame Orie ? » Dateh, la voix rauque de perplexité.

... et d'autres, encore et encore, fébrilement, jusqu'à ce que des gouttes de sueur perlent à mon front, diluent le noir en tombant, et que le sang de mes poings écorchés se mêle au charbon pour former un cercle aussi profond et sombre qu'un trou au milieu d'un néant froid, silencieux et effroyable de *Vide*. Et, quelque part au cœur de ce vide, bleu-vert, lumineux, chaud, doux, irrévérencieux...

« Très chers dieux, empêchez-la de continuer ! Arrêtez-la ! »

Je connaissais la texture de son âme. Je pouvais distinguer son bruit de carillons. Je savais que Dateh et les Lumières avaient une dette de sang et de douleur envers lui, comme je ne souhaitais qu'une chose : qu'ils s'en acquittent, par tous les dieux, et de tout mon cœur.

Je vis apparaître le trou sous mes doigts, ses bords déchiquetés là où des morceaux de charbon s'étaient rompus sous la virulence de mon geste. Je criai à l'intérieur : « Madding ! »

Et il vint.

Une vague de lumière déferla du trou, une masse bleu-vert scintillante, bouillonnant comme un nuage orageux. Au bout d'un moment, elle tressaillit et prit une forme que je lui connaissais mieux – celle d'un homme en aigue-marine. Elle plana un instant à l'endroit où il y avait eu la nuée et se tourna doucement, certainement désorientée par les carences provoquées par le Vide. Mais je sentis de la colère balayer la pièce à l'instant même où sa silhouette avisa Dateh, Serymn et les autres, et entendis ses carillons sonner, métalliques et discordants, leur intensité quasiment insupportable.

Dateh rugissait après les gardes qui hurlaient eux-mêmes de panique. Il semblait réclamer quelque chose. Puis je discernai un léger tressautement dans sa direction, presque aussitôt submergé par la splendeur de Madding. Ce dernier poussa un cri inhumain et inarticulé qui fit trembler la Maison, puis il s'élança vers l'avant…

… pour reculer, puis s'écrouler sur le sol. Quelque chose venait de le frapper. J'attendis qu'il se relève, plus en colère que jamais ; les mortels pouvaient peut-être importuner les dieux, mais jamais ils ne les arrêteraient. À ma surprise, Madding haleta, puis la lumière de ses facettes diminua brusquement avant même qu'il ait pu se mettre debout.

Le choc passé, j'entendis Brillant pousser un petit cri chargé d'angoisse.

Je n'aurais pas dû en être effrayée. Et pourtant, le goût amer de la peur me monta aux lèvres lorsque je bondis sur mes pieds et marchai sur mon propre dessin dans la précipitation. L'esquisse n'était plus que du charbon inerte. Je trébuchai de nouveau sur le tapis, me redressai, tombai sur une chaise couchée au sol, et finis par ramper. Je rejoignis Madding, qui était allongé sur le côté, et le retournai sur le dos.

Il n'y avait pas de lumière dans son ventre. Le reste de sa silhouette brillait, bien que plus faiblement que d'habitude, mais son abdomen demeurait invisible. Les mains de Madding étant posées à son niveau, je les suivis, et sentis une brisure dans la consistance dure et lisse de son corps : un objet en bois fin et long pointait. Un carreau d'arbalète. J'agrippai sa hampe à deux mains et la dégageai d'un coup sec. Madding se cambra en hurlant. Je vis la marbrure de néant au milieu de sa forme se propager un peu plus.

J'aperçus alors la tête de flèche. Celle de Dateh - qu'il avait fabriquée avec mon propre sang. Il n'en restait pas grand-chose. Je la touchai pour me rendre compte qu'elle avait la consistance de la craie ; elle s'effrita dès que je la pressai entre mes doigts.

Tout à coup, Madding crachota comme la flamme d'une bougie, puis les facettes de sa texture de pierre précieuse se transformèrent en chair mortelle et en fouillis de cheveux. Mais *je ne distinguais toujours pas son abdomen*. J'effleurai l'endroit où son ventre devait se trouver et sentis du sang ainsi qu'une entaille profonde. Qui ne cicatrisait pas.

Mon sang. En lui. Se répandant dans son corps comme du poison, étouffant sa magie à mesure qu'il s'insinuait.

Non. Pas seulement sa magie.

Je jetai la flèche sur le côté et touchai le visage de mon amant avec des doigts tremblants. « Mad ?... Je... je ne comprends pas, ça n'a aucun sens, c'est mon sang, mais... »

Madding inspira avec difficulté et se mit à tousser. Du sang - du sang de dieu, qui aurait dû irradier sa propre lumière - couvrait ses lèvres, mais sombre, assombrissant les différentes parties de son corps. Elles devenaient invisibles, elles aussi ; la flèche le tuait.

Non. Il était un dieu. Les dieux ne mouraient pas.

Sauf que Role, et Enefa, et…

Madding étouffa, déglutit et se concentra sur moi. Il n'aurait pas dû rire, mais le fit tout de même. « Toujours su que tu étais spéciale, Orie, articula-t-il. Une démone ! Une légende. Dieux ! Toujours su… quelque chose. » Il secoua la tête ; je le voyais à peine à cause de son aspect terne, à travers mes larmes. « Et dire que j'ai toujours cru *que je te verrais* mourir.

– Non. Tu… tu ne vas pas mourir. Ce n'est pas en train d'arriver. Non. » Je secouai la tête à mon tour en bredouillant entre mes dents. Madding prit ma main dans la sienne, glissante et chaude à cause du sang.

« Ne le laisse pas te manipuler, Orie. » Il se souleva légèrement pour s'assurer que j'avais entendu. Je distinguai à peine son visage, même si je le sentais brûlant et fiévreux. « Ils n'ont jamais compris… trop prompts à juger. Tu n'es pas qu'une arme. » Il frémit, puis sa tête bascula en arrière, et ses yeux se fermèrent. « Je t'aurais aimée… jusqu'à… »

Il disparut. J'avais l'impression qu'il était encore là, sous mes doigts, alors que ce n'était pas le cas.

« Ne te cache pas de moi », murmurai-je. Ma voix était si faible qu'elle ne portait pas, mais il aurait quand même dû m'entendre. Il aurait dû obéir.

Des mains m'attrapèrent et m'obligèrent à me relever. Je me laissai pendre entre elles et tentai de vouloir : *je veux te voir.*

« Vous m'y avez obligé, Dame Orie. » Dateh. Il arriva vers moi, parfaitement visible, pour une fois ; il avait recouru à la magie durant la bagarre. Il se massait la gorge, le visage contusionné et en sang ; quelqu'un avait déchiré ses robes. Il avait vraiment l'air furieux.

Je détestais le fait de le discerner lui, et pas Madding.

« Une porte dans mon Vide. » Il éclata de rire, mais grimaça aussitôt de douleur. « Incroyable. Aviez-vous préparé ça à l'avance, vous et votre compagnon anonyme ? Je savais bien qu'il ne fallait pas faire confiance à une femme capable d'offrir son corps à une de ces créatures. » Il cracha par terre, sur le cadavre de Madding, peut-être.

Pas sur Madding, il n'y a rien à cet endroit, ce n'est pas lui.

Puis il se tourna et ordonna sur un ton hargneux à un garde d'approcher. « Et apportez votre épée », ajouta-t-il.

Je commençai à prier. Je ne savais pas si Brillant pouvait m'entendre, ni s'il s'en souciait. Peu m'importait. *Père Lumineux, s'il vous plaît, laissez cet homme me tuer.*

« Tu en es sûr ? demanda Serymn, la voix tendue de dégoût. On pourrait peut-être encore la rallier à notre cause.

– Il faut le faire au moment où une mort survient. Il n'est pas question que cette pagaille n'ait servi à rien. » Il tendit le bras pour prendre quelque chose au garde. J'attendis, ne ressentant rien tandis que Dateh me jetait un regard aussi froid que le vent dans les plus hautes branches de l'Arbre.

« Lorsque Itempas le lumineux a tué Enefa, commença-t-il, il a également déchiré son corps et y a pris un morceau de chair où son pouvoir était concentré. S'Il ne l'avait pas fait, l'Univers aurait périclité. Tuer le Seigneur de la nuit comporte les mêmes risques - à tel point que j'ai passé des années à chercher l'endroit où l'âme des dieux se niche, lorsqu'ils s'incarnent en êtres de chair. »

Il brandit alors l'épée à deux mains tellement vite que pendant un instant, je vis six bras au lieu de deux, et trois dentitions se découvrir sous l'effort.

Je sentis un courant d'air caresser mon visage. Mais l'impact, lorsqu'il survint, ne frappa pas mon corps, même si j'entendis le bruit humide de membres brutalisés.

Je fronçai les sourcils, l'horreur empêchant mon esprit de s'engourdir. Madding…

Dateh jeta la lame de côté, et demanda à un autre homme de venir l'aider. Ils se penchèrent. Une odeur de sang de dieu s'éleva autour de moi, épaisse et écœurante, familière, aussi fade et mal à propos que dans l'allée où j'avais trouvé Role. J'entendis… par tous les dieux ! Des bruits tout droit sortis des enfers infinis : de la viande déchiquetée, des os et des nerfs rompus.

Puis Dateh se leva. Sa main devenue sombre tenait quelque chose ; ses robes, que je ne voyais que par intermittence, étaient couvertes de taches. Il contempla l'objet entre ses doigts avec un regard que je ne pus interpréter, mais j'imaginai sans mal de quoi il retournait : de répugnance, un peu, et de résignation. Mais d'impatience, également. De désirs dignes d'un dieu.

Alors il porta le cœur de Madding à ses lèvres et mordit dedans…

Je ne me souviens plus de rien, après ça.

13

Exploitation
(Sculpture en cire)

Tout est affaire de sang. Le vôtre, le mien. Tout. Personne ne sait exactement comment on a découvert que le sang de dieu est une drogue pour les mortels. Les génitures, elles, l'avaient déjà compris lorsqu'elles ont investi notre monde ; c'était un fait connu de tous, avant l'Interdiction. J'imagine que quelqu'un, quelque part, en a simplement pris un jour pour essayer. De la même façon que les dieux ont goûté le sang de mortel. Heureusement, peu d'entre eux semblent en apprécier la saveur.

Mais un certain dieu a finalement testé le sang de démon, un jour, dévoilant ainsi cet ultime paradoxe : que la mortalité et l'immortalité *ne se mélangent pas.*

Comme les cieux ont dû trembler, suite au premier décès ! Jusque-là, les génitures n'avaient eu qu'à se méfier les unes des autres, et à craindre le courroux des Trois, alors que les Trois, eux, n'avaient jamais eu peur de personne. Les dieux ont soudain dû avoir l'impression que le danger était partout ; que chaque goutte de sang, dans chaque veine mortelle, en chaque enfant métis, était empoisonnée.

Et qu'il n'y avait qu'une façon – et quelle façon ! – d'apaiser leur inquiétude.

Cependant, les démons assassinés tenaient leur vengeance. Après le massacre, l'harmonie autrefois inébranlable entre dieux et génitures, immortels et mortels, vola en éclats. Les humains, qui avaient perdu des amis ou des amours parmi les démons disparus, se retournèrent contre les humains qui avaient aidé les dieux ; des tribus et des nations entières furent réduites à néant sous leur pression. Désormais conscientes de ce qu'il leur arriverait si *elles devaient un jour représenter* une menace, les génitures commencèrent à considérer leurs parents avec une peur nouvelle.

Et les Trois ? À quel point se sont-ils sentis blessés, horrifiés, lorsque le brouillard de la bataille s'est dissipé et qu'ils ont découvert les cadavres de leurs fils et de leurs filles partout autour d'eux ?

Voilà ce que je crois.

La Guerre des dieux avait eu lieu des milliers d'années après le génocide des démons. Mais pour des êtres éternels, ce souvenir devait être intact. En quoi l'événement précédent avait-il contribué au tout dernier ? Y aurait-il à nouveau eu un conflit si Nahadoth, Itempas et Enefa n'avaient pas vicié de tristesse et de dégoût l'amour qu'ils éprouvaient l'un pour l'autre ?

Je me le demande. Nous devrions tous nous le demander.

Je ne me souciais plus de rien. Les Lumières, ma captivité, Madding, Brillant. Rien de tout ça n'avait plus d'importance. Le temps se contentait de passer.

Ils me ramenèrent dans ma chambre et m'attachèrent au lit en me laissant un bras de libre. À titre de mesure supplémentaire, ils firent le tour de la pièce et enlevèrent tout ce avec quoi j'aurais pu me blesser : les bougies, les draps, et d'autres choses encore. Il y eut des voix, des contacts. De la douleur lorsqu'on tritura de nouveau mon membre afin que mon sang-poison, goutte, goutte, goutte dans un bol. De longues plages de silence. À un certain moment, je ressentis le besoin urgent d'uriner, et ne me retins pas. Le domestique qui entra dans ma chambre après ça jura comme un mendiant d'Oueston dès qu'il perçut l'odeur. Il partit, puis des femmes arrivèrent peu après pour me mettre des couches.

Je restai étendue là où on m'avait laissée, dans l'obscurité d'un monde sans magie.

Le temps passa. Je dormis par intermittence. On me reprit du sang. Je reconnus certaines voix.

Celle d'Hado : « Est-ce qu'il ne faudrait pas lui laisser un peu de temps pour se remettre du choc, d'abord ? »

Serymn : « Nous avons consulté des rebouteux et des herboristes. Elle n'aura pas de séquelles à long terme. »

Hado : « Ah, parfait, dans ce cas ! Le Nypri n'aura pas besoin de se vider de son sang pour nous permettre d'atteindre notre but. »

Serymn : « Vous veillerez à ce qu'elle mange, Hado. Et gardez vos opinions pour vous. »

On me nourrit. Des mains mirent des aliments dans ma bouche. Je mâchai et avalai par habitude. J'eus soif. Je bus l'eau que l'on porta à mes lèvres, même si elle se renversa quasiment toute sur ma chemise. Ma chemise sécha. Le temps passa.

Des femmes me lavèrent à l'éponge plusieurs fois. Erad revint, échangea quelques mots avec Hado, puis elle planta un objet dans mon bras qu'elle ne retira pas. Une douleur lancinante me tenailla. Les prélèvements de sang allèrent beaucoup plus vite après ça, en revanche, parce qu'il suffisait de déboucher un petit tube en métal.

Si j'avais eu la force de parler, j'aurais dit *ne le rebouchez pas ! Laissez-moi me vider de mon sang*. Ce que je ne fis pas, et eux non plus.

Le temps passa.

Puis ils ramenèrent Brillant.

J'entendis des hommes souffler et grogner sous l'effort. Hado se trouvait parmi eux. « Bon sang qu'il est lourd. Nous aurions mieux fait d'attendre qu'il revienne à la vie. »

Quelque chose heurta une chaise en bois, qui tomba dans un grand fracas. « Tous ensemble... » dit quelqu'un, et dans un dernier gémissement collectif, ils déposèrent leur charge sur le second lit de camp de la chambre.

Hado de nouveau, tout près, hors d'haleine et agacé. « Bien, Dame Orie. Vous allez avoir de la compagnie sous peu.

– Ça ne lui fera pas de mal », asséna l'un de ses compagnons. Tous éclatèrent de rire, jusqu'à ce qu'Hado les fasse taire.

Je cessai de les écouter. Ils finirent par partir. Il n'y eut que le silence pendant un moment interminable. Puis, pour la première fois depuis longtemps, de la lumière miroita dans l'angle de mon champ de vision.

Je ne me tournai pas dans sa direction. Mais soudain, du même endroit, le bruit d'une inspiration brutale s'éleva, suivie d'autres, qui s'apaisèrent au bout d'un moment. Le matelas grinça. S'immobilisa. Grinça de nouveau, mais plus fort cette fois, tandis que son occupant s'asseyait. Le silence retomba pendant un moment. Ce dont je fus heureuse.

Finalement, j'entendis quelqu'un se lever et venir près de moi.

« Tu l'as tué. »

Encore une voix familière. Mais au moment où je la perçus, quelque chose changea en moi. Pour toujours. Elle avait fait remonter un souvenir. Celui d'une autre voix qui s'était exprimée doucement, sans timbre ou presque. Mais le son qui affleurait à la surface de ma mémoire contenait beaucoup plus d'émotion, bien plus que tous ceux que j'avais jamais entendus. Du déni. De la colère. Du chagrin.

Ah, oui. Il avait crié pour son fils, ce jour-là.

Lequel ?

Peu importait.

Le poids du corps de Brillant fit pencher le matelas lorsqu'il s'assit près de moi. « Je connais ce vide, commença-t-il. Lorsque j'ai compris ce que j'avais fait… »

La pièce s'était rafraîchie avec le crépuscule. Je pensai alors à des couvertures, mais un instant seulement, car une main caressa mon visage. Elle était chaude, sentait la peau, le sang séché, et la lumière du soleil au loin.

« Je me suis battu, lorsqu'il est venu me trouver, poursuivit-il. C'était dans ma nature. Mais je l'aurais laissé gagner. Je voulais qu'il gagne. Ça m'a mis en colère, qu'il échoue. Je... je lui ai fait du mal. » Ses mains tremblèrent. « Pourtant, c'était après ma propre faiblesse que j'en avais, en réalité. »

Peu importait.

Ses mains couvrirent mes lèvres. Je respirai par le nez sans me sentir en détresse. Il lui aurait été facile, pensai-je un peu plus tard, de me boucher également le nez.

« Je vais te tuer, Orie. »

J'aurais dû avoir peur, mais ne ressentais rien.

« Aucun démon n'a le droit de vivre. Et même en dehors de ça... » Son pouce caressa ma joue. Une fois. Un geste étrangement réconfortant. « Tuer ce qu'on aime... je connais cette douleur. Tu t'es montrée intelligente. Courageuse. Digne, pour une mortelle. »

Quelque chose s'éveilla au plus profond de mon cœur.

Sa main glissa plus haut et serra mes narines, cette fois. « Tu ne souffriras pas. »

Je me moquais de ce qu'il pouvait dire, je cherchais seulement à respirer. Je tournai la tête sur le côté, ou tentai du moins de le faire. Ses doigts m'agrippèrent plus fort, mais maintinrent ma nuque avec une certaine douceur.

J'essayai d'ouvrir la bouche. Je devais absolument penser au mot « Brillant », mais, étouffé par sa main, il fut inintelligible.

Je levai mon bras gauche, celui que j'avais de libre. Il me faisait mal. La zone autour du tube me faisait atrocement souffrir. Un début d'infection la rendait presque brûlante. Bien qu'il résistât, le petit objet en métal finit par s'arracher, envoyant un éclair blanc de douleur à travers mon corps. Forcée de sortir de mon apathie, je me tortillai et attrapai le poignet de Brillant dans un geste réflexe. Du sang, chaud et glissant, recouvrait l'intérieur de mon coude et courait le long de mon bras.

Je me figeai lorsque cette pensée me submergea. *Madding est mort.*

Il était mort, et je vivais.

Madding était mort, et désormais Brillant, son père, qui avait crié d'angoisse lorsque ma flèche de sang avait perpétré son crime diabolique, essayait de me tuer.

La prise de conscience vint en premier, bientôt suivie par la *colère*.

Je réessayai de secouer la tête et plantai mes doigts dans le poignet de Brillant, cette fois. Autant chercher à les enfoncer dans une tige en bois ; sa main ne bougea pas. D'instinct, j'éperonnai sa chair avec mes ongles dans l'espoir fou d'inciser ses tendons et de l'obliger à me lâcher. Il écarta un peu les doigts - assez pour me permettre d'inspirer profondément –, repoussa ma main avec celle qu'il avait de libre, et m'agrippa de nouveau sans la moindre difficulté.

Une goutte de sang atterrit dans mes yeux. Le rouge envahit mes pensées. La couleur de la douleur et du sang ; celle de la colère ; et du cœur profané de Madding.

Je posai la main contre le torse de mon agresseur. *Je peins une image, enfant de démon !*

Brillant se crispa. Son bras glissa sur le côté ; je repris mon souffle. Je me préparai à la prochaine attaque, mais mon assaillant ne fit pas d'autre tentative.

Je m'aperçus soudain que je voyais ma main.

Durant un instant, je doutai qu'elle fût *bien la mienne.* Je la distinguais pour la première fois, après tout. Elle me paraissait trop petite pour être la mienne, effilée, délicate, et beaucoup plus ridée que je ne l'aurais cru. Il y avait de la crasse sous certains ongles. À l'arrière de mon pouce, j'aperçus une cicatrice, sans doute ancienne, de deux centimètres et demi de long environ. Je me rappelai qu'elle remontait à l'année précédente, au jour où le poinçon dont je me servais m'avait glissé entre les doigts.

Je retournai ma main pour contempler ma paume couverte de sang et entendis un bruit sourd : Brillant venait de tomber par terre à côté de moi.

Je restai allongée sans bouger durant un moment, farouchement satisfaite, puis tentai de défaire les sangles qui me maintenaient en place. Je compris vite qu'on ne pouvait en ouvrir les boucles qu'à deux mains. Mon autre bras étant toujours entravé par une courroie en cuir rembourrée à l'intérieur, je demeurai coincée un instant encore, jusqu'à ce que je pense à me servir du sang qui souillait ma main libre. Je la frottai aussitôt contre mon poignet, et commençai à le faire pivoter d'un côté, puis de l'autre, et à tirer dessus afin de la dégager. Je mis un certain temps, mais le sang et la sueur finirent par rendre le cuir suffisamment humide pour me permettre de m'échapper. Alors, enfin, je pus ouvrir toutes les boucles et m'asseoir.

Ou tentai du moins de le faire, car la tête se mit soudain à me tourner. Le cœur au bord des lèvres, je me sentis à peine basculer en arrière. Je m'effondrai contre le mur, haletante, et clignai des paupières pour chasser les étoiles qui dansaient devant mes yeux, me demandant, au nom de tous les dieux, ce que les Lumières avaient bien pu me faire. Puis je compris peu à peu : la quantité de sang qu'ils m'avaient prise. Quatre fois. Et en combien de jours ? Ils avaient attendu entre chaque prélèvement, mais visiblement pas assez. Je n'étais pas en état de marcher, et de bouger encore moins.

Ce qui était problématique, parce que je devais m'échapper de la Maison du Soleil Levant le plus vite possible. Je n'avais pas d'autre choix.

Tandis que je m'affalai en travers du lit, luttant pour rester consciente, je vis de la lumière luire à mes pieds. J'entendis Brillant inspirer, puis se lever lentement, le regard chargé de colère, lourd comme un poids en plomb.

« Ne me touchez pas », ordonnai-je sur un ton cassant sans lui laisser le temps de réfléchir. « Je vous interdis de me toucher ! »

Il ne dit rien et ne bougea pas, le regard posé sur moi en une menace tangible.

Je lui ris au nez. Je ne me sentais pas d'humeur joyeuse, pourtant, seulement amère. Mais cette hilarité me permit de me libérer.

« Espèce de salaud », injuriai-je. Je tentai de m'asseoir et de lui faire face, mais en vain. La seule chose dont je m'estimais capable, c'était de rester consciente et de parler. Ma tête pendait sur le côté comme celle d'un ivrogne, mais je ne m'interrompis pas pour autant. « Le Seigneur de lumière, lui si miséricordieux et si bon. Touchez-moi encore une fois, et le prochain trou sera pour votre tête. Ensuite, je laisserai mon sang couler sur vous. » Je voulus lever le bras, mais il se contenta de tressauter faiblement. « Voyons si j'ai encore assez de sang pour tuer un des Trois. »

Je bluffais. Je n'avais pas la force de faire quoi que ce soit. Pourtant, Brillant ne bougea pas de l'endroit où il se trouvait. Je sentais pratiquement sa colère battre contre moi telles des ailes d'insecte.

« Je ne peux pas te laisser vivre », réitéra-t-il. Il n'y avait pas la moindre trace de fureur dans son ton, en revanche. Il savait si bien se contrôler. « Tu représentes une menace pour l'Univers tout entier. »

Je l'insultai dans toutes les langues auxquelles je pus penser, c'est-à-dire quelques-unes seulement : en senmite, en ancien maro - enfin, les deux ou trois noms d'oiseaux que je connaissais, et avec les rudiments de kenti que Ru m'avait enseignés. Une fois fait, je faillis de nouveau m'évanouir, mais parvins à résister de haute lutte.

« Allez aux enfers, avec votre Univers, finis-je par articuler. Vous n'en avez strictement rien eu à faire, de l'Univers, le jour où vous avez déclenché la Guerre des dieux. *Rien ne vous intéresse,* en dehors de vous-même. » Je réussis à faire un geste vague de la main. « Vous voulez me tuer ? Méritez-le. Aidez-moi à m'échapper de cet endroit et *alors, oui, après ça,* ma vie vous appartiendra. »

Il resta parfaitement immobile. J'avais vu juste ; ma proposition retenait son attention.

« Un marché. Vous voyez ce que je veux dire, n'est-ce pas ? Une chose juste et bien ordonnée, que vous serez obligé de respecter. Vous m'aidez, je vous aide.

– T'aider à t'échapper…

– Évidemment, bon sang ! » Ma voix résonna contre les murs. Des gardes rôdaient dans le couloir, me souvins-je un peu tardivement. Je poursuivis plus bas. « Aidez-moi à quitter cet endroit et *à arrêter ces gens.*

– Si je te tue, ils n'auront plus accès à ton sang. »

Quelles douces paroles mon Brillant était capable de proférer ! J'éclatai de rire cette fois encore, ce qui le consterna.

« Il leur restera toujours Dateh », avançai-je lorsque l'hilarité m'eut quittée. Je me sentais fatiguée. J'avais sommeil. Mais ce n'était pas le moment de dormir. Si je ne concluais pas d'abord ce marché avec Brillant, je ne me réveillerais jamais.

« Ils ont réussi à tuer Role avec le sang de Dateh. Grâce à son pouvoir, ils en ont capturé d'autres. Quatre fois, Brillant ! Ils m'ont pris du sang quatre fois. Combien de vos enfants a-t-il permis d'empoisonner ? »

J'entendis son souffle se suspendre. L'argument avait fait mouche, oh oui. J'avais enfin trouvé son point faible, la brèche dans son apathie. Pour aussi diminué, insulté, insensible qu'il était, il aimait toujours sa famille. Je préparai déjà ma prochaine attaque, sachant qu'elle l'atteindrait encore plus profondément.

« Ils se serviront sans doute de mon sang pour tuer Nahadoth.

– Impossible », contredit Brillant. Mais je le connaissais. Il y avait eu de la peur dans sa voix. « Nahadoth pourrait détruire ce monde avant que Dateh n'ait eu le temps de cligner des yeux.

– Pas s'il est distrait. » Mes paupières se fermèrent soudain. Je ne pus les rouvrir malgré mes efforts. « Ces gens tuent les génitures pour l'attirer ici, dans le domaine des mortels. Dateh les tue. Il les *mange.* » Le sang de Madding coulant telles des rivières sombres le long du menton de Dateh au moment où il avait mordu dans le cœur comme dans une pomme… Je faillis vomir et repoussai aussitôt cette image. « Il leur prend leur magie. Je ne sais pas comment… Comment il… » Je déglutis, me concentrai. « Le Seigneur de la nuit. Je ne sais pas de quelle façon Dateh compte s'y prendre. En lui envoyant une flèche dans le dos ? Qui sait, ça marcherait peut-être, mais… est-ce que vous tenez vraiment à lui donner la possibilité d'essayer ? Parce que si jamais il avait la moindre chance de… réussir… »

C'en était trop. Trop. J'avais besoin de repos, et que personne ne tente de me tuer pour le moment. Brillant m'accorderait-il cela ?

Il n'y avait qu'un moyen de le savoir, décidai-je, avant de m'évanouir.

Je repris conscience.

La chaleur du jour. De nouvelles voix.

« … infection », dit l'une d'elles. Masculine. Belle, âgée et râpeuse, comme celle de Vuroy. (Oh, comme il me manquait !) D'autres mots murmurés, apaisants. Quelque chose à propos d'une « capture », d'« hypovolémie », d'un « apothicaire ».

« … nécessaire. Il y a des signes… » Serymn. Elle était déjà passée me voir, je m'en souvenais. N'était-ce pas adorable de sa part ? Elle s'inquiétait pour moi. « … faut l'enlever rapidement. »

La voix râpeuse s'éleva, résonna, baissa, mais pas assez pour que je n'entende pas ce mot : « … meurt. »

Un long soupir de la part de Serymn. « Nous allons faire une pause pour un jour ou deux, dans ce cas. »

D'autres murmures. Déroutants. J'étais fatiguée. Je me rendormis.

La nuit, encore. La chambre semblait moins chaude. J'ouvris les yeux et entendis un halètement rauque et irrégulier monter du lit de camp à côté. Brillant. Sa respiration glougloutait et sifflait étrangement. Je l'écoutai un moment, mais elle ralentit, s'arrêta une fois, repartit. Cessa de nouveau. Demeura silencieuse.

Une odeur de sang frais flottait dans la pièce. M'en avaient-ils pris davantage ? Je me sentais mieux, pourtant, pas moins bien.

Je me rendormis avant que Brillant ait ressuscité et pu me dire ce que les Lumières lui avaient fait.

Plus tard. Toujours la nuit, mais plus profonde.

De la lumière m'obligea à ouvrir les yeux. Je jetai un regard en biais à Brillant recroquevillé sur le côté sur son lit de camp, encore scintillant de son retour à la vie.

Je tentai de bouger et me rendis compte que j'avais davantage d'énergie. Mon bras bandé serré était extrêmement douloureux, désormais, mais j'arrivais à le mouvoir. On avait remis les sangles en place en travers de ma poitrine, de mes hanches et de mes jambes, mais celle à mon autre poignet était lâche. Je libérai facilement ma main.

L'œuvre de Brillant ? Il avait accepté mon marché, dans ce cas.

Je détachai les lanières et m'assis lentement, avec précaution. Je fus prise de vertiges et de nausée, puis me sentis mieux avant de tomber face contre terre. Je restai au bord du lit, inspirant profondément, essayant de reprendre conscience de mon corps : de mes pieds, de mes jambes tremblantes, des couches autour de mes hanches - propres, heureusement -, de mon dos voûté, de mon cou douloureux. Je soulevai la tête ; elle ne me tourna pas, cette fois. Je me mis debout avec la plus grande prudence.

Les trois pas qui séparaient ma paillasse de Brillant m'exténuèrent. Je m'installai par terre juste à côté de lui et posai la tête sur ses jambes. Mon compagnon ne bougea pas, mais son souffle chatouilla mes doigts au moment où je contemplai sa mine : son front était crispé, même dans son sommeil. De nouvelles rides creusaient son visage autour de ses yeux caves. Il n'était pas mort, mais quelque chose lui avait fait beaucoup de mal. Il se réveillait dès qu'il revenait à la vie, en général. Très étrange…

J'effleurai de la main le tissu de sa blouse. La sensation d'humidité froide que je sentis me surprit. Je la touchai, l'explorai, et me rendis compte qu'une grande tache de sang à moitié sec courait au bas de son abdomen. Je remontai sa chemise et inspectai son ventre : pas de blessure, mais il y en avait eu une terrible à cet endroit. Et profonde.

Il se réveilla tandis que je le frôlais, puis son éclat disparut rapidement. Je le vis ouvrir les yeux et me regarder en fronçant les sourcils. Ensuite, il soupira et s'assit à côté de moi. Nous restâmes l'un à côté de l'autre sans mot dire durant un moment.

« Je crois que j'ai une idée, fis-je. Pour nous échapper d'ici. Dites-moi si vous pensez que ça pourrait marcher. » Je lui exposai mon plan, qu'il écouta attentivement.

« Non », fit-il.

Je souris. « Non, ça ne marchera pas ? Ou non, vous préféreriez me tuer volontairement plutôt que par accident ? »

Il se leva brusquement et s'éloigna de moi. Je ne distinguai que le contour flou de sa silhouette tandis qu'il allait se poster près de la fenêtre. Il avait les poings roulés en boule, les épaules hautes et tendues.

« Non, fit-il. Je ne crois pas que ça pourrait marcher. Mais même si c'était le cas… » Un frisson le traversa, et alors, je compris.

La colère me saisit de nouveau, même si je ris. « Oh, je vois. J'avais oublié ce fameux jour au parc, celui où vous avez semé toute cette pagaille en vous en prenant au prévit Rimarn. » Je serrai mes poings contre mes cuisses sans faire cas de l'élancement dans mon bras blessé. « Je me souviens de votre regard, lorsque vous l'avez fait. Durant tout le temps où j'ai été en danger, et littéralement terrifiée pour vous, *vous avez savouré* la possibilité de retrouver un peu de votre ancien pouvoir. »

Nous n'en parlâmes pas, mais j'en étais certaine ; je l'avais vu sourire, ce jour-là.

« Ça doit être tellement dur pour vous, Brillant. De ne pouvoir redevenir vous-même qu'aussi peu de temps. Et ensuite, de voir votre pouvoir diminuer jusqu'à ce qu'il n'en reste rien, à part… *ça !* » Je désignai son dos en train de disparaître sans cacher mon dégoût. Je me fichais totalement de l'opinion qu'il pouvait avoir de moi, étant donné celle que j'avais de lui, désormais. Je ne pouvais vraiment pas dire que je pensais beaucoup de bien de sa personne. « C'est déjà suffisamment pénible de pouvoir y goûter de nouveau tous les matins, n'est-ce pas ? Ce serait sans doute plus facile si vous ne vous souveniez pas de celui que vous avez été. »

Il se raidit, son humeur maussade se transformant en colère, comme je l'avais tant de fois vue le faire. Il était si prévisible. Ce que je trouvais tellement satisfaisant.

Puis, tout d'un coup, ses épaules se relâchèrent. « Oui », accorda-t-il.

Je clignai des yeux, désarçonnée. Ce qui me rendit d'autant plus agressive : « Vous n'êtes qu'un lâche. Vous avez peur que ça marche. Pourtant, vous savez bien que ce sera exactement comme les fois précédentes, sauf que vous serez plus faible que jamais. Parfaitement incapable de vous défendre. Inutile. »

De nouveau, cette inexplicable reddition. « Oui », murmura-t-il.

Je serrai les dents de rage, déçue, m'accordant un moment pour reprendre des forces et observer son dos. Je ne voulais pas qu'il capitule. Je souhaitais... difficile à dire. Mais pas ça, en tout cas.

« Regardez-moi ! » lançai-je d'un ton hargneux.

Il se retourna. « Madding, fit-il doucement.

– Quoi, Madding ? »

Il ne dit rien. Je serrai le poing, subissant l'éclair de douleur qui me traversa lorsque mes ongles entamèrent ma paume. « Quoi, bon sang ? »

Un silence exaspérant.

Si j'en avais eu la force, j'aurais jeté quelque chose par terre. N'ayant rien d'autre que des mots à ma disposition, je les martelai. « Parlons de Madding, dans ce cas. Oui, pourquoi pas ? Madding, votre fils, mort à terre, tué par des mortels qui lui ont arraché et mangé le cœur. Madding, qui vous aimait encore malgré tout...

– Tais-toi, asséna-t-il d'un ton hargneux.

– Ou quoi, Seigneur lumineux ? Vous essaierez de nouveau de me tuer ? » Je ris si fort que j'en perdis haleine, et poursuivis d'une voix entrecoupée. « Vous croyez vraiment... que j'ai peur de... mourir ? » Je dus m'interrompre. Je m'assis lourdement en retenant mes larmes et attendis que les vertiges passent. Ce qui finit par arriver, heureusement, quoique lentement.

« Inutile », fit Brillant. Il prononça ces paroles si doucement - à peine un murmure - que mon halètement les couvrit presque. « Oui, j'ai essayé de convoquer le pouvoir. *Mais c'est pour Madding* que je me suis battu, pas pour moi. Malheureusement, la magie n'est pas venue. »

Je fronçai les sourcils. La colère se dissipa. Je n'éprouvai rien ensuite. Nous restâmes assis un long moment tandis que le silence s'étirait, puis l'éclat de Brillant disparut totalement.

Finalement, je m'allongeai sur le lit de camp en soupirant, les yeux mi-clos. « Madding n'était pas un mortel, fis-je. C'est pour ça que votre pouvoir n'a pas fonctionné.

– Oui », confirma-t-il. Il avait repris le contrôle de lui-même, sa voix dénuée d'émotion, sa diction sèche. « Je le comprends, à présent. Ton plan n'en reste pas moins une folie inutile.

– Vous avez sans doute raison, soufflai-je en me laissant dériver vers le sommeil. Mais ce n'est pas comme si vous pouviez m'arrêter, alors vous feriez aussi bien de m'aider. »

Il s'approcha de ma paillasse et resta debout au-dessus de moi si longtemps que je m'endormis. Il aurait pu me tuer, alors. M'étouffer, me frapper, m'étrangler à mains nues ; il avait tout un éventail d'options à sa disposition.

Au lieu de ça, il me souleva. Son geste me réveilla, mais à moitié seulement. Je flottai dans ses bras comme dans un rêve. J'eus l'impression qu'il mit plus de temps pour me porter jusqu'à mon lit qu'il ne lui en aurait normalement fallu. Il était brûlant de fièvre.

Il m'allongea et me sangla de nouveau, sauf un poignet afin que je puisse me libérer.

« Demain », dit-il.

Je me réveillai au son de sa voix. « Non. Ils vont sans doute recommencer à me prendre du sang. Nous devrions partir maintenant, ou à l'aube.

– Il faudrait que tu sois plus forte. » Implicite, le fait que je ne pourrais pas compter sur sa force. « Mon pouvoir ne marchera pas de nuit. Même pas pour te protéger.

– Oh, fis-je. D'accord.

– L'après-midi, ce serait mieux. L'Arbre ne cachera pas le soleil, à ce moment-là ; ça nous donnera un léger avantage. Je vais faire tout mon possible pour les convaincre de ne pas te prendre plus de sang d'ici là. »

Je levai la main pour toucher son visage, puis la laissai retomber sur sa chemise juste à l'endroit où il y avait la tache sèche. « Vous serez encore mort, ce soir.

– Je meurs souvent, ces derniers jours. Ma capacité à ressusciter semble littéralement fasciner Dateh. »

Je fronçai les sourcils. « Qu'est-ce que... » Mais non. J'imaginais trop bien ce que Dateh avait pu lui faire subir. Cherchant à me souvenir des jours troubles qui avaient suivi le décès de Madding, je me rendis compte que Brillant avait en effet réintégré la chambre mort, mourant, ou couvert de sang à différentes reprises. Pas étonnant que nos ravisseurs n'aient pas réagi lorsque je l'avais moi-même transpercé.

Il y avait tant de choses auxquelles j'aurais souhaité réfléchir. Tant de questions sans réponses. Comment avais-je tué Brillant ? Je n'avais pas eu de peinture à ma disposition cette fois, ni de fusain. Paitya et les autres étaient-ils encore en vie ? (Madding, mon Madding. Non, pas lui, je ne devais pas penser à lui.) Si mon plan réussissait, je tenterais d'aller voir Nemmer, la déesse furtive. Elle nous aiderait.

Je veillerais à ce que les assassins de Madding soient arrêtés.

« Réveillez-moi dans l'après-midi, dans ce cas », lançai-je avant de fermer les yeux.

14

Vol

(Encaustique sur toile, fusain, frottage au métal)

Il y eut des complications.

Je mis du temps à me réveiller – ce qui tomba bien, car j'aurais bougé et me serais trahie. Avant que j'aie pu le faire, quelqu'un parla, ce qui me permit de comprendre que Brillant et moi n'étions pas seuls dans la chambre.

« Lâchez-moi. »

Mon sang se glaça. *Hado.* Il y avait de la tension dans l'air. Quelque chose vibrait contre ma peau, comme une démangeaison parfaitement incompréhensible. De la colère ? Non.

« *Lâchez-moi,* ou j'appelle les gardes. Ils sont juste de l'autre côté de la porte. »

Le bruit d'un mouvement rapide, de chair, de tissu.

« Qui êtes-vous ? » Brillant, même si sa voix était méconnaissable. Elle tremblait, comme tiraillée entre manque et confusion.

« Pas celui que vous croyez.

– Mais…

– *Je suis moi.* » Hado prononça ces mots avec une telle sauvagerie que je tressaillis presque. « Juste un mortel comme les autres, à vous entendre.

– Oui… oui. » Brillant semblait davantage lui-même, désormais, car de l'émotion transparaissait dans son ton. « C'est ce que je vois. »

Hado inspira profondément, son souffle aussi tremblant que la voix de Brillant l'avait été, ce qui permit à la tension de diminuer un peu. J'entendis encore du bruit de tissu déchiré, puis Hado se dirigea vers moi, son ombre s'étirant sur mon visage. « A-t-elle montré le moindre signe d'amélioration aujourd'hui ? Ou parlé, peut-être ?

– Non, et non. » Plus taciturne que d'habitude, même concernant mon compagnon. Les prêtres des Salles Blanches enseignaient que le Seigneur lumineux ne pouvait pas mentir. J'étais soulagée de constater le contraire, même si cela ne lui plaisait apparemment pas.

« Tout est différent, à présent. Ils recommenceront certainement à lui prélever du sang dès ce soir. Espérons qu'elle soit assez robuste.

– Ça la tuera quand même.

– Regardez dehors, mon cher. Deux semaines se sont écoulées depuis la mort de Role. Encore deux autres avant la date butoir que le Seigneur de la nuit nous a fixée – comme il nous l'a rappelé, et de quelle façon. » Il laissa échapper un rire sans joie ; je me demandais à quoi il faisait allusion. « Dateh est comme possédé, depuis qu'il l'a vu. Aucune chance que je parvienne à le dissuader de le faire, cette fois. »

Soudain, la main d'Hado caressa mon visage et repoussa mes cheveux en arrière. La douceur de ce geste me surprit, venant de sa part. L'homme ne m'avait jamais paru du genre tendre.

« En fait, poursuivit-il en soupirant, si elle ne retrouve pas ses esprits - ou si jamais, par les enfers, elle revient à elle -, je crains qu'elle ne se vide de *tout le sang* qu'il lui reste, et que son cœur lâche. »

J'eus la chair de poule et priai aussitôt qu'Hado ne se rende compte de rien.

Il frôla du bout des doigts la sangle qui me barrait le ventre, perdu dans ses pensées, mutique. Il ne semblait pas vouloir nous laisser. Je commençai à m'inquiéter. La sensation de la lumière du soleil sur ma peau me paraissait étrange. Claire, d'une certaine façon. Cela signifiait-il que l'après-midi touchait déjà à sa fin ? Si Hado ne partait pas rapidement, la nuit tomberait et Brillant n'aurait plus de pouvoir. Nous avions besoin de sa magie pour atteindre notre but.

« Vous n'êtes pas tout à fait vous-même, lança soudain Brillant. Une partie de lui est toujours en vous. » Hado parut vexé.

« Pas celle qui en a quelque chose à faire de vous, en tout cas », asséna-t-il d'un ton cassant avant de se lever et de se diriger vers la porte avec raideur. « Abordez encore ce sujet, et je vous tue de mes propres mains. »

À ces mots, il partit et claqua la porte derrière lui. Brillant vint près de moi et tira si fort sur la sangle que je criai.

« Cet endroit est une vraie maison de fous, aujourd'hui, expliqua-t-il. Les gardes sont sur les nerfs ; ils n'arrêtent pas de fouiller la chambre. Il en vient toutes les heures - des domestiques pour apporter de la nourriture, vérifier l'état de ce bras, puis de l'autre. » Hado, je présumai.

Je repoussai ses mains et défis comme je le pus la sangle autour de mon ventre en faisant signe à Brillant de détacher mes jambes, ce qu'il fit. « Que s'est-il passé pour qu'ils soient tellement en colère ?

– Ce matin… Lorsque le soleil s'est levé, il était noir. »

Je me figeai, abasourdie. Brillant continua de défaire mes liens.

« Un avertissement ? » demandai-je. Les paroles que la déesse silencieuse avait prononcées à la Racine Sud me revinrent en mémoire. *Vous connaissez son caractère mieux que moi.* La mauvaise humeur du Seigneur de la nuit était à son comble ; d'autres de ses enfants avaient dû mourir ou devaient être portés disparus. Attendrait-il seulement un mois entier comme il l'avait promis ?

« Oui. Mais il semblerait que Yeine ait réussi à contenir sa colère, enfin, jusqu'à un certain point. On voit le soleil distinctement, ailleurs dans le monde. Il n'y a qu'ici qu'on ne le peut pas. »

Alors comme ça, Serymn avait vu juste. Je sentais encore la chaleur du soleil sur ma peau, mais à peine. Il devait tout de même y avoir un peu de lumière, parce que Brillant n'aurait pas pris la peine d'essayer de me libérer autrement. Il s'agissait peut-être d'un genre d'éclipse. J'avais entendu parler de phénomènes au cours desquels le soleil devenait totalement noir… Mais une éclipse de un jour complet, et qui suivait la course de l'astre ? Pas étonnant que les Lumières aient été dans tous leurs états. La panique avait certainement dû gagner la cité entière.

« Combien de temps, avant le coucher du soleil ? demandai-je.

– Très peu. »

Par tous les dieux ! « Pensez-vous arriver à briser cette fenêtre ? La vitre est tellement épaisse. » Mes mains ne seraient pas assez rapides ; je me sentais toujours faible, même si j'allais mieux.

« Les pieds du lit de camp sont en métal. J'en ai desserré un. Il me servira de gourdin. » Mon compagnon avait formulé ces phrases en réponse à ma question, ce que je pris pour une réponse en soi.

Une fois toutes les sangles détachées, je m'assis. Je n'eus pas de vertiges cette fois, même si je tanguai au moment où je voulus me mettre debout. Brillant me tourna le dos, puis je l'entendis déplacer la table devant la porte. Pour retarder les gardes, qui surgiraient dans la pièce à l'instant où il briserait la vitre. Chaque seconde compterait, une fois l'opération lancée.

Il poussa un grognement d'une voix métallique lorsqu'il essaya de retirer le pied du lit, puis, aussi doucement que possible, il positionna le reste de la structure contre le chambranle. Ensuite, nous allâmes nous poster près de la fenêtre. Je sentis la chaleur du soleil courir sur ma peau, mais moins forte ; elle continuait de baisser. Il ferait bientôt nuit.

« Je ne sais pas combien de temps la magie va mettre à venir », prévint-il. *Ou si elle viendra tout court*, ce qu'il ne dit pas, mais pensa, je n'en doutai pas. Je me posai moi-même la question. « Pendant un moment, je vais tomber, poursuivit Brillant. La descente est toujours longue.

— La peur peut tuer un mortel, s'il court un grand danger. »

La colère que j'avais éprouvée depuis la mort de Madding ne m'avait pas quittée, elle s'était juste apaisée. Je la sentais me gagner de nouveau, même si je souriais. « Alors je n'aurais pas peur, dans ce cas. »

Il hésita encore un moment, mais finit par soulever le pied du lit.

La première frappe fissura la vitre. Elle résonna si fort à travers la chambre à moitié vide que j'entendis aussitôt des voix d'hommes s'élever de l'autre côté de la porte, suraiguës d'angoisse, puis un cliquetis de clés retentir dans la serrure.

Brillant se recula et souleva de nouveau le pied du lit vers l'avant en gémissant. Je sentis un courant d'air passer dans le sillage du coup qu'il asséna ; vraiment puissant. Brillant finit de détruire la vitre, et fit tomber différents grands bouts de verre. Un vent étonnamment froid s'engouffra dans la pièce. Ma blouse se plaqua contre ma peau. Je tremblai de tous mes membres.

Les gardes avaient réussi à entrouvrir la porte, mais la table et le matelas les gênaient. Ils nous criaient après, appelaient à l'aide, tentaient de repousser les meubles sur le côté. Brillant jeta le pied de lit et fit tomber vers l'extérieur autant de verre qu'il le put. Ensuite, il prit mes mains et les guida vers l'avant. Je sentis le tissu de sa tunique sous mes doigts. Il avait recouvert le rebord déchiqueté de la fenêtre avec.

« Essaie de sauter loin, de t'écarter le plus possible de l'Arbre », conseilla-t-il. Comme s'il avait l'habitude d'expliquer aux femmes comment bondir vers la mort.

J'opinai et me penchai au-dessus du vide, essayant de trouver comment gérer la situation au mieux. Tandis que je réfléchissais, le vent qui murmurait souleva quelques mèches de mes cheveux. Pendant un instant, ma résolution chancela. Je ne suis qu'un être humain, après tout - ou mortel, à défaut d'humain.

Je convoquai délibérément l'image de Madding, celle de son regard moribond. Mon amant avait su que la vie l'abandonnait, et que j'en étais responsable - mais il n'y avait eu ni haine ni dégoût dans son expression. Il avait encore éprouvé de l'amour pour moi, en cet instant.

La peur me quitta. Je m'éloignai de la fenêtre.

La voix de Brillant par-dessus les cris des gardes : « Orie, il faut…

– La ferme, murmurai-je avant de plonger par l'ouverture, les bras écartés tandis que je m'élançai à travers ciel.

Je n'entendis plus que le vent rugissant. Mes vêtements claquèrent autour de moi, battirent ma peau. Mes cheveux, que quelqu'un avait noués en houppette à l'arrière de ma tête, brisèrent le lien qui les retenait et formèrent une nuée derrière moi. Au-dessus de moi. Je tombai même si je n'avais pas la sensation de le faire. Je flottai, comme portée par un coussin d'air. Je n'éprouvai aucune peur du danger, aucune tension, rien. Je me laissai simplement aller, espérant que ce moment ne finisse jamais.

Mais des doigts tapotèrent ma jambe et m'arrachèrent à ma béatitude. Je me tournai sur le dos dans un mouvement nonchalant et gracieux. Était-ce Brillant ? Je ne le voyais pas. Mon plan avait échoué, dans ce cas, et nous mourrions tous les deux en atteignant le sol. À la différence qu'il reviendrait à la vie ensuite, et que moi pas.

Je levai les bras pour lui présenter mes mains. Il les attrapa, faillis les lâcher une fois, m'attira vers lui et m'enlaça enfin. Je me laissai aller contre sa rassurante solidité, bercée par le vent tourbillonnant. Parfait. Je ne mourrais pas seule.

Comme j'avais l'oreille posée contre sa poitrine, je le sentis se raidir et entendis son halètement rauque. Son cœur palpita même très fort contre ma joue. Puis…

De la lumière.

Par les Trois, qu'elle était vive ! Partout autour de moi. Je fermai les yeux et aperçus la silhouette de Brillant dont l'éclat flamboyant éclairait l'obscurité de ma vision. Je *la perçus* contre ma peau, sa pression semblable à celle des rayons du soleil. Nous chûmes à la vitesse de l'éclair, tels ces corps célestes que je m'étais imaginés, mais que je ne verrais jamais de mes propres yeux : comme des comètes. Ou des étoiles filantes.

Notre descente ralentit. Le rugissement du vent se fit plus doux, plus discret. Quelque chose avait inversé la force gravitationnelle. Étions-nous en train de voler ? De flotter ? Étions-nous beaucoup tombés, ou nous restait-il encore une longue distance à parcourir ? Combien de temps avant que le soleil disparaisse et que…

Brillant hurla. Sa lumière déclina, puis elle s'éteignit d'un coup, emportant avec elle la puissance qui nous avait portés. Je nous sentis partir en vrille…

Puis nous heurtâmes le sol.

15

Prière aux dieux douteux
(Aquarelle)

Quelqu'un criait. Un son aigu, ténu, incessant. Énervant. Bon sang, j'essayais de dormir ! Je me retournai pour le fuir.

À l'instant même où je bougeai la tête, un violent haut-le-cœur me traversa. J'eus simplement le temps d'ouvrir la bouche et d'inspirer une bouffée d'air sifflante avant de vomir. Je régurgitai à peine un filet de bile. Je ne savais plus à quand remontait la dernière fois que j'avais mangé.

Mon estomac semblait déterminé à me rendre malade, et à ne pas tenir compte du fait que mes poumons avaient besoin d'oxygène. Je luttai, les yeux pleins de larmes, la tête m'élançant, les oreilles bourdonnantes, jusqu'à ce que je parvienne enfin à prendre une demi-inspiration. Ce qui m'aida. Mon mal au cœur se calma ; je respirai mieux. Pour finir, mon ventre se détendit, mais un instant seulement. Les muscles de mon abdomen tremblaient encore, prêts à repartir à l'attaque.

Lorsque je fus de nouveau capable de réfléchir,

je soulevai la tête et tentai de comprendre où je me trouvais et ce qui s'était passé. Le bourdonnement à mes oreilles - que j'avais pris pour un cri -, fort et interminable, m'exaspérait. La dernière chose dont je me souvenais était que… Je fronçai les sourcils, ce qui ne fit qu'accroître la douleur. La chute. Oui. J'avais sauté d'une des fenêtres de la Maison du Soleil Levant, déterminée à m'échapper ou à mourir en essayant de le faire. Brillant m'avait rattrapée, et…

Je suffoquai. *Brillant.*

Sous moi.

Je m'écartai de lui, ou tentai du moins de le faire. Mais au moment où je bougeai mon bras droit, je poussai un cri qui déclencha un autre haut-le-cœur. Luttant contre la douleur et la nausée, je me dégageai grâce à mon bras gauche encore faible de l'infection que les Lumières avaient causée. Cependant, l'élancement que j'éprouvai alors ne fut rien comparé à celui dans le droit, à la tension dans mon estomac, aux éclairs de douleur dans mes côtes, et encore moins aux palpitations d'enfer qui martelaient ma tête. Pendant quelques minutes, je restai étendue en gémissant, démunie face à ma souffrance.

Elle finit par disparaître assez pour que je puisse bouger. Après que j'eus réussi à me relever à moitié, j'inspectai de nouveau mon environnement. Mon bras droit étant totalement bloqué, je tendis le gauche. « Brillant ? »

Il était là. Vivant ; il respirait. J'effleurai ses paupières, qui étaient ouvertes. Il cligna des yeux, car ses cils chatouillèrent le bout de mes doigts. Je me demandai s'il avait décidé de me reparler.

Ce fut alors que je me rendis compte que mes genoux et la hanche sur laquelle j'étais calée étaient trempés. Troublée, je palpai le sol : un pavement en brique, gras et boueux. Une humidité froide qui devenait plus chaude, près du corps de Brillant. Aussi chaude que…

Très chers dieux !

Il était vivant. Sa magie nous avait sauvés… Enfin, pas tout à fait, mais assez pour amortir notre chute. Et assez pour que, au moment où il nous avait retournés de façon à ce que lui touche le sol en premier, nous survécussions tous les deux. Mais si j'étais blessée à ce point…

Mes doigts trouvèrent l'arrière de sa tête… J'en perdis le souffle et retirai aussitôt ma main. Dieux, dieux, dieux !

Mais où étions-nous, par les enfers ? Depuis combien de temps étions-nous étendus là ? Devais-je prendre le risque d'appeler à l'aide ? Je regardai alentour, écoutai. L'air était froid et brumeux ; la nuit. De grosses gouttes de pluie douce tombaient sur ma peau, comme lorsqu'il pleuvait à Ombre. Je le distinguai, ce petit crachin. Il était partout autour de nous, mais je n'entendais rien d'autre dans mon proche environnement. Ni personne. Il y avait beaucoup d'odeurs, en revanche - celle de poubelles, d'urine, de métal rouillé. Une nouvelle allée ? Non, l'espace qui nous cernait était plus ouvert. Où que nous soyons, c'était isolé ; si quelqu'un nous avait vus atterrir, la curiosité aurait poussé cette personne à venir à notre rencontre.

Brillant commença à haleter de façon irrégulière. Je posai la main sur sa poitrine nue - il avait ôté sa chemise, à la Maison – et faillis la retirer, dégoûtée par l'étonnant *manque de relief* de son torse. Son cœur battait avec constance, en revanche, à la différence des inspirations glougloutantes et saccadées qu'il prenait avec difficulté. À ce stade, son agonie durerait encore longtemps.

Je devais le tuer.

La panique s'empara de moi, à moins que ce ne fût la nausée, même si c'était complètement idiot de ma part. Je savais qu'il ne resterait pas mort. Il reviendrait à la vie, et entier. Il n'y avait pas de meilleur moyen de le « guérir », comme Lil l'avait dit. Sans compter que je ne le tuerais pas pour la première fois.

Mais c'était une chose, d'assassiner sous le coup de la colère ; une autre, de le faire de sang-froid.

Je n'étais même pas certaine de *pouvoir* le faire. Mon bras droit ne me servirait à rien ; il était déboîté, voire cassé, même si, heureusement, il semblait s'engourdir. Tout le reste de mon corps me lançait. J'avais peut-être mieux survécu que Brillant à la chute, mais je n'étais pas indemne pour autant. Et j'aurais besoin de mes deux bras, au minimum, ne serait-ce que pour lui faire le coup du lapin.

Soudain, je compris la chose suivante : j'étais perdue quelque part à Ombre, impuissante, mon compagnon déjà mort ou presque. Les Lumières ne tarderaient pas à arriver ; ces gens détenaient une information importante concernant Brillant : il revenait à la vie. J'étais malade, blessée, faible. Terrifiée. Et, bordel ! J'étais aveugle.

« Pourquoi faut-il toujours que tout soit difficile, avec vous ? » demandai-je à mon compagnon en clignant des yeux pour chasser des larmes de frustration. « Dépêchez-vous de mourir ! »

Quelque chose cliqueta tout près.

J'haletai, le cœur bondissant. La colère passée, je me mis à genoux et écoutai mieux. Le son était venu de la droite, quelque part au-dessus de moi, un bruit sec et métallique ; de l'eau en train de tomber sur une canalisation extérieure, ou une personne à notre recherche qui avait réagi à ma voix.

Je me mis à quatre pattes et inspectai l'espace autour de moi. Je découvris du bois à quelques pas sur ma gauche, vieux et fendu : un tonneau aux anneaux rouillés, défoncé sur un côté. Un autre juste au-dessus, et puis une espèce de grand morceau de bois plat, comme un bardeau de toiture, penché contre les tonneaux. Coincée dessous, une caisse pourrie.

Je me trouvai dans un dépotoir. Le seul implanté près de l'Arbre, à ma connaissance, se situait à Shustocks, dans Oueston, où les forgerons et charretiers des environs venaient se débarrasser de leur matériel inutile et du contenu de leurs charriots.

Le bardeau appuyé contre les barriques formait une sorte d'appentis qui offrait un petit espace en dessous. Aussi précautionneusement que je le pus, je repoussai la planche au loin, priant pour qu'aucun des objets posés dessus ne tombe et ne révèle notre présence – ou ne nous écrase. Comme il ne se passait rien, je me glissai sous cette volige et inspectai les lieux plus avant.

L'appentis était juste assez grand.

Je sortis à reculons, me relevai, et manquai défaillir lorsqu'un nouveau haut-le-cœur me prit. Mon mal au crâne était vraiment atroce, pire que jamais. J'avais dû me cogner la tête dans ma chute – pas assez pour me la briser, mais pour qu'un véritable grincement de crécelle retentisse à l'intérieur.

Un autre bruit s'éleva dans la même direction, puis quelque chose s'abattit violemment contre du bois. Après ça, il n'y eut plus que le silence.

Haletant à cause de la douleur, je m'avançai en trébuchant vers le corps de Brillant. Après avoir accroché ma main valide à ses pantalons, je me penchai en arrière, puis le traînai doucement en poussant fort sur mes jambes, et en gémissant entre mes dents. Ensuite, je le cachai sous le petit appentis, ce qui me prit toute mon énergie. Ses pieds n'entrèrent pas. Je rampai à côté de lui, haletante et aux aguets, espérant que la pluie nettoierait son sang rapidement.

Je l'entendis grogner. Je sursautai, et lui lançai un regard à la fois furieux et consterné. Le fait de l'avoir traîné avait dû aggraver ses blessures. Je n'avais plus le choix ; si je ne le tuais pas, il nous trahirait.

Je déglutis, et lui infligeai ce qu'il m'avait fait dans la Maison du Soleil Levant : je pressai ma main contre sa bouche et pinçai son nez avec les doigts.

Durant cinq inspirations – le décompte des miennes –, je crus que cela fonctionnait. Sa poitrine se souleva, retomba. S'immobilisa. Puis il rua pour me repousser. J'essayai de tenir bon, mais il était encore fort, malgré ses blessures ; il m'obligea à lâcher prise. Il inspira aussitôt, beaucoup plus que la fois précédente. *Par les démons, il va nous faire tuer tous les deux !*

Démons ! Je fléchis la main.

J'aurais plein de sang à ma disposition pour peindre. C'était déjà ça. Je passai la main sous son cou et en mis dans le creux de mes doigts avant de l'étaler sur son torse en tremblant. Jusqu'à ce jour, j'avais toujours d'abord imaginé que je peignais, et ensuite *cru* que mon œuvre était réelle. D'un geste lent de la main, je formai un grand cercle de sang sur sa peau. Je comptais faire une autre béance, du genre de celle dont je m'étais servie pour tuer Brillant précédemment, ou pour transpercer le Vide de Dateh. Pas un simple rond dessiné avec du sang en guise de peinture. Un vrai trou.

Mais sa poitrine se souleva et retomba sous mes doigts. Je me renfrognai et levai la main de façon à sentir sa respiration.

Un trou. À travers sa chair et ses os, comme une tombe creusée dans de la terre molle, aux bords parfaitement découpés par une tête de pelle invisible. Parfaitement circulaire.

Un orifice.

Ma main apparut. Je la vis flotter dans l'obscurité, les doigts tournés vers l'extérieur et tremblants sous l'effort.

Une béance.

Comparée au mal de tête insupportable qui martelait alors mon crâne, la douleur qui traversa soudain mes yeux me parut presque agréable. Soit je m'y habituais, soit je souffrais déjà tellement qu'elle ne me faisait presque rien. Malgré cela, je repérai l'instant où Brillant cessa de respirer.

Le cœur battant la chamade, je baissai la main jusqu'à l'endroit où sa poitrine aurait dû se trouver. Je ne sentis d'abord rien, puis la déplaçai légèrement sur le côté. De la chair et de l'os, tranchés aussi nettement qu'avec un couteau - lorsque je retirai mes doigts, ma gorge se souleva de nouveau d'elle-même.

« Comme c'est bizarre ! » cria une voix joviale dans mon dos.

Je faillis hurler. Je l'aurais fait si je n'avais pas eu mal à la poitrine. Je me retournai et bondis en arrière en me cognant le bras violemment.

La créature agenouillée aux pieds de Brillant n'était pas humaine. Sa carrure l'était, plus ou moins, quoique plus trapue que la normale, et presque aussi massive que haute - sans être très grande pour autant. De la taille d'un enfant, peut-être, en admettant que cet enfant ait eu des épaules aussi larges et de longs bras musculeux. Son visage ne semblait pas jeune, lui non plus, et ce malgré ses bonnes joues et ses grands yeux tout ronds ; il avait le front dégarni, un regard à la fois vieux et à moitié sauvage.

Mais je le distinguais, ce qui signifiait qu'il s'agissait d'une géniture - la plus laide que j'aie jamais vue.

« Bon... bonjour, fis-je une fois mon cœur calmé. Je suis désolée. Vous m'avez surprise. »

Elle - la chose - me sourit, découvrant des dents éclatantes. Inhumaines elles aussi ; il n'y avait pas de canines. Juste de parfaits carrés plats bien alignés.

« Ce n'était pas mon but. Je ne pensais pas que vous me verriez. Comme la plupart des gens. » Il se pencha plus près et lorgna mon visage. « Mmm. Alors c'est vous, la fille. Celle aux yeux. »

J'opinai, entérinant du même coup cette étrange dénomination. Les génitures cancanaient comme des pêcheurs ; j'en avais croisé assez pour que le mot ait fait le tour. « Et vous êtes ?

– Décharge.

– Pardon ?

– *Décharge.* Vous avez réussi un très joli coup, dites-moi. » Il désigna Brillant du menton. « J'ai toujours rêvé de lui faire un trou ou deux ! Que faites-vous avec lui ?

– C'est une longue histoire. » Je soupirai, soudain épuisée. Si seulement j'osai me reposer, alors, peut-être... « Euh... mon... monseigneur Décharge. » Je me sentis bête de l'appeler de cette façon. « J'ai des ennuis. Pourriez-vous m'aider, s'il vous plaît ? »

Décharge dressa la tête, tel un chien perplexe. Mais malgré ça, il eut un regard perspicace. « Vous aider, vous ? Ça dépend. Lui ? C'est hors de question. »

Je hochai lentement la tête. Les mortels passaient leur temps à demander des faveurs aux génitures, ce qui énervait la plupart d'entre elles, d'ailleurs. Et celle-là n'aimait pas Brillant. J'allais devoir manœuvrer prudemment, ou elle partirait avant que j'aie pu lui parler de ses frères et sœurs disparus. « D'abord, pouvez-vous me dire s'il y a quelqu'un dans les parages ? J'ai entendu du bruit, tout à l'heure.

– C'était moi. J'étais venu voir ce qui avait atterri chez moi, cette fois. Beaucoup de gens sont balancés de là-haut et finissent ici. Mais d'une telle hauteur, jamais. » Il me lança un regard narquois. « J'aurais cru vous trouver en plus mauvais état.

– Chez vous ? » Un dépotoir n'était pas exactement l'idée que je me faisais d'un foyer, mais les génitures n'avaient pas besoin du même confort matériel que les mortels. « Oh, pardon. »

Décharge haussa les épaules. « Vous n'y êtes pour rien. Et cet endroit ne sera pas à moi encore très longtemps, de toute façon. » Il fit un geste vers le haut pour me rappeler la présence du soleil noir. La mise en garde du Seigneur de la nuit.

« Vous allez partir ?

– Je n'ai pas franchement le choix, si ? Ce serait vraiment stupide de rester ici vu comme Naha est énervé. Nous pouvons déjà être contents qu'il ne nous ait pas maudits. » Il soupira de mécontentement. « Les mortels, eux, en revanche… Ils sont marqués. Tous ceux qui se trouvaient dans la cité au moment où Role et les autres sont morts. Même lorsqu'ils s'en vont d'ici, ils voient encore le soleil noir. J'ai essayé d'envoyer certains de mes enfants dans le Sud, sur la côte, mais ils ont tous fait demi-tour. Ils disent qu'ils veulent être avec moi quand… » Il secoua la tête. « Quand il tuera tout le monde, les coupables comme les innocents. Lui et Itempas n'ont jamais été à ce point différents. »

Je baissai la tête en soupirant, fatiguée, et pas que physiquement. Était-ce vraiment une bonne chose, d'échapper aux Lumières ? Cela ferait-il une différence, si je trouvais le moyen de les exposer ? Le Seigneur de la nuit détruirait-il tout de même la cité par dépit ?

Soudain mal à l'aise, Décharge se mit à sautiller nerveusement sur ses pieds. « Je ne vais pas pouvoir vous aider, en revanche.

– Quoi ?

– Quelqu'un vous veut. Et lui aussi. Je ne peux vous aider ni l'un ni l'autre. »

Et tout d'un coup, je compris. « Vous êtes le dieu des Déchets », fis-je. Je ne pus m'empêcher de sourire. J'avais entendu des histoires à son sujet durant toute ma jeunesse. Elles avaient compté parmi mes préférées, d'ailleurs, même si je n'avais jamais su son vrai nom. Il était une autre figure de filou, pleine d'humour, que l'on retrouvait surtout dans les récits d'enfants fugueurs et de trésors perdus. Une fois qu'une chose était jetée, indésirable ou oubliée, elle lui appartenait.

Il sourit en retour, ses dents plates absolument dérangeantes. « Ouais. » Puis son rictus s'effaça. « Mais on ne vous a pas jetée. Quelqu'un vous veut *vraiment.* » Il fit un pas en arrière en grimaçant de dégoût, comme si ma présence physique l'avait fait souffrir. « Vous allez devoir partir. Je vous enverrai quelque part, si vous ne vous sentez pas en état de marcher…

– Je suis au courant pour les génitures disparues, laissai-je échapper. Je sais qui les a tuées. »

Décharge se raidit d'un coup, ses gros poings roulés en boule. « Qui ?

– Une secte de mortels. Là-haut. De vrais fous. » Je désignai l'Arbre derrière moi. « Parmi eux se trouve un scribe qui… » J'hésitai, tout à coup consciente du danger de divulguer l'information selon laquelle Dateh était un démon. Si les dieux apprenaient qu'il y en avait encore à travers le monde…

Non. Je me moquais de ce qui pouvait m'arriver. Qu'ils me tuent, du moment qu'ils s'occupent des assassins de Madding…

Mais avant que j'aie pu finir ma phrase, Décharge avait retenu sa respiration et s'était mis à tournoyer loin de moi, son image s'embrasant de lumière tandis qu'il convoquait sa magie. Il y eut un cri au loin, puis j'entendis des petits pieds battre autour d'une pile de détritus, et même trébucher une fois en trottinant le long de ce qui me parut une planche branlante.

« Décharge ! cria une jeune fille. Il y a des gens dans le dépôt ! Rexy leur a dit de foutre le camp et ils l'ont frappé ! Il saigne ! »

Le Seigneur des déchets me bouscula violemment et entraîna la fille dans l'espace où je me trouvais avec Brillant. « Ne bougez pas de là, ordonna-t-il. Je vais m'occuper d'eux. »

Je me tortillai tant bien que mal à côté de la petite. Elle n'avait pas beaucoup de place. Heureusement, elle n'était pas bien grande ; je m'aperçus même qu'elle n'était qu'un tas d'os en guenilles lorsque je la poussai. « Seigneur Décharge, soyez prudent ! Le scribe dont je vous ai parlé, sa magie… »

Décharge laissa échapper un petit grognement mécontent, et disparut.

« La barbe ! » Je frappai la jambe inerte de Brillant avec mon poing valide. Si Dateh se trouvait parmi le groupe de Lumières qui nous cherchait, ou s'ils avaient apporté une autre tête de flèche en sang de démon…

« Hé, intervint la fille. Poussez le type mort, pas moi. »

Mort, mort, inutilement mort. Mais je ne pouvais pas lui reprocher de ne pas m'avoir prévenue. Il avait même sans doute attendu que je sois plus forte avant notre tentative d'évasion pour cette seule raison - pour que je l'abandonne ? Durant un moment, je retournai cette éventualité dans ma tête. Si les Lumières ne le trouvaient pas, Brillant reviendrait à la vie et ferait son propre chemin dans la cité, comme avant notre rencontre. Mais s'ils le trouvaient… eh bien, peut-être les ralentirait-il assez pour que je puisse m'échapper.

Mais j'avais beau y réfléchir, je savais que je ne le ferais pas. Même si je détestais vraiment l'égocentrisme, le tempérament et l'affreuse personnalité de Brillant, il avait aimé Madding, lui aussi. Pour cette seule raison, il méritait un tant soit peu de loyauté.

En attendant, j'avais besoin d'aide. Je ne pouvais pas compter sur le retour de Madding. Je n'avais aucun moyen de demander assistance à des mortels. Si j'arrivais à convoquer une autre géniture, en revanche, ou mieux encore…

Ma première pensée me parut tellement abjecte que j'eus du mal à la considérer. Je m'efforçai pourtant de le faire, parce que Brillant l'avait dit lui-même : un certain dieu serait heureux d'en découdre avec les assassins de ses enfants. Cependant, je savais aussi, grâce à certains récits qui circulaient au sein de mon peuple, que le seigneur Nahadoth ne s'arrêterait pas là. Il déciderait peut-être d'anéantir les Lumières et de balayer la cité d'Ombre avec elles, voire le monde entier. Il était extrêmement en colère, et nous ne représentions rien pour lui - vraiment rien. Hormis ses traîtres et ses tortionnaires. Sans doute serait-il même content de nous voir tous mourir.

La Dame Grise, alors ; elle avait été une mortelle autrefois, et semblait encore s'intéresser au genre humain. Mais comment la contacter ? Je n'étais pas un pèlerin, même si j'avais exploité ces gens durant des années. Pour prier un dieu - pour obtenir l'attention d'un dieu -, il fallait d'abord bien connaître sa nature. J'ignorais le vrai nom de la Dame, tout comme j'ignorais celui des génitures auxquelles je pensais, dont Dame Nemmer. Je n'avais pas d'informations sur elles.

Soudain une idée me traversa l'esprit. Je déglutis, les mains subitement moites. Il y avait une géniture dont la nature était si simple, si terriblement simple, que n'importe quel mortel pouvait faire appel à elle. Le Maelström savait que je ne le souhaitais pas, pourtant.

« Bouge », ordonnai-je à la fille. Elle sortit doucement en grommelant, puis je tendis une main audehors. Au moment où la petite se recula, j'attrapai sa jambe osseuse. « Attends. Est-ce que tu vois quelque chose qui ressemblerait à un bâton dans les environs ? Ou un objet au moins aussi long ? » Je voulus lever les deux bras, mais suffoquai de douleur lorsque les muscles de mon membre blessé se contractèrent. Je parvins finalement à faire un geste éloquent avec mon bras valide. Si jamais je devais fuir, j'aurais besoin d'aide pour retrouver mon chemin.

La fille ne dit rien, me scruta sans doute durant une seconde ou deux, puis elle fila. J'attendis, tendue, à l'affût de la bagarre au loin - des cris d'adultes, des hurlements d'enfants, des débris s'écrasant au sol en mille morceaux. Proches de façon inquiétante, ces bruits. Que cette rixe contre une géniture se soit prolongée aussi longtemps signifiait soit que les Lumières étaient venues en nombre, soit que Dateh l'avait déjà eue.

La fille revint et me mit quelque chose dans la main. Je palpai l'objet en souriant : un manche à balai. Cassé et déchiqueté à un bout, mais parfait à part ça.

Le moment le plus difficile était arrivé. Je m'agenouillai et pris une grande inspiration pour m'aider à réfléchir, la tête penchée, puis me sondai intérieurement, à l'affût d'une émotion au milieu de ce marasme. D'un besoin singulier et impérieux. D'un *désir*.

« Lil, murmurai-je. S'il vous plaît, Dame Lil, écoutez-moi. »

Silence. Je me concentrai sur elle, la convoquai en pensée : pas son apparence, mais la sensation de sa présence, le sentiment menaçant de tant de choses contenues et de façon si précaire ; son odeur de viande avariée et sa mauvaise haleine ; le vrombissement de ses dents qui bougeaient sans arrêt. Qu'est-ce que cela faisait, d'éprouver *en permanence* du manque, comme elle ? Et de désirer une chose si intensément qu'il devenait possible de l'approcher ?

Ce devait être un peu comme ce que je ressentais, sachant que j'avais perdu Madding pour toujours.

J'empoignai le manche du balai, l'émotion submergeant mon cœur. Je plantai l'extrémité déchiquetée dans la boue et luttai contre le besoin irrépressible de pleurer, de crier. Je voulais qu'il revienne. Je voulais que ses assassins meurent. Mon premier souhait ne se réaliserait jamais, mais le second, en revanche… il était à portée de main. Pour peu que quelqu'un accepte de m'aider. L'heure de la justice était proche ; je la goûtais presque déjà.

« Venez m'aider, Lil ! » hurlai-je sans me soucier davantage du fait que les Lumières dans le dépotoir aient pu m'entendre. « Venez, satanée obscurité ! J'ai un festin que même vous, vous devriez trouver à votre goût ! »

Elle apparut accroupie devant moi, ses cheveux dorés tombant en cascade autour de ses épaules, son regard fou à la fois acéré et prudent.

« Où ça ? demanda Lil. Quel festin ? »

Je lui adressai un sourire féroce et exhibai mes dents. « Dans mon âme, Lil. Parvenez-vous à le goûter ? »

Elle me regarda un long moment, son expression passant du doute à l'étonnement. « Oui, finit-elle par dire. Oh, oui… Un vrai délice. » Elle ouvrit les yeux et fronça les sourcils de stupéfaction. « Tu n'étais pas aussi savoureuse, auparavant. Que s'est-il passé ?

– Oh, beaucoup de choses, Dame Lil. Des choses terribles. C'est d'ailleurs pour cette raison que je vous ai appelée. Acceptez-vous de m'aider ? »

Elle sourit. « Ça fait des centaines d'années que personne ne m'a plus priée. Recommenceras-tu à le faire, fille mortelle ? »

Elle était comme une pie, elle se précipitait sur le moindre objet brillant. « M'aiderez-vous, si je le fais ?

– Hé ! fit la petite dans mon dos. Qui c'est ? »

Lil posa sur elle un regard soudain avide. « Je t'aiderai, commença-t-elle, si tu me donnes quelque chose en échange. »

Je fis la moue, mais parvins à réprimer mon dégoût. « Je vous donnerai tout ce qu'il est en mon pouvoir de vous donner, Dame. Mais sachez que cette enfant est la fille de monseigneur Décharge. »

Lil soupira. « Je ne l'ai jamais aimé. Il ne partage pas sa camelote, même si personne n'en voudrait, de toute façon. » Boudeuse, elle donna une pichenette dans un objet par terre que je ne voyais pas.

Je tendis la main et attrapai la sienne, l'obligeant à se concentrer de nouveau sur moi. « Je sais qui a tué vos frères et sœurs, Dame Lil. Ces gens sont à mes trousses, et ils pourraient m'attraper bientôt. »

Elle fixa ma main posée sur la sienne, surprise, puis leva les yeux. « Je me moque totalement de ces histoires », asséna-t-elle.

Enfer et damnation ! Pourquoi fallait-il que je sois cernée de génitures toutes plus folles les unes que les autres ? Celles qui étaient saines d'esprit m'évitaient-elles ? « Ce n'est pas le cas de toutes les génitures. Nemmer…

– Oh elle, je l'aime bien. » Lil brilla plus fort. « Elle me donne tous les cadavres dont ses gens veulent se débarrasser. »

J'oubliai ce que je voulais dire pendant un moment, puis me ressaisis. « Si elle l'apprend par vous, poursuivis-je en tentant ma chance, je suis sûre qu'elle vous donnera d'autres corps. » Il y aura beaucoup de morts parmi les Nouvelles Lumières, lorsque cette histoire sera terminée, du moins l'espérai-je.

« Peut-être, fit-elle, soudain calculatrice, mais que me donneras-tu, *toi*, pour que j'aille la voir ? »

Surprise, je tentai de réfléchir. Je n'avais pas de nourriture à portée de main, ni le moindre objet de valeur. Mais je n'arrivais pas à me défaire du sentiment que Lil savait exactement ce qu'elle attendait de moi ; elle voulait simplement que je le dise la première.

De l'humilité, dans ce cas. Je l'avais priée, j'avais fait d'elle *ma déesse*, d'une certaine façon. Elle avait le droit de me réclamer une offrande. Je posai ma main valide sur le sol et baissai la tête. « Dites-moi ce que vous attendez de moi.

– Ton bras, lança-t-elle avec une certaine fébrilité. Il ne te sert plus à rien, à présent. Il pourrait même ne jamais guérir. Donne-le-moi. »

Ah, évidemment. Je regardai ce bras qui pendait le long de mon corps. Il y avait une sorte de protubérance dans sa partie supérieure, probablement due à une mauvaise fracture, qui n'était pas ouverte, heureusement. J'avais entendu dire que ce genre de blessure pouvait être fatale, à cause des éclats d'os qui empoisonnaient le sang, ou de la fièvre liée à l'infection.

Étant gauchère, ce n'était pas le bras dont je me servais le plus. J'avais déjà décidé que je n'en aurais plus besoin très longtemps, de toute façon.

J'inspirai profondément. « Je ne peux pas être handicapée, avançai-je prudemment. J'ai besoin de… de pouvoir courir.

– Je peux faire ça si vite que tu ne sentiras rien », promit Lil en se penchant en avant, impatiente. Je sentis de nouveau l'haleine fétide de sa vraie bouche, et pas de la fausse dont elle se servait pour m'amadouer. Une véritable odeur de charogne. « Ensuite, je cautériserai l'extrémité pour que tu ne saignes pas. Ton bras ne te manquera pas. »

J'ouvris la bouche pour dire oui.

« Non », intervint Brillant sur un ton cassant et en nous dévisageant toutes deux. J'essayai de me retourner et faillis tomber. Je le distinguai à peine ; la magie de sa résurrection se dissipait déjà.

La fille de Décharge glapit et s'éloigna précipitamment. « Vous étiez mort ! Qu'est-ce que c'est que ces conneries ?

– C'est à elle seule de décider si elle veut négocier sa chair avec moi ! asséna Lil, les poings roulés en boules de colère. Et tu n'as pas à m'interdire quoi que ce soit !

– Je pense que même toi, tu ne trouverais pas sa chair à ton goût, Lil. » J'entendis du bois tomber et de la poussière crisser au moment où Brillant se hissa hors de l'appentis. « À moins que tu n'aies l'intention de tuer un autre de mes enfants, Orie ? »

Je tressaillis. Mon sang de démon. J'avais oublié. Mais avant que j'aie pu expliquer la situation à Lil, une autre voix s'éleva, glaçant chaque goutte de poison dans mes veines.

« Vous voilà. Je me doutais que votre compagnon serait en vie, Dame Orie, mais je suis surpris - et content - de constater qu'il en va de même pour vous. »

Au-dessus et derrière Lil : l'un des petits portails dont Dateh se servait pour exercer sa surveillance. Je ne l'avais pas remarqué, puisque Lil m'avait distraite. Comme je ne m'étais pas rendu compte que les bruits de bagarre s'étaient tus.

Lil pivota sur elle-même, se leva, et pencha la tête d'un côté puis de l'autre, comme un oiseau. Je me mis debout à mon tour et m'appuyai lourdement sur le manche à balai pour contrebalancer mon bras inerte. À la fille que je ne voyais pas, j'ordonnai d'une voix sifflante : « Cours !

– Bien. À nous, Dame Orie. » La voix de Dateh était grondeuse, mais sensée, malgré l'étrangeté du fait qu'elle sortait du petit trou. « Vous savez comme moi qu'il est inutile de résister. Je vois que vous êtes blessée. Dois-je prendre le risque de vous faire davantage de mal en vous emmenant dans le Vide ? Ou me suivrez-vous sans faire d'histoires ? »

Un cri de surprise à ma gauche. La fille. Elle avait couru – et avait été attrapée par des gens qui convergeaient vers nous. De nombreuses paires de pieds, dix ou douze. Et d'autres encore, à l'autre bout du dépotoir. Les Nouvelles Lumières étaient venues.

« Vous n'avez pas besoin d'emmener cette enfant », dis-je en essayant de contrôler ma voix. Si près du but ! Et dire que nous avions presque réussi. « Est-ce que vous ne pouvez pas la relâcher ?

– Elle est un témoin, malheureusement. Ne vous en faites pas ; nous nous occupons bien des enfants. Nous la traiterons bien, tant qu'elle ne se rebellera pas.

– Décharge ! cria la fille, qui luttait visiblement contre ses ravisseurs. Décharge, à l'aide ! »

Décharge n'apparut pas. Mon cœur se serra.

« Mais c'est toi ! fit Lil, soudain brillante. J'ai pu mesurer ton ambition, il y a plusieurs semaines de ça, et j'avais dit à Orie Shoth de se méfier de toi. Je savais que je te rencontrerais, si je ne m'éloignais pas trop d'elle. » Elle rayonna comme une mère pleine de fierté. « Je suis Lil.

– Lil... » J'agrippai le manche à balai. « Sa magie est très puissante. Il a déjà tué plusieurs génitures, et... » Je réprimai un frisson de dégoût, car il m'aurait certainement donné de nouveau la nausée. « ... il les a mangées. Vous ne devriez pas entrer en contact avec eux. »

Lil me regarda, étonnée. « Quoi ? »

Brillant agrippa mon épaule valide, puis vint se placer devant moi.

« Je n'ai plus besoin de *vous*, à présent, asséna Dateh, glacial, à Brillant. Vous êtes inutile, quoi que vous soyez. Mais je n'hésiterai pas à passer à travers vous pour l'atteindre elle, alors écartez-vous. »

Lil me dévisageait toujours. « Qu'est-ce que ça veut dire, il les a *mangées* ? »

Des larmes de chagrin et de frustration me montèrent aux yeux. « Il tranche le cœur des génitures, et ensuite, il le mange. C'est ce qu'il a fait à toutes celles qui ont disparu. Seuls les dieux savent combien, à ce jour.

– *Dame Orie.* » La voix de Dateh, serrée de colère. Le trou doubla tout d'un coup de taille en déchirant l'air autour de lui au fur et à mesure. Il dériva vers nous, en manière de mise en garde. Je ne sentais pas d'aspiration... enfin, pas pour le moment.

« Tu ne m'avais pas dit qu'il les avait mangées. Tu aurais dû commencer par là », déclara Lil, visiblement ennuyée. Puis elle se tourna vers l'orifice de Dateh, la mine sombre. « C'est mal, très mal, de la part d'un mortel, de nous manger. »

Je perçus la succion à l'instant même où elle opéra. Elle commença plus doucement que la nuit devant chez Madding, mais réussit tout de même à me faire chanceler. Je vis Brillant se mettre d'aplomb sur ses pieds en grognant, et sentis son pouvoir grandir. Mais insuffisamment : la force l'entraîna vers l'avant…

Lil nous repoussa violemment sur le côté et se planta devant le trou.

L'aspiration augmenta soudain à pleine puissance. Brillant et moi étions tombés par terre ; j'étais étendue de tout mon long, à moitié consciente vu que je m'étais cogné la tête et avais cassé mon bras dans la chute. Dans le brouillard, j'aperçus Lil arc-bouter les jambes, puis sa robe se rabattre brusquement autour de sa maigre silhouette et sa longue chevelure claire s'emmêler dans le vent. Le trou était désormais grand, presque autant que son corps, même s'il ne s'en était pas encore pris à elle.

Elle leva la tête. Je ne la voyais pas, étant donné que je me trouvais derrière elle, mais je n'en eus pas besoin ; je sus, au moment même où sa bouche s'étira.

« Espèce de goinfre de mortel. » La voix de Lil était partout, elle résonnait, stridente de joie. « Tu crois vraiment t'en sortir comme ça *avec moi* ? »

Elle ouvrit grand les bras, flamboyante d'énergie dorée. J'entendis ses dents vrombir et bruisser si fort que mes os s'entrechoquèrent et que ma colonne vibra, avec une telle puissance que même le sol trembla sous moi. Le son se transforma en un long cri au moment où elle s'élança vers le portail – pour *tenter de le manger*. Des étincelles de magie pure jaillirent près de nous, chacune embrasant l'endroit où elle atterrit. Une autre secousse m'écrasa à terre et fit voler en éclats les piles d'immondices autour de nous. J'entendis du bois se fendre, des débris dégringoler, certains membres des Lumières hurler, et Lil rire comme le monstre dément qu'elle était.

Brillant attrapa mon bras valide et m'aida à me relever. Puis nous nous élançâmes, lui me traînant à moitié à cause de mes jambes qui ne me portaient plus, et des haut-le-cœur qui me traversaient. Il me souleva finalement dans ses bras et reprit sa course tandis que derrière nous, un chaos de tremblements de terre et de flammes s'abattait sur la décharge.

16

Des profondeurs aux cimes
(Aquarelle)

J'eus le vertige, durant un moment. La bousculade, la course, la cacophonie de bruits saturèrent mes sens déjà perturbés. Ne tenant plus en équilibre, j'avais à peine conscience de la douleur et de la confusion environnante ; c'était comme de tomber dans le vide, déconnectée de tout, de façon incontrôlée. Une voix troublée semblait murmurer à mon oreille : *pourquoi es-tu vivante alors que Madding n'est plus ? Pourquoi es-tu en vie, toi, un vaisseau de mort ? Tu fais affront à tout ce qui est saint. Tu devrais te coucher par terre et te laisser mourir.*

Cette voix aurait pu être celle de Brillant, ou celle de ma propre culpabilité.

Au bout de ce qui me parut une éternité, je retrouvai assez mes esprits pour réfléchir.

Je m'assis, lentement et en faisant un effort considérable. Mon bras, le bon, n'obéit pas tout de suite à ma volonté. J'eus beau lui demander de m'aider à me relever, il retomba mollement. Je palpai le sol du bout des doigts. Dur, mais pas en pierre. J'enfonçai légèrement mes phalanges dedans. Du bois. De mauvaise qualité ; trop fin. Je le tapotai, écoutai le son qu'il produisit, pour me rendre compte qu'il y en avait partout autour de moi. Lorsque je me ressaisis, je commençai à explorer mon environnement lentement, et en tremblant. Une boîte. Une sorte de grande caisse en bois, ouverte sur un côté. Sous moi, je sentais quelque chose d'épais, de rêche, et au parfum fort. Une couverture pour cheval ? Brillant avait dû la voler pour moi. Elle exhalait encore l'odeur de transpiration de son ancien propriétaire, mais vu qu'elle était plus chaude que l'air frais de l'aube, je m'enroulai dedans.

Un bruit de pas, près de moi. Je me reculai jusqu'à ce que je reconnaisse leur poids et leur rythme particulier. Brillant. Il grimpa dans la caisse et s'assit à mes côtés. « Là », dit-il. Du métal se posa sur mes lèvres. Perplexe, j'ouvris la bouche, et faillis m'étrangler au moment où l'eau afflua. Je parvins à ne pas trop en recracher. Heureusement, d'ailleurs, car j'avais extrêmement soif. Lorsque Brillant porta de nouveau la flasque à mes lèvres, je bus goulûment sans laisser la moindre goutte. J'aurais encore soif, mais je me sentais déjà beaucoup mieux.

« Où sommes-nous ? » demandai-je. Je parlai à voix basse. L'endroit était calme, où que nous nous trouvions. J'entendais tomber les gouttes de la rosée du matin – un son bienvenu après tant de jours sans lui, à la Maison du Soleil Levant. Il y avait des gens partout autour de nous, qui se déplaçaient tout doucement, eux aussi, comme s'ils avaient voulu épargner la rosée.

« Le Village des Ancêtres », expliqua-t-il. Je clignai des yeux de surprise. Il nous avait fait traverser la cité depuis le dépotoir de Shustocks, de Oueston à Eston. L'endroit se situait au nord de la Racine Sud, près du tunnel sous le Mur de racines. Les sans-abri de la ville y avaient dressé une espèce de campement, d'après ce que j'avais entendu dire. Je ne l'avais jamais visité. La plupart des Villageois étaient malades, mentalement ou physiquement, trop inoffensifs pour être mis en quarantaine, mais trop laids, étranges ou pitoyables pour que la société bien ordonnée du Lumineux les tolère. Bon nombre d'entre eux étaient estropiés, muets, sourds… aveugles. Les premiers temps après mon arrivée à Ombre, j'avais eu très peur qu'on m'oblige à les rejoindre.

Je n'avais posé aucune question, mais Brillant avait dû remarquer mon trouble à mon expression. « J'ai vécu là quelque temps, expliqua-t-il. Avant toi. »

Rien de plus que ce que je soupçonnais déjà, mais je ne pus m'empêcher de ressentir de la pitié : lui qui avait commandé aux dieux, il s'était retrouvé à devoir vivre dans une boîte parmi les lépreux et les fous. J'avais conscience de ses crimes, mais tout de même…

Je remarquai seulement alors que des pas approchaient ; plus légers que ceux de Brillant, et plus nombreux… trois personnes ? L'une d'elles avait une hanche en mauvais état ; elle traînait un de ses pieds comme un poids mort.

« Vous nous avez manqué, Seigneur », affirma une voix - plus âgée, râpeuse, de sexe indéterminé, bien qu'elle parût mâle. « C'est bon de voir que vous allez bien. Bonjour, mademoiselle.

— Euh, bonjour », fis-je.

Satisfait, l'homme présumé tourna de nouveau son attention sur Brillant : « Pour elle », fit-il avant de poser quelque chose sur le sol en bois de la caisse ; je sentis une odeur de pain. « Assurez-vous qu'elle le mange.

— Merci », rétorqua mon compagnon. Je fus surprise qu'il réponde.

« Demra est partie chercher la vieille Sumé, annonça une autre voix plus jeune et plus frêle. C'est une rebouteuse - pas la plus douée, mais elle accepte parfois de travailler pour rien.

— Ce ne sera pas nécessaire », répliqua Brillant, qui avait toujours l'intention de me tuer, évidemment. Bien sûr, je comprenais aussi que ces gens n'avaient pas grand-chose à offrir ; ils ne devaient pas gâcher avec moi un service aussi précieux. La réaction de Brillant me surprit, cette fois. « Un anti-douleur ne serait pas inutile, en revanche. »

Une femme s'avança. « Nous avons justement apporté ceci. » On posa un autre objet ; un verre. Je crus entendre du liquide se répandre. « C'est assez mauvais au goût, mais ça devrait la soulager.

— Merci, répéta Brillant, plus doucement. Vous êtes tous très gentils.

— Vous aussi », assura une voix fluette. Celle de la femme murmura quelque chose à propos du fait de me laisser dormir, puis tous trois tournèrent les talons. Je restai allongée sans bouger après leur départ, finalement peu surprise. J'étais trop fatiguée pour ça.

« Tiens. À manger », fit Brillant avant que quelque chose de sec et de dur effleure mes lèvres. Le pain, qu'il avait coupé pour que je n'aie pas à le mordiller. Il était ordinaire et fade, et malgré la petitesse du morceau rompu à mon intention, le fait de mâcher me donna quand même mal aux dents. L'Ordre d'Itempas prenait soin de tous les citoyens de la cité ; personne ne connaîtrait la faim sous le règne du Lumineux. Ce qui ne signifiait pas pour autant que tous *mangeaient bien.*

Tandis que je gardai le morceau en bouche afin que la salive l'amollisse et m'aide à l'ingurgiter, je réfléchis à la conversation que je venais d'entendre. Elle m'avait fait l'effet d'une longue habitude - ou d'un rituel, peut-être. Après avoir enfin réussi à déglutir, je dis : « Les gens du coin semblent vous apprécier.

— C'est le cas.

— Savent-ils qui vous êtes ? Ce que vous êtes ?

— Non, je ne leur ai rien dit. »

Pourtant, ils savaient, j'en étais certaine. Il y avait eu trop de déférence dans leur approche et dans la façon dont ils avaient offert leurs petits cadeaux. Ils n'avaient pas non plus posé de question à propos du soleil noir, ce qu'un païen aurait fait. Ils avaient simplement entériné la possibilité que le Seigneur lumineux les protégerait s'il le pouvait - et qu'il était inutile de lui demander de le faire, dans le cas contraire.

Je dus éclaircir ma gorge déshydratée afin de pouvoir parler. « Les avez-vous protégés, lorsque vous viviez ici ?

– Oui.

– Et… leur parliez-vous ?

– Pas au début. »

Mais il avait fini par le faire, comme avec moi. Pendant un moment, un étrange sentiment me traversa ; Brillant avait attendu trois mois avant de me faire l'honneur d'une conversation digne de ce nom. Combien de temps avait-il fait patienter ces pauvres âmes en difficulté ? Je soupirai pour chasser ce caprice, mais refusai le morceau de pain qu'il voulut me forcer à manger. Je n'avais aucun appétit.

« Je n'ai jamais pensé que vous étiez bon, fis-je. Pas même lorsque j'étais enfant et que les prêtres nous parlaient de vous à la Salle Blanche, malgré leurs efforts pour nous faire croire que vous l'étiez. Et attentionné, comme une espèce de vieux grand-père un peu strict. Je n'y ai jamais cru. Vous m'avez toujours paru… bien intentionné ; mais *bon*, ça non. »

J'entendis l'objet en verre bouger, puis un bouchon faire un *floc* discret en se libérant. Brillant glissa une main derrière ma tête et la souleva doucement, puis le goulot d'une petite flasque heurta mes lèvres. Une acidité brûlante embrasa ma bouche au moment même où je l'entrouvris – ou du moins en eus-je la sensation. J'haletai, crachotai et m'étranglai à moitié, mais la majeure partie du liquide avait parcouru ma gorge avant que mon corps ait pu se rebeller. « Par tous les dieux, non ! » suppliai-je lorsque la bouteille se posa de nouveau sur mes lèvres. Brillant la retira aussitôt.

Tandis que je restais allongée là, à tenter de retrouver l'usage de ma langue, Brillant dit : « Les bonnes intentions ne servent à rien, sans réelle volonté de les mettre en œuvre.

– Mmm. » La sensation de brûlure disparut, ce que je regrettai parce que durant un moment, elle m'avait permis d'oublier mon mal au bras et au crâne. « Le problème, voyez-vous, c'est que pour mettre les vôtres en œuvre, vous piétinez celles des autres. Ce qui est franchement inutile, vous ne trouvez pas ? Ça fait autant de mal que de bien.

– Le bien supérieur existe. »

J'étais trop fatiguée pour ce genre de sophistique. Il n'y avait eu aucune bonté supérieure, au cours de la Guerre des dieux, simplement des morts et de la douleur. « Très bien. Comme vous voulez. »

Je me reposai un moment. Le breuvage, qui m'était monté à la tête, atténuait la douleur. J'envisageai même de me rendormir lorsque Brillant reprit la parole d'une voix douce. « Quelque chose est en train de m'arriver.

– Hein ?

– La bonté n'est pas dans ma nature. Tu avais raison sur ce point. Comme je n'ai jamais supporté le changement, non plus. »

Je bâillai, ce qui accrut mon mal au crâne d'une façon à la fois trouble et chaude. « Le changement survient, qu'on le veuille ou non, articulai-je en bâillant toujours. Nous devons tous l'accepter.

– Non, répliqua-t-il. C'est faux. *Pas moi.* Ma nature est différente, Orie - je suis la lumière constante qui tient les ténèbres à distance. Le rocher immuable que la rivière doit contourner pour couler. Ça peut ne pas te plaire. Tu ne *m'aimes pas.* Mais sans mon influence, la cacophonie régnerait ici, voire l'anarchie, même. Un enfer au-delà de ce que l'imagination humaine peut appréhender. »

Surprise en pleine phase de réveil, je laissai échapper la première chose qui me traversa l'esprit. « Ça vous ennuie, que je ne vous aime pas ? »

Je l'entendis hausser les épaules. « Tu es d'une nature contrariante. Je pense que tu dois descendre de la lignée d'Enefa. »

Son ton revêche faillit me faire éclater de rire, mais j'aurais de nouveau eu mal à la tête. Je me calmai lorsque je compris tout à coup quelque chose. « Vous et Enefa. Vous n'avez pas toujours été ennemis.

– Nous n'avons jamais été ennemis. Je l'aimais, elle aussi. » Mais j'entendis soudain autre chose en creux dans sa voix.

« Alors, pourquoi ? »

Il mit un long moment à me répondre.

« J'ai été pris par une sorte de folie, même si je ne m'en suis pas rendu compte, à l'époque. Mes actes me paraissaient parfaitement rationnels, jusqu'à… après. »

Je changeai discrètement de position, gênée à cause de mon bras et par la teneur de la conversation. « C'est assez normal, fis-je. Les gens se disputent, quelquefois. Mais ensuite…

– Après ça, je n'ai plus eu d'autre recours. Enefa était morte et ne pouvait pas être ramenée à la vie, enfin, c'est ce que je me suis dit. Nahadoth me détestait et aurait tout détruit par vengeance. Je n'ai pas osé le libérer. Alors je me suis consacré à la voie que je m'étais choisie. » Il s'interrompit un instant. « Je… regrette… ce que j'ai fait. J'ai eu tort. Terriblement tort. Mais le regret est insignifiant. »

Il devint silencieux. Je savais que j'aurais dû laisser faire, même si les échos de sa douleur résonnaient encore autour de moi. Il était ancien, impénétrable ; il y avait tant de choses le concernant que je ne comprendrais jamais. Mais je ne pus m'empêcher de tendre ma main valide et de lui toucher le genou.

« Le regret n'est jamais vain. D'accord, il ne suffit pas, pas en lui-même ; il faut changer, également. Mais c'est un début. »

Brillant laissa échapper un soupir d'une lassitude presque insupportable. « Le changement n'est pas dans ma nature, Orie. Je n'ai que le regret. »

Encore du silence, durant un long moment.

« Je reprendrais bien encore un peu de ce breuvage », finis-je par dire. Mon bras recommençait à me lancer ; l'alcool ne faisait plus effet. « Mais je pense que je ferais bien de manger quelque chose avant. »

Brillant me redonna du pain, et de l'eau. J'eus la présence d'esprit d'en garder suffisamment en bouche pour ramollir l'atroce morceau. « Il y aura de la soupe, demain matin, annonça-t-il. Je vais demander aux autres de nous en apporter. Nous allons devoir faire profil bas pendant quelque temps.

– Très bien, acquiesçai-je en soupirant. Alors, comment nous y prenons-nous ? Allons-nous vivre parmi les mendiants jusqu'à ce que les Nouvelles Lumières nous retrouvent ? En espérant que l'infection ne me tue pas avant que les assassins de Mad soient remis aux mains de la justice… » Je me frottai le visage. Brillant m'avait redonné un peu de ce breuvage fort. Je me sentais réchauffée et légère comme une plume. « Bon sang ! J'espère que Lil va bien.

– Ils sont des enfants de Nahadoth, l'un et l'autre. Seule la force les départagera à la fin. »

Je secouai la tête. « Dateh n'est pas… » Je compris. « Oh. Ça explique beaucoup de choses. » Je sentis Brillant me jeter un regard en biais. Eh bien, il était trop tard pour faire machine arrière, de toute manière.

« Elle est également ma fille, déclara-t-il finalement. Il ne la battra pas facilement. »

Je réfléchis un instant à ce qu'il venait de dire, me demandant comment le Seigneur de la nuit et le Père lumineux avaient pu avoir un enfant ensemble. Parlait-il au sens figuré, considérant toutes les génitures comme ses enfants sans tenir compte de leurs parents ? Mais je passai à autre chose. Ils étaient des dieux ; je n'avais pas besoin de comprendre.

Nous demeurâmes silencieux un moment, écoutant tomber la rosée. Brillant mangea le restant de pain puis s'assit, le dos appuyé contre un côté de la caisse. Je m'allongeai là où j'étais en me demandant si l'aube tarderait encore et si cela valait la peine de vivre pour assister à son lever.

« Je sais à qui nous pourrions demander de l'aide, annonçai-je. Je ne solliciterai pas une autre geniture ; j'ai bien assez de morts sur la conscience comme ça. Mais je pense à certains humains qui accepteraient de s'occuper des Lumières, enfin je crois. Mais pour ça, j'aurais besoin de votre aide.

– Que faut-il que je fasse ?

– Que vous me rameniez au parc de l'Entrée. À la Promenade. » Le dernier endroit où j'avais été heureuse. « Là où ils ont trouvé Role. Vous vous rappelez ?

– Oui. Les Nouvelles Lumières traînent souvent dans ce coin. »

C'était vrai ; à cette période de l'année, lorsque l'Arbre était sur le point de fleurir, on croisait sur la Promenade des représentants des différentes tendances hérétiques à la recherche de fidèles de la Dame à convertir : il était plus facile de commencer par des gens qui avaient déjà tourné le dos à Itempas le lumineux.

« Aidez-moi à me rendre là-bas sans qu'on me voie, fis-je. À la Salle Blanche. »

Il ne dit rien. Les larmes me montèrent inexplicablement aux yeux. L'ivresse. Je les ravalai.

« Je dois mener cette histoire à bien, Brillant. Je dois veiller à ce que les Nouvelles Lumières soient détruites. Ces gens ont mon sang, ils peuvent tout à fait fabriquer d'autres exemplaires de ces flèches. Madding n'est pas comme Enefa. Il ne reviendra pas à la vie. »

Je le voyais encore dans ma tête. *J'ai toujours su que tu étais spéciale,* avait-il déclaré avant que ma « différence » ne le tue. Sa mort devait être la dernière.

Brillant se leva, sortit de la caisse et s'éloigna.

Je ne pus m'en empêcher. Je laissai couler mes larmes. Je n'aurais pas la force de me rendre seule à la Promenade, ni d'échapper aux Lumières bien longtemps. L'Ordre était mon unique espoir. Mais sans Brillant…

Repérant son pas pesant, je retins ma respiration, puis m'obligeai à me mettre debout en essuyant mes yeux.

Un objet lourd et lâche atterrit devant moi. Je le touchai pour deviner de quoi il s'agissait. Une cape. Elle empestait l'être humain mal lavé et l'urine fétide. Je suffoquai au moment où je compris ce qu'il voulait que nous fassions.

« Passe ça, intima Brillant. Allons-y. »

La Promenade.

Alors que l'aube n'était pas encore levée, la Promenade grouillait déjà de monde. Des groupes de gens se tenaient dans les rues et aux carrefours, certains murmurant, d'autres pleurant. Pour la première fois, je perçus une tension dominer la ville, un trouble certainement présent depuis l'apparition du soleil noir, la veille. La cité n'était jamais calme, la nuit, mais aux bruits que le vent charriait, je compris que bon nombre de ses habitants n'avaient pas réussi à trouver le sommeil. Beaucoup avaient dû se relever pour assister au lever du jour, sans doute dans l'espoir de constater que l'état de l'astre avait changé. Aucun des vendeurs habituels n'était présent – le Rang d'Art était vide, mais il était tôt. J'entendais les pèlerins, en revanche. Ils semblaient plus nombreux qu'à l'accoutumée à s'être retrouvés, agenouillés sur les briques et murmurant des prières à la Dame Grise au point du jour dans l'espoir qu'elle les sauve.

Brillant et moi passâmes devant eux sans mot dire, puis nous longeâmes les immeubles au lieu de traverser la Promenade. Ce qui aurait été plus rapide – la Salle Blanche se trouvait juste en face de nous - mais également moins discret, même au milieu de cette foule grouillante. Les Villageois préféraient généralement éviter les zones de la cité que les visiteurs fréquentaient ; le meilleur moyen de ne pas avoir les Gardiens de l'Ordre sur le dos. Leurs gens risquaient d'être tendus aujourd'hui, et la plupart étaient de jeunes têtes brûlées qui n'hésiteraient pas à nous entraîner, Brillant et moi, dans un entrepôt vide pour en découdre. Nous devions absolument gagner directement la Salle Blanche, où on nous réserverait certainement un meilleur accueil.

Je m'étais débarrassée de ma canne de fortune, car elle m'aurait trahie - j'aurais à peine eu la force de la tenir, de toute manière, la fièvre ayant sapé le peu d'énergie que j'avais réussi à récupérer au Village. Je marchais sur les talons de Brillant, accrochée à sa cape afin de mieux sentir les moments où il franchissait un obstacle ou esquivait quelqu'un. Ce qui m'obligeait à me tenir courbée et à traîner les pieds, mais donnait de la vraisemblance à mon déguisement, même si mon compagnon arborait sa posture altière coutumière. Ce dont, heureusement, personne ne se rendrait compte.

Nous dûmes faire une halte pour laisser passer une file de personnes enchaînées qui descendait la rue, armées de grands balais avec lesquels elles nettoyaient les pavés en prévision de la journée à venir. Des gens endettés, très vraisemblablement, sans doute près de se retrouver au Village des Ancêtres. Travaillant malgré le malaise qui régnait en ville ; l'Ordre d'Itempas n'aurait jamais suspendu les tâches quotidiennes, évidemment, et ce malgré la sentence de mort divine.

Après qu'ils eurent disparu, Brillant continua à avancer, droit devant lui - avant de s'arrêter de nouveau. Je le percutai dans le dos. Il tendit le bras derrière lui et me poussa sur le côté jusque dans l'embrasure d'une porte. Malheureusement, il heurta mon membre cassé au passage ; je parvins à ne pas crier, mais de justesse.

« Qu'est-ce qu'il y a ? » murmurai-je lorsque j'eus retrouvé assez de sang-froid pour parler. J'haletais toujours, ce qui m'aidait à avoir moins chaud malgré la fièvre.

« Des Gardiens de l'Ordre, en train de patrouiller, expliqua-t-il laconiquement. Ils doivent être nombreux sur la Promenade, en ce moment. Ils ne nous ont pas vus. Tiens-toi tranquille. »

J'obéis. Nous demeurâmes là assez longtemps pour que l'éclat matinal de Brillant s'embrase. Je m'inquiétai soudain qu'il attire les Lumières, une peur parfaitement irrationnelle puisque personne n'avait jamais vu la lueur de sa magie, à part moi. Cela pouvait d'ailleurs sans doute jouer en notre faveur, en faisant venir à nous des génitures, à la place…

Je me reculai brusquement, clignant des yeux, désorientée. Brillant m'aida à me relever et me plaqua contre la porte.

« Quoi, demandai-je, l'esprit brumeux.

— Tu t'es évanouie. »

Je pris une grande inspiration et frissonnai malgré moi. « Ce n'est plus qu'à quelques pas. Je peux y arriver.

— Ce serait peut-être mieux si…

– Non, rétorquai-je, tentant de paraître ferme. Aidez-moi simplement à atteindre les marches. Ensuite, je ramperai, s'il le faut. »

Ce dont Brillant doutait visiblement, même s'il n'en dit rien, comme à son habitude.

« Vous feriez mieux de ne pas entrer avec moi, glissai-je tandis que je recouvrais des forces. Ils vous tueraient. »

Brillant soupira et me prit la main en forme de protestation muette.

Que nous réussîmes à atteindre sans encombre l'escalier principal de la Salle Blanche me parut tellement incroyable que je formulai malgré moi une prière de remerciements à Itempas. Brillant se retourna pour m'observer un moment, puis m'aida à gravir les marches.

Le premier coup que je donnai à la grande porte en métal n'obtint aucune réponse, mais je n'avais pas frappé fort. Je levai de nouveau la main, prête à recommencer, quand je chancelai sur mes pieds, ce qui obligea Brillant à me prendre la main et à toquer lui-même. Trois coups tonitruants, qui parurent résonner dans le bâtiment tout entier. La serrure se déverrouilla avant que l'écho du troisième coup se soit tu. « Que voulez-vous, par les enfers ? demanda un garde visiblement agacé et qui sembla encore plus énervé après nous avoir jaugés. « La distribution de nourriture a lieu à midi, *au Village*, comme tous les jours, lança-t-il sur un ton cassant. Retournez là-bas, ou…

– Mon nom est Orie Shoth », fis-je. Je retirai ma capuche afin qu'il voie que j'étais marohnée. « J'ai tué trois Gardiens de l'Ordre. Vous me recherchez. Vous *nous* recherchez. » Je désignai Brillant d'un geste las. « Nous aimerions parler au prévit Rimarn Dih. »

Ils nous séparèrent et m'installèrent dans une petite pièce pourvue d'une chaise, d'une table et d'une tasse remplie d'eau que je vidai d'une traite avant de réclamer de nouveau à boire au garde mutique. Comme il ne revenait pas, je posai la tête et m'endormis. Mon geôlier n'ayant pas dû recevoir d'instructions concernant une telle situation, il me laissa dormir quelque temps, jusqu'à ce que je sente quelqu'un me secouer très fort pour me réveiller.

« Orie Shoth. » Une voix familière. « Pour une surprise. On m'a dit que *vous vouliez* me voir. »

Rimarn. Je n'aurais jamais cru être aussi contente d'entendre son ton glacial.

« Oui », confirmai-je. Ma voix était rauque. J'avais chaud et tremblais légèrement. Je devais probablement donner l'impression de sortir tout droit des enfers. « C'est à propos d'une secte. Pas d'hérétiques, mais d'itempéens. Elle s'appelle les Nouvelles Lumières. Un de ses membres est scribe. Dateh. » Je cherchai le nom de famille de Dateh, mais en vain. Me l'avait-il jamais dit ? Peu importait. « Ils l'appellent le Nypri. C'est un démon, un vrai, comme dans les histoires. Le sang de démon est un poison, pour les dieux. C'est lui qui a capturé les génitures et qui les a tuées. Il a assassiné Role, et… et les autres. » Mes forces me quittèrent. Ayant compris avant de prendre la parole que je n'en disposais que de peu, j'avais parlé à toute allure. Ma tête retomba, comme si elle avait été attirée vers la table. Peut-être me laisserait-on dormir encore un petit moment ?…

« C'est une sacrée histoire, que vous me racontez là », déclara Rimarn avec étonnement au bout d'un moment. « Vraiment une sacrée histoire. Vous semblez… éprouver de la peine, mais c'est peut-être parce que votre protecteur, le dieu Madding, a disparu. Son corps devrait réapparaître, comme les deux que nous venons de retrouver, mais pour l'instant, nous n'avons rien. »

Il avait cherché à me blesser, pour voir ma réaction, mais il n'aurait pas pu me faire plus souffrir que la mort de Madding. Je soupirai. « Ina, probablement, et Oboro. J'ai… entendu dire qu'ils avaient disparu. » Peut-être la découverte de leurs cadavres avait-elle provoqué la dramatique mise en garde du Seigneur de la nuit ?

« Vous allez m'expliquer comment vous l'avez appris, vu que nous n'avons pas rendu cette information publique. » J'entendis les doigts de Rimarn tapoter le plateau de la table. « J'imagine que vous venez de vivre des semaines plutôt éprouvantes. Vous avez vécu cachée parmi les mendiants, c'est ça ?

– Non. Oui. Enfin, seulement aujourd'hui, je veux dire. » Je soulevai la tête et tentai de la tourner vers son visage. Les gens qui y voyaient me considéraient toujours plus sérieusement dès qu'ils avaient l'impression que je les regardais. Je l'adjurai de me croire. « S'il vous plaît. Peu m'importe que vous les pourchassiez vous-même. Même si je pense que vous ne devriez pas le faire ; Dateh est puissant, et sa femme, une Aramerie. Une *sang-pur*. Ils ont probablement une armée à leur disposition, là-bas. Les génitures. Prévenez simplement les génitures. Nemmer.

– Nemmer ? » À ce nom, il exprima - enfin - de la surprise. La connaissait-il, ou avait-il seulement entendu parler d'elle ? Ce qui aurait été logique, les Gardiens de l'Ordre ayant entre autres pour mission de tenir les différents dieux d'Ombre à l'œil. J'imaginais qu'ils devaient particulièrement surveiller Nemmer, vu que sa nature même défiait le juste et rassurant ordre du Lumineux.

« Oui, confirmai-je. Madding était… ils étaient… Ils travaillaient ensemble. Ils recherchaient leurs frères et sœurs disparus. » Je me sentais tellement fatiguée. « S'il vous plaît, est-ce que je pourrais avoir de l'eau ? »

Durant un moment, je crus qu'il ne bougerait pas. Puis, à mon grand étonnement, Rimarn se leva et se dirigea vers la porte de la chambre. Je l'entendis parler à quelqu'un au-dehors. Au bout d'un moment, il revint vers la table et me remit la tasse de nouveau pleine entre les mains. Quelqu'un était entré en même temps que lui et se tenait près du mur opposé, mais je ne savais pas qui. Probablement un autre Gardien de l'Ordre.

Je renversai la moitié de l'eau lorsque je levai la tasse. Rimarn finit par me la reprendre et la porta à mes lèvres. Je bus tout son contenu, puis en léchai le bord. « Merci.

– Comment vous êtes-vous blessée, Orie ?

– Nous avons sauté de l'Arbre.

– Vous… » Il demeura silencieux un instant, puis soupira. « Vous devriez peut-être commencer par le début… »

Je secouai la tête à la perspective de devoir parler davantage.

« Alors comment voulez-vous que je vous croie ? »

Je voulus rire, parce que je n'avais aucune réponse à lui faire. Lui fallait-il la preuve que j'avais sauté de l'Arbre et survécu ? La preuve que les Lumières étaient vraiment malintentionnées ? Devrais-je mourir sous ses yeux pour le faire changer d'avis ?

« Vous n'avez pas besoin de preuve, prévit Dih. » Une nouvelle voix, qui me réveilla d'un coup, parce que je la reconnus.

« La foi devrait vous suffire », poursuivit Hado, le Nouveau Maître des Initiés des Lumières. Il sourit. « N'est-ce pas, Eru Shoth ?

– Non. » J'aurais bondi sur mes pieds et me serais enfuie, si je l'avais pu. Au lieu de ça, je me contentai de gémir et de me lamenter. « Non !... J'étais si près du but.

– Vous avez réussi bien plus que vous ne le pensez », fit-il en venant vers moi pour tapoter mon épaule. Celle de mon bras blessé, désormais brûlant et gonflé. « Oh, mais vous n'êtes pas bien du tout. Prévit, pourquoi n'a-t-on pas envoyé quelqu'un chercher un rebouteux ?

– J'allais justement le faire, monseigneur Hado. » J'avais discerné de la colère dans son ton, malgré le respect avisé dans la manière dont il avait formulé sa phrase. *Quoi... ?*

Hado marmonna quelque chose et posa le dos de sa main sur mon front. « L'autre est-il prêt ? Je préférerais ne pas avoir à me battre avec lui pour le soumettre.

– Je peux demander à mes hommes de vous l'amener plus tard, si vous le souhaitez. » J'entendis un sourire glacé se dessiner sur le visage de Rimarn. « Ne vous inquiétez pas, nous veillerons à ce qu'il soit suffisamment docile.

– Merci, mais non. J'ai des ordres, et je suis pressé. » Une main passa sous mon bras valide pour m'aider à me lever. « Pouvez-vous marcher, Dame Orie ?

– Où… » Je ne pus reprendre mon souffle. Si la peur m'empêchait de penser, leur échange me troublait bien plus encore. Rimarn me remettait-il aux Lumières ? Depuis quand l'Ordre d'Itempas se soumettait-il à une secte ? C'était à ne rien y comprendre. « Où m'emmenez-vous ? »

Il ignora ma question et me traîna derrière lui. Je n'eus pas d'autre choix que de marcher à ses côtés en trébuchant à moitié. Il dut caler son pas sur le mien, qui était lent. Deux hommes nous rejoignirent à l'extérieur de la chambre. L'un deux attrapa mon épaule blessée sans me laisser la moindre possibilité de m'échapper. Je criai, et entendis Hado jurer.

« Faites attention, imbécile ! Soyez plus doux. » L'homme me relâcha, mais son compagnon ne libéra pas mon autre bras. Heureusement, d'ailleurs, car sans son soutien je serais sans doute tombée.

« Je m'occupe d'elle », intervint Brillant. Je clignai des yeux, ayant l'impression de pâlir de nouveau. On me souleva, puis une chaleur m'envahit, comme si j'avais été assise en plein soleil. Alors que je n'aurais pas dû me sentir en sécurité, je m'endormis.

Mon réveil fut très différent, cette fois.

Il dura longtemps, pour une raison que mon esprit embrumé par le sommeil comprit lentement, et alors même que mon corps ne me soutenait pas. Je restai étendue là, consciente du silence, de la chaleur et du confort, me souvenant vaguement de ce qui m'était arrivé, mais incapable de bouger. Cela ne me parut ni contraignant ni inquiétant. Juste étrange. Je décidai de me laisser aller à la dérive, non plus à cause de la fatigue, mais de l'impuissance que j'éprouvais face à ce corps désireux de se réveiller à son propre rythme.

Au bout d'un moment, je parvins tout de même à inspirer plus profondément. Je fus surprise de ne pas avoir mal. La douleur, qui avait pourtant été fulgurante à l'endroit où je pensais avoir des côtes cassées, avait totalement disparu. Cela m'étonna tant que j'inhalai de nouveau, bougeai un peu la jambe, puis ouvris enfin les yeux.

J'y voyais.

De la lumière me cernait de toutes parts ; sur les murs, au plafond. Je regardai par terre : sur le sol, également. Tout était recouvert d'un matériau étrange et dur, comme de la pierre polie ou du marbre, dont la magie intérieure irradiait un éclat blanc et cru.

Je tournai la tête. (Une nouvelle source d'étonnement : ce mouvement ne fut pas douloureux lui non plus.) Une immense fenêtre courait sur un pan de mur du sol au plafond, qui était très haut. Je ne voyais rien de l'autre côté, mais le verre miroitait légèrement. Les meubles de la pièce - un buffet, deux énormes chaises et un autel de dévotion dans un angle - ne luisaient pas. Je n'en discernai que les contours sombres contrastant avec les parois et le sol blanc. Mais tout n'était visiblement pas magique, dans cet endroit. Le lit sur lequel j'étais étendue était ténébreux, telle une forme en négatif contre le sol clair. Et, courant vers le haut et vers le bas au hasard sur les murs, de longues bandes d'un matériau encore plus noir que je ne reconnaissais pas. Il brillait, lui aussi, d'une lumière vert pâle presque familière. Une sorte de magie différente.

« Vous êtes réveillée », dit Hado, assis sur une chaise. N'ayant pas distingué le contour de ses jambes, je sursautai de surprise.

Il se leva et vint vers moi – et, tandis qu'il se déplaçait, je remarquai une chose étrange : alors que les objets dénués de magie m'apparaissaient noirs, Hado semblait plus sombre qu'eux. Une différence subtile, que je relevai seulement quand il passa devant un objet qui aurait dû être aussi terne que lui.

Ensuite, le scribe se pencha vers moi pour me toucher le front, mais, me souvenant alors qu'il avait participé à l'assassinat de Madding, je lui donnai un coup dans la main pour l'obliger à l'écarter.

Il se figea, puis gloussa. « Vous allez mieux, à ce que je vois. Eh bien, dans ce cas. Si vous voulez bien vous lever et vous habiller, madame, vous avez rendez-vous avec quelqu'un d'important. Si vous vous montrez polie – et avec un peu de chance –, cette personne répondra même sans doute à vos questions. »

Je m'assis en fronçant les sourcils, pour me rendre compte que mon bras me gênait. Je l'examinai de plus près et constatai qu'il était maintenu dans sa partie haute par deux longues baguettes en métal que des bandages serraient fermement. Il me faisait encore mal, ce dont je m'aperçus lorsque je tentai de le plier, car ce geste déclencha une douleur qui irradia jusque dans les muscles. Mais j'allais beaucoup mieux, d'une façon générale.

« Depuis combien de temps est-ce que je me trouve ici ? » demandai-je en redoutant d'avance la réponse à cette question. J'étais propre. Le sang qui s'était déposé sous mes ongles avait lui aussi disparu. Quelqu'un avait natté mes cheveux avec soin. Je n'avais aucun bandage au niveau des côtes et de la tête, les blessures qui s'y étaient trouvées ayant complètement guéri.

Ce qui nécessitait des jours. Voire plusieurs semaines.

« On vous a amenée hier », dit Hado. Il mit un morceau de tissu sur mes genoux. Je le touchai et compris aussitôt qu'il ne s'agissait pas de la blouse traditionnelle des Nouvelles Lumières. La matière sous mes doigts était beaucoup plus fine et douce. « La plupart de vos blessures ont pu être facilement soignées, mais votre bras a encore besoin de quelques jours de repos. Ne déplacez pas le texte.

– Le texte ? » Je le vis soudain, lorsque je levai la manche de la chemise de nuit que je portais. Enveloppé dans les bandages, j'aperçus un petit morceau de papier sur lequel on avait dessiné trois sceaux entremêlés. Les caractères lumineux se découpaient contre ma silhouette grâce à leur propre magie.

Généralement, les rebouteux utilisaient un sceau singulier parmi les plus connus et simples à tracer, mais jamais de textes entiers. Une chose aussi complexe et élaborée ne pouvait être que l'œuvre d'un scribe – le genre de travail qui coûtait une fortune.

« Qu'est-ce que c'est, Hado ? » Je tournai la tête pour le suivre tandis qu'il se dirigeait vers la fenêtre. Désormais consciente du fait que je devais repérer sa noirceur caractéristique, il était facile à voir. « Nous ne sommes pas à la Maison du Soleil Levant. Que se passe-t-il ? Et vous... Qui êtes-vous, par les enfers ?

– Je crois que le terme est "espion", Dame Orie. »

Il changeait de sujet, mais je trouvai sa réponse amusante. « Un espion ? *Vous ?* »

Il laissa échapper un rire doux et sans humour. « Le secret, pour être un espion efficace, Dame Orie, est de *croire* à son rôle, et de ne jamais changer de personnage. » Il haussa les épaules. « Vous pouvez très bien m'en vouloir pour ça, mais j'ai fait ce que j'ai pu pour vous garder en vie, vous et vos amis. »

Mes mains se crispèrent sur les draps à la pensée de Madding. « On ne peut pas dire que vous ayez vraiment réussi.

– Au contraire, tout bien considéré. Mais allez-y, ne vous gênez pas. Rendez-moi responsable de la mort de votre amant, si ça vous permet de vous sentir mieux. » Son ton m'indiqua clairement qu'il se moquait totalement que je le fasse ou non. « Lorsque vous aurez pris le temps d'y réfléchir, vous vous rendrez compte que Dateh l'aurait tué de toute manière. »

Rien de ce qu'il disait n'avait de sens. Je repoussai les couvertures et essayai de me mettre debout.

J'étais encore faible ; aucune magie guérisseuse ne pourrait malheureusement y pallier. Mais je me sentais mieux qu'auparavant ; un signe d'amélioration évident. Au bout de deux tentatives, je parvins finalement à me lever, et lorsque je le fis, je ne chancelai pas. Aussi vite que je le pus, je retirai ma chemise de nuit et passai les vêtements qu'Hado m'avait apportés. Une blouse et une longue jupe élégante, bien plus dans mon style que l'informe tenue des Lumières. Ils étaient parfaitement à ma taille, même les chaussures. Il y avait également une écharpe, qui soulagea grandement mon mal au bras une fois que j'eus compris comment la mettre.

« Prête ? » demanda-t-il avant de m'entraîner à sa suite sans me laisser l'opportunité de répondre. « Venez, dans ce cas. »

Nous quittâmes la chambre et empruntâmes les interminables couloirs incurvés où je vis tout : les murs élégants, le plafond voûté, le sol lisse comme un miroir. Alors que nous gravissions une volée de marches longues, mais relativement étroites, je dus ralentir pour trouver comment estimer leur hauteur en me servant uniquement de mes yeux et pas d'une canne. Une fois cette technique maîtrisée, je n'eus plus besoin qu'Hado laisse sa main sur mon bras pour me guider. Au bout d'un moment, je m'affranchis complètement de son aide, ravie de pouvoir faire mon chemin sans assistance. Toute ma vie, j'avais entendu des termes obscurs tels que « perception de la profondeur » et « panorama », sans jamais les comprendre vraiment. Désormais, je me sentais comme une personne voyante - ou du moins de la façon dont j'avais toujours imaginé qu'une femme qui y voyait devait se sentir. Je distinguais tout, excepté l'ombre en forme d'homme d'Hado à mes côtés, et celle des personnes qui passaient de temps à autre près de moi, marchant d'un bon pas pour la plupart, et en silence. Je les dévisageai sans la moindre gêne, même lorsque leurs silhouettes sombres tournaient la tête pour me rendre mon regard.

C'est alors qu'une femme arriva à notre hauteur. Je scrutai son front et m'arrêtai un moment.

Un sceau de sang arameri.

Différent de celui de Serymn – sa forme était singulière, sa signification un mystère. Le bruit courait que les serviteurs des Arameris étaient eux-mêmes arameris, des membres éloignés de la branche principale de la famille. Tous étaient cependant marqués, mais d'une façon ésotérique seulement compréhensible par eux.

Hado s'arrêta à son tour. « Que se passe-t-il ? »

Poussée par un doute croissant, je me détournai de lui et allai me poster près d'un mur sur lequel il y avait une tache verte que je touchai. Son contact me parut rugueux, rêche et dur. Je me penchai davantage, reniflai... L'odeur était discrète, mais indéniablement familière : celle du bois doux et vivant de l'Arbre Monde.

Je me trouvais à Ciel. Le palais magique des Arameris. C'était *Ciel*.

Hado surgit derrière moi, mais ne dit rien cette fois. Pour me laisser le temps d'accepter la vérité. Et, enfin, je compris. Les Arameris avaient surveillé les Nouvelles Lumières, sans doute à cause de l'implication de Serymn, ou peut-être après s'être rendu compte que cette secte était la plus susceptible de menacer l'Ordre d'Itempas parmi les différents groupes hérétiques en ville. Je m'étais interrogée sur la façon étrange dont Hado parlait - comme un noble. Comme un homme qui avait vécu toute sa vie près du pouvoir. Était-il lui-même arameri ? Il ne portait pas de marque, à moins que la sienne fût amovible ?

Hado avait infiltré la secte à la demande des Arameris. Il devait leur avoir dit que les Lumières étaient plus dangereuses qu'il n'y paraissait. Mais alors…

Je me tournai vers Hado. « Serymn. Est-ce qu'elle est une espionne, elle aussi ?

– Non, déclara Hado. Juste une traîtresse. Si on peut se permettre de qualifier un membre de cette famille de cette façon. » Il haussa les épaules. « Refonder la société est une sorte de tradition, chez les Arameris. Lorsqu'ils réussissent, ils emportent un trône. Lorsqu'ils échouent, ils meurent. Ce que Serymn apprendra bientôt.

– Et Dateh ? Qu'est-il ? Son pion involontaire ?

– Mort, je l'espère. Les troupes arameries ont lancé l'assaut sur la Maison du Soleil Levant hier soir. »

Je suffoquai ; il sourit.

« Votre évasion m'a offert l'opportunité que j'attendais, madame. Même si mon rôle en tant que Maître des Initiés me donnait accès au cercle restreint des Lumières, il m'était impossible de quitter la Maison du Soleil Levant sans éveiller les soupçons. Puisque Serymn avait envoyé tous les membres ou presque de la secte à vos trousses, j'ai aussitôt prévenu certains amis, qui ont réussi à faire passer l'information aux bonnes personnes. » Il s'interrompit. « Les Lumières n'avaient pas tort sur un point : les dieux ont vraiment des raisons d'en vouloir au genre humain, et on ne peut pas dire que la mort des leurs ait vraiment arrangé les choses. Ce que les Arameris comprennent très bien, tellement bien qu'ils ont fait ce qu'il fallait pour maîtriser la situation. »

Ma main posée sur le tronc de l'Arbre se mit à trembler. Je ne m'étais jamais rendu compte que l'Arbre poussait *à travers* le palais, qu'il s'intégrait dans sa substance même. Son écorce devenait plus dure au niveau des racines, sur lesquelles couraient des fissures plus profondes que la longueur de ma main. En haut du tronc, cette écorce se faisait fine, presque douce. Je la caressai d'un air distrait afin de me réconforter.

« Monseigneur Arameri », avançai-je. T'vril Arameri, le chef de la famille qui dirigeait le monde. « Est-ce lui que vous m'emmenez voir ?

– Oui. »

J'avais fréquenté les dieux et manié la magie qu'ils avaient confiée à mes ancêtres, eu leur sang sur mes mains, je les avais tenus dans mes bras, et craints, comme ils m'avaient eux-mêmes redoutée. Que représentait un mortel, comparé à cela ?

« Très bien, dans ce cas. » Je me tournai vers Hado, qui m'offrit le bras. Je passai devant lui sans accepter son aide. Il secoua la tête en soupirant, me rejoignit, puis, ensemble, nous empruntâmes des couloirs d'un blanc chatoyant.

17

Une chaîne en or

(Encaustique sur assiette en métal)

T'vril Arameri était un homme occupé. Tandis que nous empruntions un immense couloir au bout duquel se dressaient les imposantes portes de sa salle d'audience, je les vis s'ouvrir à plusieurs reprises pour laisser entrer ou sortir des serviteurs et des courtisans visiblement pressés. La plupart d'entre eux portaient des parchemins, ou de grands sacs dans lesquels ils les avaient rangés. Quelques silhouettes tenaient de longues formes pointues ; des épées, ou des lances. La plupart étaient très bien habillées, et arboraient la marque des Arameris. Je ne reconnus pas celle des sang-pur, mais je ne m'y connaissais pas très bien en la matière. Si personne ne s'arrêtait dans les couloirs pour bavarder, certains parlaient en marchant. Je reconnus du senmite mâtiné d'accents exotiques : narchèse, mine, vèlne, mencheyev, et d'autres encore que je ne resituai pas.

Un homme occupé, qui appréciait les gens utiles ; une information à garder en tête si je comptais obtenir son aide.

Nous nous figeâmes au niveau des portes, puis Hado nous annonça aux deux femmes postées devant. Des natives du Grand Nord, du moins le supposai-je à leur taille moins haute que la moyenne et à leurs chevelures raides si longues qu'elles se balançaient. Si ces deux dames n'avaient pas l'air de gardes au premier abord – on ne voyait pas leur arme, mais celle-ci aurait pu être petite, ou portée près du corps –, quelque chose dans la position de leurs épaules l'indiquait pourtant. Elles *n'étaient pas* arameries, ni même amnes. Avaient-elles pour mission, le cas échéant, de protéger le Seigneur de sa propre famille ? Ou leur présence signifiait-elle autre chose ?

J'aperçus l'une des deux femmes entrer dans la salle d'audience pour nous annoncer. L'instant d'après, un petit groupe surgit et passa devant nous. Ses membres me dévisagèrent avec une curiosité non dissimulée, ainsi qu'Hado, ce que je remarquai ; deux sang-pur, en particulier, qui sortirent en même temps et échangèrent aussitôt des propos à voix basse. Je jetai un coup d'œil à mon compagnon, qui ne sembla pas les voir. J'aurais voulu toucher son visage, parce qu'il arborait un air satisfait parfaitement impénétrable.

Le garde réapparut, puis maintint la porte pour nous laisser entrer sans mot dire. Je suivis Hado à l'intérieur.

La salle d'audience était vaste. Deux énormes fenêtres, chacune large de plusieurs pas et deux fois haute comme Brillant, dominaient les murs de part et d'autre du chambranle. Le martèlement de nos pieds résonna jusqu'au plafond loin au-dessus de nos têtes. J'étais trop nerveuse pour lever les yeux. Le seul meuble de la pièce, une grande chaise massive, était installé à l'opposé de l'entrée sur une estrade à gradins. Et même si je ne repérais pas son occupant, je l'entendais écrire quelque chose sur un morceau de papier. Le crissement de sa plume parut tonitruant dans l'immense salle parfaitement calme.

Je discernai son sceau de sang également, une marque plus étrange que toutes celles que j'avais jamais vues ; une demi-lune descendante encadrée de deux chevrons scintillants.

Nous attendîmes en silence qu'il termine ce qu'il était en train de faire. Lorsqu'il reposa sa plume, Hado mit brusquement un genou à terre, la tête baissée en avant. Je suivis aussitôt son exemple.

Au bout d'un moment, monseigneur T'vril dit : « Je pense que vous serez tous deux contents d'apprendre que la Maison du Soleil Levant a été rasée. Sa menace a été déplacée ailleurs. »

Je clignai les yeux de surprise. Le Seigneur Arameri avait la voix douce, grave et presque musicale – à la différence des paroles qu'il venait de prononcer. J'aurais vraiment voulu demander ce que « déplacée » *signifiait,* mais soupçonnai qu'il valait mieux s'en abstenir. J'avais entendu dire que les nobles procédaient de cette manière, qu'ils parlaient des actes les plus horribles de façon détournée pour les rendre plus légers.

« Et Serymn ? demanda Hado. Si je peux me permettre de poser la question.

– On l'a conduite ici. Son mari n'a pas encore été capturé, mais les scribes m'assurent que ce n'est qu'une question de temps. Nous ne sommes pas les seuls à le rechercher, après tout. »

Je m'interrogeai d'abord, puis compris quelque chose – il aurait prévenu les génitures de la cité, évidemment. Je m'éclaircis la gorge, me demandant comment questionner cet homme tout-puissant sans l'offenser.

« Vous pouvez prendre la parole, Eru Shoth. »

J'hésitai un moment parce que je venais de me rendre compte que j'avais négligé également l'indice suivant : la façon dont Hado se servait des titres honorifiques marohnés. Le genre de choses que l'on faisait à l'égard d'un étranger pour se montrer diplomate. Une habitude aramerie.

J'inspirai profondément. « Qu'en est-il des génitures que les Nouvelles Lumières retenaient prisonnières, monseigneur Arameri ? Ont-elles été sauvées ?

– Plusieurs corps ont été retrouvés, dans la cité et à l'endroit où les Lumières avaient l'habitude de s'en débarrasser, ainsi qu'à la Maison. Les génitures de ces quartiers s'occupent des dépouilles. »

Des corps. Dans un moment de distraction, je fixai cet homme, bouche bée de stupeur. D'autres en plus des quatre auxquels je pensais ? Dateh n'avait pas perdu son temps. « Quelles génitures ? » J'entendis la réponse à cette question dans ma tête : Paitya. Kitr. Décharge. Lil.

Madding.

« On ne m'a pas encore donné de noms. Mais celle qui se faisait appeler Madding se trouve parmi elles. Je crois savoir qu'elle comptait beaucoup pour vous ; je suis vraiment désolé. » Il parut sincère, bien que distant.

Je baissai les yeux et marmonnai quelque chose.

T'vril Arameri croisa les jambes et arc-bouta les doigts, du moins le supposai-je à sa façon de bouger. « Mais je me retrouve face à un sérieux dilemme, Eru Shoth : que faire de vous ? D'un côté, vous avez rendu un immense service au monde en révélant les activités des Nouvelles Lumières. D'un autre, vous êtes une arme - et il serait parfaitement idiot de laisser traîner une arme sachant que n'importe qui pourrait la ramasser et s'en servir. »

Je baissai de nouveau la tête, mais plus bas que précédemment, si bien que mon front toucha le sol froid et rayonnant. J'avais entendu dire que c'était la façon dont on se repentait devant les nobles, et le repentir était exactement ce que je voulais exprimer. *Des cadavres.* Combien de ces génitures mortes et profanées *mon* sang avait-il empoisonnées ?

« Là encore, reprit le Seigneur Arameri, ma famille sait de longue date combien une arme dangereuse est précieuse. »

Confuse, je plissai mon front toujours posé contre le sol. *Quoi ?*

« Les dieux savent, à présent, que les démons n'ont pas disparu », intervint Hado pour pallier mon hébétude. Son ton me parut d'une neutralité toute circonspecte. « Ce n'est pas une chose que vous pourrez cacher.

– Nous allons leur livrer un démon, déclara le Seigneur Arameri. L'assassin de leurs enfants. Ça devrait les satisfaire… et en échange, nous vous garderons avec nous, Eru Shoth. »

Je tremblai de tous mes membres lorsque je m'obligeai à me relever. « Je… je ne comprends pas. » Mais je comprenais. Par tous les dieux, comme je comprenais.

Le Seigneur Arameri se leva, sa silhouette se découpant contre l'éclat pâle de la salle. Tandis qu'il descendait les marches de l'estrade, je m'aperçus que l'homme était svelte, très grand, comme tous les Amnes, et qu'il portait une longue et lourde cape. Le vêtement, tout comme ses cheveux bouclés, noués à leur extrémité, traînèrent à sa suite sur l'escalier lorsqu'il s'avança vers moi.

« S'il y a une leçon à retenir du passé, c'est que nous autres mortels nous trouvons au bas d'une hiérarchie de pouvoir sans pitié », expliqua-t-il, le ton toujours chaleureux, presque aimable. « Au-dessus de nous, il y a les génitures, et au-dessus d'elles, les dieux, et ils *ne nous aiment pas*, Eru Shoth.

– Non sans raison », articula Hado d'une voix traînante.

Le Seigneur Arameri lui jeta un regard qui, à mon étonnement, ne parut pas offensé. « Non sans raison. Pour autant, nous serions fous de ne pas chercher à nous protéger d'eux. » Il fit un geste en direction des fenêtres, me sembla-t-il, et du soleil noir au-delà. « L'art des scribes est né de cette volonté, à l'initiative de mes aïeux – même si nous avons eu l'occasion de nous rendre compte qu'il ne protégeait pas efficacement l'humanité contre les dieux. *Vous*, en revanche, vous vous êtes montrée beaucoup plus compétente en la matière.

– Vous avez l'intention de vous servir de moi comme les Lumières l'ont fait ? avançai-je d'une voix tremblante. Vous voulez que je tue des dieux pour vous ?

– Seulement s'ils nous y obligent », fit l'Arameri. Puis, à ma plus grande surprise encore, il s'agenouilla face à moi.

« Vous ne serez pas notre esclave », expliqua-t-il avec douceur. Et gentillesse. « Cette période de notre histoire est révolue. Nous vous paierons, comme nous rétribuons tous les scribes et tous les soldats qui se battent pour nous. Vous serez logée, et nous assurerons votre protection. Tout ce que nous vous demandons, c'est de nous donner du sang - et d'autoriser nos scribes à placer une marque sur votre corps. Je ne vous mentirai pas sur la fonction de cette marque, Eru Shoth : elle servira de laisse. Grâce à elle, nous saurons si votre sang a suffisamment coulé pour constituer un danger, nous serons en mesure de vous retrouver, dans l'éventualité d'un autre rapt, ou d'une tentative d'évasion de votre part. Et grâce à cette marque, nous pourrons même vous tuer au besoin - rapidement, sans que vous souffriez, mais pour de bon, où que vous vous trouviez. Votre corps se changera en cendres de façon à ce que personne d'autre ne puisse utiliser ses… propriétés exceptionnelles. » Il soupira, la voix pleine de compassion. « Ce ne sera pas de l'esclavage, mais vous ne serez pas vraiment libre non plus. La décision vous appartient. »

Je me sentais fatiguée. Tellement fatiguée. « Le choix ? » demandai-je. Ma voix me parut faible. « Vivre au bout d'une laisse ou la mort ? C'est ça, votre choix ?

– J'ai la générosité de vous faire cette proposition, Eru Shoth. » Il tendit la main et la posa sur mon épaule. Je crus qu'il cherchait à me réconforter. « Je pourrais vous obliger à faire ce que je vous demande, si je le voulais. Sans aucun problème. »

Comme les Nouvelles Lumières l'ont fait, envisageai-je de dire, ce qui ne servirait à rien. Il savait très exactement quel genre de marché diabolique il me proposait. Les Arameris avaient ce qu'ils voulaient, dans l'un ou l'autre cas ; si j'optais pour la mort, ils prélèveraient tout le sang qu'ils pourraient extraire de mon corps et le mettraient de côté en prévision de besoins futurs. Et si je vivais – j'éclatai presque de rire lorsque je compris. Ils exigeraient que j'aie des enfants, c'est ça ? Peut-être les Shoth deviendraient-ils les nouveaux Arameris : des privilégiés, des gens protégés, la marque de leur « caractère spécial » imprimée sur leur corps à tout jamais. Et privés de la possibilité de connaître un jour une existence normale.

J'ouvris la bouche pour lui dire non, que je refusais la destinée qu'il m'offrait. Puis je me souvins : j'avais déjà promis cette vie à un autre.

La meilleure des alternatives, décidai-je. Au moins mourrais-je selon mes propres conditions, avec Brillant.

« J'aurais… j'aurais besoin d'y réfléchir, m'entendis-je dire, comme si je m'étais trouvée loin.

— Bien sûr », assura le Seigneur Arameri. Il se leva et retira sa main. « Vous pouvez rester en tant qu'invitée encore un jour. Mais j'attends une réponse de votre part d'ici demain soir. »

Une journée suffirait amplement. « Merci », articulai-je. Cette parole résonna dans mes oreilles. Mon cœur, lui, n'éprouva rien.

À ces mots, il me tourna le dos. On me congédiait, à l'évidence. Hado se leva, me fit signe de l'imiter, puis, comme nous étions entrés, nous sortîmes en silence.

« Je veux voir Brillant », annonçai-je une fois revenue dans ma chambre. Une autre cellule, mais plus jolie que la précédente. Je ne pensais pas que les vitres de Ciel se briseraient facilement. Mais peu importait, je n'aurais pas besoin d'essayer de le faire.

Posté près de la fenêtre, Hado hocha la tête. « Je vais voir si je peux le trouver.

– Quoi, vous ne le gardez pas enfermé quelque part ?

– Non. Il peut quitter Ciel quand il le souhaite, par décret de monseigneur Arameri lui-même. Comme c'est le cas depuis le jour où on l'a fait mortel ici même, il y a dix ans de ça. »

Je m'étais assise à la table de la chambre sur laquelle on avait disposé à mon intention un repas que je ne touchai pas. « Il est devenu mortel… ici ?

– Oh, oui. Tout s'est passé entre ces murs, dans ce palais - la naissance de la Dame Grise, la libération du Seigneur de la nuit, la défaite d'Itempas, et tout ça en une seule matinée. »

Celle de la mort de mon père, ajoutai-je intérieurement.

« Ensuite, la Dame et le Seigneur de la nuit l'ont laissé ici. » Il haussa les épaules. « T'vril s'est montré parfaitement courtois avec lui. Je pense que certains Arameris auraient voulu qu'Itempas prenne la tête de la famille pour qu'il la mène vers une nouvelle gloire. Mais il n'a rien fait, rien dit. Il est juste resté assis dans une pièce durant six mois. Il serait même mort de soif à une ou deux reprises, d'après ce que j'ai entendu dire, jusqu'à ce qu'il comprenne qu'il n'avait pas d'autre choix que de boire et de manger. » Hado soupira. « Puis, un jour, il s'est levé et il est parti, comme ça, sans prévenir et sans dire au revoir. T'vril a lancé des recherches, mais elles n'ont rien donné. »

Parce qu'il était parti vivre au Village des Ancêtres, m'en rendis-je compte. Les Arameris n'auraient jamais pensé à aller chercher leur dieu là-bas, bien évidemment.

« Comment êtes-vous au courant de tout ça ? » Je plissai le front. « Vous ne portez pas de marque aramerie.

– Pas pour le moment. » Hado se tourna vers moi. Je crus le voir sourire. « Mais je devrais en avoir une bientôt. C'est l'accord que j'ai passé avec T'vril : si je faisais mes preuves, la famille m'adopterait et me donnerait le rang de sang-pur. Je pense que le fait d'avoir réussi à menacer les dieux devrait suffire.

– Adopté… » Je ne savais même pas qu'une telle chose était possible. « Mais… eh bien… vous ne semblez pas porter ces gens dans votre cœur. »

Il gloussa cette fois, et là encore, j'eus un sentiment bizarre à son propos ; celui d'être face à une personne plus avisée que son âge ne le voulait. À quelque chose de sombre et d'étrange.

« Il était une fois, commença-t-il, un dieu que l'on retenait en captivité ici même. Un dieu terrible, magnifique, et en colère. La nuit, lorsqu'il arpentait ces couloirs blancs, tous le craignaient. Mais le jour, il dormait. Son corps, sa chair mortelle vivante, qui était sa chaîne et son boulet, avait une vie propre. »

J'inspirai, car je comprenais. Je ne me contentais plus de croire. Il parlait du Seigneur de la nuit, bien sûr - mais le corps qui vivait le jour… ?

Hado se tenant debout près de la fenêtre, je le vis croiser les bras. Je le discernai facilement, malgré l'opacité du contre-jour, et parce qu'il était plus sombre encore.

« Ce n'était pas une vie, remarquez, fit-il. Les gens qui avaient peur du dieu *ne redoutaient pas tous* l'homme. Ils ont vite appris à lui faire des choses que le dieu n'aurait pas tolérées. En fait, l'homme menait sa vie en deux temps ; il naissait chaque matin, et mourait lentement à chaque coucher de soleil. En détestant tous les instants de cette vie. Et tout ça pendant… Deux. Mille. Ans. »

Il me jeta un regard par-dessus son épaule. Je restai bouche bée.

« Jusqu'à ce que, soudain, l'homme soit libéré. » Hado ouvrit grand les bras. « Il a passé la première nuit de sa nouvelle existence à regarder les étoiles en pleurant. Mais au matin, il avait compris quelque chose : alors qu'il aurait enfin pu mourir, comme il en avait rêvé durant des siècles, il n'en avait pas la moindre envie. Car il avait reçu une existence, une vie à lui. Des rêves à lui. Ça aurait été… mal… de les gâcher. »

Je passai la langue sur mes lèvres et déglutis. « Je… » Je m'interrompis. J'avais failli dire que je comprenais, mais j'aurais menti. Aucun mortel, aucun dieu, probablement, ne pouvaient concevoir la vie qu'Hado menait. « Des enfants de Nahadoth », voilà comment Brillant avait appelé Lil et Dateh. Devant moi se tenait un autre rejeton du

Seigneur de la nuit, bien plus étrange que tous les autres encore.

« Je peux le comprendre, fis-je. Mais… » Je désignai les murs de Ciel autour de moi. « Est-ce *vraiment* la vie ? Est-ce qu'une chose plus normale ne… ?

– J'ai dédié mon existence à servir le pouvoir. Et j'ai souffert pour ça – plus que vous ne sauriez l'imaginer. Je suis libre, aujourd'hui. Est-ce que je devrais partir m'installer à la campagne pour y faire pousser des légumes ? Trouver une maîtresse que j'arriverais à supporter, élever une portée de gosses ? Devenir un roturier, comme vous, sans le sou et sans défense ? » Il gloussait. « Je m'y connais, en matière de pouvoir. Je ferais un excellent chef de famille, vous ne croyez pas ? Lorsque j'aurai été promu sang-pur. »

Il parut sincère, ce que je trouvai d'autant plus effrayant.

« Je pense que monseigneur Arameri serait fou de vous compter parmi les membres de son entourage », osai-je lentement.

Hado secoua la tête d'amusement. « J'irai voir le Seigneur Itempas pour vous. »

Je n'aimais pas qu'il appelle Brillant de cette façon. J'inclinai la tête distraitement tandis qu'Hado se dirigeait vers la porte. Puis, alors qu'il s'apprêtait à en franchir le seuil, une pensée me traversa l'esprit. « Que feriez-vous à ma place ? Que choisiriez-vous ? Une vie enchaînée, ou la mort ?

– Je serais heureux d'avoir un tel choix.

– Ce n'est pas une réponse.

– Bien sûr que si. Mais si vous tenez vraiment à le savoir, j'opterais pour la vie. *Tant que ça resterait* une alternative, je vivrais. »

Je plissai le front, retournant ce qu'il venait de dire dans ma tête. Hado hésita un moment, puis reprit la parole. « Vous avez passé du temps au contact des dieux, Eru Shoth. Peut-être avez-vous remarqué la chose suivante : alors qu'ils vivent pour l'éternité, la plupart d'entre eux se sentent plus seuls et plus malheureux que nous. Pourquoi est-ce qu'ils s'embarrassent avec les mortels, d'après vous ? Parce que nous leur montrons la valeur de la vie. Alors pour ça, et pour le seul plaisir de leur casser les pieds, je choisirais de vivre. » Il laissa échapper un rire sans joie, puis soupira avant de m'adresser un salut sardonique. « Bon après-midi.

– Bon après-midi à vous », lui retournai-je. Je demeurai un long moment assise à réfléchir après son départ.

Je grignotai un peu, davantage par habitude que par nécessité, puis je fis un petit somme. Je trouvai Brillant à mon réveil.

Je l'entendis respirer lorsque je me redressai, larmoyante et fourbue. Encore éprouvée par mes malheurs récents, j'étais tombée de fatigue à côté des restes de mon repas, la tête posée sur mon bras valide. Je cognai celui que je portais en écharpe contre le rebord de la table en me relevant, mais ne ressentis pratiquement rien. Le sceau aurait bientôt fini d'œuvrer.

« Bonjour, dis-je. Merci de m'avoir laissée dormir. » Il ne répondit pas, ce qui ne me gêna pas. « Que vous est-il arrivé ? »

Il haussa les épaules. Il était assis en face de moi, assez près pour que je l'entende bouger. « Ils m'ont interrogé à la Salle Blanche et ensuite, on m'a emmené ici. »

Il semblerait, faillis-je dire, mais je me retins, jugeant préférable de me contenter de ce qu'il voulait bien me concéder. « Où êtes-vous allé, après qu'ils vous ont conduit ici ? » Je pariai intérieurement avec moi-même qu'il répondrait « nulle part ».

« Nul endroit intéressant. »

Je ne pus m'empêcher de sourire. Ce qui me réconforta, parce que j'avais envie de le faire depuis longtemps. Cela me rappela les jours anciens, une vie disparue, une époque où mes soucis se résumaient à mettre la table et à faire en sorte que Brillant ne se vide pas de son sang sur mes tapis. Je l'aimai presque de me remémorer ces temps révolus.

« Est-ce que rien ne compte donc pour vous ? lui demandai-je en souriant toujours. Rien du tout ?

– Non », asséna-t-il d'une voix plate et dénuée d'émotion. Froide. Je commençai à comprendre à quel point cela ne lui correspondait pas, à lui, à cet être qui avait incarné la chaleur et la lumière autrefois.

« Menteur », dis-je.

Il devint silencieux. Je pris le couteau à éplucher qu'on m'avait laissé pour que je puisse manger, appréciant la texture légèrement rugueuse de son manche en bois. Je me serais attendue à trouver un matériau plus fin, à Ciel – de la porcelaine, peut-être, ou de l'argent. Mais rien d'aussi banal et utilitaire que du bois. Sans doute cette essence coûtait-elle cher ?

« Vous vous souciez de vos enfants, fis-je. Vous avez eu peur que Dateh fasse du mal à votre ancien amour, le Seigneur de la nuit. Je m'en suis rendu compte, vous savez. Je sais que vous pensez toujours à lui. Vous pourriez même apprécier cette nouvelle Dame, si vous lui donniez sa chance. Et si elle vous en laissait la possibilité. »

Toujours du silence.

« Je sais que vous vous souciez de beaucoup de choses, plus que vous ne le voudriez. Je pense même que vous avez encore foi en la vie.

– Qu'attends-tu de moi, Orie ? » demanda Brillant. Il ne me parut pas froid. Pas cette fois. Simplement fatigué. Les paroles d'Hado me revinrent en mémoire : *ils sont encore plus malheureux que nous*. Pour ce qui concernait mon compagnon, je voulais bien le croire.

À sa question, je secouai la tête en riant. « Je ne sais pas. J'attends encore que vous me le disiez. C'est vous, le dieu, après tout. Si je vous adressais une prière pour vous demander de me guider, et si vous décidiez de me répondre, que me diriez-vous ?

– Je ne répondrais pas.

– Parce que vous n'en auriez rien à faire ? Ou parce que vous ne sauriez pas quoi dire ? »

Encore du silence.

Je reposai le couteau, me levai, et fis le tour de la table. Lorsque je trouvai Brillant, je touchai son visage, ses cheveux, les lignes de son cou. Il resta assis, passif, même si je discernai une tension en lui. Cela l'embêtait-il de devoir me tuer ? Je chassai aussitôt cette pensée que je jugeai vaniteuse de ma part.

« Racontez-moi ce qui s'est passé, dis-je. La raison pour laquelle vous êtes devenu comme ça. J'aimerais comprendre, Brillant. Madding vous aimait, voyez-vous. Il... » Ma gorge se serra subitement. Je dus détourner le regard et prendre une grande inspiration afin de pouvoir continuer. « Il n'avait pas renoncé, vous concernant. Je pense qu'il voulait vous aider. Il ne savait simplement pas par où commencer. » Du silence en face de moi. Je caressai sa joue. « Vous n'êtes pas obligé de me le dire. J'honorerai ma promesse ; vous m'avez aidée à m'échapper, et maintenant, il ne vous reste plus qu'à débarrasser le monde d'un démon de plus. Mais je l'ai mérité, non ? Que vous me disiez un peu la vérité ? »

Il demeura mutique. Sous mes doigts, son visage était de marbre. Brillant regardait droit devant lui, à travers moi, par-delà moi. J'attendis, mais il ne dit rien.

Je laissai échapper un soupir, puis attrapai mon bol à soupe vide, qui n'était pas très grand. Je trouvai un verre également, qui avait contenu le meilleur vin que j'avais jamais bu. Il m'avait d'ailleurs rendue ivre, même si ma petite sieste m'avait dégrisée. Je mis le bol et le verre en face de moi et dégageai précautionneusement mon bras droit de l'écharpe. J'arrivai à m'en servir, malgré la douleur que je ressentais dans sa partie supérieure. Si les muscles avaient guéri, le souvenir de mes souffrances était encore frais.

« Attendez que je sois inconsciente pour le faire », fis-je. Je n'aurais su dire s'il me prêta la moindre attention. « Ensuite, vous n'aurez qu'à jeter le sang dans les toilettes. Ne leur en laissez pas la moindre goutte, si vous le pouvez. »

Le même silence tenace. Il ne me mettait plus en colère, tant je m'y étais habituée.

Je soupirai, puis levai le couteau.

Une main agrippa mon poignet très fort, envoyant le verre par terre. Je me retrouvai soudain de l'autre côté de la pièce, contre le mur, bloquée par le poids du corps tendu de Brillant.

Il était appuyé contre moi et respirait très fort. Je tentai de me dégager, mais le petit grognement de mon assaillant, et la façon dont il secoua mon bras jusqu'à ce que je m'immobilise m'empêchèrent de le faire. Alors j'attendis. J'avais uniquement réussi à m'écorcher le poignet. Une goutte de sang coula le long de la main qui me tenait, et tomba par terre.

Brillant se pencha. Lentement, lentement, comme un grand arbre vénérable dans le vent, luttant centimètre par centimètre. Il s'arrêta lorsqu'il ne put plus se baisser davantage, son visage pressé contre ma joue, son souffle chaud et rauque dans mon oreille. Sa position devait être particulièrement inconfortable. Malgré ça, dans cette posture qui devait le mettre à la torture, mais qui m'empêchait de bouger, il me parla enfin. Un long murmure.

« Ils ne m'aimaient plus. Il est né le premier, moi en deuxième. Je n'avais jamais été seul, grâce à sa présence. Puis elle est arrivée. Ça ne me gênait pas, vraiment pas, à partir du moment où elle comprenait qu'il était aussi à moi. Ce n'est pas de devoir partager qui posait problème, tu comprends ?

C'était bon, de l'avoir avec nous, elle, puis les enfants ensuite. Ils étaient tellement nombreux, tous parfaits et étranges à la fois. J'étais content, à cette époque, *content*. Elle était avec nous et nous l'aimions, lui et moi. Mais j'étais son préféré. Je le savais. Et elle le respectait. Le fait de devoir partager ne m'a jamais posé problème.

« Mais ils ont changé, changé, encore et encore. Ils changeaient tout le temps. Je savais que c'était possible, mais au bout de tant de temps, je ne pensais pas que ça arriverait. Il avait été seul pendant plusieurs éternités, avant moi. Je n'ai pas compris. Même lorsque nous étions ennemis, il pensait à moi. Comment aurais-je pu l'anticiper ? Durant toute mon existence, ça ne s'était jamais produit, pas une fois ! Même loin d'eux, je sentais leur présence, leur attention. Mais alors... c'est alors que... »

À ce moment de son récit, il m'attira contre lui. Sa main libre, celle qui n'agrippait pas mon poignet, se crispa dans le creux de mes reins. Il ne s'agissait pas d'une étreinte, à l'évidence. Son geste n'avait pas pour but de me réconforter. Il m'évoqua plutôt la façon dont Brillant m'avait tenue après son retour du Vide. Ou celle dont je maniais parfois ma canne lorsque j'errais dans un endroit que je ne connaissais pas, sans personne pour m'aider au cas où je trébucherais. Oui, cela ressemblait vraiment beaucoup à ça.

« Je ne pensais pas que c'était possible. Était-ce de la trahison ? Les avais-je offensés d'une façon ou d'une autre ? Je ne pensais pas qu'ils seraient capables de m'oublier complètement.

« Mais c'était pourtant le cas.

« Ils m'avaient oublié.

« Ils étaient ensemble, lui et elle, mais je ne sentais plus leur présence. Ils ne pensaient que l'un à l'autre. Pas à moi.

« Ils m'ont laissé seul. »

J'ai toujours mieux compris les corps que les voix ou les mots. Tandis que Brillant me soufflait à l'oreille l'horreur qu'il avait vécue et qu'il me racontait cet unique instant de solitude, ce ne furent pas ses paroles qui me dévoilèrent les ravages de son âme. Il se tenait contre moi aussi intimement qu'un amant. Il n'aurait pas eu besoin de parler.

« Je suis parti pour le domaine des mortels. Je préférais encore la compagnie des hommes à la solitude. Je suis allé dans un village, où j'ai rencontré une fille. J'étais prêt à accepter n'importe quel amour. C'était toujours mieux que pas d'amour du tout. Elle s'est offerte à moi et j'ai fait d'elle ma maîtresse. J'avais besoin d'elle ; jamais je n'avais éprouvé un tel manque. J'ai donc décidé de rester. Je trouvais l'amour mortel rassurant. Il y a eu un enfant, que j'ai laissé vivre. Je savais pourtant qu'il était un démon, un proscrit – j'avais moi-même édicté cette loi –, mais j'avais également besoin de lui. Il était… J'avais oublié à quel point ils pouvaient être magnifiques. La mortelle me parlait à voix basse, la nuit, lorsque je me sentais faible. Mon frère et ma sœur s'étaient mal comportés. Ils s'étaient vraiment montrés cruels, odieux même, en m'oubliant de cette façon. Je savais qu'ils me trahiraient de nouveau, si je revenais vers eux. Elle était la seule à m'aimer vraiment ; la seule dont j'avais vraiment besoin. Je me suis raccroché à cet amour, tu comprends ? Il fallait que je me raccroche à quelque chose de sûr. Je vivais dans l'angoisse permanente de sa mort. Et puis *ils* sont venus me trouver. Ils se sont excusés - excusés ! Comme si ça suffisait. »

Je ris, à ce moment-là. À moins que ce ne fût un sanglot ?

« Et puis ils m'ont ramené à la maison. Mais je savais que je ne pouvais plus leur faire confiance. J'avais découvert en quoi la solitude consiste. C'est l'exact opposé de tout ce que je suis ; ce vide, ce... rien. J'avais gagné dix mille batailles, avant le commencement des temps, brûlé mon âme à créer cet Univers, et pourtant, je n'avais jamais souffert à ce point.

« La fille mortelle m'avait prévenu. Elle m'avait dit qu'ils recommenceraient. Qu'ils oublieraient qu'ils m'aimaient. Qu'ils s'intéresseraient seulement l'un à l'autre et que je me retrouverais seul, laissé pour compte, pour toujours.

« Ils ne seraient pas capables de faire une chose pareille.

« Ils ne *pourraient pas me faire ça*.

« C'est alors que la fille mortelle a tué notre fils. »

Il s'interrompit un bref instant, son corps parfaitement immobile.

« *Prends-le,* m'a-t-elle dit en m'offrant le sang du petit. Et j'ai pensé - j'ai pensé - j'ai pensé - *lorsqu'il n'y avait que nous deux, je n'étais jamais seul.*

Un silence pour finir, augurant la fin du récit.

Je parvins à me dégager lentement. La tension et la force accumulées en lui s'écoulèrent comme de l'eau. Puis il glissa le long de mon corps et se retrouva à genoux, la joue appuyée contre mon ventre. Il ne tremblait plus.

J'ai passé du temps à analyser la nature de la lumière. Entre autres par curiosité, mais par nécessité, également ; dans le but de comprendre un jour pourquoi je vois comme je le fais. Les scribes l'ont étudiée, eux aussi, et dans les livres que Madding me lisait, ils affirment que la lumière la plus vive - la vraie lumière - est la combinaison de toutes les autres : la rouge, la bleue, la jaune et d'autres encore. Mélangez-les toutes ensemble, et vous obtenez un blanc éclatant.

Ce qui signifie, en un sens, que la vraie lumière existe seulement grâce à la présence des autres. Ôtez-les, et l'obscurité surgit. L'inverse ne vaut pas, en revanche : enlevez l'obscurité, et il n'y aura que davantage d'obscurité. L'obscurité existe en elle-même. Pas la lumière.

Et c'est ainsi qu'un unique moment de solitude réussit à détruire Itempas le lumineux. Il s'en serait remis, avec le temps ; même une pierre de rivière s'adapte et change de forme. Mais, au comble de la fragilité, il avait été manipulé : la femme mortelle à qui il avait accordé sa confiance avait porté un coup fatal à son âme déjà meurtrie. Il était devenu fou de douleur, au point qu'il avait tué sa propre sœur pour ne plus jamais avoir à revivre l'expérience de la trahison.

« Je suis désolé », déclara-t-il très doucement, mais pas à mon adresse, contrairement aux paroles qui suivirent : « Tu n'as pas idée du nombre de fois où j'ai pensé prendre un peu de ton sang pour moi. »

Je passai les bras autour de ses épaules et me penchai pour l'embrasser sur le front. « Si, je le sais. » C'était la vérité.

Ensuite, je me redressai et le pris par la main pour l'aider à se lever. Il se laissa entraîner jusqu'au lit, sur lequel je l'obligeai à s'allonger. Une fois couchés, je me blottis contre lui, la tête posée sur sa poitrine, comme je l'avais si souvent fait avec Madding. Je trouvai la sensation de son corps et son odeur très différentes – cette dernière saline et épicée, froide et chaude, douce et sauvage –, mais leurs cœurs battaient de la même manière. Régulièrement, lentement, de façon rassurante. Un père pouvait-il transmettre ce genre de chose à un fils ? Apparemment.

Ma mort attendrait un jour de plus.

18

La vengeance des dieux
(Aquarelle)

Je pense que Madding avait toujours soupçonné la vérité.

De mon enfance, je gardais le souvenir d'un endroit chaud, humide et clos. Un lieu où je me sentais en sécurité, même si je m'y trouvais seule. J'entendais des voix, alors que personne ne me parlait. On me touchait de temps à autre, et je touchais en retour, mais ça s'arrêtait là.

Bien des années plus tard, je racontai cette histoire à Madding, ce qui me valut un regard bizarre de sa part. Lorsque je lui demandai pourquoi il semblait troublé, il mit du temps à me répondre. Comme j'insistais, il finit par dire : « C'est comme si tu te trouvais dans le ventre de ta mère. »

Je me rappelle avoir ri. « C'est fou. Je pensais. J'entendais. J'étais *consciente.* »

Il haussa les épaules. « Moi aussi, avant ma naissance. J'imagine que ça arrive parfois à certains mortels. »

Alors que ça ne devrait pas, a-t-il dû penser sans le dire.

« Que comptes-tu faire ? » me demanda Brillant le lendemain matin.

Il était debout près de la fenêtre à l'autre bout de la pièce, où il luisait faiblement avec l'aube naissante. Je m'assis en réprimant un bâillement.

« Je n'en sais rien », avouai-je. Plus facile à admettre que je ne l'aurais cru. J'avais tué Madding ; vivre avec sa mort sur la conscience serait - était - intolérable. Mais me suicider, laisser Brillant ou les Arameris m'assassiner, me semblait pire, d'une certaine façon. Avec le décès de Madding, j'aurais eu l'impression de gâcher une opportunité.

« Si je vis, les Arameris se serviront de moi à dieu sait quelle fin. Je ne supporterais pas d'avoir d'autres morts sur la conscience. Mais… » Je soupirai et me frottai le visage. « Je comprends que vous ayez voulu me tuer. Mais vous auriez dû tous nous éliminer. C'est la seule erreur que les Trois aient commise.

– Non, contredit Brillant. Nous avons eu tort. Il fallait faire quelque chose avec les démons - je ne dis pas le contraire -, mais nous aurions dû chercher une autre solution. Ils étaient nos enfants. »

J'ouvris la bouche. La refermai. Le dévisageai, bien qu'il ne fût qu'un pâle contour contre l'éclat plus faible de la fenêtre. Ne sachant exactement quoi dire, je changeai de sujet. « Et vous, que comptez-vous faire ? »

Il se tenait debout comme il l'avait si souvent fait dans ma maison à Ciel, face au soleil, le dos raide, la tête haute et les bras croisés. Mais là, en cet instant, il laissa échapper un petit soupir et se tourna vers moi en s'appuyant contre la fenêtre avec une fatigue presque palpable. « Je n'en ai aucune idée. Je ne vois rien de bon en moi, Orie. Je suis lâche, comme tu l'as dit, et un parfait imbécile, ce que tu m'as épargné. Faible. » Il leva la main, comme s'il la découvrait pour la première fois, et la ferma. Elle ne me semblait pas faible, mais j'imaginai sans difficulté la façon dont un dieu pouvait la percevoir ; ces os si fragiles ; cette chair qui ne guérirait pas instantanément ; ces tendons et ces veines aussi fins que du tulle.

Et, en dessous, cet esprit pareil à une tasse de thé cassée mal réparée.

« C'est la solitude, dans ce cas, avançai-je, votre véritable antithèse, pas l'obscurité. Vous ne l'aviez pas compris ?

– Non. Pas jusqu'à ce jour. » Il baissa la main. « Et pourtant, j'aurais dû le savoir. La solitude est une noirceur de l'âme. »

Je me mis debout pour aller vers lui, lorsque je me pris les pieds dans le petit tapis. Je me rattrapai au bras de Brillant, puis lui caressai le visage. Il me laissa faire et tourna même sa joue dans le creux de ma main. Je pense qu'il se sentait seul, en cet instant précis.

« Je suis content qu'ils m'aient obligé à venir ici sous cette forme mortelle, dit-il, parce que comme ça, je ne peux pas faire de mal lorsque je deviens fou. J'ai vraiment cru le devenir, dans ce domaine de ténèbres. Mais heureusement, je t'ai retrouvée… sans ça, j'aurais de nouveau craqué. »

Je fronçai les sourcils en repensant à la façon dont il s'était accroché à moi ce jour-là, dont il n'avait pas pu me lâcher. Aucun être humain ne supporterait une solitude éternelle – je serais probablement devenue folle, moi aussi, dans le Vide –, mais le manque que Brillant éprouvait n'avait rien d'humain.

Je me souvins alors d'une chose que ma mère m'avait souvent répétée durant mon enfance. « C'est normal d'avoir besoin d'aide, assurai-je. Vous êtes un mortel, à présent. Aucun mortel ne fait rien seul.

– Je n'en étais pas un, à l'époque », contredit-il. Je savais qu'il parlait du jour où il avait tué Enefa.

« C'est peut-être pareil pour les dieux. » Me sentant encore fatiguée, je me tournai et m'appuyai contre la fenêtre à côté de lui. « Nous sommes faits à votre image, n'est-ce pas ? Votre frère et votre sœur ne vous ont peut-être pas envoyé ici sous une forme mortelle pour vous rendre inoffensif, mais pour que vous appreniez à vous comporter comme les mortels. » Je soupirai et fermai les yeux, que l'éclat constant de Ciel éprouvait. « Par les enfers, je n'en sais rien. Peut-être que vous avez seulement besoin d'amis. »

Il se tut, mais parut me regarder.

Avant que j'aie pu ajouter quoi que ce soit, on frappa à la porte. Brillant alla ouvrir.

« Monseigneur. » Une voix que je ne reconnus pas, mais au dynamisme et au professionnalisme caractéristiques d'un domestique. « J'ai un message pour vous. Monseigneur Arameri demande à vous voir.

– Pourquoi ? » questionna mon compagnon - une chose que je ne me serais jamais permise. Le serviteur parut d'ailleurs interloqué, même s'il ne mit pas plus d'un battement de cœur avant de répliquer.

« Dame Serymn a été capturée. »

Comme la fois précédente, le Seigneur Arameri avait renvoyé sa cour. Je supposai qu'il préférait traiter avec des démons et punir une sang-pur rebelle en l'absence de témoins.

Serymn était encadrée de quatre gardes - des Arameris, et des gens du Grand Nord également - qui ne la tenaient pas. Si ses vêtements n'indiquaient rien de la façon dont elle se sentait, sa silhouette dégageait une raideur et une fierté coutumières. Elle avait les mains attachées devant elle, unique concession à son statut de prisonnière. À part elle, la sentinelle, Brillant et moi-même, il n'y avait personne d'autre dans la pièce.

Serymn et le Seigneur Arameri s'observaient, immobiles et silencieux, telles deux élégantes statues en marbre de la Défiance et de l'Implacabilité.

Au bout d'un moment, elle détourna le regard - même si j'étais aveugle, je perçus son dédain - et me fit face. « Dame Orie. Cela vous fait-il plaisir de vous trouver en présence de ceux qui ont laissé votre père mourir ? »

Auparavant, ses paroles auraient fait mouche, mais je savais désormais à quoi m'en tenir. « Vous vous méprenez, Dame Serymn. Mon père n'est pas mort à cause du Seigneur de la nuit, ou de la Dame, ou des génitures, ou d'une personne de leur entourage, mais parce qu'il était un démon, et que tous les mortels les détestaient et les craignaient. » Je soupirai. « Avec raison, d'ailleurs. Je tiens à remettre les choses à leur place. »

Elle secoua la tête en soupirant. « Vous faites beaucoup trop confiance à ces faux dieux.

– Non », répliquai-je, soudain en colère. Pas seulement en colère, mais furieuse, *brûlante* de rage. Si j'avais eu une canne, cette discussion aurait été plus houleuse. « Les dieux sont les dieux, et les mortels, les mortels. Ce sont les *mortels*, Dame Serymn, qui ont lapidé mon père. Les *mortels*, qui m'ont faite prisonnière, traitée comme du bétail, et pris tellement de sang que j'ai bien failli mourir. C'est encore eux qui ont tué mon amour. » Je me sentais très fière de moi ; ma gorge ne s'était pas serrée et ma voix n'avait pas tremblé. La colère me soutenait, pour le moment. « Par les enfers, est-ce que ce serait une si mauvaise chose, si les dieux décidaient de nous éradiquer vraiment ? Peut-être le méritons-nous un peu ? » À ces mots, je ne pus m'empêcher de tourner mon regard vers monseigneur T'vril.

Il m'ignora, et prit la parole sur un ton ennuyé. « Serymn, arrêtez de jouer avec cette fille. Cette rhétorique fonctionnait peut-être avec vos pauvres disciples égarés, mais personne n'est dupe, ici. » Il la désigna, un geste élégant de la main pour englober tout ce qu'elle était. « Vous ignorez sans doute, Eru Shoth, que toute cette histoire n'est en fait qu'une querelle de famille devenue incontrôlable. »

Je dus paraître troublée. « Une querelle de famille ?

— Je ne suis qu'un simple demi-sang, voyez-vous - le premier à diriger cette famille. Et bien que la Dame Grise en personne m'ait nommé, certains de mes parents, les sang-pur en particulier, continuent de mettre mes compétences en doute. J'ai eu la bêtise de compter Serymn parmi les moins dangereux d'entre eux. J'ai même cru qu'elle me serait utile, vu que son organisation semblait rallier les fidèles d'Itempas qu'Il a déçus ces derniers temps. » J'imaginai qu'il regardait Brillant à cet instant. « Je ne les aurais jamais cru capables de ce genre de choses. Je vous présente toutes mes excuses. »

Je me raidis de surprise. J'ignorais tout des nobles et des Arameris, hormis la chose suivante : ces gens ne se justifiaient pas. Jamais. Même après la destruction du Maroland, ils avaient offert la péninsule du Nimaro à mon peuple en guise de « geste humanitaire » - pas à titre d'excuse.

Serymn secoua la tête. « Dekarta a fait de toi son héritier contraint et forcé, T'vril. Dans des circonstances ordinaires, tu t'en sortirais plutôt bien, demi-sang ou non. Mais dans la période de troubles que nous connaissons, nous avons besoin d'un chef de famille qui soit le garant des anciennes valeurs, et d'une fidélité inébranlable à l'égard de Notre Seigneur. Toi, tu n'es pas fier de notre héritage. »

Je sentis le Seigneur Arameri sourire, parce que son rictus dégagea une tension qui mit aussitôt l'assemblée sur ses gardes.

« As-tu autre chose à ajouter ? demanda-t-il. Quelque chose qui ne me ferait pas perdre mon temps ?

– Non, répliqua-t-elle. Rien dont *tu sois digne*.

– Très bien. » Monseigneur T'vril claqua des doigts, puis un serviteur apparut juste derrière son fauteuil par un rideau entrebâillé. Le domestique s'agenouilla en présentant quelque chose ; j'entendis un petit tintement métallique. T'vril ne prit pas l'objet qu'on lui tendait, et que je ne distinguais pas. Je vis Serymn tressaillir, en revanche.

« Cet homme », fit le Seigneur Arameri. Il désigna Brillant. « Le connais-tu ? »

Serymn dévisagea Brillant, puis détourna le regard. « Nous n'avons jamais pu déterminer sa *nature*, expliqua-t-elle, mais il est le compagnon de Dame Orie, son amant, peut-être même. Il ne nous intéressait pas, hormis comme otage, pour faire pression sur elle.

– Regarde mieux, cousine. »

Ce qu'elle fit, rayonnante de dédain. « Et que suis-je censée voir ? »

Je tendis la main pour attraper celle de Brillant. Il n'avait pas bougé ; il semblait se moquer totalement de ce qui était en train de se passer.

Le Seigneur Arameri se leva et descendit les marches. Une fois au bas, il se tourna brutalement vers nous dans un tourbillon de cape et de cheveux avant de mettre un genou à terre avec une grâce dont je n'aurais jamais cru capable un homme aussi puissant. Puis, dans cette posture, il lança d'une voix sonore : « Contemple Notre Seigneur, Serymn ! Salue Itempas, le Maître du Jour, le Seigneur de l'Ordre et de la Lumière. »

Serymn dévisagea T'vril, puis Brillant. Il n'y avait eu aucun sarcasme dans le ton de son cousin, seulement de la vénération. Et cependant, je devinai sans mal ce qu'elle vit lorsqu'elle contempla mon compagnon : dans ses yeux, l'immense fatigue de son âme et, sous son apathie, de la tristesse. Stoïque dans sa tenue d'emprunt, Brillant ne commenta pas la révérence de T'vril.

« Il est marohné », déclara Serymn après l'avoir longuement étudié.

T'vril se releva et rejeta en arrière sa queue-de-cheval dans un geste expert. « Ah ça, pour une surprise... Et pourtant, ce ne serait pas le premier mensonge de la famille depuis qu'elle a oublié ce que le mot "vérité" veut dire. » Il pivota sur ses talons, se dirigea vers Serymn, puis se planta devant elle. Elle ne recula pas, ce que j'aurais fait, pour ma part, car le Seigneur Arameri dégageait une énergie passablement effrayante.

« Tu savais qu'il avait été renversé, Serymn, continua-t-il. Tu as souvent eu l'occasion de voir des dieux revêtir une forme mortelle. L'idée que ton propre dieu puisse compter parmi eux ne t'a-t-elle vraiment jamais traversé l'esprit ? Hado m'a dit que tes Nouvelles Lumières ne s'étaient pas montrées très tendres, avec lui.

– Non », asséna Serymn. Pour la première fois depuis que je connaissais cette femme, sa voix riche et puissante trembla d'incertitude. « C'est impossible. J'aurais... Dateh aurait... *Nous aurions su.* »

T'vril lança un regard par-dessus son épaule au domestique, qui se précipita aussitôt avec l'objet en métal et le lui présenta. Puis le seigneur s'en empara en disant : « Après tout, j'imagine que ton sang pur d'Aramerie ne t'autorise pas à parler au nom de ton dieu. C'est aussi bien comme ça, d'ailleurs. Tenez-lui la bouche bien ouverte. »

Je compris qu'il venait de donner un ordre lorsque les gardes s'emparèrent soudain de Serymn. Ensuite, il y eut une confusion de silhouettes : on se bagarrait. Puis elles s'immobilisèrent. Je m'aperçus que les gardes maintenaient fermement la tête de Serymn.

T'vril souleva l'objet métallique, ce qui me permit enfin de le voir, son contour se découpant contre l'éclat du mur en arrière-plan. Des ciseaux ? Non, trop grand et de forme trop bizarre.

Des pinces.

« Oh, par tous les dieux », murmurai-je, comprenant trop tard. Je me détournai, mais ne pus ignorer les bruits affreux : le cri engorgé de Serymn, le grognement d'effort de T'vril, la déchirure de la chair. Il ne fallut qu'un instant. Soupirant de dégoût, T'vril tendit les pinces au domestique, qui les emporta aussitôt. Serymn émit un unique marmonnement rauque, plus proche de la protestation muette que du hurlement, puis elle s'effondra aux pieds des gardes, en pleurs.

« Maintenez-lui la tête en avant, je vous prie », intima T'vril. Je l'entendais comme s'il était loin, dans le brouillard. « Nous ne voudrions pas qu'elle s'étouffe.

– Atten... attendez », intervins-je. Par tous les dieux, je n'arrivais pas à réfléchir. Ce son résonnerait longtemps dans mes cauchemars.

« Oui, Eru Shoth ? » Hormis un léger halètement, le ton de monseigneur Arameri était le même qu'à l'accoutumée : poli, doux, chaleureux. Je me demandai si je n'allais pas vomir.

« Dateh, repris-je, et les génitures disparues. Elle… elle aurait pu nous dire… » Serymn ne parlerait pas ; elle ne le ferait plus jamais.

« Même si elle avait su quelque chose, elle n'aurait rien dit », asséna T'vril. Il gravit les marches et retourna s'asseoir. Le domestique, qui avait entreposé les pinces derrière le rideau, se dépêcha de revenir avec un morceau de tissu grâce auquel son seigneur s'essuya consciencieusement chaque doigt. « Mais il est probable que Dateh et elle aient préféré se séparer. Afin de se protéger l'un l'autre. Serymn est une sang-pur, après tout ; elle savait qu'un interrogatoire rigoureux l'attendait si jamais elle se faisait prendre. »

Un interrogatoire rigoureux. Des termes bien nobles pour décrire ce à quoi je venais d'assister.

« Malheureusement, le problème n'est plus de mon ressort », ajouta-t-il. J'entrevis un geste. Les portes principales s'ouvrirent sur un autre domestique doté d'un objet qui attira aussitôt mon regard, car il brillait autant que le palais magique. À la différence des murs et du sol, la chose que le serviteur tenait devant lui était d'un rose lumineux et gai : une petite balle en gomme pareille à un jouet pour enfant.

T'vril la lui prit des mains et poursuivit : « Non seulement ma cousine semble avoir oublié qu'Itempas le lumineux ne dirige plus les dieux, mais elle a fait mine d'ignorer que nous, les Arameris, devons répondre à plusieurs maîtres, désormais, et plus à un seul. Le monde change ; soit nous changeons avec lui, soit nous mourrons. Peut-être l'exemple de Serymn rafraîchira-t-il la mémoire à mes cousins arameris ? »

Sur ces paroles, T'vril retourna sa main et laissa tomber la balle rose, qui alla rebondir contre son fauteuil ; il la rattrapa, puis la fit sauter deux autres fois.

Un garçon apparut devant lui. Je m'étranglai à moitié lorsque je le reconnus : Sieh, l'enfant géniture, qui avait failli battre Brillant à mort.

« C'est pour quoi ? » demanda le petit, visiblement mécontent. Il jeta un coup d'œil dans ma direction lorsqu'il m'entendit suffoquer, puis détourna le regard avec indifférence. Je priai tous les dieux qu'il ne m'ait pas identifiée - même si la présence de Brillant debout près de moi réduisait cet espoir à néant, ou presque.

T'vril inclina la tête avec respect. « Voici un des assassins de vos frères et sœurs, monseigneur Sieh », déclara-t-il en désignant Serymn.

Sieh haussa les sourcils et se tourna vers elle. « Je me souviens d'elle… la troisième nièce que Dekarta avait écartée il y a plusieurs années de ça, ou quelque chose dans le genre. » Un sourire ironique qui n'avait rien d'enfantin lui barra le visage. « Vraiment, T'vril, la langue ? »

Le Seigneur Arameri rendit la balle rose au domestique, qui fit une révérence avant de se retirer. « Certains membres de ma famille me trouvent… trop gentil. » Il haussa les épaules et regarda dans la direction des gardes. « Un exemple s'imposait.

– À ce que je vois. » Sieh descendit les marches en trottinant et alla se planter devant Serymn non sans avoir méticuleusement contourné la petite flaque de sang qui assombrissait le sol. « Le fait de l'avoir capturée devrait nous aider, mais je ne pense pas que Naha redore le soleil tant que tu n'auras pas attrapé le démon. L'as-tu fait ?

– Non, fit T'vril. Nous le cherchons toujours. »

Serymn émit alors un bruit qui me donna la chair de poule. Je sentis son attention sur moi et vis la pauvre femme se tordre dans ma direction pour communiquer. Il était impossible de distinguer le moindre mot, ou de savoir si elle essayait de parler, mais d'une façon ou d'une autre, je la compris : elle cherchait à prévenir Sieh. Elle tentait de lui dire : *elle est un démon.*

Mais T'vril avait fait en sorte qu'elle ne révèle jamais mon secret à personne, même pas aux dieux.

Les efforts de Serymn lui valurent un simple soupir de la part de Sieh. « Je me moque complètement de ce que tu pourrais dire », asséna-t-il. Serymn se figea et le regarda avec une appréhension nouvelle. « Pareil pour mon père. Si j'étais toi, je garderais des forces pour prier qu'il ne soit pas d'humeur trop créative. »

Il fit un geste indolent de la main, puis un flot de pouvoir brut en forme de flamme noire, que je fus sans doute la seule à distinguer, jaillit, s'enroula sur lui-même comme un serpent un bref instant et bondit vers l'avant sur Serymn qu'il engloutit. Puis il disparut, et la pauvre femme avec lui.

Sieh pivota vers nous.

« Alors comme ça, tu es toujours avec lui », me dit-il.

Je sentis mes doigts se crisper autour de ceux de Brillant. « Oui », répliquai-je. Je levai le menton. « Je sais qui il est, à présent.

– Vraiment ? » Les yeux de Sieh se tournèrent vers le dieu déchu, puis se fixèrent sur lui. « Permets-moi d'en douter, fille mortelle. Même ses propres enfants ne le reconnaissent plus.

– Ce que je voulais dire, c'est que je sais qui il est *aujourd'hui* », répétai-je, irritée. J'avais toujours détesté qu'on me traite avec condescendance, peu importe qui se permettait de le faire – et j'avais traversé suffisamment d'épreuves au cours des dernières semaines pour redouter un accès d'humeur de la part d'une géniture. « Je ne sais pas comment il était avant. Cet individu n'est plus, de toute manière ; il est mort le jour où il a tué la Dame. *Voilà tout* ce qu'il reste de lui. » Je désignai Brillant de la tête. Sa main était devenue molle, à cause du choc, je pense. « Ce n'est pas grand-chose, je vous l'accorde. Parfois, il me donne des envies de meurtre. Mais plus j'apprends à le connaître, plus je m'aperçois que sa cause n'est pas perdue, malgré ce que vous semblez tous penser. »

Sieh me dévisagea un instant, mais retrouva rapidement ses esprits. « Tu ne sais pas de quoi tu parles. » Il serra les poings ; je m'attendais presque à ce qu'il tape du pied. « *Il a tué ma mère. Nous sommes tous morts* ce jour-là, et c'est lui, l'assassin ! Tu voudrais qu'on fasse comme si de rien n'était ?

– Non », reconnus-je. Je ne pus m'en empêcher ; j'eus pitié de lui. Je savais ce que c'était que de perdre un parent dans des circonstances monstrueuses. « Bien sûr que non. Mais… » Je soulevai la main de Brillant. « *Regardez-le.* Est-ce que vous avez vraiment l'impression qu'il n'a fait que s'amuser durant tous ces siècles ? »

Sieh fit la moue. « Alors comme ça, il regretterait ce qu'il a fait ? Aujourd'hui, après que nous nous sommes libérés nous-mêmes, et après qu'il a été condamné à l'humanité pour ses crimes ? Il aurait des remords ?

– Comment savez-vous qu'il ne regrettait pas son geste avant ça ?

– Parce qu'il ne nous a pas libérés ! » Sieh se frappa la poitrine. « Il nous a laissés ici, aux mains des humains ! Et il a essayé de *nous forcer* à l'aimer de nouveau !

– Peut-être qu'il ne savait pas comment faire autrement, dis-je.

– *Quoi ?*

– C'était peut-être la seule chose qui lui semblait cohérente, dans la crise de démence qu'il traversait, et vu la folie qu'il avait commise. Il pensait sans doute que le temps arrangerait les choses, même si c'était impossible. Et même s'il n'a fait qu'empirer la situation. » Ma colère était déjà retombée. Je repensai à Brillant la nuit précédente, à genoux devant moi, désespéré. « Pourquoi est-ce qu'il n'aurait pas pu se dire qu'il valait mieux vous retenir prisonniers, quitte à ce que vous le haïssiez, au lieu de vous perdre complètement ? »

Je savais que l'argument ne ferait pas mouche. Certains actes étaient impardonnables ; le meurtre, l'emprisonnement abusif et la torture comptaient certainement parmi ceux-là.

Et pourtant.

Sieh referma la bouche. Il regarda Brillant. Sa mâchoire se crispa, ses yeux se plissèrent. « Eh bien ? Cette mortelle parle-t-elle en ton nom, Père ? »

Brillant demeura mutique. Tout son corps était tendu, mais aucune parole ne sortait de sa bouche. Ce qui ne me surprit pas. Je lui lâchai la main pour l'aider au cas où il aurait souhaité partir.

Mais soudain, ses doigts agrippèrent très fort les miens. Je n'aurais pas pu me dégager même si je l'avais voulu.

Tandis que je clignais des yeux d'étonnement, Sieh soupira de dégoût. « Je ne te comprends pas », me lança-t-il. Tu n'as pourtant pas l'air d'une idiote. Tu perds ton temps, avec lui. À moins que tu ne sois le genre de femme qui a besoin de se torturer pour se sentir mieux, ou qui tombe toujours sur des amants violents ?

– Madding était mon amant », glissai-je avec douceur.

Mes paroles contrarièrent visiblement Sieh. « J'avais oublié. Je suis désolé.

– Moi aussi. » Je soupirai et me frottai les yeux. Ils étaient de nouveau douloureux. Il y avait trop de magie, à Ciel ; je n'avais pas l'habitude de voir autant. L'obscurité familière à peine mouchetée de magie à laquelle Ombre m'avait accoutumée me manquait.

« C'est juste que… vous allez tous vivre pour l'éternité. » Je me souvins alors, et me repris en souriant d'un air morne. « À part ceux qui ont été tués, je veux dire. Vous serez ensemble pour toujours. » *Ce que Madding et moi n'aurions jamais pu avoir, même s'il n'était pas mort.* Oh, j'étais vraiment fatiguée ; j'avais beaucoup plus de mal à tenir la tristesse à distance. « C'est juste que je ne vois pas l'intérêt de consacrer tout ce temps à se haïr. C'est tout. »

Sieh m'observa, l'air pensif. Ses pupilles se transformèrent de nouveau, soudain semblables à celles d'un chat, et effilées, mais aucune sensation de menace n'accompagna ce changement, cette fois. Peut-être fallait-il, comme dans mon cas, que ses yeux deviennent étranges pour discerner ce que les autres ne voyaient pas ? Il regarda alors Brillant et l'étudia un long moment sans mot dire. Ce qu'il distingua n'atténua pas sa colère, mais il n'attaqua pas son père non plus. Ce que je considérai comme une victoire.

« Sieh », articula soudain Brillant. Sa main agrippa la mienne si fort qu'elle me fit presque mal. Je serrai les dents sans rien dire de peur de l'interrompre. Il prit une grande inspiration.

« Ne t'avise pas de me présenter tes excuses », asséna Sieh. Il avait prononcé ces paroles à voix basse, sentant peut-être la même chose que moi. Son visage était devenu froid, inexpressif, hormis la colère fugace qui le traversa. « De simples paroles ne pourront jamais réparer ce que tu as fait. Le seul fait d'essayer est déjà une insulte - pas seulement à mon égard, mais aussi à la mémoire de ma mère. »

Brillant se raidit. Sa main se crispa sur la mienne. Ce contact parut lui redonner de la force, parce qu'il finit par prendre la parole.

« Si les mots ne servent à rien, commença-t-il, mes actes pourront peut-être changer quelque chose ? »

Sieh sourit. J'étais pratiquement certaine désormais que ses dents étaient acérées. « Quels actes pourraient bien réparer tes crimes, cher Père lumineux ? »

Brillant détourna les yeux, puis lâcha enfin ma main. « Aucun. Je le sais bien. »

Sieh prit une grande inspiration, puis expira bruyamment. Il secoua la tête, me regarda, secoua de nouveau la tête, puis se détourna.

« Je dirai à Mère que tu t'en sors très bien », annonça-t-il à T'vril, qui était resté assis en silence durant toute la conversation, et en retenant son souffle, probablement. « Elle sera heureuse de l'entendre. »

T'vril s'inclina, mais ne fit pas de véritable révérence. « Comment va-t-elle ?

– Oh, très bien, oui, vraiment. La divinité lui convient parfaitement. C'est plutôt nous qui allons mal, ces derniers temps. » Il soupira encore, et je crus le voir hésiter durant un moment, comme s'il avait été sur le point de se retourner vers nous. Mais il se contenta de saluer T'vril de la tête. « À la prochaine, monseigneur Arameri. » Sur ce, il disparut.

T'vril expira longuement après son départ. J'eus le sentiment qu'il s'exprimait en notre nom à tous.

« Bien, fit-il. Maintenant que cette affaire est réglée, nous n'avons plus qu'un problème à résoudre. Avez-vous réfléchi à ma proposition, Eru Shoth ? »

Je m'étais raccrochée à un unique espoir : si je vivais, et si je laissais les Arameris m'utiliser, peut-être retrouverais-je un jour la liberté ? D'une façon ou d'une autre. Une mince espérance, pathétique même, mais la seule à ma disposition.

« Arrangerez-vous la situation avec l'Ordre d'Itempas pour moi ? » sollicitai-je en essayant de me montrer digne. C'était à mon tour de me cramponner à la main de Brillant. Je trouvais plus facile de vendre mon âme en sachant qu'il se tenait à mes côtés.

T'vril inclina la tête. « C'est déjà fait.

– Et... » J'hésitai. « Pouvez-vous me donner votre parole que cette marque, celle que je suis censée porter, n'aura pas d'autres effets *que ceux* dont vous m'avez parlé ? »

Il haussa un sourcil. « Je ne crois pas que vous soyez en position de négocier, Eru Shoth. »

Je tressaillis, parce que c'était vrai, mais ne pus m'empêcher de serrer le poing. Je détestais qu'on me menace. « Je pourrais révéler aux génitures ce que je suis. Elles me tueront, mais au moins, elles ne m'utiliseront pas comme vous envisagez de le faire. »

Le Seigneur Arameri se recula dans son fauteuil et croisa les jambes. « Vous n'en savez rien, Eru Shoth. Celle à qui vous parlerez aura peut-être elle-même des ennemis dont elle serait contente de se débarrasser ? Prendriez-vous vraiment le risque d'échanger un maître mortel contre un autre qui serait immortel ? »

Cette éventualité ne m'avait jamais traversé l'esprit. Je me figeai, soudain terrifiée à cette perspective.

« Vous ne serez pas son maître », intervint Brillant.

Je sursautai. T'vril prit une grande inspiration avant de déclarer : « Monseigneur, je crains que vous n'ayez pas assisté à la conversation que nous avons eue, Eru Shoth et moi-même. Elle est tout à fait consciente du danger qu'elle court en restant libre. » *Et vous n'êtes pas en position de négocier en son nom,* signifiait aussi le ton qu'il avait pris pour dire cela, ce qui lui dispensa de préciser cette triste vérité à voix haute.

« Un danger qu'elle courra toujours si elle se réclame *de vous* », asséna Brillant sur un ton cassant.

J'en croyais à peine mes oreilles. Prenait-il vraiment ma défense ?

Mon compagnon lâcha ma main et vint se poster devant moi, mais pas tout à fait en face. « Vous n'arriverez jamais à préserver le secret de son existence. Combien de personnes faudrait-il éliminer pour faire d'elle votre arme en toute sécurité ? Il aurait mieux valu ne pas la faire venir ici ; parce que là, au moins, vous auriez vraiment pu dire que vous ignoriez qu'elle était en vie. »

Je fronçai les sourcils de confusion. Mais T'vril ne décroisa pas les jambes.

« Avez-vous l'intention de parler d'elle aux autres dieux ? » demanda-t-il calmement.

Et soudain, je compris. Brillant avait encore du pouvoir. On ne pouvait pas le tuer, pas de façon permanente. On pouvait l'enfermer, mais pas pour toujours, parce qu'il était censé errer de par le monde et faire l'expérience de la mortalité. À un certain moment, inévitablement, l'un des autres dieux viendrait le chercher, ne serait-ce que pour se réjouir de sa punition. Et alors, le plan de T'vril visant à faire de moi l'arme des Arameris éclaterait au grand jour.

« Je ne dirai rien, assura Brillant avec douceur, si vous la laissez partir. »

Je retins mon souffle.

T'vril demeura silencieux un instant. « Non. Le problème reste entier : elle est trop dangereuse pour qu'on puisse la laisser errer sans protection. Il vaudrait mieux la tuer. » Ce qui éradiquerait l'influence de Brillant, en plus de ma vie.

J'assistais à une partie de *nikkim* : une feinte en suivait une autre, chaque joueur tentant de dominer son adversaire. Sauf que, n'y voyant rien, je ne m'étais jamais intéressée à ce genre de jeu, et je n'avais de ce fait pas la moindre idée de la façon dont les choses se passaient en cas d'égalité. Ce que je savais, en revanche, c'est que j'avais vraiment horreur de me retrouver dans le rôle du gros lot.

« Elle *était en sécurité,* jusqu'à ce que l'Ordre la harcèle, contredit Brillant. L'anonymat a protégé sa lignée durant des siècles, même des dieux. Si vous le lui garantissiez de nouveau, tout rentrerait dans l'ordre. » Il s'interrompit un court instant. « Vous avez toujours le sang de démon que vous avez trouvé dans la Maison du Soleil Levant avant sa destruction.

– Il a pris... » laissai-je échapper avant de me reprendre. Mais je serrai les poings. Évidemment ; jamais ils n'auraient gâché une ressource aussi précieuse. Mon sang, celui de Dateh, les têtes de flèches... peut-être avaient-ils même appris les méthodes de raffinage de Dateh. Avec ou sans moi, les Arameris détenaient leur arme. Maudits soient-ils.

Brillant avait raison. Si le Seigneur Arameri avait du sang en sa possession, alors il n'avait plus besoin de moi.

T'vril se leva de son fauteuil. Il descendit les marches, passa devant les sentinelles, et alla se poster près de l'une des grandes fenêtres. Je le vis prendre un instant de réflexion, observer le monde sur lequel il régnait, ainsi que le signe de mise en garde des dieux qui le menaçaient. Il croisa les mains dans le dos.

« Faire en sorte qu'elle redevienne anonyme, dites-vous », soupira-t-il. À ce souffle, l'espoir étreignit mon cœur. « Très bien ; je veux bien y réfléchir. Mais comment faire ? Faudra-t-il tuer tous les habitants de cette cité qui la connaissent ? Comme vous l'avez dit, cela demanderait d'en éliminer plus qu'il ne serait possible de le faire. »

Je frissonnai. Vuroy et tous les autres au Rang d'Art. Mon logeur. La vieille femme qui vivait juste en face de chez moi et qui adorait se répandre en commentaires auprès des voisins à propos de la fille aveugle et de son petit ami géniture. Rimarn, les prêtres de la Salle Blanche, une douzaine de domestiques et de gardes anonymes, dont ceux qui se trouvaient là et qui avaient tout entendu.

« Non, laissai-je échapper. Je vais quitter Ombre. J'avais l'intention de le faire, de toute manière. J'irai dans un endroit où personne ne me connaît. Je ne parlerai à personne, mais s'il vous plaît, ne faites pas…

– Tuez-la », asséna Brillant.

Je sursautai et dévisageai son profil. Mon compagnon me rendit mon regard. « Si elle meurt, elle emportera ses secrets avec elle. Personne ne la recherchera. Personne ne pourra plus se servir d'elle. »

Je compris alors, bien que l'idée me fît trembler. T'vril tourna la tête pour nous observer par-dessus son épaule. « Une fausse mort ? Intéressant. » Il réfléchit un moment. « Mais il faudra se montrer extrêmement rigoureux. Elle ne pourra plus jamais entrer en contact avec ses amis, ni avec sa mère. Orie Shoth n'existera plus. Je peux m'arranger pour l'envoyer ailleurs avec de quoi vivre et un passé bien arrangé. Voire lui organiser de magnifiques funérailles, étant donné qu'elle aura perdu la vie en faisant éclater au grand jour un complot contre les dieux. » Il me jeta un coup d'œil. « Mais si jamais mes espions devaient entendre des rumeurs circuler, *la moindre petite chose* à propos du fait qu'elle est vivante, alors ce serait la fin de la partie. Eru Shoth, vous pouvez compter sur moi, je ferai tout ce qui est en mon pouvoir pour que vous ne tombiez plus entre de mauvaises mains. Est-ce que nous nous comprenons bien ? »

Je le dévisageai, puis me tournai vers Brillant, et contemplai enfin mon propre corps, cette silhouette ombreuse qui se découpait contre l'éclat immuable de Ciel. Des seins, bien ronds. Des mains, que je trouvai d'une complexité fascinante lorsque je les levai, les retournai, et fléchis les doigts. Le bout de mes pieds. Une boucle de cheveux dans l'angle de mon champ de vision. Je m'observai des pieds à la tête pour la première fois.

Ce serait terrible de mourir, même de le feindre. Mes amis me pleureraient, et quant à moi, je pleurerais davantage encore cette vie que j'avais déjà perdue. Ma pauvre mère : d'abord mon père, et maintenant, ça. Et je ne parle pas du fait de devoir renoncer à la magie, à l'étrangeté d'Ombre, à toutes ces choses magnifiques et effrayantes que j'avais découvertes, expérimentées et vues.

J'avais envisagé de mourir, par le passé. Une fois. Cette situation serait pire. Mais elle me garantirait la liberté.

J'avais dû rester silencieuse trop longtemps, parce que Brillant se tourna vers moi, le regard chargé d'une compassion dont je ne l'aurais jamais cru capable. Il comprenait ; évidemment qu'il comprenait. Il savait lui aussi qu'il était parfois difficile de vivre.

« C'est tout à fait clair », assurai-je au Seigneur Arameri.

Il opina. « Alors qu'il en soit ainsi. Vous passerez encore la journée de demain ici, afin de me laisser le temps de prendre les dispositions nécessaires. » Il se retourna vers la fenêtre ; un autre congédiement muet.

Je restai là sans bouger, osant à peine y croire. J'étais libre. *Libre*, comme avant.

Brillant se tourna pour partir, puis de nouveau vers moi, visiblement mécontent que je ne le suive pas. Comme autrefois.

Sauf qu'il s'était battu pour moi. Et l'avait emporté.

Je le rejoignis en trottinant et lui pris le bras. S'il fut gêné que je pose mon visage contre son épaule lorsque nous nous dirigeâmes vers ma chambre, il n'en montra rien.

19

La Guerre des démons
(Charbon et craie sur papier noir)

Ça aurait dû s'arrêter là. Il aurait mieux valu, n'est-ce pas ? Un dieu déchu, un démon « mort », deux âmes brisées avançant cahin-caha sur le chemin de la vie. Cette histoire aurait eu la fin qu'elle mérite, je pense. Calme. Banale.

Mais elle vous aurait déplu, je me trompe ? Il lui aurait manqué une vraie conclusion. Du drame. Dans ce cas, je garderai en tête que la suite des événements s'est déroulée de manière positive, même si j'en ai tout sauf l'impression aujourd'hui encore.

Je dormis profondément cette nuit-là, malgré mon appréhension de l'avenir, en dépit de mon inquiétude croissante pour Paitya et les autres, et de mes doutes pleins de cynisme à propos du fait que monseigneur Arameri trouverait bien une façon élégante de me tenir sous sa coupe. Mon bras ayant complètement guéri, je retirai les bandages, l'écharpe, le texte de sceaux, me plongeai dans un bain pour fêter la fin de la douleur, puis me blottis contre le corps chaud de Brillant. Il se poussa pour me faire de la place, et me regarda m'assoupir.

Un peu après minuit, je me réveillai en sursaut, clignant des yeux et roulant sur moi-même, totalement désorientée. La chambre était calme ; l'épaisseur des murs magiques de Ciel ne permettait pas d'entendre s'il y avait du mouvement dans les couloirs, ni le vent qui devait pourtant tempêter au-dehors, à une telle hauteur. Sur ce point, je préférais la Maison du Soleil Levant, où j'avais toujours perçu de la vie autour de moi - des gens marchant dans les corridors, des psalmodies, des chants, les craquements et les grognements occasionnels de l'Arbre en train de se balancer. La Maison ne me manquait pas, ni ses habitants d'ailleurs, mais certains aspects de mon passage là-bas avaient été agréables.

Ici, tout était silencieux et d'une lumineuse immobilité. Brillant dormait à mes côtés ; j'entendais sa respiration lente et profonde. Je tentai de me rappeler si j'avais fait des cauchemars, mais ne me souvins de rien. Je fis l'effort de me relever et jetai un coup d'œil circulaire à la pièce. Certaines choses de Ciel me manqueraient, également. Alors que je ne repérais rien de particulier, mes nerfs étaient à vif, et la peau me démangeait, comme si quelque chose m'avait touchée.

Puis j'entendis un bruit dans mon dos, celui de l'air qui se déchire.

Je me tournai, incapable de réfléchir. C'est alors que je l'aperçus : un trou de la taille de mon corps, comme une immense bouche béante. Quelle idiote, mais quelle idiote ! Je savais pourtant qu'il se cachait quelque part dehors, mais je m'étais cru en sécurité, dans la forteresse des Arameris. Stupide, stupide, stupide.

En travers du lit, attirée par le pouvoir du trou, je trouvai enfin la force d'ouvrir la bouche pour crier. J'agrippai les draps d'un geste convulsif, même si je comprenais que ça ne servirait à rien. Avec les yeux de mon esprit, je vis simplement les pans de tissu s'écarter du matelas et flotter vainement lorsque je disparus dans je ne sais quel enfer où Dateh comptait m'enfermer.

Il y eut une secousse si forte que le frottement des draps brûla les articulations de mes doigts. Ils s'étaient pris dans quelque chose. Mais soudain, une main attrapa fermement mon poignet : *Brillant*...

Je l'entraînai avec moi au moment où le rugissement métallique et terrible qu'il poussa me projeta en arrière. Je sentais sa présence alors que je criais et battais l'air des pieds, et alors même que le contact de sa peau contre mon poignet devenait froid et vague. Nous chûmes dans une obscurité tremblotante, puis atterrîmes de tout notre long dans...

Une sensation, une solidité. Je frappai le sol - le sol ? - la première, si fort que j'en eus le souffle coupé. Brillant tomba près de moi en gémissant de douleur, mais bondit aussitôt sur ses pieds et m'obligea à me relever. Je regardai autour de moi en retenant ma respiration, mais ne trouvai que du noir.

Puis mes yeux perçurent quelque chose : une forme floue, à peine visible, repliée sur elle-même en position fœtale, flottant dans l'ombre. Dateh ? Je restai figée, mais distinguai soudain quelque chose de luisant entre la forme et moi. Comme du verre. Je me tournai de nouveau, essayant de comprendre, et aperçus une silhouette trouble qui planait elle aussi, de l'autre côté d'une espèce de vitre. Je la reconnus à sa peau, brune comme la mienne : Kitr. Elle ne bougeait pas. Je tendis la main vers elle, mais m'immobilisai lorsque je heurtai le verre sombre. Une paroi effectivement solide nous cernait de toutes parts ; on aurait dit une bulle de normalité creusée à même le matériau infernal du Vide.

Je pivotai de nouveau sur mes talons et distinguai Dateh. Il se tenait de l'autre côté de l'immense salle que la bulle formait, plus près de nous que des formes floues. Même si la force de sa volonté nous avait convoqués dans cet endroit, je n'aurais pas pu certifier qu'il savait que nous nous trouvions là, car il nous tournait le dos. Il était accroupi au milieu de corps étendus que je distinguais seulement parce que ces masses sombres m'empêchaient de bien les voir. Une odeur de sang flottait dans l'air, épaisse, doucereuse et fraîche. Je perçus des bruits que j'aurais espéré ne jamais réentendre : de la chair déchirée et des dents en train de mastiquer.

Je me raidis, puis sentis la main de Brillant agripper mon poignet. Cela signifiait qu'il apercevait Dateh, lui aussi – et qu'il y avait de la lumière dans le monde vide, selon les volontés du scribe. Et que Brillant était en train de découvrir lesquels de ses enfants se tenaient là autour de nous, leurs corps profanés, leur magie depuis longtemps disparue.

Des larmes de rage et d'impuissance me montèrent aux yeux. Pas encore. *Pas en cet instant.* « Que les dieux te maudissent, Dateh », murmurai-je.

Il mit aussitôt un terme à ce qu'il était en train de faire. Il se tourna dans notre direction, toujours en position accroupie, puis vint vers nous avec une démarche bizarre et précipitée. Il avait des taches sombres plein la bouche, sur ses robes et ses doigts. Sa main gauche tenait une grosse chose dégoulinante. Il nous regarda en clignant des yeux comme un homme qui se remettrait d'une amnésie. Ses iris et ses pupilles se confondaient. On aurait pu croire qu'elles formaient un unique trou, sombre et trop grand, creusé dans le blanc.

Il parut retrouver ses esprits peu à peu. « Où est Serymn ? demanda-t-il.

– Elle est morte », assénai-je.

Il fronça les sourcils à cette annonce, comme s'il ne comprenait pas. Puis il se leva très lentement, inspira, se préparant visiblement à prendre la parole, mais aperçut alors le cœur dans sa main. Après l'avoir jeté de côté, il s'approcha de nous. « Où est ma femme ? » réitéra le scribe.

Je me renfrognai, mais derrière mon air bravache, je me sentais terrifiée. La force suintait de lui. On aurait dit de l'eau. Elle roulait sur ma peau, la rendant poisseuse. La lumière qui entourait le pauvre bougre donnait l'impression que l'endroit tremblotait. Personne n'avait revu Dateh depuis le raid des Arameris sur la Maison du Soleil Levant. Était-il resté caché là tout ce temps, à tuer des génitures puis à les manger, devenant ainsi de plus en plus puissant ? Et un peu plus fou ?

« Serymn est *morte,* espèce de monstre, répétai-je. Vous êtes sourd ou quoi ? Les dieux l'ont emmenée dans leur domaine pour la punir, comme elle le méritait. Ils vous trouveront bientôt. »

Dateh se figea, le front soudain plissé, puis il secoua la tête. « Elle n'est pas morte. Je le saurais. »

Je haussai les épaules. Le Seigneur de la nuit avait été d'humeur créative, en fin de compte. « Alors ça ne devrait pas tarder. À moins que vous n'ayez l'intention de défier les dieux, maintenant ?

– Mais j'en ai toujours eu l'intention, Dame Orie. » Dateh secoua de nouveau la tête, puis sourit, les dents maculées de sang. Un premier rappel de son ancienne personnalité, mais qui me glaça néanmoins. Il avait mangé les génitures dans l'espoir de leur voler leur pouvoir, et semblait bien y être parvenu. Mais son état s'était vraiment, vraiment détérioré. Son rictus et ses yeux vides le prouvaient assez. « C'est mal, très mal pour un humain de manger l'un d'entre nous », avait dit Lil.

Il se tourna et contempla son œuvre. La vue des corps parut le contenter, car il s'esclaffa. Le son se répercuta contre les parois de sa bulle. « Nous autres, démons, sommes des enfants des dieux, nous aussi, n'est-ce pas ? Et pourtant, ils nous ont pratiquement exterminés. *En quoi est-ce juste ?* » Cette dernière phrase me fit sursauter, parce que Dateh l'avait criée. Il reprit la parole sur un ton rieur, en revanche. « Mais moi, je dis que nous devrions leur donner une vraie raison d'avoir peur : nous, leurs enfants honnis et persécutés, nous pourrions très bien prendre leur place.

– Ne dis pas n'importe quoi », commenta Brillant. Il agrippait toujours mon poignet, ce qui me permit de sentir la tension dans son corps. Il avait peur, mais sous la terreur, il éprouvait de la colère, également. « Aucun mortel ne peut manier le pouvoir d'un dieu. Même si tu arrivais à vaincre les Trois, l'Univers lui-même se déliterait sous tes pieds.

– J'en créerais un nouveau ! » cria Dateh, enchanté, et dément. « Vous vous êtes bien terrée à l'intérieur de mon Vide, n'est-ce pas, Orie Shoth ? Malgré votre inexpérience, votre terreur, et alors que vous n'aviez que votre instinct sur lequel vous reposer, vous avez réussi à vous tailler un domaine sûr pour vous-même. » Horrifiée, je le vis tendre la main vers moi, comme s'il s'attendait à ce que je la prenne. « C'est pour ça que Serymn espérait vous rallier à notre cause. Moi, j'ai seulement été capable de bâtir ce domaine, alors que vous, vous en avez déjà édifié des dizaines. Vous pourriez m'aider à fonder un monde où les mortels n'auraient pas besoin de vivre dans la peur des dieux. Où nous serions des dieux, vous et moi, et de plein droit, comme nous le méritons. »

Je trébuchai lorsque je reculai loin de sa main tendue, et m'arrêtai au moment où je butai contre la courbe solide de la barrière de Dateh derrière moi. Impossible de prendre mes jambes à mon cou.

« Vous n'êtes pas la première d'entre nous à posséder un tel don », poursuivit Dateh. Il laissa retomber son bras, mais me regarda par-dessus l'épaule de Brillant avec une ardeur quasi sexuelle. « Mais il n'a jamais été très répandu, cependant… même à l'époque où nous étions des centaines.

Seuls les enfants d'Enefa le possédaient. J'ai besoin de cette magie, Dame Orie.

– De quoi parlez-vous, par le Maelström ? » J'inspectai le matériau solide derrière moi avec des mains tremblantes, espérant presque trouver une poignée de porte. « Je suis déjà morte, à cause de vous. Quoi, il faudrait en plus que je mange de la chair de géniture et que je devienne folle à mon tour ? »

Il cligna des yeux, surpris. « Oh… non. Non. Vous avez eu une liaison avec une géniture ; *je n'ai jamais pensé* qu'on pouvait vous faire confiance. Mais votre magie ne devrait pas être gâchée. Il me suffirait de manger *votre* cœur pour manier votre pouvoir moi-même. »

Je me figeai, mon sang soudain glacé dans mes veines.

Brillant, en revanche, s'avança et vint se placer devant moi.

« Orie, murmura-t-il. Sers-toi de ta magie pour quitter cet endroit. »

Je sursautai, horrifiée, et le cherchai à tâtons avant de trouver son épaule. Je constatai avec surprise qu'elle n'était pas tendue ; il n'avait pas peur. « Je, je ne… »

Mon protecteur ne me laissa pas bafouiller plus longtemps. « Tu as déjà réussi à entraver son pouvoir. Ouvre une porte et retourne à Ciel. Je vais faire en sorte qu'il ne te suive pas. »

Je me rendis compte que j'arrivais à voir Brillant. Il se remit à luire, son pouvoir divin se manifestant tandis qu'il cherchait à me protéger.

Dateh montra les dents et écarta les bras. « Poussez-vous de là », gronda-t-il. Et… je clignai des yeux, louchai, tressaillis. Lui aussi brillait, son éclat procédait d'un mélange ignoble et absolument indescriptible de couleurs discordantes. Mon estomac se souleva rien qu'à le regarder. Les nuances étaient intenses, pourtant ; tellement vives. Dateh était plus puissant que ce que j'aurais pu imaginer.

Je le compris seulement lorsque je plissai mes paupières et que ma vision opéra un réajustement extrêmement douloureux - car soudain, je vis Dateh malgré l'espèce de voile qu'il avait jeté autour de lui grâce à ses talents de scribe.

Je criai. La chose debout devant moi, énorme et haletante, qui se balançait sur vingt jambes et battait l'air avec autant de bras, était… *oh mon dieu, oh mon dieu, son VISAGE…* était trop hideuse pour que je la regarde sans éprouver de l'horreur.

Brillant se précipita sur moi. « Fais ce que je te dis ! Maintenant ! »

Il chargea vers l'avant, flamboyant, pour défier Dateh.

« Non », murmurai-je en secouant la tête. Je ne pouvais détourner les yeux de l'immense créature baragouinante que le scribe était devenu. J'aurais voulu oublier tout ce que j'avais vu passer sur le visage de Dateh : le doux sourire de Paitya, les dents carrées de Décharge, *le regard de Madding*. Et bien d'autres choses encore. Il ne restait presque plus rien du scribe lui-même - rien hormis sa volonté et sa haine. Combien de génitures avait-il consommées ? Assez pour engloutir son humanité, et se doter d'un pouvoir inimaginable.

Personne ne pouvait espérer affronter une telle créature et survivre. Pas même Brillant. Dateh le tuerait et mangerait mon cœur ensuite. Je me retrouverais emprisonnée à l'intérieur de lui, mon âme asservie pour toujours.

« Non ! » Je courus vers la paroi de la bulle et battis son étendue froide et miroitante des mains. La panique m'empêchait de réfléchir. J'haletais. Je ne pensais qu'à m'échapper.

Soudain, mes doigts devinrent visibles. Et, entre mes phalanges, un nouvel élément tremblotant apparut.

Je me figeai, toute frayeur disparue. Le nouvel élément tourna devant moi, oscilla légèrement tel un colifichet de lumière argentée. Comme je le fixais, j'aperçus un visage à sa surface. Lorsque je clignai des yeux, le visage m'imita. C'était *moi*. L'image - un reflet dans un miroir, une chose dont j'avais entendu parler sans jamais la voir - était déformée par la forme de la bulle, mais je distinguais la courbe de mes pommettes, mes lèvres entrouvertes autour d'un sanglot et mes dents blanches.

Ce que je discernais le mieux, c'était mes yeux.

Ils ne ressemblaient pas à ceux que je m'étais imaginé. Là où j'aurais cru trouver deux disques mornes au gris éteint à la place des iris, je découvris un éclat : des petites lumières clignotantes et tremblantes. Mes cornées mal formées, qui s'étaient rétractées, se fendaient, telles des fleurs en train d'éclore, sur une chose plus étrange encore.

Quoi… ?

J'entendis quelqu'un crier derrière moi, puis recevoir un coup. Tandis que je me tournais, quelque chose zébra mon champ de vision. On aurait dit une comète. Mais elle tomba en hurlant, une grande traînée de feu sanguine à sa suite. Brillant.

Dateh siffla et leva deux des bras qu'il avait volés. Une lumière à la marbrure maladive coula de ses mains comme de l'huile et éclaboussa le sol du Vide. J'entendis un chuintement s'élever là où elle était tombée.

La petite bulle mourut entre mes mains.

Oubliant aussitôt ma tentative d'évasion et cette étrange magie, je me précipitai vers l'endroit où Brillant, désormais beaucoup moins lumineux, était étendu et ne bougeait plus. Il était vivant, je m'en rendis compte lorsque je le retournai sur le dos. Il respirait, mais pas de manière régulière. Une bande d'obscurité lui barrait la poitrine de l'épaule à la hanche, détruisant son éclat de façon obscène. Je la touchai d'une main tremblante, mais ne trouvai pas de plaie ni la moindre magie.

Puis je compris : Dateh avait découvert le moyen de canaliser la substance dans le sang de démon qui permettait d'annihiler la magie présente dans l'essence vitale d'un dieu. Il était en train de transformer Brillant en mortel ordinaire membre après membre. Puis, lorsque ce serait fait, il le découperait en morceaux.

« Dame Orie », souffla la chose qui avait été Dateh. Je n'arrivais plus à le considérer comme un être humain. Son ancienne voix se tapissait sous la nouvelle : je la reconnus malgré les inflexions tour à tour féminines, mâles, jeunes puis âgées. La bête roula vers moi en sifflant. Avait-elle développé plusieurs poumons ?

Elle me dit : « Nous sommes les derniers, vous et moi. J'ai eu tort, tort, tort, de vous menacer. »

Elle s'arrêta et secoua sa tête massive comme si elle avait voulu s'éclaircir les idées. « Mais j'ai besoin de votre pouvoir. Joignez-vous à moi, utilisez-le pour moi, et je ne vous ferai aucun mal. » Elle fit un pas dans ma direction, ses six pieds battant le sol en même temps.

Il m'était impossible d'accorder ma confiance à cette chose. L'aider à mettre son plan à exécution ne changerait rien au fait que sa santé mentale était à l'image de son apparence physique : altérée. Elle pourrait me tuer sur un coup de tête. Ce qui ne sauverait pas Brillant, je le savais pertinemment ; il resterait mort pour toujours, sans que je puisse rien y faire. Qu'arriverait-il à l'Univers si l'un des Trois décédait ? Ce fou mangeur de dieux s'en soucierait-il un seul instant ?

Je me cramponnai à Brillant sans réfléchir, tel un rempart contre la peur. Je le sentis remuer sous mes doigts, à moitié conscient, pas franchement protecteur. Sa lumière commençait même à diminuer. Mais il n'était pas mort. Peut-être se remettrait-il mieux si je m'éloignais un moment ?

« Me… me joindre à vous ? » demandai-je.

La chose trembla, puis Dateh retrouva la forme humaine ordinaire que je lui avais connue à la Maison du Soleil Levant. Ce n'était qu'une illusion ; je *sentais encore* sa réalité corrompue, même si elle avait découvert le moyen de tromper mes yeux. Dateh était comme Lil, toujours le même sous l'apparence.

« Oui », fit la bête. Elle parla d'une seule voix, cette fois. Elle désigna l'endroit derrière elle où les cadavres se trouvaient. « Je pourrais vous former. Vous rendre f… f… forte. » La créature s'interrompit alors, regarda dans le vide, puis redevint floue. Son masque craqua un instant. L'effort qu'elle dut faire pour le maintenir en place fut pratiquement palpable. Aucun doute possible : la créature se demandait si elle n'allait pas me dévorer, et si un cœur de plus, une âme supplémentaire, ne serait pas de trop.

Brillant gémit. Le visage de la chose se durcit. « Mais vous allez devoir faire quelque chose pour moi. » Sa voix avait changé. Je refoulai un sanglot ; elle m'avait parlé avec celle, douce et persuasive, de Madding. Ses poings se transformèrent en griffes, puis redevinrent des poings. « La créature sur vos genoux. Je pensais qu'elle n'avait pas de vraie magie, mais je me rends compte à présent que je l'avais sous-estimée. »

Des larmes plein les yeux, je secouai la tête et mis un bras en travers du corps de Brillant, comme si ce geste pouvait le protéger. « Non, laissai-je échapper. Vous ne le tuerez pas, lui aussi. Non.

– Je veux que ce soit *vous* qui le tuiez, Orie. Tuez-le, et prenez son cœur. »

Je me figeai, les yeux rivés sur Dateh, la bouche grande ouverte. La créature recommença à sourire, ses dents prirent l'apparence de celles de Décharge avant de redevenir celles de Dateh. « Vous aimez trop de dieux, commenta-t-elle. J'ai besoin que vous me prouviez votre engagement. C'est pourquoi je vous demande de le tuer, Orie. Ensuite, vous garderez son pouvoir lumineux pour vous. Lorsque vous l'aurez fait, vous comprendrez à quel point vous étiez en deçà de vos capacités réelles.

– Je ne peux pas. » Je tremblais comme une feuille. Ma propre voix parvenait à peine à mes oreilles. « Je ne peux pas. »

La créature sourit, ses dents pointues étaient celles d'un chien, cette fois. « Mais si, vous pouvez. Votre sang s'en chargera à votre place, si vous en utilisez assez. » Il fit un geste, puis un couteau apparut sur la poitrine de Brillant. Il était noir et chatoyant, telle de la brume solide ; un morceau de Vide devenu concret. « Je récupérerai votre pouvoir d'une façon ou d'une autre, Dame Orie. Mangez son cœur et joignez-vous à moi, ou je vous mange. Faites votre choix. »

Vous pouvez penser de moi que je suis lâche.

Vous vous souviendrez que j'ai fui quand Brillant m'a ordonné de le faire, au lieu de rester me battre à ses côtés. Vous vous rappellerez que durant toute cette horreur finale, je fus totalement inutile et impuissante, trop terrifiée pour aider quiconque, dont moi-même. Sans doute qu'en vous disant cela, j'aurai seulement réussi à m'attirer votre mépris.

Je n'essaierai pas de vous faire changer d'avis. Je ne suis pas fière de moi, et des choses que j'ai faites dans cet enfer encore moins. Je ne saurais l'expliquer, en tout cas – aucun mot ne pourrait décrire la frayeur que j'ai ressentie à ce moment-là, face au plus horrible et au plus difficile des choix auquel une créature puisse se retrouver confrontée sur cette Terre : tuer, ou être tuée. Manger, ou être mangée.

Mais j'ajouterai cependant la chose suivante : je pense m'être comportée comme n'importe quelle femme l'aurait fait face au monstre qui avait assassiné son bien-aimé.

J'écartai le couteau. Je n'en avais pas besoin. La poitrine de Brillant se soulevait comme un soufflet. Ce que Dateh lui avait infligé l'avait profondément blessé, malgré la magie qui tremblotait encore autour de lui. Bien que ce fût inutile, je lissai le tissu autour de son torse, puis laissai mes mains de part et d'autre de son cœur.

Des larmes tombèrent sur elles par groupes de trois : une deux *trois*, une deux *trois*, une deux *trois*. Comme le cri de l'oiseau pleureur. *Orie Orie Orie.*

Je choisis de vivre.

La peinture était la porte, m'avait appris mon père, et la conviction la clé permettant de l'ouvrir. Sous mes mains, le cœur de Brillant palpitait fort et avec régularité.

« Je peins une image », murmurai-je.

Je décidai de me battre.

Dateh laissa échapper un soupir de plaisir sonore tandis que la bulle miroitante se reformait entre mes mains, juste au-dessus du cœur de Brillant. Je comprenais enfin ce qu'elle était - la manifestation visible de ma volonté. Mon pouvoir, hérité de mes divins ancêtres, distillé à travers plusieurs générations d'êtres humains, prenant forme, devenant une énergie, un *potentiel*. Voilà ce à quoi la magie se résumait, en définitive. À une possibilité. Grâce à elle, je pouvais créer n'importe quoi, tant que j'y croyais : un monde peint ; un souvenir de la maison ; un trou ensanglanté.

Avec la force de ma volonté, je mis ce pouvoir dans le corps de Brillant. Il traversa sa chair sans la blesser, puis se fixa entre les pulsations de son cœur, intenses et régulières.

Je levai le regard sur Dateh. Quelque chose changea alors en moi sans que je sache très bien quoi. Tout d'un coup en alerte, le scribe cracha et se recula d'un pas, observant mes yeux comme s'ils étaient devenus des étoiles.

Peut-être était-ce le cas ?

Je décidai de croire.

« *Itempas* », articulai-je.

Des éclairs apparurent soudain de nulle part.

La secousse nous ébranla, Dateh et moi. Je me retrouvai projetée en arrière et percutai la barrière de verre si fort que le choc me coupa le souffle. Je tombai sur le sol, hébétée, mais éclatai de rire parce que je commençais à en avoir l'habitude, et parce que je n'avais plus peur. *J'avais la foi,* après tout. Je savais que c'était terminé, même si le scribe, lui, l'ignorait encore.

Un nouveau soleil flamboyait au milieu du Vide, si radieux qu'on ne pouvait le regarder en face. Sa chaleur était terrible, même depuis l'endroit où je me trouvais, assez pour que la peau me tire et que j'aie du mal à respirer. Autour de cet astre, une aura de pure lumière immaculée luisait. Elle ne se contentait pas d'irradier dans toutes les directions. Ses lignes et ses courbes, qui me brûlaient les yeux, dessinaient des cercles dans des cercles, des traits qui se croisaient, des ronds qui se chevauchaient, tandis que des mots divins se formaient, se manifestaient, avant de disparaître dans l'air léger. La seule complexité de cette figure aurait suffi à m'étonner, mais les cercles esquissèrent bientôt un élégant et vertigineux motif à effet gyroscopique qui s'incarna en forme humaine.

Je jetai plusieurs coups d'œil à travers cet éclat et aperçus une couronne rayonnante de cheveux, des vêtements de guerrier dans des tons pâles, ainsi qu'une épée fine et droite en métal couleur platine tenue par une main noire parfaite. Je ne distinguai pas son visage - trop lumineux -, mais ne ratai pas ses yeux, en revanche. Ils s'ouvrirent alors que je les regardais, transperçant ce blanc implacable mêlé de couleurs dont j'avais entendu parler dans des poèmes : du feu opalin. Une cape coucher de soleil. Du velours, et du désir.

(Je ne pus m'empêcher de repenser au jour où, bien longtemps auparavant, j'avais trouvé un homme dans un tas d'ordures. Je contemplais ces mêmes yeux, mais ils étaient tellement plus beaux, incandescents, assurés qu'ils n'avaient rien de comparable.)

« Itempas », répétai-je avec déférence.

Il tourna les yeux vers moi. Je constatai qu'Il ne me reconnaissait pas, mais ne m'en vexai pas. Il me voyait, m'identifiait comme l'une de Ses enfants, c'était tout. Une entité aussi éloignée du genre humain n'avait pas besoin de cette sorte de liens. D'ailleurs, il me suffisait qu'Il m'aperçoive, et que Son regard soit chaleureux.

La créature se tenait recroquevillée à ses pieds, projetée au sol par le souffle de puissance qui m'avait également mise à terre. Comme je la contemplais, elle se hissa de façon mal assurée sur ses nombreux pieds, son masque inhumain fracassé en mille morceaux.

« Qu'es-tu donc, par les enfers ? demanda la créature.

— Un façonneur », dit le Seigneur de lumière. Il brandit son épée ; je vis plusieurs centaines de mots divins danser le long de la lame en filigrane. « Je suis la définition même de la connaissance et du but. Je renforce ce qui existe, et j'élimine ce qui ne devrait pas être. »

Sa voix fit trembler l'obscurité du Vide. Je ris de joie. Une douleur fulgurante transperça de nouveau mes paupières, martelante, terrible. Mais je ne devais pas détourner les yeux. Je décidai de lutter contre elle et me raccrochai à l'hilarité que je sentis monter. Mon dieu se tenait devant moi. Aucun Marohné ne L'avait plus vu depuis les tout premiers jours du monde ; je ne permettrais pas, je ne laisserais pas une chose aussi banale que de la faiblesse physique interférer.

La créature cria avec ses différentes voix et lâcha une vague de magie aux couleurs tellement éclatantes que l'air parut brun et vicié. Itempas la rattrapa et lui flanqua un coup qui l'envoya de côté. Une note claire résonna dans le sillage de Son geste.

« Assez », proféra-t-Il, Ses yeux sombres et rouges comme un coucher de soleil lors d'une journée d'hiver. « Relâchez mes enfants. »

La créature se raidit. Ses yeux – ceux de Madding – s'écarquillèrent. Quelque chose remua dans son ventre, puis gonfla sa gorge de façon obscène.

La bête se débattit avec une volonté farouche, montrant les dents et s'agitant dans tous les sens ; elle luttait afin de conserver en elle le pouvoir qu'elle avait englouti. Un effort inutile. Un moment plus tard, elle rejetait la tête en arrière et hurlait enfin, des flots de couleur visqueux jaillissant de sa bouche.

Les couleurs, qui s'évaporèrent dans l'éclat chauffé à blanc d'Itempas, se transformèrent en une fine brume chatoyante qui vola dans Sa direction. Puis les entrelacs tourbillonnants formèrent un nouvel anneau qui s'ajouta à ceux de Son aura, celui-là se mettant à tourner devant Lui.

Lorsqu'Il leva la main, la brume vint aussitôt la cerner. Je sentis le plaisir qu'Il éprouva, malgré la douleur.

« Je suis désolé », fit-Il, Ses magnifiques yeux emplis de souffrance. (Rien d'inhabituel, pour le coup.) « Je n'ai pas été un bon père, mais je vais tâcher de m'améliorer. Je vais essayer de devenir le père que vous méritez. » L'anneau se dilua un peu plus et se transforma en une sphère remplie de remous qui plana au-dessus de sa paume. « Allez. Vous êtes libres. »

Il souffla sur les âmes prisonnières qui se faufilèrent vers le néant. L'une d'elles, bleu-vert et en forme d'hélice, me donna l'impression de s'attarder un peu plus longtemps. L'imaginai-je ? Peut-être. Elle disparut à son tour.

Dateh réapparut, titubant sur ses jambes qui cédaient sous lui, un homme banal de nouveau.

« Je ne savais pas », murmura-t-il en regardant la silhouette lumineuse avec émerveillement, et terreur. Il tomba à genoux, les mains tremblant comme celles d'un malade. « Je ne savais pas que c'était *Vous*. Pardonnez-moi ! » Des larmes roulèrent le long de ses joues. Certaines étaient des larmes de peur, mais d'autres, de respect. Je le compris parce que les mêmes coulaient, lentes et denses, sur mes propres joues.

Itempas le lumineux sourit. L'éclat de Sa gloire et mes pleurs m'empêchaient de distinguer Son visage, mais je sentis ce sourire par tous les pores de ma peau. Il était chaleureux – aimant, bienveillant. Gentil. Tout ce que j'avais toujours estimé qu'Il était.

Le chatoiement que darda la dague blanche m'indiqua qu'elle avait bougé ; sans lui, j'aurais seulement pensé qu'elle avait surgi de nulle part pour venir se planter dans la poitrine de Dateh. Il ne cria pas, bien que ses yeux s'écarquillèrent. Il baissa le regard et contempla son sang couler au rythme de son pouls le long de la lame acérée : une-une, deux-deux, trois-trois. L'épée était si fine, le coup si précis, même à travers l'os, que son cœur transpercé continuait de battre.

J'attendis que le Seigneur lumineux retire l'arme et laisse Dateh expirer son dernier souffle. Mais Il tendit alors la main, celle qu'il avait de libre. Un sourire barrait toujours Son visage, chaleureux, gentil, parfaitement implacable, et ne disparut pas, au moment où Il empoigna la tête du mourant.

Je dus détourner les yeux. La douleur était devenue trop forte. Je ne voyais plus que du rouge, et ce n'était pas de la colère. *J'entendis*, cependant, le moment où Dateh commença à crier. Je *perçus la vibration* de son hurlement dans l'air tandis que ses os se brisaient et que le sol craquait, puis le scribe battit des pieds, lutta, et finit par se convulser. Une odeur de feu, de fumée, puis celle, âcre et grasse, de chair brûlée, flotta soudain.

Je me sentis alors satisfaite. Une impression ni douce ni entière, mais qui le serait sous peu.

Puis le Vide disparut. Il éclata autour de nous, ce dont je me rendis à peine compte. Il n'y avait plus que de la douleur rouge. Je crus voir le sol de Ciel rayonner sous moi. Je voulus me relever, mais en fus incapable. Je tombai et roulai en boule sur moi-même, trop malade pour avoir des haut-le-cœur.

Des mains chaudes me soulevèrent. Tellement familières. Elles touchèrent mon visage et balayèrent les larmes étranges et épaisses qui coulaient de mes yeux. J'eus peur - une peur irrationnelle - que mon sang tache ses vêtements blancs.

« Tu m'as rendu à moi-même, Orie », fit cette voix lumineuse et sage. Mes pleurs redoublèrent, ce que j'aimai malgré moi. « Redevenir celui que j'étais, au bout de tant de siècles… J'avais oublié ce que ça faisait. Mais tu dois arrêter, immédiatement. Je ne voudrais pas ajouter ta mort à la liste de mes crimes. »

Tellement douloureux… J'avais cru, puis ma foi s'était transformée en magie, mais je n'étais qu'une mortelle. La magie avait ses limites. Comment pouvais-je faire pour m'empêcher de croire ? Comment une personne pouvait-elle trouver un dieu, L'aimer, et Le laisser partir ?

La voix changea, se fit plus douce. Humaine. Familière. « S'il te plaît, Orie. »

Mon cœur appelait *Brillant* même si ma tête m'intimait de ne pas le faire. Puis je sentis un changement au niveau de ma vue. Je ne distinguai soudain plus le sol luisant, ni quoi que ce soit d'ailleurs. Mais mon mal au crâne diminua, ce cri perçant devenait un simple murmure. Mon corps entier se relâcha.

« Repose-toi, à présent. » Le lit en désordre sous moi. Les draps m'arrivaient au menton. Je me mis à trembler très fort ; le choc. Une énorme main passa dans la masse de mes cheveux. Je gémis parce que j'eus soudain encore plus mal à la tête. « Chut... Je vais prendre soin de toi. »

Je répondis sans y penser. La douleur était telle que je délirais presque. Mais je demandai en claquant des dents : « Êtes-vous mon ami, à présent ?

– Oui, assura-t-il. Comme tu es mon amie. »

Je m'enfonçai dans le sommeil le sourire aux lèvres.

20

Vie
(Étude à l'huile)

Je mis plus d'une année à guérir.

Je passai les deux premières semaines à Ciel dans un quasi-coma. Monseigneur Arameri réagit remarquablement bien lorsqu'il trouva dans ma chambre un démon à moitié vivant, un dieu déchu épuisé, des génitures mortes, ou presque, et un tas de cendres en forme d'être humain. Il convoqua de nouveau Sieh, et lui fit un récit absolument magnifique de la façon dont Dateh avait attaqué Ciel avant d'être repoussé, avant que Brillant ne l'anéantisse, ce dernier étant intervenu pour défendre des vies humaines. Ce qui était plus ou moins vrai, car le Seigneur Arameri savait que l'on ne mentait pas aux dieux impunément. (Cet homme ne dirigeait pas le monde sans raison.)

Je dormis tout le temps de la restauration du soleil. On me dit plus tard qu'Ombre avait fêté l'événement durant plusieurs jours. Je regrette de ne pas avoir pu y assister.

Ensuite, lorsque j'eus repris connaissance, et que les scribes me jugèrent apte à voyager, on me transféra discrètement à Strafe, une cité située dans une petite baronnie - la Ripa - sur la côte nord-est du continent senmite. Là, je pris le nom de Désola Mokh, une pauvre jeune femme marohnée aveugle qui avait eu la chance de recevoir un petit pécule à la mort d'un unique parent. Strafe était une cité de taille moyenne, une petite ville, quoique prospère, célèbre pour ses peaux de poissons tannées de qualité médiocre, et son mauvais vin. Je logeai dans une maison modeste près de l'océan, avec - à ce qu'on m'en avait dit - une vue ravissante à la fois sur le calme centre-ville et la bouillonnante mer Repentance. Par chance, j'aimai la mer ; son odeur me rappela les jours heureux au Nimaro.

J'avais fait le voyage en compagnie d'un certain Enmitan Zobindi, un Maro taciturne qui n'était ni mon mari ni un parent. (Ce qui fit les gorges chaudes en ville durant plusieurs semaines.) Il se retrouva vite affublé du surnom plutôt amical d'Ombre, vu qu'il passait la plupart de son temps à faire des commissions pour moi à travers la cité. Au cours de leurs visites hebdomadaires, et une fois leur timidité vaincue, les dames de la ville firent des allusions gênées au fait que je devrais me lancer et épouser cet homme, étant donné qu'il s'acquittait des tâches d'un conjoint. Comme je me contentai chaque fois de sourire, elles finirent par renoncer.

Si elles m'avaient interrogée à ce propos, je n'aurais sans doute pas hésité à les choquer en leur disant que non, Brillant *ne remplissait pas toutes* les fonctions d'un époux. Pour des questions de commodité, nous dormions dans le même lit, depuis notre séjour à la Maison du Soleil Levant. Notre nouveau lieu de résidence étant traversé de courants d'air, je fis ainsi de substantielles économies en bois de chauffage. Mais j'y trouvais du réconfort, également, car je me réveillais souvent en larmes, ou en hurlant, au beau milieu de la nuit. Chaque fois, Brillant me prenait dans ses bras, me cajolait et m'embrassait même, de temps à autre. Exactement ce qu'il me fallait pour me sentir mieux sur le plan émotionnel. Je ne lui en demandais donc pas davantage, comme il ne me faisait aucune proposition. Il ne remplacerait pas Madding, comme je ne serais pas Nahadoth ni Enefa. Mais malgré ça, nous pourvoyions pour l'essentiel à nos besoins respectifs.

Je devrais souligner qu'il me parlait plus qu'auparavant. Il me confia même de nombreuses choses sur sa vie. Je vous ai déjà fait part de certaines. Mais il en est d'autres que je tairais à jamais.

Et… ah, oui. J'étais aveugle, mais complètement, cette fois.

Ma capacité à percevoir la magie m'avait définitivement quittée, suite au combat contre Dateh. Mes tableaux n'étaient désormais plus que de la peinture. Je prenais toujours autant de plaisir à les faire, mais je ne les voyais simplement plus. Lorsque je sortais marcher le soir, j'avançais moins vite parce qu'il n'y avait aucune lueur-d'Arbre ni aucun restede-génitures dans les environs. (Même si j'avais encore eu la capacité de distinguer de telles choses, il n'y aurait rien eu à regarder. Strafe n'était pas Ombre. Cette ville n'avait rien de magique.)

Il me fallut un moment, d'ailleurs, pour m'y habituer.

Mais j'étais humaine, comme Brillant, enfin lui plus ou moins. La situation était de ce fait différente, inévitablement.

Avec l'arrivée du printemps, je ne quittai pas le jardin, où je consacrai mes journées à planter. J'avais des oignons d'hiver dans les poches de mes jupes, et des taches d'herbe et de terre plein les mains et les vêtements. Je portais un foulard sur la tête pour retenir mes cheveux, et pensais à plein de choses, hormis à Ombre et au passé. Une très bonne chose. Et nouvelle.

Si bien que je ne fus pas très contente lorsque je trouvai une géniture qui m'attendait dans la cabane à outils.

« Tu as l'air en forme », lança Nemmer. Même si je reconnus sa voix, je fus tout de même surprise ; les oignons tombèrent par terre autour de moi et roulèrent si longtemps que leur danse parut presque indécente.

Je ne les ramassai pas et regardai dans la direction de la géniture. Elle dut penser que j'étais étonnée, alors que je me remémorais simplement la dernière fois où je l'avais croisée. Chez Madding. Avec Madding. Je luttai pour refouler mes larmes.

Je finis par dire : « Je croyais que les génitures n'avaient pas le droit de quitter Ombre.

– Je suis la déesse de la dérobade, Orie Shoth. Je passe mon temps à faire des choses que je ne devrais pas. » Elle s'interrompit, interloquée. « Tu ne me vois plus ?

– Non », répliquai-je, peu diserte.

Par chance, elle ne posa pas davantage de questions. « J'ai eu du mal à te retrouver. Les Arameris ont bien couvert ta trace. J'ai vraiment cru à ta mort, moi aussi, pendant un moment. Ah, très jolies funérailles, au fait.

– Merci. » Puis je lui dis malgré moi : « Que faites-vous là ? »

À mon ton, elle siffla. « On ne peut pas dire que tu aies l'air ravi de me voir. Pourrais-je savoir pourquoi ? » Je l'entendis repousser des outils et des pots sur le banc avant de s'asseoir. « Tu as peur que je révèle au grand jour que tu es le dernier démon encore vivant ? »

La peur m'ayant quittée depuis plus d'une année, elle mit du temps à se réveiller. Je me contentai de soupirer et m'agenouillai pour ramasser les oignons. « Je suppose que j'aurais dû me douter que vous finiriez par découvrir la raison pour laquelle les Arameris m'ont "tuée".

– Mmm ! Des petits secrets bien gardés. » Je l'entendis taper du pied négligemment, comme une petite fille en train de grignoter un biscuit. « Mais j'avais promis à Mad de trouver celui ou celle qui tuait les génitures. »

À ces mots, je m'assis sur les talons. Je n'avais toujours pas peur. « Je n'ai rien à voir dans la mort de Role. C'était Dateh. Pour les autres, en revanche... » Comme je n'avais pas la moindre idée sur la question, je haussai les épaules. « N'importe lequel d'entre nous aurait pu faire le coup. Ils ont commencé à prendre mon sang peu de temps après m'avoir enlevée. Le seul pour qui je suis certaine d'être responsable, c'est Madding.

– Je ne présenterais pas les choses de cette façon..., commença Nemmer.

– Et moi, si. »

Un silence pesant s'installa.

« Avez-vous l'intention de me tuer tout de suite ? » demandai-je.

Le temps qu'elle mit à me répondre me fit comprendre qu'elle y avait pensé. « Non.

– Vous voulez mon sang, alors, c'est ça ?

– Non ! Par tous les dieux. Pour qui est-ce que tu me prends ?

– Pour une géniture venue me tuer. »

Je la sentis me dévisager, sa consternation barattant l'air à l'intérieur de l'espace confiné. « Je ne suis pas venue pour ton sang, finit-elle par dire. En fait, j'ai l'intention de faire tout ce qui est en mon pouvoir pour que les personnes qui découvriront ton petit secret meurent avant d'avoir eu le temps d'agir. Les Arameris ont eu raison de penser que l'anonymat serait la meilleure des protections. Je compte même m'assurer qu'ils t'oublient pendant quelque temps, *eux aussi*.

– Monseigneur T'vril…

– … connaît cet endroit. Je suis certaine d'arriver à le convaincre de retirer certains rapports des archives familiales en échange de mon silence concernant le stock de sang de démon qu'il croit si bien planquer.

– Je vois. » Mon mal de tête pointait de nouveau. Pas à cause de la magie, mais de l'énervement, tout simplement. Certains aspects de la vie à Ombre ne me manquaient vraiment pas. « Je ne comprends toujours pas ce que vous faites là. »

Elle balança ses pieds de nouveau. « Je me suis dit que tu serais contente de le savoir : Kitr a pris la tête de l'organisation de Madding. Elle la dirige avec Istan. »

Ce dernier nom ne me dit rien, mais je me sentis soulagée - plus que je l'aurais cru - d'apprendre que Kitr était vivante. Je passai la langue sur mes lèvres. « Et... et les autres ?

– Lil va bien. Le démon n'a pas réussi à l'emmener. » Avec une intuition très claire, je compris que Dateh était le fameux « démon » dont Nemmer parlait. Pour elle, j'étais autre chose. « Elle a failli le tuer, en fait ; elle l'a obligé à battre en retraite, au cours de leur affrontement. Elle dirige le dépotoir de Shustocks - celui de Décharge - et le Village des Ancêtres. » Devant mon regard inquiet, elle ajouta : « Elle ne mange plus que les gens qui le veulent bien. En fait, elle est même très protectrice avec les enfants ; leur besoin d'amour la fascine. Et pour une raison que j'ignore, elle semble avoir pris goût au fait qu'on la vénère, ces derniers temps. »

Je ne pus m'empêcher de rire. « Et concernant...

– Aucun des autres n'a survécu », fit-elle. Je me sentis soudain moins hilare.

Nous restâmes silencieuses un moment, jusqu'à ce que Nemmer ajoute : « Tous tes amis du Rang d'Art vont bien, en revanche. »

Ce qui était une très bonne nouvelle. Même si je trouvais particulièrement douloureux de devoir penser à cet aspect de mon ancienne vie, j'ajoutai : « Est-ce que vous avez pu prendre des nouvelles de ma mère ?

– Non, désolée. Ça a été suffisamment compliqué de quitter la ville ; je n'ai pu faire qu'un seul voyage. »

Je hochai lentement la tête et me penchai pour ramasser les oignons. « Merci pour tout ça, en tout cas. Vraiment. »

Nemmer vint m'aider en sautillant. « Ta vie ici semble plutôt agréable. C'est déjà ça. Et comment va, heu... » Je perçus son malaise aussi distinctement que si j'avais trouvé une tête d'ail au milieu des oignons.

« Il va mieux, déclarai-je. Souhaitez-vous lui parler ? Il est parti au marché. Il ne devrait pas tarder.

— Au marché. » Nemmer laissa échapper un petit rire. « Il m'étonnera toujours. »

Nous rangeâmes les oignons dans un panier. Ensuite, je m'assis et essuyai avec une main crasseuse la sueur qui perlait à mes sourcils. Nemmer se mit à genoux près de moi, retournant dans sa tête les questions que la fille qu'elle était devait se poser. « Je pense qu'il serait content que vous l'attendiez, soufflai-je. Ou si vous reveniez, plus tard. Je sais que vous lui manquez, tous autant que vous êtes.

— Je ne suis pas certaine qu'il me manque, pour ma part », confia-t-elle, bien que son ton la contredise. Elle se leva d'un bond et épousseta ses genoux. Un geste inutile. « Mais je vais y réfléchir. »

Je me mis debout à mon tour. « Très bien. » J'envisageai un instant de lui proposer de dîner avec nous, avant d'écarter cette idée. Même si ça aurait fait plaisir à Brillant, je n'en avais pas la moindre envie, pour ma part. Elle non plus, d'ailleurs. Un silence étrange s'éleva entre nous.

« Je constate que tu vas bien, Orie Shoth. Ça me fait très plaisir », finit-elle par dire.

Je tendis la main vers elle sans me soucier de la boue sur mes doigts. Nemmer était une déesse. Si la saleté la dérangeait, il lui suffirait de vouloir la faire disparaître. « J'ai été contente de vous revoir, Dame Nemmer. »

Elle éclata de rire, ce qui nous soulagea toutes deux. « Je t'ai déjà dit de ne pas m'appeler "Dame". Ah, je vous jure, vous avez vraiment le don de me faire me sentir vieille, vous autres, mortels. » Elle m'attrapa par la main et la serra avant de disparaître. Je bricolai un moment dans la remise après son départ, puis retournai à la maison prendre un bain. Ensuite, je tressai mes cheveux, passai une robe épaisse bien chaude, et me lovai dans mon fauteuil préféré, plongée dans mes pensées.

Le soir tomba. J'entendis Brillant rentrer, s'essuyer les pieds et ranger les commissions. Après ça, il me rejoignit à l'étage et s'arrêta dans l'encadrement de la porte, me fixant du regard. Puis il se dirigea vers le lit pour s'asseoir, et attendit que je lui dise ce qui n'allait pas. Il communiquait davantage, ces derniers temps, mais seulement quand l'envie lui prenait, ce qui arrivait relativement rarement. En dehors de ces moments, il était très silencieux. Une qualité que j'appréciais chez lui, d'ailleurs, particulièrement en cet instant. Sa présence discrète apaisait ma solitude, alors que le fait de parler l'aurait exacerbée.

Je me levai et me dirigeai vers lui. Je le trouvai le visage enfoui entre les mains, les traits crispés. Brillant se rasait la tête chaque matin afin que les gens ne remarquent pas ses cheveux complètement blancs, car ils nous auraient fait repérer. Il était beau, malgré ça, même si je regrettais de ne plus pouvoir passer les doigts dans sa crinière. Je caressai son crâne lisse à la place avec une certaine nostalgie.

Brillant me dévisagea durant un moment, pensif. Puis il tendit la main et défit la ceinture de ma robe avant d'en écarter les pans. Je me figeai, surprise, tandis qu'il m'observait. Mais, comme un autre soir sur un toit, dans une autre vie, son regard me permit de prendre conscience de sa proximité, de mon propre corps, et de ce que cette situation avait de suggestif. Lorsqu'il posa les mains sur mes hanches, je ne doutai plus de ses intentions. Il m'attira plus près.

Je reculai, trop surprise pour réagir de façon différente. Si je n'avais pas eu la chair de poule là où il m'avait touchée, j'aurais cru avoir tout imaginé. Mais ce geste, et le réveil violent de certaines parties de mon corps endormies, ou presque, depuis longtemps, me confirmèrent que je n'avais pas rêvé.

Brillant baissa les mains lorsque je fis un pas en arrière. Il ne parut ni contrarié ni inquiet, il attendait seulement.

Je ris, soudain nerveuse. « J'avais cru comprendre que vous n'étiez pas intéressé. »

Il ne dit rien, bien sûr, devant l'évidence.

Je gigotai, remontai mes manches (qui retombèrent immédiatement), repoussai une boucle de cheveux, pris appui sur un pied, puis sur l'autre. Sans refermer ma robe, toutefois.

« Je ne sais pas..., commençai-je.

– J'ai décidé de vivre », annonça-t-il calmement.

Un revirement flagrant, lui aussi, vu la façon dont mon compagnon avait changé en une année. Je sentis son regard, plus lourd qu'à l'accoutumée, s'attarder sur ma peau tandis qu'il parlait. Brillant me proposait plus que de l'amitié. Il *voulait* aller plus loin. Mais je savais la chose suivante : il n'était pas du genre à aimer facilement, ni avec désinvolture. Si je le désirais lui, il me donnerait tout, et exigerait la même chose de moi en retour. Tout ou rien ; c'était dans sa nature, autant que la lumière elle-même.

Je voulus plaisanter. « Il t'a fallu une année pour te décider ?

– Dix, en fait, répondit Brillant. C'est plutôt *toi* qui as eu besoin de cette année pour te décider. »

Je clignai les yeux d'étonnement - pour comprendre qu'il avait raison. *Comme c'est étrange,* me dis-je, avant de sourire.

Je fis alors un pas en avant et trouvai son visage, que j'embrassai.

Ce baiser me parut beaucoup plus agréable que lors de cette fameuse nuit, sur le toit de la maison de Madding. Probablement parce que Brillant n'avait pas cherché à me blesser, cette fois. Je perçus la même douceur incroyable, la méchanceté en moins ; agréable. Son baiser avait un goût de pomme - il en avait certainement mangé en rentrant de la ville - et de radis, ce que je trouvai moins plaisant. Peu importait. Il avait gardé les yeux ouverts durant tout ce temps. *C'est bien son genre,* me dis-je. Je n'avais pas fermé les miens, moi non plus.

Cette situation me paraissait étrange, mais je compris vraiment pourquoi lorsqu'il m'attrapa par le poignet et m'attira contre lui pour me faire toutes les choses que son regard avait suggérées. Puis il me donna un baiser qui me coupa littéralement le souffle – ça n'avait été qu'un simple baiser. Qu'une bouche posée sur une autre, sans aucune impression de couleurs, de musique, ni d'envol sur des vents invisibles. Cela faisait si longtemps que je n'avais plus embrassé de mortel que j'avais presque oublié : ce genre de choses ne se produisaient pas, avec nous. Aucune importance, car il en existait d'autres pour lesquelles nous étions très doués.

Je dormis durant quelques heures, jusqu'à ce qu'un rêve me sorte du sommeil en sursaut. Je donnai par inadvertance un coup de pied dans le tibia de Brillant, qui ne réagit pas. Je lui touchai alors le visage et m'aperçus que mon amant était réveillé, et peu troublé par mon agitation.

« Tu as dormi ? demandai-je en bâillant.

– Non. »

Je ne me rappelai pas mon rêve, mais le sentiment de malaise qu'il m'avait procuré était persistant, en revanche. Je soulevai ma tête de sa poitrine, frottai mon visage et mes yeux larmoyants, puis pris conscience du goût désagréable que j'avais dans la bouche. Au-dehors, les oiseaux entonnèrent alors un chant du matin déterminé, et ce même si la fraîcheur du fond de l'air indiquait que l'aube était encore loin. Tout était calme, mis à part ça – cette tranquillité sinistre et peu rassurante des petites villes au point du jour. Les pêcheurs dormaient encore. *À Ombre*, pensai-je avec une tristesse fugace, *je n'aurais pas seulement entendu des oiseaux*.

« Tout va bien ? demandai-je. Je peux faire du thé.

– Non. » Il tendit la main et toucha mon visage de cette façon dont j'avais si souvent palpé le sien. Mais puisqu'il y voyait, je me demandai si je pouvais prendre son geste pour un signe d'affection. Peut-être la chambre était-elle plongée dans la pénombre ? Alors que Brillant était un homme difficile à cerner, j'allais devoir renouveler ma manière d'interpréter ses actes.

« Je te veux », déclara-t-il.

Ou aurait-il pu dire. J'éclatai de rire malgré moi, mais cherchai aussitôt sa main pour lui indiquer que j'acceptais ses avances. « Je crois que je vais devoir te faire travailler un peu tes conversations sur l'oreiller. »

Il s'assit, me prit sur ses genoux, et m'obligea à l'embrasser avant que j'aie pu le prévenir pour mon haleine, mais la sienne n'était pas plus agréable. Puis ce fut bientôt à mon tour de me sentir surprise, car tandis que son baiser devenait insistant, et que ses doigts couraient le long de mes bras tout en les repoussant doucement derrière moi, je perçus quelque chose : un tremblement. Une chaleur - une vraie chaleur. Pas de la passion, mais du feu.

J'haletai et écarquillai les yeux tandis qu'il se reculait.

« Je veux être en toi », déclara-t-il, la voix grave, implacable. D'une main, il retint mes poignets dans mon dos, puis commença à me prodiguer des caresses expertes de l'autre. Je gémis. Certainement. Je ne pourrais pas l'affirmer. « Je veux voir la lumière de l'aube sur ta peau. Je veux t'entendre crier lorsque le soleil se lèvera ; peu importe le nom que tu hurleras. »

La chose la moins romantique que j'aie jamais entendue, pensai-je avec un certain vertige. Il me toucha de nouveau, m'embrassa, me goûta, me caressa. Il en avait appris beaucoup me concernant, lors de notre première fois, des connaissances dont il se servait de façon impitoyable. Je poussai un cri et me cambrai en arrière malgré moi au moment où ses dents écorchèrent la peau de mon cou. Il tordit doucement mes poignets pour me forcer à prendre la position qu'il voulait. Il ne me fit pas mal - il y veilla -, mais je ne parvins pas à l'obliger à me relâcher pour autant. Je tremblai, les paupières mi-closes, étourdie de peur et d'excitation, lorsque, enfin, je compris.

Le soleil se levait. J'avais peut-être déjà fait l'amour avec une géniture, mais là, ce serait totalement différent. Si le corps de mon amant ne luisait plus, ses baisers frémissaient de magie, en revanche. Je ne le considérais pas comme *mon* Brillant, et il ne ressemblerait jamais à mon Madding non plus, lui si décontracté et insouciant. Il ne serait que pure chaleur, intensité, et pouvoir absolu.

Pouvais-je espérer m'allonger avec une chose de ce genre et me relever entière ?

« J'aimerais être moi-même avec toi, Orie », murmura-t-il contre ma peau. « Rien qu'une fois. » Pas une supplique - jamais. Une explication.

Je fermai les yeux et m'obligeai à me détendre. J'étais incapable de parler, mais heureusement, il ne me le demanda pas. Ma confiance lui suffisait.

Il nous retourna pour se mettre sur moi et bloqua mes bras au-dessus de ma tête. Je restai passive, sachant qu'il aurait besoin de contrôler la situation. Il avait si peu de pouvoir, ces derniers temps ; celui qu'il réussirait à invoquer lui serait précieux. Durant quelques instants, il se contenta de me contempler. Son regard me fit l'effet d'une plume sur ma peau : une torture. Lorsqu'il me toucha vraiment, son geste eut l'autorité d'un ordre ; je me cambrai, tremblante, et m'ouvrit à lui, incapable de faire autrement. Tandis qu'il s'appuyait contre moi, puis venait en moi, je sentis la chaleur de son corps augmenter. Il commença par bouger lentement, concentré, en murmurant à voix basse. Des mots divins, pratiquement imperceptibles. On aurait dit une prière. Aucune magie n'interviendrait, avec lui, n'est-ce pas ?

... *mais il est différent, aujourd'hui, la situation est différente...*

... et soudain, les mots glissèrent sur ma peau. Je ne sais pas comment je compris qu'il s'agissait de mots. Je n'aurais pas dû. Habituellement, seuls mes doigts étaient assez sensibles pour les sentir, mais désormais, mes cuisses révélaient les arcs, les courbes et les angles saillants de l'écriture divine, chacun de ses caractères parfaitement clairs dans mon esprit. Il n'y avait pas que des mots ; il y avait de drôles de lignes penchées également, des chiffres et d'autres symboles dont j'ignorais la fonction. Trop complexes. Brillant avait créé le langage au commencement des temps ; il avait toujours été son instrument le plus subtil. Les mots remontèrent le long de mes jambes et encerclèrent mes seins - par tous les dieux ! Aucun terme humain ne saurait décrire ce que je ressentis, mais je me contorsionnai. Comme je me contorsionnai. Il me regarda et m'écouta gémir, visiblement satisfait. Je le perçus, ça aussi.

« Orie », fit-il. Il n'ajouta rien. J'entendis des murmures, une dizaine de voix différentes - toutes les siennes - se chevaucher. Mon prénom prit de multiples significations, dont désir, peur, domination, tendresse, vénération.

Il m'embrassa alors encore, farouchement cette fois, et j'aurais hurlé si je l'avais pu, parce que *son baiser me brûla*, comme si un éclair était descendu en arc de cercle dans ma gorge et avait mis tous mes sens en feu. Ce qui m'obligea à me tordre de nouveau, et ce que Brillant laissa faire. J'en pleurai, mais mes larmes séchèrent presque aussitôt. Ma sueur se transforma en vapeur. Je sentis la chaleur de ce soleil dévorant pénétrer en moi, puis se rassembler et s'élever, irradiante. Je finirais carbonisée, si je ne trouvais pas une échappatoire ; mais la chaleur s'en moquait. *Je* m'en moquais. Tendue contre lui, je poussai un long cri sans paroles, le suppliant de m'accorder ce petit plus, cette touche finale, de me laisser goûter un peu au dieu caché sous l'homme, parce qu'il était les deux, parce que je les aimais autant l'un que l'autre, et que j'avais besoin d'eux de toute mon âme.

Puis le jour arriva, et avec lui la lumière. Je perdis conscience dans l'assaut rugissant et la gloire inintelligible de dix mille soleils chauffés à blanc.

21

Toujours la vie
(Huile sur toile)

Cette partie est la plus difficile à raconter, bien plus que le reste. Mais je vais le faire, parce qu'il faut que vous sachiez.

Je me réveillai en début de soirée. Je m'étais reposée toute la journée, mais alors que je m'asseyais en écartant les draps du bout du pied, j'envisageai sérieusement de me rallonger. J'aurais pu dormir une semaine entière, exténuée comme je l'étais. Mais j'avais faim, soif, et le besoin urgent d'aller aux toilettes. Je me levai.

Assoupi près de moi, Brillant ne bougea pas, même pas lorsque je trébuchai sur ma robe négligemment jetée par terre en poussant des jurons sonores. La magie l'avait certainement davantage épuisé que moi.

Une fois dans la salle de bains, je fis le bilan, et en arrivai à la conclusion que j'étais bien vivante et que je n'avais pas été transformée en morceau de viande grillé. J'allais bien, en dehors de la fatigue et de douleurs çà et là. Plus que bien, même. La vérité se fit jour tandis que je me frottais le visage : pour la première fois depuis que j'avais quitté Ombre, je me sentais heureuse. Vraiment, totalement heureuse.

Je ne relevai pas le souffle d'air frais qui effleura soudain mes hanches. Je compris que Brillant et moi n'étions pas seuls uniquement lorsque je ressortis de la salle de bains pour regagner la chambre où le froid à la fois intense et étrange qui m'accueillit me figea sur place.

Il n'y eut que du silence, au début. Puis un sentiment croissant de présence et d'*immensité*. Il emplit la pièce de façon oppressante et fit même légèrement craquer les murs. La chose, quelle qu'elle fût, qui nous rendait visite n'était pas humaine.

Et elle ne m'aimait pas. Vraiment pas.

Je restai immobile, pour mieux écouter. Je n'entendis rien - quand soudain, quelque chose inspira tout près de ma nuque.

« Tu portes encore son odeur sur toi. »

Tous les nerfs de mon corps se tendirent. Le souffle coupé par la peur, je ne répondis pas. Je savais qui était là. Je ne l'avais pas entendu approcher, n'osai pas prononcer son nom, mais *j'avais conscience de qui s'adressait à moi.*

Cette voix dans mon dos - douce, profonde, malveillante - gloussa. « Tu es beaucoup plus jolie que je ne l'aurais cru. Sieh avait raison ; il a eu de la chance de te rencontrer. » Une main passa dans mes cheveux en bataille et dans ma tresse à moitié défaite, puis un doigt glacé serpenta le long de ma nuque ; je ne pus m'empêcher de sursauter. « Mais tu es tellement fragile. Tellement douce, pour le genre de laisse dont il a besoin. »

Je ne fus pas surprise, absolument pas, lorsque de longs doigts agrippèrent soudain mes boucles et tirèrent ma tête en arrière. Je remarquai à peine la douleur. La voix, qui parlait à présent à mon oreille, me paraissait bien plus inquiétante.

« Est-ce qu'il t'aime déjà ? »

Je bafouillai à cette question. « Qu... quoi ?

– Est-ce qu'il... » La voix se rapprocha. « ... t'aime... » J'aurais dû sentir son corps contre mon épaule, mais je ne perçus qu'une sensation de calme et de fraîcheur pareille à celle de l'air nocturne. « ... *déjà.* »

Il prononça cette dernière parole si près que son souffle caressa mon oreille. Je m'attendais à sentir ses lèvres l'instant suivant. Le moment venu, je crierais. J'en avais la certitude, comme je savais qu'il me tuerait lorsque je le ferais.

Mais avant que j'aie eu le temps de signer ma propre condamnation à mort, une autre voix s'éleva depuis le fond de la pièce.

« Je trouve cette question malhonnête. Comment veux-tu qu'elle le sache ? » Une femme. Une voix de contralto dénotant une bonne éducation - je la reconnus, elle aussi. Je me souvenais de l'avoir entendue une année plus tôt, dans une ruelle, accompagnée d'une forte odeur d'urine, de chair brûlée et de peur. La déesse que Sieh avait appelée Mère. J'étais au courant de qui elle était vraiment, désormais.

« C'est la seule question qui compte », déclara l'homme. Il lâcha mes cheveux. Je trébuchai vers l'avant puis m'arrêtai, tremblante. J'hésitai à prendre mes jambes à mon cou, car je savais que ce serait inutile.

Brillant dormait toujours. J'entendais son souffle profond et régulier s'élever du lit. Tout à fait anormal.

Je déglutis. « Préférez-vous qu'on vous appelle Ye… Yeine, madame ? Ou, heu…

— Yeine me va très bien. » Elle s'interrompit, avant de poursuivre avec une pointe d'amusement dans la voix. « Tu ne veux pas connaître le nom de mon compagnon ?

— Je crois le connaître », murmurai-je.

Je la sentis sourire. « Il n'empêche, je trouve que nous devrions respecter les usages. Tu es Orie Shoth, bien sûr. Orie, je te présente Nahadoth. »

J'opinai brutalement de la tête. « Je suis contente de vous rencontrer tous les deux.

— Voilà qui est mieux, fit la femme. Tu ne trouves pas ? »

Je compris qu'elle s'adressait à moi seulement lorsque l'homme – *pas un homme, pas du tout un homme* – répondit. Je sursautai de nouveau, parce que sa voix s'éleva soudain de beaucoup plus loin, depuis l'autre côté du lit. « Je m'en moque complètement.

— Oh, sois gentil. » Elle soupira. « J'apprécie que tu me le demandes, Orie. J'imagine qu'un jour, tout le monde connaîtra mon nom, mais en attendant, je trouve énervant d'être traitée comme si nous étions interchangeables, celle qui m'a précédée et moi-même. »

Je savais où elle se trouvait, désormais : près des fenêtres, dans le grand fauteuil où il m'arrivait de m'asseoir pour écouter les bruits de la ville. Je l'imaginai installée dans une position gracieuse, jambes croisées, l'air narquois. Elle devait avoir les pieds nus, j'en étais certaine.

Je m'interdis de penser à son compagnon.

« Suis-moi », fit la femme en se levant. Elle approcha, puis mit une main glacée dans la mienne. J'avais eu un avant-goût de son pouvoir, dans la fameuse ruelle, mais je ne sentais rien la concernant, même près d'elle. Le froid du Seigneur de la nuit emplissait la pièce.

« Co… comment ? » Je pivotai sur moi-même pour la suivre sans me soucier de ce qu'il m'arriverait. Mais tandis que Yeine me prenait la main, mes pieds se figèrent. Elle s'arrêta elle aussi et se retourna vers moi. Je voulus parler, mais ne trouvai pas les mots. Je fis alors un demi-tour sur moi-même, non pas parce que je le souhaitais, mais parce que je m'y sentis obligée. Je faisais face au Seigneur de la nuit, qui se tenait près du lit, penché au-dessus de Brillant. La Dame reprit la parole, la voix empreinte de gentillesse : « Nous n'allons pas lui faire de mal. N'est-ce pas, Naha ? »

Naha, pensai-je avec un certain vertige. *Le Seigneur de la nuit a un petit nom.* J'humidifiai mes lèvres. « Je ne… il a… » Je déglutis de nouveau. « … le sommeil léger, en général. »

Elle opina. Je ne la voyais pas, mais je le sus. Je n'avais pas besoin de ça pour comprendre ce qu'elle était en train de faire.

« Le soleil vient juste de se coucher, même s'il éclaire encore le ciel », fit-elle en me prenant la main. « C'est mon heure. Il se réveillera quand je lui dirai de le faire, mais je vais le laisser dormir jusqu'à ce que nous soyons partis. C'est mieux comme ça. »

Elle m'entraîna au rez-de-chaussée. Une fois dans la cuisine, elle s'assit à table avec moi. Là, sans Nahadoth, je parvins à sentir quelque chose d'elle, bien que peu. Rien de comparable avec notre rencontre dans l'allée. La Dame dégageait une sensation de calme et d'équilibre.

Je me demandai si je devais lui proposer du thé.

« Pourquoi vaut-il mieux laisser Brillant dormir ? »

Elle rit doucement. « J'aime ce nom. Brillant. Je t'aime bien, Orie Shoth, c'est d'ailleurs pour cette raison que je souhaitais te parler seule à seule. » Je fixai ses doigts – étrangement calleux –, puis inclinai la tête pour qu'elle me voie bien. D'après ce que je me rappelais, elle était beaucoup plus petite que moi. « Naha avait raison. Tu es vraiment ravissante. Ce que tes yeux ne font que souligner. »

Je ne dis rien, inquiète qu'elle n'ait pas répondu à ma question.

Au bout d'un moment, elle finit par lâcher ma main. « Sais-tu pourquoi j'ai interdit aux génitures de quitter Ombre ? »

Je clignai les yeux d'incompréhension. « Heu… non.

– Je crois que si – mieux que qui que ce soit. Regarde ce qui arrive lorsqu'un mortel s'implique un peu trop avec ceux de notre espèce. La destruction, le meurtre… Est-ce que je devrais laisser le monde subir le même sort ? »

Je fronçai les sourcils, ouvris la bouche, hésitai, puis décidai finalement de dire ce que je pensais.

« Je crois, articulai-je lentement, que ça n'est pas très important. Que vous limitiez le nombre de génitures.

– Ah oui ? »

Je me demandai si ce que je pensais l'intéressait vraiment, ou si elle me testait.

« Eh bien… je ne suis pas née à Ombre. J'y suis allée parce que j'avais entendu parler de la magie. Parce que… » Parce que je savais que je verrais, dans cette ville, avais-je failli dire, même si ce n'était pas vrai. À Ombre, j'avais aperçu des merveilles tous les jours, mais d'un point de vue pratique, je n'y avais pas été mieux qu'à Strafe, et pour cause ; j'aurais toujours besoin d'une canne pour aller et venir. Je n'avais jamais espéré voir, en fait. Je m'y étais rendue à cause de l'Arbre et des génitures, et à cause d'autres rumeurs plus étranges encore. J'avais pensé pouvoir trouver là un lieu où mon père aurait pu se sentir chez lui. Et je n'avais pas été la seule dans ce cas. Mes amis, qui n'étaient pour la plupart ni des démons ni des génitures ni des êtres magiques étaient venus à Ombre pour la même raison : parce que c'était un endroit unique en son genre. Parce que…

« Parce que la magie m'a appelée, finis-je par dire. Ce qui m'arrivera chaque fois qu'il y aura de la magie quelque part. Elle fait partie de nous, à présent. Du coup, certains d'entre nous seront toujours attirés par elle. À moins que vous ne la supprimiez complètement, ce que même l'Interdiction n'a jamais réussi à faire… » J'écartai les mains. « Alors des choses se passeront mal. Et d'autres, bien.

– Bien ? » La Dame parut pensive.

« Heu… oui. » Je déglutis de nouveau. « Je regrette certains aspects de ma mésaventure. Mais pas tous.

– Je vois. »

Le silence retomba, de façon presque agréable.

« Pourquoi vaut-il mieux que Brillant continue de dormir ? demandai-je, très doucement cette fois.

– Parce que nous sommes venus te tuer. »

Je me liquéfiai sur place. Et cependant, bizarrement, je me sentis soudain plus libre de parler. Comme si mon anxiété avait franchi un cap au-delà duquel elle devenait inutile.

« Vous savez ce que je suis vraiment, supposai-je.

– Oui, accorda-t-elle. Tu as réussi à briser les chaînes avec lesquelles nous avions entravé Itempas et tu as libéré son vrai pouvoir. Un instant seulement, mais il n'en a pas fallu plus pour attirer notre attention. Nous t'avons surveillée, depuis. Mais… » Elle haussa les épaules. « J'ai été mortelle plus longtemps que je n'ai été déesse. L'éventualité de la mort n'a rien de nouveau ni de particulièrement effrayant, pour moi. Alors je me moque que tu sois un démon. »

Je fronçai les sourcils. « Je ne comprends pas… »

La question du Seigneur de la nuit me revint alors en tête. *T'aime-t-il déjà ?*

« Brillant, murmurai-je.

– Il a été envoyé ici pour souffrir, Orie. Pour grandir et guérir, dans l'espoir de nous rejoindre un jour… Mais ne te méprends pas ; c'était aussi pour le punir. » Elle soupira. Un instant, je perçus le bruit du vent et de la pluie au loin. « Quel dommage qu'il t'ait rencontrée si tôt ! D'ici une centaine d'années, j'aurais peut-être réussi à persuader Nahadoth de laisser courir. Mais aujourd'hui, il est trop tôt. »

Je la fixai avec mes yeux aveugles, abasourdie par la monstruosité de ce qu'elle venait de dire. Ils avaient rendu Brillant humain, ou presque, afin qu'il fasse l'expérience de la souffrance et des privations de la vie d'un mortel. Ils lui avaient imposé de protéger les mortels, de vivre parmi eux, de les comprendre. De les aimer, même. Mais ça, il ne le pouvait pas.

M'aimer moi, me rendis-je compte, d'abord abasourdie par la douceur de ce constat, puis par l'amertume qui la relaya.

« Ce n'est pas juste », osai-je. Je n'eus pas la stupidité de paraître en colère. Mais s'ils avaient vraiment l'intention de me tuer quoi qu'il advienne, je n'allais pas me priver de dire ce que j'avais sur le cœur. « Les mortels aiment. Vous ne pouvez pas à la fois vouloir qu'il soit comme nous et l'empêcher d'avoir des sentiments. C'est contradictoire.

– Rappelle-toi pourquoi nous l'avons envoyé ici. Il aimait Enefa - et il l'a tuée. Il aimait Nahadoth et ses propres enfants, et pourtant, il les a torturés durant des siècles. » Elle secoua la tête. « Son amour est dangereux.

– Ce n'était pas... » *Sa faute*, faillis-je dire, mais ça aurait été faux. Beaucoup de mortels devenaient fous ; tous n'attaquaient pas les gens qu'ils aimaient. Brillant avait accepté d'assumer la responsabilité de ses actes, je n'avais pas le droit de prétendre le contraire.

Alors je tentai autre chose. « Vous ne vous êtes jamais dit qu'il avait peut-être justement besoin d'aimer des mortels ? Que peut-être... » Je m'interrompis de nouveau, ayant failli dire : *je pourrais le guérir pour vous.* C'était trop présomptueux, peu importait la gentillesse de la Dame.

« C'est peut-être ce dont il a besoin, reprit-elle d'une voix égale, mais *pas ce dont Nahadoth a besoin.* »

Je tressaillis et me tus, totalement perdue. Les choses se déroulaient exactement comme Serymn l'avait présumé : sachant ce qu'une nouvelle Guerre des dieux coûterait à l'humanité, la Dame avait fait ce qu'elle avait pu pour empêcher qu'une telle catastrophe se produise. Ce qui signifiait répondre aux besoins des deux frères – et elle avait visiblement décidé que, pour le moment, la fureur du Seigneur de la nuit méritait davantage d'égards que le chagrin de Brillant. Ce que je ne pouvais lui reprocher, vraiment pas. J'avais senti sa colère, à l'étage ; cette faim de vengeance, tellement forte qu'elle avait broyé mes sens comme un pilon. Pour ma part, je trouvais étonnant que la Dame espère qu'ils se réconcilient, tous les trois. Peut-être était-elle aussi folle que Brillant ?

Ou peut-être souhaitait-elle simplement faire tout son possible pour combler le gouffre qui les séparait ? Que représentait un peu de sang de démon, un peu de cruauté, en comparaison d'une autre guerre ? Que valaient quelques vies mortelles dévastées, tant que la majorité survivait ? Si tout se passait bien, alors, dans mille, voire dix mille ans, la colère du Seigneur de la nuit serait apaisée. Les dieux pensaient bien de cette façon, n'est-ce pas ?

Au moins Brillant m'aurait-il oubliée, à ce moment-là.

« Très bien », fis-je, incapable de dissimuler mon amertume cette fois. « Finissons-en. À moins que vous n'ayez l'intention de me tuer à petit feu ? Ou d'offrir au couteau de Brillant une nouvelle occasion de servir ?

– Il souffrira bien assez lorsqu'il saura *pourquoi* tu es morte ; *comment* ne changera rien. » Elle s'interrompit. « À moins… »

Je fronçai les sourcils. Son ton avait changé. « Quoi ? »

Elle tendit la main par-dessus la table et la posa sur ma joue, puis caressa mes lèvres du bout du pouce. Je faillis broncher, mais me retins à temps, ce dont elle parut satisfaite ; je perçus son sourire.

« Tu es vraiment charmante, répéta-t-elle en soupirant comme à regret. J'arriverai peut-être à convaincre Nahadoth de te laisser vivre, à condition qu'Itempas souffre quand même.

– Que voulez-vous dire ?

– Que si tu le quittais, alors dans ce cas, peut-être… » Ses mots moururent et ses doigts s'écartèrent de mon visage. Je me raidis, le cœur au bord des lèvres.

Lorsque je parvins à reprendre la parole, je tremblai intérieurement. Mais j'éprouvai enfin de la colère, ce qui stabilisa ma voix. « Je vois. Ça ne vous suffit pas de lui faire du mal ; il faudrait en plus que je lui en fasse *moi aussi*.

– La douleur est la douleur », commenta le Seigneur de la nuit. Tous mes poils se hérissèrent. Je ne l'avais pas entendu arriver. Je me trouvais quelque part derrière la Dame, mais malgré ça, la pièce refroidissait déjà. « La tristesse est la tristesse.

Peu importe d'où elle vient, à partir du moment où il n'éprouve rien d'autre. »

Malgré ma peur, son ton dégagé me rendit furieuse. Je serrai ma main libre en boule. « Alors c'est ça. J'ai le choix entre vous laisser me tuer et le poignarder moi-même dans le dos, lançai-je d'un ton cassant. Très bien ; alors, tuez-moi. De cette façon, il saura que je ne l'aurai pas abandonné. »

La main de Yeine effleura la mienne, certainement en signe de mise en garde. Le Seigneur de la nuit se tut, mais je perçus sa colère rigide. Je m'en moquais. Le fait de le blesser m'aidait à me sentir mieux. Il avait fait le malheur de mon peuple, et comptait désormais faire le mien.

« Il vous aime toujours, vous savez, laissai-je échapper. Plus que moi. Plus que tout, vraiment... »

Il siffla à mon intention. Un son inhumain. J'y perçus des serpents, de la glace et de la poussière retombant dans une fissure profonde et ombreuse. Ensuite, Nahadoth s'avança...

Yeine se mit debout et se tourna vers lui. Il se figea. Pendant un moment dont je ne pus quantifier la durée - le temps d'une inspiration, ou une heure entière, je n'aurais pu le dire -, ils s'observèrent l'un l'autre, immobiles, silencieux. Je savais que les dieux pouvaient communiquer sans se parler, mais j'ignorais s'ils étaient en train de le faire. J'avais davantage l'impression d'assister à une bataille.

Puis la sensation disparut. Yeine soupira et s'approcha de lui. « Doucement », suggéra-t-elle, la voix plus compatissante que je ne l'aurais imaginé.

« Doucement. Tu es libre, à présent. Sois celui que tu choisis d'être, pas celui qu'ils ont fait de toi. »

Le long soupir qu'il laissa échapper fit un peu retomber la tension glaciale en lui. Lorsqu'il reprit la parole, cependant, sa voix parut aussi dure que précédemment. « Je suis celui que je choisis d'être, Yeine. Ce qui veut dire en colère. Les souvenirs me consument de l'intérieur. Ils me *font mal*. Ce qu'il m'a fait subir... »

Soudain la pièce résonna de trahisons inexprimées, de scènes d'horreur, et de pertes. Durant ce silence, ma colère s'effrita. Je n'avais jamais été capable de haïr quelqu'un qui avait souffert, peu importe les maux que cette personne avait infligés.

« Il n'a pas mérité un tel bonheur, Yeine, déclara le Seigneur de la nuit. Pas encore. »

La Dame soupira. « Je sais. »

Je l'entendis la toucher. Un baiser, certainement, à moins qu'il lui prît simplement la main. Cela me rappela aussitôt Brillant et la façon dont il le faisait souvent, sans rien dire, quand il avait besoin que je le rassure. L'avait-il fait avec Nahadoth, autrefois ? Peut-être ce dernier - sous la rage - regrettait-il ces temps révolus ? Mais lui avait la Dame pour le réconforter. Brillant n'aurait bientôt plus personne.

Le Seigneur de la nuit disparut en silence. Yeine resta là sans bouger durant un moment, puis elle se tourna vers moi.

« C'était stupide de ta part », asséna-t-elle. Je compris alors que je l'avais mise en colère, elle aussi.

J'opinai, soudain lasse. « Je sais. Désolée. »

À ma surprise, mes paroles semblèrent l'apaiser. Elle retourna à table, mais ne s'assit pas. « Ce n'est pas entièrement ta faute. Il est encore… fragile, d'une certaine façon. La guerre et son emprisonnement ont laissé en lui des cicatrices profondes. Certaines sont encore à vif. »

Je me souvins alors, avec une certaine culpabilité, que c'était la faute de Brillant.

« J'ai pris ma décision », fis-je très doucement.

Elle voyait ce que j'éprouvais dans mon cœur – à moins que ce ne fût évident. « Si ce que tu as dit est vrai, si tu te soucies vraiment de lui, alors réfléchis à ce qu'il y a de mieux pour lui. Pas pour toi. »

Ce que je fis. Pour l'heure, je me demandai ce que Brillant deviendrait, lorsque je serais morte et transformée en poussière. Un vagabond, un guerrier, un gardien. Un individu aux paroles douces, prompt à la décision, et peu enclin à la gentillesse – même s'il se montrerait agréable, je le devinais. Et chaleureux. Il savait toucher les gens, et être touché par eux en retour. En tout cas, en m'y prenant bien, je pourrais peut-être lui laisser ça.

Mais si je mourais, si mon amour le tuait, il n'y aurait plus rien en lui. Ayant souffert à cause du genre humain, il s'en détournerait. Il enfouirait ce peu de chaleur au fond de lui, inquiet de la peine qu'elle pourrait lui procurer. Il vivrait parmi les hommes, mais complètement seul, pour ne jamais guérir.

Je ne dis rien.

« Tu as une journée », fit Yeine avant de disparaître.

Je restai assise à table un long moment.

Quoi que la Dame ait fait pour arrêter le temps, il reprit son cours sitôt après son départ. À travers les fenêtres de la cuisine, je sentis la nuit tomber, l'air devenir froid et sec. J'entendis des gens marcher au-dehors, des cigales dans les champs lointains, et une charrette remonter une rue pavée dans un bruit de ferraille. Le vent portait un parfum de fleurs, mais différent de celui de l'Arbre Monde.

Je perçus du mouvement à l'étage. Brillant. Les tuyaux se mirent à vibrer ; il faisait couler un bain. Strafe n'était pas Ombre, mais la plomberie ici était en bien meilleur état, si bien que j'utilisais sans le moindre scrupule de grandes quantités de bois et de charbon pour que nous ayons de l'eau chaude à volonté. Au bout d'un moment, il vida la baignoire, puis descendit me rejoindre. Comme auparavant, il s'arrêta dans l'encadrement de la porte, interprétant mon immobilité. Puis il se dirigea vers la table et s'assit – à la place de la Dame.

Je savais que je devrais garder mon calme, lorsque je prendrais la parole. Sans quoi, je craquerais, ce qui ne serait vraiment pas très utile.

« Je veux que tu partes », assénai-je.

Pas de réponse.

« Je ne peux pas être avec toi. Ça ne peut pas marcher, entre les dieux et les mortels ; tu avais raison sur ce point. Le seul fait d'avoir essayé est déjà une bêtise. »

Je compris tout en le formulant que je pensais en partie ce que je venais de dire. J'avais toujours su, dans un coin de mon cœur, que Brillant et moi nous ne vivrions pas ensemble éternellement. Je vieillirais, puis mourrais, tandis que lui resterait jeune. Ou vieillirait-il lui aussi, avant d'expirer pour renaître, beau et juvénile ? Dans les deux cas, la situation m'était défavorable. Je ne pourrais m'empêcher de lui en vouloir, de me sentir coupable de peser sur lui. Mon déclin le ferait infiniment souffrir, et, au final, nous finirions tout de même séparés.

Mais j'avais souhaité tenter l'aventure. Par tous les dieux, comme je l'avais souhaité.

Brillant vint s'asseoir, les yeux rivés sur moi. Pas la moindre récrimination de sa part, ni la moindre volonté de me faire changer d'avis. Je le retrouvais bien là. J'avais su que cet échange serait bref dès l'instant où j'avais pris la parole. Bref de ce point de vue, en tout cas.

Il se leva, fit le tour de la table, et s'accroupit en face de moi. Je pivotai lentement sur moi-même - et avec quelle précaution - vers lui. Le contrôle. C'était dans ses manières, n'est-ce pas ? Je m'y essayai, me tenant tranquille, et réfrénant l'envie de lui toucher le visage pour deviner ce qu'il pensait désormais de moi.

« Est-ce qu'ils t'ont menacée ? » demanda-t-il.

Je me figeai.

Il attendit, puis, voyant que je ne répondais pas, soupira. Il se leva.

« Ce n'est pas pour ça », jetai-je. Soudain, le besoin irrépressible de lui faire savoir que je n'agissais pas pour me sauver la mise s'empara de moi. « Je ne… Je les aurais plutôt laissés me…

— Non. » Il caressa ma joue, une seule fois. Un geste rapide. Et douloureux. Aussi douloureux que si je m'étais de nouveau cassé le bras. Voire plus, même. Il n'en fallut pas davantage pour que je perde mes moyens. Je tremblai si fort, tout à coup, que j'arrivai à peine à parler.

« Nous n'avons qu'à nous battre contre eux, laissai-je échapper. La Dame… Elle n'a pas vraiment envie que les choses se passent comme ça. Nous pourrions nous enfuir ou…

– Non, Orie, répéta-t-il. C'est impossible. »

À ces mots, je me tus. Pas parce que je n'arrivais pas à réfléchir, cette fois, mais parce que l'assurance de ses propos me laissait sans voix.

Il se leva. « Tu dois vivre, toi aussi », lâcha-t-il.

Il se dirigea vers la porte. Ses bottes se trouvaient là, soigneusement rangées à côté des miennes ; il les enfila avec des gestes ni rapides ni lents. Efficaces. Il passa le manteau en peau de mouton que je lui avais acheté au début de l'hiver, parce qu'il ne pensait jamais au fait qu'il pouvait tomber malade, et que la perspective de devoir m'occuper de lui au cas où il attraperait une pneumonie ne me séduisait pas franchement.

J'inspirai, sur le point de dire quelque chose. Expirai. Restai assise là, tremblante.

Il quitta la maison.

J'avais toujours su qu'il partirait de cette façon, avec ce qu'il porterait sur le dos pour seul bagage. Il n'était pas assez humain pour se soucier des biens matériels ou de l'argent. Je l'entendis descendre les marches, puis emprunter la rue poussiéreuse. L'écho de ses pas disparut dans le lointain, puis se perdit au milieu des bruits nocturnes.

Je montai à l'étage. Une fois là-haut, je retirai mes robes et pris un long bain si brûlant que ma peau fuma encore alors que je m'étais séchée.

Mais tandis que je m'emparais de l'éponge pour laver la baignoire, je me rendis compte d'une chose ; Brillant parti, j'allais désormais devoir faire le ménage moi-même.

Lorsque j'eus fini de la nettoyer, je grimpai dedans, m'assis et pleurai toute la nuit.

Voilà, vous savez tout.

Il fallait que vous soyez au courant, comme j'avais besoin d'en parler. J'ai passé les six derniers mois à essayer de ne pas y penser. Pas la meilleure des idées. Mais la plus facile, pourtant. C'est plus simple, de se coucher et de dormir que de ne pas fermer l'œil et de se sentir seule. Mieux, de me concentrer sur le claquement de ma canne tandis que je marche, plutôt que de me rappeler comment je me serais repérée grâce au bruit étouffé du pas d'une géniture, autrefois. J'ai tant perdu.

Mais j'ai gagné des choses, également. Comme toi, ma petite surprise.

À un certain niveau, je savais que c'était un risque. Les dieux ne se reproduisent pas aussi facilement que nous, mais ils avaient rendu Brillant plus mortel que n'importe quel dieu. J'ignore pourquoi ils ont décidé de lui laisser cette possibilité alors qu'ils lui ont tant pris. J'imagine qu'ils ont simplement oublié de la lui ôter.

Une fois encore… Je ne peux m'empêcher de me rappeler le moment où, au cours de cette fameuse soirée, à la table de ma cuisine, Dame Yeine m'avait touchée. Elle est la Maîtresse de l'Aube, la déesse de la Vie ; elle avait forcément dû sentir ta présence, ou ton imminence, tandis que nous étions assises là. Du coup, je me pose la question suivante : est-ce qu'elle t'avait repéré et laissé vivre ? Ou est-ce qu'elle... ?

Vraiment quelqu'un d'étrange, cette Dame.

Le fait qu'elle m'ait écoutée m'étonne encore plus.

J'ai entendu de trop nombreux marchands et potins le dire pour ne pas tenir compte de cette information : les dieux seraient partout. Ils chanteraient dans les forêts vierges, danseraient au sommet des montagnes, surveilleraient les plages. La plupart des grandes cités ont désormais une géniture à résidence, voire deux ou trois même. Les habitants de Strafe essaient d'ailleurs d'en faire venir une. (Les anciens prétendent que c'est bon pour les affaires.) J'espère qu'ils y parviendront.

Le monde sera bientôt un endroit beaucoup plus magique. Fait pour toi, je crois.

Et...

Non.

Non, je sais que je ne devrais pas y penser.

Non.

Et pourtant.

Je suis étendue dans ce grand lit vide, attendant que le soleil se lève. Je le sens poindre ; la chaleur de sa lumière remonte le long des couvertures et de ma peau. L'hiver approche, les journées raccourcissent. Tu devrais naître aux alentours du solstice.

M'écoutes-tu toujours ? M'entends-tu, là-dedans ?

Je suis sûre que oui. Je pense que tu as été conçu au cours de cette seconde fois, lorsque Brillant est devenu lui-même pour moi ; enfin, juste un peu. Juste assez. Je pense qu'il a aussitôt compris, comme la Dame, et comme le Seigneur de la nuit sans doute même. Jamais il n'aurait fait ce genre de chose par accident. Il avait bien vu que mon ancienne vie me manquait. Ça a été sa façon de m'aider à me concentrer sur la nouvelle. Et aussi... de réparer les erreurs du passé.

Dieux ! *Les hommes.* Maudit soit-il ; il aurait dû me demander. Je pourrais mourir en te donnant la vie, après tout. Ça n'arrivera probablement pas, mais c'est le principe de la chose.

Bien.

J'espère que tu écoutes, parce que parfois les dieux – et les démons – font ça. Je sens que tu es réveillé, conscient, et que tu as compris tout ce que j'ai dit.

Parce qu'il me semble t'avoir aperçu, hier matin, au moment où j'ai ouvert les yeux. Je crois que j'ai de nouveau vu, pendant un instant, et que tu étais la lumière que j'ai distinguée.

Je pense qu'en guettant l'aube, et en regardant bien, je devrais encore te voir, aujourd'hui.

Je suis certaine qu'en attendant suffisamment longtemps et en écoutant attentivement, j'entendrai un jour des pas résonner sur la route, là dehors. On frappera peut-être à la porte – il aura eu l'occasion d'apprendre les rudiments du savoir-vivre, à ce moment-là ; enfin, nous pouvons l'espérer, tu ne crois pas ? De toute façon, il entrera, s'essuiera au moins les pieds, et suspendra son manteau.

Et alors, ensemble, toi et moi, nous l'accueillerons.

ANNEXES

Glossaire

AMNE. La plus populeuse et la plus puissante des races senmites.

ARAMERI. Famille amne dirigeante ; conseillère auprès du Consortium des nobles et de l'Ordre d'Itempas.

ARBRE MONDE (L'). Un arbre toujours vert qui ferait 40 000 mètres de hauteur d'après les estimations. Une création de la Dame Grise. Sacré aux yeux des adorateurs de la Dame.

CENT MILLE ROYAUMES (LES). Terme désignant le monde en général depuis son unification sous la loi arame-rie.

CIEL. La plus grande cité du continent senmite. (Également) Le palais de la famille Arameri.

CONSORTIUM DES NOBLES. Corps politique dirigeant les Cent Mille Royaumes.

DATEH LORILLALIA. Un scribe ayant appartenu à l'Ordre d'Itempas autrefois. Époux de Serymn Arameri.

DÉCHARGE. Une géniture vivant à Ombre Ouest et supervisant la décharge de Shustocks. Le Seigneur des déchets.

DÉMONS. Enfants nés des unions interdites entre dieux/génitures et mortels. Mortels, bien qu'ils possèdent une magie en propre aussi puissante que celle des génitures, voire plus puissante.

DEKARTA ARAMERI. Le prédécesseur de T'vril Arameri à la tête de la famille Arameri.

DIEUX. Enfants immortels du Maelström. Les Trois.

DOMAINE DES DIEUX. Au-delà de l'Univers.

DOMAINE DES MORTELS. L'Univers, créé par les Trois.

ENEFA. L'une des Trois. Ancienne déesse de la Terre, créatrice des génitures et des mortels, maîtresse de l'Aube et du Crépuscule (décédée).

EO. Une géniture vivant à Ombre. La Miséricordieuse.

ÈRE DES TROIS. Avant la Guerre des dieux.

ESTON. Dénomination locale d'Ombre Est.

GARDIENS DE L'ORDRE. Acolytes (prêtres en formation) de l'Ordre d'Itempas, chargés du maintien de l'ordre public.

GÉNITURES. Enfants immortels des Trois. Ce terme fait parfois référence aux dieux eux-mêmes.

GRAND NORD (LE). Continent septentrional.

GUERRE DES DIEUX (LA). Conflit apocalyptique au sortir duquel Itempas le lumineux régna en maître absolu sur les cieux après qu'il eut battu son frère et sa sœur.

HADO. Un membre des Nouvelles Lumières. Maître des Initiés.

HÉRÉTIQUE. Celui qui ne reconnaît pas Itempas comme son dieu.

INA. Une géniture vivant à Ombre.

INTERDICTION (L'). Période après la Guerre des dieux durant laquelle toutes les génitures avaient quitté le domaine des mortels, sur ordre d'Itempas le lumineux.

ÎLES (LES). Vaste archipel à l'est du Grand Nord et de la Senme.

ITEMPÉEN. Un fidèle d'Itempas. Désigne également un membre de l'Ordre d'Itempas.

ITEMPAS. L'un des Trois. Le Lumineux ; le Maître des cieux et de la Terre ; le Père au Ciel.

KITR. Une géniture vivant à Ombre. La Lame.

LIEUX DIVINS. Terme local/familier désignant les endroits d'Ombre que les génitures ont rendus magiques de façon temporaire ou permanente.

LIL. Une géniture vivant à Ombre. La Faim.

LUMINEUX (LE). L'ère de la loi absolue d'Itempas qui suivit la Guerre des dieux. Terme générique désignant la bonté, l'ordre, la loi, la morale.

MADDING. Une géniture vivant à Ombre. Le Seigneur des dettes.

MAELSTRÖM. Créateur des Trois. Inconnaissable.

MAGIE. Aptitude innée des dieux et de leurs génitures à modifier les mondes matériel et immatériel. Les mortels peuvent approcher ce pouvoir grâce à la langue des dieux.

MAISON DU SOLEIL LEVANT (LA). Un manoir parmi les nombreuses demeures bâties sur le tronc de l'Arbre Monde.

MAROLAND (LE). Le plus petit des continents, autrefois situé à l'est des Îles ; site du premier palais arameri. Détruit par Nahadoth.

NAHADOTH. L'un des Trois. Le Seigneur de la nuit. Également appelé le Seigneur des ombres.

NEMMER. Une géniture vivant à Ombre. La Dame des secrets.

RÉSERVE NIMARO. Un protectorat arameri. Fondé suite à la destruction du Maroland afin d'offrir une patrie aux survivants. Situé à l'extrême sud-est du continent senmite.

OBORO. Une géniture vivant à Ombre.

OMBRE. Nom local/familier de la plus grande cité du continent senmite. Son nom officiel est Ciel.

ORDRE D'ITEMPAS (L'). Ordre de prêtres d'Itempas le lumineux. Guides religieux responsables de la loi, de l'ordre, de l'éducation et de l'éradication de l'hérésie. Également appelé l'Ordre itempéen.

ORDRE DES NOUVELLES LUMIÈRES (L'). Un ordre de prêtres non autorisé dédié à Itempas le lumineux. Principalement composé d'anciens membres de l'Ordre d'Itempas. Plus connu sous l'appellation familière de « Nouvelles Lumières ».

OUESTON. Terme local pour désigner Ombre Ouest.

PAITYA. Une géniture vivant à Ombre. La Terreur.

PARADIS, ENFERS. Demeures des âmes au-delà du domaine des mortels.

PARC DE L'ENTRÉE. Un parc implanté au pied de Ciel et de l'Arbre Monde, situé à Ombre Est.

PÈLERIN. Adorateur de la Dame Grise venu à Ombre afin de La prier au pied de l'Arbre Monde. Des habitants du Grand Nord, en général.

PRÉVIT. Prêtre de haut rang au sein de l'Ordre d'Itempas.

PROMENADE (LA). Partie la plus au nord du parc de l'Entrée, à Ombre. Un site très fréquenté par les pèlerins en raison de la vue qu'il offre sur l'Arbre Monde. Également le site du Rang d'Art et de la plus grande Salle Blanche de la ville.

RANG D'ART. Marché d'œuvres d'art situé sur la Promenade, à Eston.

REBOUTEUX. Un guérisseur, souvent autodidacte, possédant des connaissances d'herboriste, d'accoucheur et de chirurgien, quoique basiques. Certains rebouteux se servent illégalement de sceaux et de textes de guérison simples.

ROLE. Une géniture vivant à Ombre. La Dame de la compassion.

SALLE BLANCHE. Lieu de culte, d'éducation et de justice de l'Ordre d'Itempas.

SALON (LE). Siège du Consortium des nobles.

SANG DE DIEUX. Une drogue très en vogue et onéreuse. Accroît la sensibilité et confère temporairement des pouvoirs magiques aux consommateurs.

SCEAU(X) DE SANG. La marque d'un membre reconnu de la famille Arameri. (Également) Idéogrammes en langue des dieux que les scribes utilisent afin d'imiter la magie de ces derniers.

SCRIBE. Érudit spécialiste de la forme écrite de la langue des dieux.

SENME (LA). Continent le plus vaste et le plus au sud du monde.

SENMITE. La langue amne, commune à l'ensemble des Cent Mille Royaumes.

SERYMN ARAMERI. Une sang-pur aramerie, épouse de Dateh Lorillalia. Propriétaire de la Maison du Soleil Levant.

SHAHAR ARAMERI. Grande Prêtresse d'Itempas à l'époque de la Guerre des dieux. Ancêtre des membres de la famille Arameri.

SHUSTOCKS. Un quartier de Oueston.

SIEH. Une géniture, également appelé le Tricheur. L'aîné des génitures.

SOMBRES PASSEURS. Adorateurs du Seigneur des ombres.

STRAFE. Une cité sur la côte nord-ouest du continent senmite.

TÉMA (LA). Un royaume senmite.

TEXTE. Série de sceaux de sang à laquelle les scribes recourent pour produire des effets magiques complexes ou séquentiels.

T'VRIL ARAMERI. Chef actuel de la famille Arameri.

VELLY. Poisson d'eau douce, généralement salé et fumé. Un mets marohné de choix.

YEINE. L'une des Trois. Déesse actuelle de la Terre, maîtresse de l'Aube et du Crépuscule. Également appelée la Dame Grise.

Procès-verbaux historiques

Notes des Premiers Scribes, volume 96,
collection particulière de T'vril Arameri

(Entretien mené et initialement transcrit
par le Premier Scribe Y'li Denai / Arameri
à Ciel, en l'an 1512 du Lumineux,
puisse-t-Il toujours nous éclairer.
Capté dans une sphère de transmission fixe.
Transcription secondaire complétée
par le bibliothécaire Sheta Arameri,
en l'an 2250 du Lumineux.
Avertissement : ce document contient
des références hérétiques [RH] ;
avec l'autorisation du Litaria.)

Premier Scribe Y'li Arameri. - *Êtes-vous bien installée ?*

Nemue Sarfith Enulai. - Ça vous intéresse vraiment[1] ?

- *Bien sûr. Vous êtes l'hôte des Arameris, Enulai Sarfith.*

- Exactement ! *[Rires.]* J'imagine que je devrais en profiter tant que je le peux. Vous n'allez sans doute pas recevoir beaucoup d'invités maros, ici, à l'avenir.

- *Je vois que vous n'utilisez pas le nouveau terme. Marohné*[2].

---

1. Note du Premier Scribe Y'li Denai / Arameri : « Enulai » [RH] serait un titre héréditaire au sein du peuple maro.

2. Référence : le Conseil provisoire des survivants du territoire maro a fait une déclaration officielle au nom de la famille

– Les trois termes, en réalité, dans l'ancienne langue. *Maro-h-ne.* Personne ne sait le prononcer. Trop difficile à articuler. J'ai été maroe toute ma vie ; je le resterai jusqu'à ma mort. C'est-à-dire dans peu de temps, à présent.

– *Pour nos registres, pourriez-vous nous confier votre âge ?*

– Le Père m'a fait la grâce de me laisser vivre deux cent deux ans.

– [Rires.] *On m'a dit que vous aimiez revendiquer cet âge.*

– Vous pensez que je mens ?

– *Eh bien... madame, heu, Enulai, je veux dire...*

– Appelez-moi comme vous voulez. Mais souvenez-vous qu'un Enulai ne ment jamais, mon garçon. Mentir est dangereux. Et je ne prendrais pas le risque de mentir à propos d'une chose aussi triviale que mon âge. Alors, écrivez-le !

– *Bien, madame. C'est fait.*

– Vous n'écoutez vraiment jamais, vous, les Amnes. Nous vous avions pourtant dit de respecter le Père Obscur (RH), durant les jours qui ont suivi la Guerre[1]. Il n'est pas notre ennemi, même s'il est celui d'Itempas le lumineux. Avant la Guerre, il nous aimait plus qu'Enefa. Ce que vous avez dû lui faire, pour qu'il éprouve une telle colère...

– *Madame, s'il vous plaît... Nous ne parlons jamais... Ce nom que vous avez prononcé, le...*

– Quoi ? Enefa ? *[Elle crie.]* Enefa, Enefa, Enefa !

– [Soupirs.]

– Roulez encore les yeux une seule fois, et je vous ferai tâter de ma canne !

– *Je n'en doute pas. Veuillez pardonner mon irrespect, madame. C'est seulement que... la domination d'Itempas est le principe fondamental du Lumineux.*

---

royale maroe (éteinte) indiquant que leur peuple devait désormais être appelé « marohné » et plus « maro ».

1. Note du Premier Scribe Y'li Arameri : la Guerre des dieux.

– C'est stupide. J'aime le seigneur Blanc autant que vous. Ce sont les caractéristiques physiques de mon peuple qu'il a choisies pour Son apparence mortelle (RH), et nous avons été les premiers à recevoir la bénédiction de Son savoir (RH). Les mathématiques, l'astronomie, l'écriture… tout ça, Il nous l'a donné avant de vous le transmettre à vous, les Senmites, ou avant ces imbéciles d'ignorants du Nord, ou ces bandes de pirates des Îles. Et pourtant, malgré tout ce qu'Il a fait pour nous, nous n'avons jamais oublié qu'Il n'est que l'un des *Trois*. Sans Ses frères et sœurs, Il n'est rien (RH).

– Madame !

– Vous pouvez me dénoncer à votre chef de famille, si ça vous chante. Qu'est-ce qu'il pourra bien faire, me tuer ? Exterminer mon peuple ? Je n'ai plus rien à perdre, mon garçon. C'est la seule raison pour laquelle j'ai accepté de venir.

– Parce que la famille royale maroe n'est plus[1].

– Non, espèce d'idiot, parce que les Maros ne sont plus. Oh, peut-être que si nous avions des bébés, nous pourrions encore traîner dans les parages quelque temps, mais nous ne serons plus jamais les mêmes. Vous autres, les Amnes, ne nous laisseriez jamais retrouver notre puissance d'autrefois.

– Heu, c'est vrai, madame. Mais si je ne me trompe pas, il était du devoir de l'Enulai de servir la famille royale, n'est-ce pas ? Ah, ah, voyons voir, des gardes du corps et des conteurs…

– Des historiens.

– Oui, d'accord, mais la majeure partie de votre histoire… J'ai ici une liste… des légendes et des mythes…

– Tout est vrai.

– Sincèrement, madame…

---

1. Note du Premier Scribe Y'li Arameri : voir *Le Post-Cataclysme maro : recensement.*

– Pourquoi avez-vous pris la peine de m'inviter, dans ce cas ?

– Parce que je suis moi-même historien.

– Alors, *écoutez bien*. C'est la meilleure chose qu'un historien puisse faire. Écoutez, mais seulement ce que vous entendrez avec vos oreilles, et pas les dix mille mensonges de ces Amnes de malheur qui déforment toujours tout…

– Mais madame, permettez-moi de prendre un exemple. Une des histoires de l'Enulai, justement… celle de la déesse Poisson…

– Oui. Yiho, du clan Shoth, dont j'imagine que tous les membres doivent être morts, eux aussi, à l'heure qu'il est.

– L'histoire raconte qu'elle serait restée assise au bord d'une rivière durant trois jours, lors d'une famine, et qu'elle aurait obligé des bancs entiers de poissons à remonter le cours d'eau – à quitter l'eau salée pour rejoindre l'eau douce – et à se jeter dans les filets des pêcheurs…

– Oui, oui. Et depuis, cette espèce de poisson remonte la rivière à l'époque du frai tous les ans. Yiho l'a changée à tout jamais.

– Mais c'est… Cette histoire remonte-t-elle à avant la Guerre ? Cette Yiho était-elle une géniture ?

– Non, bien sûr que non ! Est-ce qu'elle ne meurt pas de vieillesse à la fin de l'histoire ?

– Alors, dans ce cas…

– Même s'il est vrai que les dieux avaient beaucoup d'enfants.

– [Silence.] *Par tous les dieux !* [Le bruit d'un coup.] *Ah !*

– Ça, c'est pour avoir osé blasphémer.

– Ce n'est pas vrai… [Soupirs.] *Vous avez raison, toutes mes excuses, je ne sais pas à quoi je pensais. J'étais seulement… Vous sous-entendez que la femme de l'histoire était… était une demi-sang, une enfant des dieux…*

– Nous sommes tous des enfants des dieux. Mais Yiho était spéciale.

– [Silence.]

– *[Rires.]* Que vois-je dans vos yeux clairs, mon garçon ? Vous seriez-vous subitement mis à écouter ? On le dirait bien.

– *J'étais en train de me souvenir de quelque chose, à vrai dire. La majeure partie des histoires maroes consignées dans mes registres traitent principalement des Enulais.*

– C'est exact. Poursuivez...

– *Chaque membre de la famille royale avait un Enulai. L'Enulai était chargé de leur éducation, de les conseiller, de les protéger du danger...*

– *[Rires.]* Venez-en au but, mon garçon. Vu mon âge, je ne peux pas me permettre le luxe de perdre mon temps.

– *Il les protégeait grâce à d'étranges aptitudes que le Litaria a qualifiées d'impossibles...*

– Parce que vous autres, les scribes, vous ne créez pas votre magie vous-mêmes. Vous l'empruntez en vous servant de la langue des dieux. Mais si vous étiez capables de susciter la magie – si elle ne vous tuait pas –, ou mieux, si vous pouviez seulement *vouloir* qu'une chose soit... vous seriez capables de faire tout ce que les dieux font. Et plus encore.

– *Enulai Sarfith, j'aurais vraiment préféré ne pas entendre cela.*

– *[Rires.]*

– *Vous savez ce que je vais être obligé de faire, du coup.*

– *[D'autres rires.]* Ah, mon garçon. Quelle importance ? Je suis la dernière descendante d'Enulai – fille d'Enefa, dernière née des dieux mortels qui avaient choisi de passer leurs courtes vies parmi les humains. Tous les rois et les reines maros sont morts. Mes enfants et mes petits-enfants sont tous morts, eux aussi. Tous ceux d'entre nous qui avions du sang de la Mère Grise dans les veines... nous sommes aussi morts qu'elle. Pourquoi m'embêterais-je à me cacher ?

– [S'adresse à des domestiques, les envoie chercher des gardes.]

– *[Pendant qu'il parle, à voix basse.]* Tous disparus, les démons. Tous. Ce n'est plus la peine d'en chercher. Il n'en reste plus un seul[1].

– *Je suis désolé.* [Chuchote.]

– Ne le soyez pas. *[Chuchote.]* A annihilé les derniers démons. Ce n'est plus la peine d'en chercher.

– *Non, en effet, ce n'est plus la peine d'en chercher.*

– Il ne reste plus aucun démon de par le monde. Nulle part.

– *Plus aucun.* [Chuchotent jusqu'à ce que les gardes arrivent.] *Adieu, Enulai. Je suis désolé que les choses doivent se passer de cette façon.*

– *[Rires.]* Moi pas. Au revoir, mon garçon.

(Fin de l'entretien[2].)

---

1. Note du bibliothécaire : la transcription originelle finit là. Le message enregistré par sphère est partiellement inaudible à partir d'ici. L'original de contrôle de la sphère n'aurait pas été endommagé ; toutefois, les scribes consultés suggèrent une interférence d'origine magique. J'ai transcrit le reste de l'entretien du mieux que j'ai pu.

2. Note du bibliothécaire : cette transcription et cette sphère avaient été mal classées par le Premier Scribe Y'li Arameri, à la bibliothèque de Ciel, et, de ce fait, égarées durant six cents ans. Retrouvées lors d'une fouille exhaustive des caves de la bibliothèque, menée sur l'ordre de monseigneur T'vril Arameri.

REMERCIEMENTS

Étant donné que j'ai remercié tout le monde et la sœur de tout le monde dans les Cent Mille Royaumes, *je vais plutôt faire cette fois-ci des remerciements artistico-littéraires. Pertinent, puisque* Les Royaumes déchus *est davantage, heu, un livre esthétique que son prédécesseur.*

Concernant le vocabulaire de la peinture à l'encaustique, de la sculpture et de l'aquarelle utilisé ici, encore tous mes remerciements à mon père, l'artiste Noah Jemisin, qui m'a transmis beaucoup plus de choses concernant son art que je ne l'aurais cru, vu que je suis incapable de dessiner une simple ligne droite. (Non, père, mes peintures au doigt de l'époque où j'avais cinq ans ne comptent pas.)

La cité d'Ombre doit évidemment beaucoup à la fantasy urbaine – celle de China Miéville, et celle du genre « gonzesse rebelle sexy avec une arme » (pour citer un détracteur de cette dernière, bien que je sois pour me part fan des deux). Mais elle s'inspire surtout d'une vie passée dans les villes : le Rang d'Art d'Ombre est le Farmer's Market de l'Union Square à New York, mâtiné d'une touche de Jackson Square de La Nouvelle-Orléans.

Concernant certaines génitures, Lil, Madding et Décharge en particulier, je remercie mon subconscient, parce que j'ai rêvé d'elles (et de plusieurs autres génitures que vous rencontrerez dans le troisième tome de la Trilogie de l'héritage). Lil avait essayé de me manger. C'est tout elle.

Oh… et pour avoir une idée de la façon dont les habitants d'une grande ville se débrouilleraient avec un arbre géant au-dessus de leurs têtes, je dois beaucoup à mon passé d'ancienne fan d'animes. Dans le cas présent, l'idée m'a été inspirée par une shôjo d'OVA et de série télé, Mahou Tsukai Tai, *que je recommande d'ailleurs chaudement. Les problèmes causés par l'arbre géant y étaient gérés de façon beaucoup moins dramatique que dans* Les Royaumes déchus, *mais la beauté de la toute première image que j'en ai vu m'est restée.*

Poul & Karen Anderson, *Roma Mater (Le Roi d'Ys*)*
Poul & Karen Anderson, *Les Neuf Sorcières (Le Roi d'Ys**)*
Gail Carriger, *Sans âme (Le Protectorat de l'ombrelle*)*
Kristin Cashore, *Graceling*
Kristin Cashore, *Rouge*
Mark Chadbourn, *La Nuit sans fin (L'Âge du chaos*)*
Mark Chadbourn, *Aux heures les plus sombres (L'Âge du chaos**)*
Catherine Dufour, *Blanche-Neige et les lance-missiles (Quand les dieux buvaient*)*
Catherine Dufour, *Blanche-Neige contre Merlin l'enchanteur (Quand les dieux buvaient**)*
Pierre Grimbert & Michel Robert, *Les Armes des Garamont (La Malerune*)*
Pierre Grimbert & Michel Robert, *Le Dire des Sylfes (La Malerune**)*
Pierre Grimbert & Michel Robert, *La Belle Arcane (La Malerune***)*
Deborah Harkness, *Le Livre perdu des sortilèges*
J.V. Jones, *Le Piège de la glace blanche (L'Épée des ombres*)*
J.V. Jones, *La Forteresse de glace grise (L'Épée des ombres**)*
J.V. Jones, *L'Épée dans la glace rouge (L'Épée des ombres***)*
J.V. Jones, *L'Enfant de la prophétie (Le Livre des mots*)*
J.V. Jones, *Le Temps des trahisons (Le Livre des mots**)*
J.V. Jones, *Frères d'ombre et de lumière (Le Livre des mots***)*
J.V. Jones, *Les Motifs de l'ombre (La Ronce d'or*)*
J.V. Jones, *La Peinture de sang (La Ronce d'or**)*
Paul Kearney, *Le Sceau de Ran (Les Mendiants des mers*)*
Paul Kearney, *10 000. Au cœur de l'empire*
Celine Kiernan, *Le Royaume empoisonné (Les Moorehawke*)*
Stephen R. Lawhead, *Taliesin (Le Cycle de Pendragon*)*

Stephen R. Lawhead, *Merlin*
*(Le Cycle de Pendragon**)*
Stephen R. Lawhead, *Arthur*
*(Le Cycle de Pendragon***)*
Stephen R. Lawhead, *Pendragon*
*(Le Cycle de Pendragon****)*
Stephen R. Lawhead, *Le Graal (Le Cycle de Pendragon*****)*
Stephen R. Lawhead, *Robin (Le Roi Corbeau*)*
Stephen R. Lawhead, *Will (Le Roi Corbeau**)*
Stephen R. Lawhead, *Tuck (Le Roi Corbeau***)*
Megan Lindholm (alias Robin Hobb), *Le Dieu dans l'ombre*
Kai Meyer, *La Fille de l'alchimiste*
Lilith Saintcrow, *Le Baiser du démon*
(Une aventure de Danny Valentine)
Lilith Saintcrow, *Par-delà les cendres*
(Une aventure de Danny Valentine)
Brandon Sanderson, *L'Empire Ultime*
(Fils-des-Brumes)*
Brandon Sanderson, *Le Puits de l'Ascension*
*(Fils-des-Brumes**)*
Caroline Stevermer, *Le Collège de magie*
(Le Collège de magie)*
Caroline Stevermer, *L'Étudiant de magie*
*(Le Collège de magie**)*
Jaye Wells, *Métisse*
Terri Windling, *L'Épouse de bois*
Gene Wolfe, *Le Chevalier (Le Chevalier-mage*)*
Gene Wolfe, *Le Mage (Le Chevalier-mage**)*
Marion Zimmer Bradley, *Les Trois Amazones*
(Le Cycle du Trillium)*
Marion Zimmer Bradley, *Le Talisman écarlate*
*(Le Cycle du Trillium**)*
Marion Zimmer Bradley, *La Fleur d'or*
*(Le Cycle du Trillium***)*
Marion Zimmer Bradley, *La Dame blanche*
*(Le Cycle du Trillium****)*
Marion Zimmer Bradley, *La Guilde de l'étoile*
*(Le Cycle du Trillium*****)*

PAPIER À BASE DE FIBRES CERTIFIÉES

Le Livre de Poche s'engage pour l'environnement en réduisant l'empreinte carbone de ses livres. Celle de cet exemplaire est de :
500g éq. CO_2
Rendez-vous sur www.livredepoche-durable.fr

Composition réalisée par NORD COMPO

Achevé d'imprimer en janvier 2013 en France par
CPI BRODARD ET TAUPIN
La Flèche (Sarthe)
N° d'impression : 71510
Dépôt légal 1re publication : janvier 2013
LIBRAIRIE GÉNÉRALE FRANÇAISE
31, rue de Fleurus – 75278 Paris Cedex 06

31/3490/5

Du même auteur :

LA TRILOGIE DE L'HÉRITAGE

1. Les Cent Mille Royaumes, Orbit, 2010.
2. Les Royaumes déchus, Orbit, 2011.
3. Les Royaumes des dieux, Orbit, 2012.